A SOMBRA DA SERPENTE

LIVRO TRÊS

A Sombra da Serpente

RICK RIORDAN

TRADUÇÃO DE DÉBORA ISIDORO

Copyright © 2012 Rick Riordan
Edição em português negociada por intermédio de
Gallt and Zacker Literary Agency LLC e Sandra Bruna Agencia Literaria, SL.

TÍTULO ORIGINAL
The Serpent's Shadow

PREPARAÇÃO
Leonardo Alves

REVISÃO
Carolina Rodrigues
Umberto Figueiredo Pinto

DIAGRAMAÇÃO
Ilustrarte Design e Produção Editorial

CIP-BRASIL. CATALOGAÇÃO-NA-FONTE.
SINDICATO NACIONAL DOS EDITORES DE LIVROS, RJ.

R452s

Riordan, Rick, 1964-
    A sombra da serpente / Rick Riordan ; tradução Débora Isidoro. - Rio de Janeiro : Intrínseca, 2012.
    352p. : 23 cm
    (As crônicas dos Kane ; v.3)

    Tradução de: The serpent's shadow
    ISBN 978-85-8057-201-8

1. Literatura infantojuvenil americana. 2. Mitologia egípcia. I. Isidoro, Débora. II. Título. III. Série.

12-6245.   CDD: 028.5
                                       CDU: 087.5

[2012]
Todos os direitos desta edição reservados à
EDITORA INTRÍNSECA LTDA.
Rua Marquês de São Vicente, 99, 3º andar
22451-041 — Gávea
Rio de Janeiro — RJ
Tel./Fax: (21) 3206-7400
www.intrinseca.com.br

*Para as três grandes editoras que moldaram minha carreira:
Kate Miciak, Jennifer Besser e Stephanie Lurie
— as magas que deram vida às minhas palavras.*

Sumário

Aviso		9
1.	Arrebentamos em uma festa	11
2.	Tenho uma conversa com o Caos	24
3.	Ganhamos uma caixa cheia de nada	38
4.	Consulto o pombo da guerra	54
5.	Uma dança com a morte	73
6.	Amós brinca com bonecos	90
7.	Sou estrangulado por um velho amigo	105
8.	Minha irmã, o vaso de planta	122
9.	Zia separa uma briga de lava	134
10.	"Leve sua filha para um dia no trabalho" acaba muito mal	151
11.	*Don't worry, be* Hapi	175
12.	Touros com malditos raios laser	192
13.	Uma amigável brincadeira de esconde-esconde (com pontos extras para Morte Dolorosa!)	211
14.	Diversão com personalidades múltiplas	228
15.	Eu viro um chimpanzé roxo	239
16.	Sadie viaja no banco do carona (Pior. Ideia. Do. Mundo.)	258
17.	A Casa do Brooklyn vai à guerra	274
18.	Garoto-morte ao resgate	290
19.	Bem-vindo ao parque de diversões do mal	302
20.	Eu pego uma cadeira	314
21.	Os deuses estão em ordem; meus sentimentos, não	329
22.	A última valsa (por enquanto)	339
	Glossário	345

Outros termos egípcios   347
Deuses e deusas egípcios mencionados em
A sombra da serpente   349

AVISO

Esta é a transcrição de um arquivo de áudio. Carter e Sadie Kane já me mandaram outras duas gravações, que eu transcrevi nos livros A pirâmide vermelha e O trono de fogo. Sinto-me honrado com a confiança dos Kane, mas preciso avisar que este terceiro relato é o mais perturbador até agora. O áudio chegou à minha casa em uma caixa chamuscada e esburacada com marcas de garras e dentes que o zoólogo municipal não conseguiu identificar. Não fossem os hieróglifos protetores do lado de fora, duvido que a caixa tivesse sobrevivido à jornada. Continue lendo e você vai entender o porquê.

S
A
D
I
E

1. Arrebentamos em uma festa

AQUI É SADIE KANE.

Se estiver ouvindo isto, parabéns! Você sobreviveu ao Dia do Juízo Final.

Gostaria de me desculpar com antecedência por qualquer inconveniente que o fim do mundo possa ter lhe causado. Os terremotos, as rebeliões, os tumultos, os tornados, as inundações, os tsunamis e, é claro, a serpente gigante que engoliu o Sol... Receio que a maior parte disso tenha sido culpa nossa. Carter e eu decidimos que precisávamos, no mínimo, explicar como isso aconteceu.

Este provavelmente será nosso último registro. Quando você tiver ouvido nossa história, o motivo ficará evidente.

Nossos problemas começaram em Dallas, quando carneiros cuspidores de fogo destruíram a exposição do Rei Tut.

Naquela noite os magos do Texas davam uma festa no jardim de esculturas em frente ao Museu de Arte de Dallas. Os homens usavam smoking e botas de caubói. As mulheres estavam com vestidos de gala e penteados que lembravam explosões de algodão-doce.

[Carter diz que ninguém fala vestido de gala, e sim vestido longo. Não quero saber. Sou garota e fui criada em Londres, então vocês vão ter que me entender e aprender meu jeito de falar.]

Uma banda tocava músicas country antigas na tenda. Luzinhas decorativas cintilavam nas árvores. De vez em quando, magos surgiam de portas secretas nas esculturas ou invocavam faíscas para se livrar de mosquitos irritantes, mas, fora isso, parecia ser uma festa bem normal.

O líder do Quinquagésimo Primeiro Nomo, JD Grissom, conversava com os convidados e saboreava um prato de *tacos* com recheio de carne quando o puxamos para uma reunião de emergência. Eu me senti culpada por isso, mas não tínhamos muita escolha, considerando o perigo que ele corria.

— Um ataque? — JD Grissom franziu a testa. — A exposição de Tut está aberta há um mês. Se Apófis quisesse, já não teria atacado?

JD era alto e robusto, com um rosto enrugado e envelhecido, cabelo ruivo ondulado e mãos ásperas como casca de árvore. Parecia ter uns quarenta anos, mas é difícil determinar a idade de um mago. Ele poderia ter quatrocentos. Vestia terno preto, uma gravata fina de caubói e um cinto de fivela grande com uma estrela solitária de prata, como um xerife do Velho Oeste.

— Vamos conversar no caminho — disse Carter.

Ele nos conduziu para o outro lado do jardim. Devo admitir que meu irmão estava incrivelmente confiante.

Ele ainda era um grande tonto, é claro. O cabelo castanho e crespo tinha uma falha do lado esquerdo, onde seu grifo lhe dera uma "mordida de amor", e pelos arranhões no rosto dava para perceber que ele ainda não havia dominado a arte de se barbear. Mas, desde que completara quinze anos, Carter havia espichado e ganhado músculos devido às horas de treinamento de combate. Parecia altivo e maduro com suas roupas de linho preto, especialmente com aquela espada *khopesh* junto ao corpo. Eu conseguia quase imaginá-lo como um líder sem gargalhar histericamente com isso.

[Por que está me olhando feio, Carter? Foi uma descrição bem generosa.]

Carter contornou a mesa do bufê e pegou um punhado de *nachos* no caminho.

— Apófis tem um padrão — ele falou para JD. — Todos os outros ataques aconteceram em noites de lua nova, quando a escuridão é maior. Acredite, ele vai atacar seu museu hoje à noite. E vai atacar com força.

JD Grissom se espremeu para passar por um grupo de magos bebendo champanhe.

— Esses outros ataques... Você se refere a Chicago e à Cidade do México?

— E a Toronto — acrescentou Carter. — E... alguns outros.

Eu sabia que ele não queria contar mais. Os ataques que havíamos testemunhado ao longo do verão nos causaram pesadelos.

É verdade, o Armagedom absoluto ainda não tinha acontecido. Apófis, a Serpente do Caos, escapara de sua prisão no mundo inferior seis meses atrás, mas, diferentemente do que esperávamos, ele ainda não promovera uma invasão em grande escala no mundo mortal. Por algum motivo, a Serpente aguardava, contentando-se com ataques menores contra nomos que pareciam seguros e felizes.

Como este, pensei.

Enquanto passávamos pela tenda, a banda tocava o final de uma música. Uma loura bonita com um violino acenou com o arco para JD.

— Venha, querido! — chamou. — Precisamos de você na guitarra!

Ele forçou um sorriso.

— Daqui a pouco, benzinho. Já volto.

Seguimos em frente. JD olhou para nós.

— Minha esposa, Anne.

— Ela também é maga? — perguntei.

Ele assentiu, assumindo uma expressão grave.

— Esses ataques. Por que vocês têm tanta certeza de que Apófis vai atacar *este lugar*?

Carter estava com a boca cheia de *nachos*, então sua resposta foi:

— Hum-hum.

— Ele está atrás de um artefato — traduzi. — Já destruiu cinco réplicas. E a última existente está na sua exposição sobre Tut.

— Que artefato? — JD perguntou.

Hesitei. Antes de vir a Dallas, tínhamos lançado todo o tipo de encantamento de defesa e nos enchido de amuletos protetores para evitar bisbilhoteiros mágicos, mas eu ainda ficava nervosa ao conversar sobre nossos planos.

— É melhor mostrar — falei. Contornamos uma fonte onde dois magos jovens desenhavam com as varinhas mensagens luminosas de *eu amo você* nas pedras do calçamento. — Trouxemos nossa própria equipe de especialistas para ajudar. Estão nos esperando no museu. Se você permitir que examinemos o artefato, talvez levá-lo conosco para mantê-lo em segurança...

— *Levá-lo?* — JD interrompeu. — A exposição está fortemente protegida. Meus melhores magos a vigiam dia e noite. Vocês acham que podem fazer melhor na Casa do Brooklyn?

Paramos na beirada do jardim. Do outro lado da rua, um banner do Rei Tut da altura de um prédio de dois andares pendia da lateral do museu.

Carter pegou o celular. Ele mostrou a JD Grissom uma imagem na tela: uma mansão incendiada que um dia havia sido o quartel-general do Centésimo Nomo em Toronto.

— Tenho certeza de que seus guardas são bons — disse Carter. — Mas preferimos que seu nomo não seja um alvo para Apófis. Nos outros ataques como este... os servos da serpente não deixaram sobreviventes.

JD olhou para a tela do celular, depois para a esposa, Anne, que tocava country no violino.

— Tudo bem — respondeu ele. — Espero que sua equipe seja excelente.

— Eles são incríveis — garanti. — Venha, vamos apresentá-los a você.

Nosso grupo de elite de magos estava ocupado atacando a loja de suvenires.

Felix havia invocado três pinguins, que circulavam usando máscaras de papel do Rei Tut. Khufu, nosso amigo babuíno, estava sentado em uma estante lendo A *história dos faraós*, o que teria sido bem impressionante se o livro não estivesse de cabeça para baixo. Walt — ah, querido Walt, *por quê?* — abrira o armário de joias e examinava pulseiras e colares como se eles pudessem ser mágicos. Alyssa fazia potes de argila levitarem com sua magia elementar da terra, equilibrando vinte ou trinta ao mesmo tempo para formar o número oito.

Carter pigarreou.

Walt paralisou, as mãos cheias de joias de ouro. Khufu desceu da prateleira e derrubou quase todos os livros. As cerâmicas de Alyssa se espatifaram no chão. Felix tentou afugentar seus pinguins para trás da caixa registradora.

(Ele tem uma opinião muito forte sobre a utilidade de pinguins. Receio que não sou capaz de explicar.)

JD Grissom tamborilou na Estrela Solitária de seu cinto.

— Essa é sua equipe incrível?

— Sim! — Tentei abrir um sorriso confiante. — Peço desculpas pela bagunça. Eu só, hum...

Tirei minha varinha do cinto e falei uma Palavra Divina:

— *Hi-nehm!*

Eu tinha me aprimorado nesses feitiços. Na maioria das vezes eu conseguia canalizar o poder de minha deusa patrona, Ísis, sem desmaiar. E não explodira nem uma vez.

O hieróglifo para *Juntar* brilhou no ar por um momento:

Pedaços quebrados de cerâmica se ergueram e se colaram. Livros voltaram à estante. As máscaras do Rei Tut saíram dos pinguins, revelando que eles eram — *espanto* — pinguins.

Nossos amigos pareciam muito constrangidos.

— Desculpe — Walt resmungou, devolvendo as joias à caixa. — Ficamos entediados.

Eu não conseguia me zangar com Walt. Ele era alto e atlético, tinha porte de jogador de basquete e usava short e camiseta sem mangas que exibia os braços esculpidos. A pele era cor de chocolate quente, o rosto tão régio e lindo como as estátuas de seus ancestrais faraós.

Se eu gostava dele? Bem, é complicado. Depois falo mais disso.

JD Grissom olhava para nossa equipe.

— É um prazer conhecer todos vocês. — Ele conseguiu conter o entusiasmo. — Venham comigo.

O saguão principal do museu era uma ampla sala branca com mesas de restaurante vazias, um palco e pé-direito alto o bastante para ter uma girafa de estimação. Em um lado, uma escada conduzia a um mezanino com escritórios enfileirados. No outro, vidraças exibiam o céu noturno de Dallas.

JD apontou para o mezanino, onde dois homens em vestes de linho preto faziam a ronda.

— Estão vendo? Há guardas por todos os lados.

Os homens empunhavam cajados e varinhas. Olharam para nós, e notei que seus olhos brilhavam. Havia hieróglifos desenhados no rosto deles como se fossem pinturas de guerra.

— Qual é o problema com os olhos deles? — Alyssa cochichou para mim.

— Magia de vigilância — deduzi. — Os símbolos permitem que os guardas enxerguem o Duat.

Alyssa mordeu o lábio. Como seu patrono era Geb, o deus da terra, ela gostava de coisas sólidas, como pedra e argila. Não gostava de lugares altos nem de águas profundas. E *definitivamente* não gostava da ideia do Duat — o reino mágico que coexistia com o nosso.

Uma vez, quando descrevi o Duat como um oceano sob nossos pés com várias camadas de dimensões mágicas descendo eternamente, tive a impressão de que Alyssa teria náuseas.

Por outro lado, o menino de dez anos, Felix, não tinha esse problema.

— Legal! — ele falou. — Quero olhos brilhantes.

Ele passou o dedo pelas bochechas, deixando manchas roxas e brilhantes no formato da Antártida.

Alyssa riu.

— Você consegue ver o Duat agora?

— Não — admitiu. — Mas enxergo meus pinguins muito melhor.

— Precisamos nos apressar — Carter lembrou. — Apófis costuma atacar quando a lua está em seu ponto mais alto no céu. Que é...

— *Agh!*

Khufu levantou os dez dedos. Nada como ser um babuíno para se ter uma perfeita noção de astronomia.

— Em dez minutos — falei. — Ótimo.

Fomos até a entrada da exposição do Rei Tut, que era difícil de não ver por causa da gigantesca placa dourada que anunciava EXPOSIÇÃO REI TUT. Dois magos montavam guarda com leopardos adultos em coleiras.

Carter olhou atônito para JD.

— Como você conseguiu acesso total ao museu?

O texano deu de ombros.

— Minha esposa, Anne, é presidente do conselho. Agora, que artefato vocês queriam ver?

— Estudei os mapas de sua exposição — Carter respondeu. — Vamos. Vou lhe mostrar.

Os leopardos pareciam muito interessados nos pinguins de Felix, mas os guardas os contiveram e nos deixaram passar.

Dentro do museu a exposição era bem grande, mas duvido que você se interesse pelos detalhes. Um labirinto de salas com sarcófagos, estátuas, móveis, joias de ouro... blá-blá-blá. Eu teria passado direto por tudo isso. Já vi coleções egípcias suficientes por várias vidas, muito obrigada.

Além do mais, todo canto para o qual eu olhava me trazia lembranças de experiências ruins.

Passamos por vitrines com estatuetas *shabti*, certamente encantadas para ganharem vida quando fossem chamadas. Eu havia destruído várias daquelas. Passamos por estátuas de monstros e deuses mal-encarados contra os quais eu já havia lutado pessoalmente: o abutre Nekhbet, que uma vez possuíra minha avó (longa história); o crocodilo Sobek, que tentara matar meu gato (história mais longa ainda); e a deusa leoa Sekhmet, que havíamos derrotado certa ocasião com molho de pimenta (nem queira saber).

O que era mais perturbador: uma pequena estátua de alabastro de nosso amigo Bes, o deus anão. Era muito antiga, mas reconheci aquele nariz achatado, as costeletas cheias, a barriga redonda e o rosto encantadoramente feio, que parecia ter sido atingido várias vezes por uma frigideira. Estivemos apenas alguns dias com Bes, mas ele literalmente sacrificara a própria alma para nos ajudar. Agora, cada vez que o via, eu me lembrava da dívida que nunca poderia pagar.

Devo ter ficado parada na frente da estátua por mais tempo do que percebi. O restante do grupo havia passado por mim e entrava em outra sala, uns vinte metros adiante, quando uma voz perto de mim fez:

— Psiu!

Olhei em volta. Achei que talvez a estátua de Bes tivesse falado. E então ouvi a voz novamente:

— Ei, boneca. Preste atenção. Não há muito tempo.

No meio da parede, à altura de meus olhos, o rosto de um homem surgiu na tinta branca texturizada, como se tentasse atravessá-la. Ele tinha nariz aquilino, lábios finos e cruéis e testa grande. Apesar de ter a mesma cor da parede, parecia muito vivo. Seus olhos vazios conseguiam expressar impaciência.

— Vocês não vão salvar o rolo de papiro, boneca — avisou. — Mesmo se conseguissem, nunca o entenderiam. Precisam da minha ajuda.

Eu já vivera muitas experiências estranhas desde que começara a praticar magia, então não fiquei particularmente assustada. Mesmo assim, eu sabia que não devia confiar em qualquer aparição pintada de branco que falasse comigo, especialmente uma que me chamasse de *boneca*. Ele me lembrava um personagem de um daqueles filmes bobos de mafiosos que os garotos da Casa do Brooklyn gostavam de ver quando tinham tempo livre — o tio Vinnie de alguém, talvez.

— Quem é você? — perguntei.

O homem bufou.

— Como se você não soubesse. Como se *alguém* não soubesse. Vocês têm dois dias até eles me derrubarem. Se quiserem derrotar Apófis, é melhor mexer uns pauzinhos para me tirar daqui.

— Não faço ideia do que você está falando — respondi.

O homem não soava como Set, o deus do mal, nem como a serpente Apófis, nem como qualquer um dos vilões com quem eu havia lidado antes, mas nunca se sabe. Afinal, existia aquela tal de *magia*.

O homem levantou o queixo.

— Tudo bem, entendi. Você quer uma garantia de boa-fé. Vocês não vão conseguir salvar o papiro, mas procurem pela caixa dourada. Ela vai indicar o que vocês precisam se forem espertos o bastante para entendê-la. Depois de amanhã, ao pôr do sol, boneca. É quando vence minha oferta, porque então *eu* serei permanentemente...

Ele engasgou. Os olhos se arregalaram. Ele se contorcia como se uma corda apertasse seu pescoço. Aos poucos, voltou a se dissolver na parede.

— Sadie? — Walt chamou do fim do corredor. — Tudo bem?

Olhei para ele.

— Você viu isso?

— O quê?

É claro que não, pensei. Que graça teria se outra pessoa também tivesse visto Tio Vinnie? Aí eu não poderia me questionar se estava ficando completamente doida.

— Nada — respondi e corri para alcançá-los.

A entrada da sala seguinte era margeada por duas esfinges de obsidiana gigantescas com corpo de leão e cabeça de ovelha. Carter diz que esse tipo específico de esfinge é chamado de *criosfinge*. [Obrigada, Carter. Estávamos todos curiosíssimos por saber essa informação inútil.]

— *Agh!* — Khufu avisou, levantando cinco dedos.

— Faltam cinco minutos — Carter traduziu.

— Preciso de um momento — JD disse. — Esta sala tem os encantamentos de proteção mais fortes. Preciso modificá-los para vocês entrarem.

— *Hum* — respondi nervosa —, mas os encantamentos ainda vão afastar inimigos, como cobras gigantes do Caos, certo?

JD me lançou um olhar irritado, algo que as pessoas costumam fazer muito comigo.

— Eu *sei* uma ou duas coisinhas sobre magia de proteção — ele garantiu. — Confie em mim.

Ele levantou a varinha e começou a entoar um cântico.

Carter me puxou para o lado.

— Tudo bem?

Acho que eu devia parecer abalada depois do encontro com Tio Vinnie.

— Sim — respondi. — Vi algo lá atrás. Provavelmente é só mais um dos truques de Apófis, mas...

Meu olhar foi atraído para o outro extremo do corredor. Walt encarava um trono dourado atrás de uma vitrine. Ele se inclinou para a frente e apoiou uma das mãos no vidro, como se estivesse passando mal.

— Continuamos depois — falei para Carter.

Fui até Walt. As luzes da exposição banhavam o rosto dele, deixando seus traços com um tom marrom-avermelhado que lembrava as colinas do Egito.

— Qual é o problema? — perguntei.

— Tutancâmon morreu naquela cadeira — ele disse.

Li a placa que identificava a peça. Não falava nada sobre Tut ter morrido ali, mas Walt parecia ter muita certeza disso. Talvez ele pudesse sentir a maldição da família. O Rei Tut era tatata-bilhões-de-vezes-ravô de Walt, e o mesmo veneno genético que matara Tut aos dezenove anos agora corria pelas veias de Walt, e ficava mais forte cada vez que ele praticava magia. Mas Walt se recusava a reduzir o ritmo. Olhar para o trono de seu ancestral deve ter sido como ler o próprio obituário.

— Vamos encontrar uma cura — prometi. — Assim que cuidarmos de Apófis...

Ele olhou para mim e minha voz falhou. Nós dois sabíamos que nossas chances de derrotar Apófis eram mínimas. Mesmo que conseguíssemos, não havia garantia de que Walt fosse sobreviver por tempo suficiente para comemorar a vitória. Hoje era um dos dias *bons* de Walt, e mesmo assim eu podia ver a dor nos olhos dele.

— Pessoal — Carter chamou. — Estamos prontos.

A sala depois das criosfinges continha uma coleção dos "maiores sucessos" da pós-vida egípcia. Um Anúbis em tamanho natural feito de madeira olhava para baixo sobre um pedestal. Em cima de uma réplica da balança da justiça havia um babuíno dourado, com o qual Khufu começou a flertar imediatamente. Havia máscaras de faraós, mapas do mundo inferior e um monte de vasos canópicos que um dia tinham guardado órgãos de múmias.

Carter passou direto por tudo isso. Ele nos reuniu em torno de um papiro longo atrás de uma vitrine na parede do fundo.

— É isso que vocês estão procurando? — JD franziu a testa. — *O livro para derrotar Apófis?* Vocês devem saber que nem os melhores feitiços contra Apófis são muito eficazes.

Carter tirou do bolso um pedaço de papiro queimado.

— Isto foi tudo o que conseguimos recuperar em Toronto. Era outro exemplar do mesmo rolo.

JD pegou o fragmento de papiro. Não era maior que um cartão-postal e estava chamuscado demais para deixar ver mais que uns poucos hieróglifos.

— Derrotar Apófis... — ele leu. — Mas esse é um dos papiros mágicos mais comuns. Centenas de exemplares sobreviveram desde a Antiguidade.

— Não. — Resisti ao impulso de olhar por cima do ombro a fim de me certificar de que nenhuma serpente gigante ouvia nossa conversa. — Apófis está atrás de uma versão específica, escrita por este cara. — Bati na placa informativa ao lado da vitrine. — Atribuído ao Príncipe Khaemwaset — eu li —, mais conhecido como Setne.

JD fez uma careta.

— Esse é um nome maligno... um dos magos mais vis que já existiram.

— Foi o que ouvimos falar — respondi —, e Apófis só está destruindo os rolos feitos por Setne. Pelo que sabemos, existiam apenas seis cópias. Apófis já queimou cinco. Esta é a última.

JD observou com ceticismo o fragmento de papiro queimado.

— Se Apófis realmente se ergueu do Duat com todo o seu poder, por que se incomodaria com alguns papiros? Nenhum feitiço poderia detê-lo. Por que ele ainda não destruiu o mundo?

Era o que nos perguntávamos havia meses.

— Apófis tem medo desse papiro — falei, torcendo para estar certa. — Algo nele deve conter o segredo para derrotá-lo. Ele quer ter certeza de que todos os exemplares sejam destruídos antes de invadir nosso mundo.

— Sadie, temos que andar logo — Carter disse. — O ataque pode acontecer a qualquer momento.

Cheguei mais perto do rolo de papiro. Devia ter uns dois metros de comprimento e meio metro de largura, com linhas cheias de hieróglifos e ilustrações coloridas. Eu havia visto muitos papiros como este descrevendo maneiras de derrotar o Caos, com cânticos criados para impedir que a serpente Apófis devorasse o deus sol Rá em sua jornada noturna pelo Duat. Os antigos egípcios eram bastante obcecados pelo assunto. Pessoal bem otimista, aqueles egípcios.

Eu conseguia ler os hieróglifos — um de meus diversos e incríveis talentos —, mas o papiro era muito complicado. À primeira vista, nada me pareceu especialmente útil. Havia as descrições costumeiras do rio da Noite, por onde viajava o barco solar de Rá. Já estive lá, obrigada. Também havia dicas de como lidar com os vários demônios do Duat. Já os conheci. E os matei. Nenhuma novidade até aí.

— Sadie? — Carter perguntou. — Nada?

— Ainda não sei — resmunguei. — Espere um pouco.

Eu achava irritante que meu irmão estudioso fosse o mago de combate enquanto *eu* precisava ser a grande leitora de magia. Eu mal tinha paciência para revistas, menos ainda para papiros mofados.

"Nunca o entenderiam", o rosto na parede tinha avisado. "Precisam da minha ajuda."

— Temos que levar isso — decidi. — Tenho certeza de que consigo decifrá-lo com um pouco mais de...

O prédio tremeu. Khufu gritou enquanto saltava para os braços do babuíno dourado. Os pinguins de Felix correram desesperados de um lado para o outro.

— Isso pareceu... — JD Grissom empalideceu. — Uma explosão lá fora. A festa!

— É uma distração — Carter avisou. — Apófis está tentando afastar nossas defesas do papiro.

— Estão atacando meus amigos — JD disse com dificuldade. — Minha esposa.

— Vá! — falei e olhei séria para meu irmão. — Podemos cuidar do papiro. A *esposa* de JD está em perigo!

JD segurou minhas mãos.

— Levem o rolo de papiro. Boa sorte.

Ele saiu correndo da sala.

Virei-me de novo para a vitrine.

— Walt, você consegue abrir o vidro? Precisamos tirar isso daqui o mais rápido...

Uma gargalhada maléfica ecoou pela sala. Uma voz árida, pesada e grave como uma explosão nuclear retumbou à nossa volta.

— *Acho que não, Sadie Kane.*

Minha pele pareceu ter se transformado em papiro seco. Eu me lembrava daquela voz. Lembrava a sensação de estar perto do Caos, como se meu sangue estivesse pegando fogo e os filamentos de meu DNA se desenrolando.

— *Acho que vou destruir vocês usando os guardiões do Maat* — Apófis disse. — *Sim, isso vai ser divertido.*

Na entrada da sala, as duas criosfinges de obsidiana se viraram. Elas bloquearam a saída, mantendo-se lado a lado. Chamas brotavam de suas narinas.

Elas falaram em uníssono com a voz de Apófis:

— *Ninguém sairá vivo daqui. Adeus, Sadie Kane.*

S
A
D
I
E

2. Tenho uma conversa com o Caos

Você ainda ficaria surpreso se soubesse que depois disso tudo a situação só piorou?

Achei que não.

Nossas primeiras baixas foram os pinguins de Felix. As criosfinges cuspiram fogo nas pobres aves, que derreteram e viraram poças d'água.

— Não! — Felix gritou.

A sala tremeu, dessa vez com muito mais força.

Khufu gritou e pulou na cabeça de Carter, jogando-o no chão. Em outras circunstâncias isso teria sido engraçado, mas percebei que Khufu acabara de salvar a vida de meu irmão.

O piso se dissolveu no lugar onde Carter estivera, as placas de mármore esfarelando como se tivessem sido quebradas por uma marreta invisível. As rachaduras rastejavam pela sala, destruindo tudo que estava no caminho, sugando artefatos para dentro do chão e os mastigando, triturando. Sim... *rastejavam* era a palavra certa. A destruição se arrastava exatamente como uma serpente, seguindo direto para a parede do fundo e para *O livro para derrotar Apófis*.

— Papiro! — gritei.

Ninguém pareceu me ouvir. Carter permanecia no chão, tentando tirar Khufu de cima de sua cabeça. Felix estava em estado de choque, ajoelhado diante das poças de seus pinguins, enquanto Walt e Alyssa tentavam puxá-lo para longe das criosfinges flamejantes.

Tirei minha varinha do cinto e gritei a primeira Palavra de Poder que me veio à cabeça:

— *Drowah!*

Hieróglifos dourados — o comando para *fronteira* — brilharam no ar. Uma parede de luz surgiu entre a vitrine e a linha de destruição que avançava pela sala:

Eu já havia usado esse feitiço algumas vezes para separar brigas entre iniciados ou proteger a despensa de assaltos noturnos, mas nunca tinha tentado usá-lo para algo tão importante.

Assim que a marreta invisível tocou meu escudo, o feitiço começou a se desfazer. A perturbação se espalhou pela parede de luz, fazendo-a desmoronar. Tentei me concentrar, mas uma força muito mais poderosa — o próprio Caos — trabalhava contra mim, invadindo minha mente e dispersando minha magia.

Em pânico, percebi que eu não conseguia parar. Estava presa em uma batalha que não poderia vencer. Apófis destroçava meus pensamentos com a mesma facilidade que destruía o piso.

Walt tirou a varinha de minhas mãos.

A escuridão me cercou. Caí nos braços de Walt. Quando minha visão clareou, percebi que minhas mãos estavam queimadas e fumegantes. Eu estava chocada demais para sentir dor. *O livro para derrotar Apófis* havia desaparecido. Não restava nada além de um monte de escombros e um buraco enorme na parede, como se um tanque a tivesse atravessado.

Senti o desespero ameaçar bloquear minha garganta, mas meus amigos se reuniram à minha volta. Walt me segurava firme. Carter sacou sua espada. Khufu mostrou as presas e gritou para as criosfinges. Alyssa abraçou Felix, que chorava na manga da blusa dela. Ele havia perdido a coragem rapidamente depois da destruição de seus pinguins.

— Então é isso? — gritei para as criosfinges. — Queimar o papiro e fugir, como sempre? Você tem tanto medo assim de se mostrar pessoalmente?

Mais uma gargalhada retumbou na sala. As criosfinges permaneceram imóveis na entrada, mas estatuetas e joias vibraram nas vitrines. Com um estalo doloroso, o babuíno dourado com quem Khufu estivera batendo papo virou a cabeça de repente.

— *Mas eu estou em todos os lugares* — a Serpente falou pela boca da estátua. — *Posso destruir qualquer objeto que seja importante para você... e qualquer pessoa que lhe importe.*

Khufu ganiu num tom de ultraje. Ele se atirou contra o babuíno e o derrubou. A estátua derreteu, transformando-se em uma poça fumegante de ouro.

Outra estátua ganhou vida: um faraó dourado de madeira com uma lança de caça. Seus olhos se tingiram da cor do sangue. A boca entalhada se curvou em um sorriso.

— *Sua magia é fraca, Sadie Kane. A civilização humana envelheceu e apodreceu. Vou engolir o deus sol e mergulhar seu mundo na escuridão. O mar de Caos vai consumir todos vocês.*

Como se a energia fosse muito grande para ser contida, a estátua do faraó explodiu. O pedestal desintegrou-se, e outra linha de mágica marretada maligna rastejou pela sala, levantando as placas do piso. Ela se dirigiu a uma vitrine junto à parede leste — um pequeno armário dourado.

Salve-o, disse uma voz dentro de mim — talvez meu inconsciente, ou talvez a voz de Ísis, minha deusa patrona. Nós havíamos compartilhado pensamentos tantas vezes que era difícil ter certeza.

Lembrei-me do que o rosto na parede me dissera... "Procurem pela caixa dourada. Ela vai indicar o que vocês precisam."

— A caixa! — gritei. — Parem ele!

Meus amigos me encararam. Vinda de algum lugar lá fora, outra explosão sacudiu o prédio. Gesso em pedaços despencou do teto.

— *Essas crianças são o melhor que você podia mandar contra mim?* — Apófis falou por meio de um *shabti* de marfim na vitrine mais próxima, um marinheiro em miniatura em um barco de brinquedo. — *Walt*

Stone... você é o mais sortudo. Mesmo que sobreviva hoje, sua doença o matará antes de minha grande vitória. Não terá que ver seu mundo ser destruído.

Walt cambaleou. De repente eu o amparava. Minhas mãos queimadas doíam tanto que precisei reprimir a ânsia de vômito.

A linha de destruição movimentou-se pelo piso, ainda a caminho do armário dourado. Alyssa ergueu seu cajado e gritou um comando.

Por um momento, o chão se estabilizou, tornando-se uma chapa sólida de pedra cinza. E então novas rachaduras apareceram, e a força do Caos explodiu por elas.

— *Corajosa Alyssa* — a Serpente disse —, *a terra que você tanto ama se dissolverá no Caos. Você não terá onde pisar!*

O cajado de Alyssa explodiu em chamas. Ela gritou e o atirou para o lado.

— Pare com isso! — Felix gritou.

Ele quebrou a vitrine com seu cajado e destruiu a miniatura de marinheiro junto com mais uma dúzia de *shabti*.

A voz de Apófis simplesmente se deslocou para um amuleto de jade da deusa Ísis em um manequim próximo.

— *Ah, pequeno Felix, você é divertido. Talvez eu o use como bichinho de estimação, feito aquelas aves ridículas que você ama. Eu me pergunto por quanto tempo você aguentaria antes de perder a sanidade.*

Felix arremessou a varinha e derrubou o manequim.

A trilha destrutiva de Caos estava a meio caminho do armário.

— Ele quer aquela caixa! — consegui dizer. — Salvem a caixa!

Admito que não foi o grito de guerra mais inspirador, mas parece que Carter entendeu. Ele pulou na frente do Caos e cravou a espada no chão. A lâmina cortou o piso de mármore como se fosse sorvete. Uma linha azul de magia se estendeu para os dois lados — a versão de Carter de um campo de força. A linha de destruição bateu na barreira e parou.

— *Pobre Carter Kane.* — Naquele momento a voz da Serpente vinha de todas as direções à nossa volta, pulando de artefato em artefato, cada um deles explodindo com o poder do Caos. — *Sua liderança está condenada.*

Tudo o que você tentou construir vai desmoronar. Você vai perder as pessoas que mais ama.

A linha azul defensiva de Carter começou a tremular. Se eu não o ajudasse depressa...

— Apófis! — gritei. — Por que esperar para me destruir? Venha agora, sua cobra superdesenvolvida!

Um silvo ecoou pela sala. Talvez eu deva mencionar que um de meus diversos talentos é irritar pessoas. Pelo visto funcionava com serpentes também.

O chão se aquietou. Carter interrompeu o feitiço de proteção e quase caiu. Khufu, bendita seja sua esperteza de babuíno, pulou para o armário dourado, agarrou-o e fugiu com ele.

Quando Apófis voltou a falar, sua voz soou mais dura e furiosa:

— *Muito bem, Sadie Kane. Está na hora de morrer.*

As duas esfinges com cabeça de ovelha se mexeram, suas bocas flamejando. E então elas vieram direto na minha direção.

Felizmente uma delas escorregou em uma poça d'água de pinguim e derrapou para a esquerda. A outra teria rasgado minha garganta se não tivesse se atracado com um camelo convenientemente posicionado.

Sim, um camelo adulto de verdade. Se você acha isso confuso, imagine como a criosfinge deve ter se sentido.

De onde veio o camelo?, você pergunta. Eu talvez tenha mencionado a coleção de amuletos de Walt. Dois deles invocavam camelos nojentos. Eu já os encontrara antes, então não fiquei tão contente quando um camelo de uma tonelada cruzou meu campo de visão, trombou com a esfinge e caiu em cima dela. A esfinge rosnou de horror enquanto tentava se libertar. O camelo grunhiu e soltou um pum.

— Hindenburg — falei. Só existia um camelo que conseguia soltar puns tão terríveis. — Walt, por que raios...?

— Desculpe! — ele gritou. — Amuleto errado!

De qualquer maneira, a técnica funcionou. O camelo não era um grande lutador, mas era bastante pesado e desajeitado. A criosfinge rosnou e arranhou o chão, tentando em vão se livrar do animal; mas Hindenburg simplesmente abriu as patas, deu uns berros assustados e continuou soltando pum.

Eu me aproximei de Walt e tentei avaliar a situação.

A sala estava literalmente um caos. Vários relâmpagos vermelhos se estendiam entre os itens da exposição. O piso se desfazia. As paredes rachavam. Artefatos ganhavam vida e atacavam meus amigos.

Carter enfrentava a outra criosfinge, tentando cravar seu *khopesh* nela, mas o monstro bloqueava os golpes com os chifres e cuspia fogo.

Felix estava cercado por um tornado de vasos canópicos que voavam vindo de todas as direções para cima dele, que os rebatia com o cajado. Um exército de *shabti* minúsculos cercava Alyssa, que recitava desesperadamente, usando sua magia da terra para impedir que a sala desmoronasse. A estátua de Anúbis perseguia Khufu pela sala, quebrando objetos com os punhos enquanto nosso corajoso babuíno continuava abraçando o armário dourado.

Ao nosso redor, o poder do Caos crescia. Eu o sentia nos ouvidos como uma tempestade se aproximando. A presença de Apófis abalava o museu inteiro.

Como eu poderia ajudar todos os meus amigos ao mesmo tempo, proteger aquele armário dourado *e* impedir que o museu desabasse sobre nós?

— Sadie — Walt chamou. — Qual é o plano?

A primeira criosfinge finalmente conseguiu sair de baixo de Hindenburg. Ela se virou e cuspiu fogo no camelo, que soltou um último pum e encolheu até voltar a ser um inofensivo amuleto de ouro. Então a criosfinge se voltou para mim. Ela não parecia feliz.

— Walt — falei —, me dê cobertura.

— É claro. — Ele olhou inseguro para a criosfinge. — Enquanto você faz o quê?

Boa pergunta, pensei.

— Precisamos proteger aquele armário — respondi. — É alguma pista. Temos que restaurar o Maat ou este prédio vai implodir e nós todos vamos morrer.

— Como restauramos o Maat?

Em vez de responder, eu me concentrei. Olhei dentro do Duat.

É difícil descrever a sensação de vivenciar o mundo em vários níveis ao mesmo tempo — é mais ou menos como usar óculos 3-D e ver auras coloridas e nebulosas em torno de tudo, só que as auras nem sempre combinam com os objetos, e as imagens estão sempre mudando. Magos precisam tomar cuidado quando olham dentro do Duat. Na melhor das hipóteses, você fica meio enjoado. Na pior, seu cérebro parece que vai explodir.

No Duat, uma cobra vermelha gigante se retorcendo ocupava todo o espaço — a magia de Apófis aos poucos se expandia e envolvia meus amigos. Quase perdi a concentração e tudo o que havia comido no jantar.

Ísis, chamei. *Que tal uma ajudinha?*

A força da deusa se espalhou pelo meu corpo. Projetei meus sentidos e vi meu irmão lutando contra a criosfinge. No lugar de Carter estava o deus guerreiro Hórus, sua espada coberta de luz.

Girando em torno de Felix, os vasos canópicos eram a morada de espíritos malignos — figuras sombrias que tentavam atacar com garras e dentes nosso jovem amigo, embora Felix tivesse uma aura surpreendentemente poderosa no Duat. Seu brilho roxo e intenso parecia manter os espíritos afastados.

Alyssa estava cercada por uma tempestade de poeira na forma de um gigante. Enquanto ela entoava, o deus da terra Geb erguia os braços e sustentava o teto. O exército de *shabti* em torno dela ardia como fogo.

Khufu não era diferente no Duat, mas, enquanto corria e pulava pela sala fugindo da estátua de Anúbis, o armário dourado que carregava se abriu. Dentro dele havia pura escuridão — como se a caixa estivesse cheia de tinta de polvo.

Eu não sabia bem o que isso significava, mas então olhei para Walt e fiquei sem fôlego.

No Duat, ele estava coberto por um tecido cinzento de linho — mortalha de múmia. Sua carne era transparente. Os ossos brilhavam, como se ele fosse uma radiografia viva.

A maldição, pensei. *Ele está marcado para morrer.*

E pior: a criosfinge que o encarava era o centro da tempestade de Caos. Fios de energia vermelha se desprendiam do corpo dela. A cabeça de ovelha se transformara na de Apófis, com presas gotejando veneno e olhos amarelos de serpente.

Ela avançou para Walt, que arremessou um amuleto antes que fosse atingido. Correntes douradas explodiram no rosto do monstro e se enrolaram no focinho. A criosfinge tropeçou e se agitou como um cachorro com focinheira.

— Sadie, está tudo bem. — A voz de Walt soava mais grave e confiante, como se no Duat ele fosse mais velho. — Fale seu feitiço. Depressa.

A criosfinge cerrou os dentes. As correntes douradas rangeram. A outra criosfinge havia encurralado Carter numa parede. Felix estava de joelhos, sua aura roxa enfraquecendo no meio de um redemoinho de espíritos sombrios. Alyssa perdia a luta contra a sala que desmoronava enquanto pedaços do teto desabavam em torno dela. A estátua de Anúbis agarrou a cauda de Khufu e o segurou de cabeça para baixo enquanto o babuíno berrava e abraçava o armário dourado.

Era naquele momento ou nunca: eu tinha que restaurar a ordem.

Canalizei o poder de Ísis, recorrendo tanto às minhas próprias reservas de magia que senti a alma arder. Obriguei-me a me concentrar e falei a mais poderosa de todas as Palavras Divinas:

— *Maat*.

O hieróglifo brilhou à minha frente — pequeno e luminoso como um sol em miniatura:

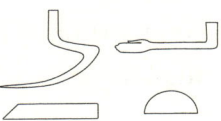

— Boa! — Walt falou. — Continue!

De algum jeito ele havia conseguido puxar as correntes e agarrar o focinho da esfinge. Enquanto a criatura o enfrentava com toda a sua força, a estranha aura cinzenta de Walt se espalhava pelo corpo do monstro como uma infecção. A criosfinge chiou e se contorceu. Senti um cheiro de podridão, como o ar de uma tumba — tão forte que quase perdi a concentração.

— Sadie — Walt gritou —, mantenha o feitiço!

Eu me concentrei no hieróglifo. Canalizei toda a minha energia para aquele símbolo de ordem e criação. A palavra brilhou mais. A cobra vermelha se dissipou como neblina ao sol. As duas criosfinges se esfarelaram. Os vasos canópicos caíram e se estilhaçaram. A estátua de Anúbis soltou Khufu, que tombou de cabeça. O exército de *shabti* ficou paralisado em torno de Alyssa, e a magia da terra dela se espalhou pela sala, selando fendas e escorando paredes.

Senti Apófis recuar mais para o fundo do Duat, chiando de raiva.

E então desabei.

— Eu disse que ela ia conseguir — falou uma voz gentil.

A voz de minha mãe... mas isso era impossível, claro. Ela estava morta, o que significava que eu falava com ela só de vez em quando e apenas no mundo inferior.

Voltei a enxergar, a visão fraca e enevoada. Duas mulheres estavam debruçadas sobre mim. Uma era minha mãe — seus cabelos louros presos, os olhos azuis e profundos cheios de orgulho. Ela era transparente, como fantasmas costumam ser, mas sua voz era afetuosa e muito viva.

— Ainda não é o fim, Sadie. Você tem que seguir em frente.

Ao lado dela estava Ísis, com seu vestido branco de seda, as asas de arco-íris piscando em suas costas. Seus cabelos eram pretos e lustrosos, entremeados por fios de diamantes. O rosto era tão belo quanto o de minha mãe, porém mais altivo, não tão afetuoso.

Não me entenda mal. Eu compartilhava os pensamentos de Ísis, então sabia que ela se importava comigo do jeito dela, mas os deuses não são humanos.

Eles acham difícil pensar em nós como algo melhor que instrumentos úteis ou mascotes fofas. Para os deuses, uma vida humana não parece mais longa que a de um roedor.

— Eu não teria acreditado — Ísis disse. — A última pessoa a invocar o Maat foi a própria Hatshepsut, e ela só conseguiu fazer isso enquanto usava uma barba falsa.

Eu não tinha a menor ideia do que isso significava. Decidi que não queria descobrir.

Tentei me mexer, mas não consegui. Era como se eu estivesse boiando em uma banheira, suspensa em água morna, com o rosto das duas mulheres tremulando sobre mim logo acima da superfície.

— Sadie, escute com atenção — minha mãe falou. — Não se culpe pelas mortes. Quando você traçar seu plano, seu pai vai se opor. Você deve convencê-lo. Diga que é o único jeito de salvar a alma dos mortos. Diga a ele... — A expressão dela ficou sombria. — Diga a ele que é o único jeito de *me* ver de novo. Você *precisa* conseguir, meu bem.

Eu queria perguntar o que aquilo significava, mas não conseguia falar. Ísis tocou minha testa. Os dedos dela eram frios como neve.

— Não devemos exigir mais dela. Adeus por enquanto, Sadie. A hora em que teremos de nos reunir de novo se aproxima rapidamente. Você é forte. Ainda mais forte que sua mãe. Juntas, vamos governar o mundo.

— Você quer dizer: *Juntas, vamos derrotar Apófis* — minha mãe a corrigiu.

— É claro — Ísis concordou. — Foi isso o que eu quis dizer.

O rosto das duas se mesclou em um, e elas falaram em uma só voz:

— Amo você.

Uma nevasca cruzou meus olhos. O ambiente à minha volta mudou, e agora eu estava de pé em um cemitério sombrio com Anúbis. Não o deus velho e bolorento com cabeça de chacal que aparecia desenhado nas tumbas egípcias, mas o Anúbis que eu costumava ver: um adolescente com olhos castanhos gentis, cabelo preto bagunçado e um rosto ridícula e irritantemente lindo. Quer dizer, *por favor* — por ser um deus, ele tinha uma vantagem injusta. Podia ter a aparência que quisesse. Por que ele precisava aparecer sempre *nessa* forma que fazia minhas entranhas darem nós?

— Que maravilha — consegui dizer. — Se você está aqui, eu devo ter morrido.

Anúbis sorriu.

— Não morreu, mas chegou perto. Aquela jogada foi bem arriscada.

Meu rosto ficou quente, e a sensação desceu pelo pescoço. Eu não sabia se era constrangimento, raiva ou alegria por vê-lo.

— Onde você esteve? — perguntei. — Seis meses e nenhuma notícia.

O sorriso dele desapareceu.

— Não me deixaram ver você.

— Quem não deixou?

— Existem regras — ele respondeu. — Mesmo agora eles estão observando, mas você está bem perto da morte para que eu tenha alguns momentos. Preciso lhe dizer: você entendeu a ideia. Procure o que *não* está lá. Talvez seja a única maneira de vocês sobreviverem.

— Certo — resmunguei. — Obrigada por não falar por enigmas.

A sensação de calor alcançou meu coração. Ele começou a bater, e de repente percebi que eu havia ficado *sem* pulsação desde que desmaiara. Isso provavelmente não era bom.

— Sadie, tem mais. — A voz de Anúbis tornou-se difusa. A imagem dele começou a desaparecer. — Preciso lhe dizer...

— Então fale pessoalmente — respondi. — Sem essa bobagem de "visão de morte".

— Não posso. Eles não permitem.

— Você está parecendo um garotinho. Você é um deus, não é? Pode fazer o que quiser.

Raiva brilhou nos olhos dele. Depois, para minha surpresa, ele riu.

— Eu havia esquecido como você é irritante. Vou tentar fazer uma visita... mas *rapidamente*. Precisamos conversar. — Ele estendeu a mão e tocou meu rosto. — Você está acordando. Adeus, Sadie.

— Não vá.

Segurei a mão dele junto ao meu rosto.

O calor se espalhou pelo meu corpo. Anúbis desapareceu.

Meus olhos se abriram de repente.

— Não vá!

Minhas mãos queimadas estavam enfaixadas, e eu segurava uma pata peluda de babuíno. Khufu me olhava, um pouco confuso.

— *Agh?*

Ah, ótimo. Eu estava dando em cima de um macaco.

Sentei-me, tonta. Carter e nossos amigos se reuniram à minha volta. A sala não havia desmoronado, mas toda a exposição do Rei Tut estava em ruínas. Eu tinha a sensação de que não seríamos convidados para a associação Amigos do Museu de Dallas tão cedo.

— O-o que aconteceu? — gaguejei. — Quanto tempo...?

— Você esteve morta por uns dois minutos — Carter respondeu com a voz trêmula. — Quer dizer, *sem batimentos cardíacos*, Sadie. Pensei... Tive medo de que...

Ele se calou, quase chorando. Coitado. Teria ficado realmente perdido sem mim.

[Ai, Carter! Sem beliscão.]

— Você invocou o Maat — Alyssa falou admirada. — Isso é, tipo... impossível.

Acho que foi mesmo impressionante. Já é difícil usar Palavras Divinas para criar algo como um animal, uma cadeira ou uma espada. Invocar um elemento como fogo ou água é ainda mais complicado. No entanto, invocar um conceito, como Ordem — isso simplesmente não se faz. No momento, porém, eu sentia muita dor para desfrutar de minha própria espetacularidade. Era como se tivesse acabado de invocar uma bigorna e a deixado cair na cabeça.

— Golpe de sorte — falei. — E o armário dourado?

— *Agh!*

Khufu apontou orgulhoso a caixa dourada ali perto, segura e inteira.

— Bom babuíno — falei. — Hoje à noite vai ganhar uma porção extra de Cheerios.

Walt franziu o cenho.

— Mas *O livro para derrotar Apófis* foi destruído. Como um armário pode nos ajudar? Você disse que era algum tipo de pista...?

Era difícil olhar para Walt sem sentir culpa. Já fazia meses que meu coração estava dividido entre ele e Anúbis, e não era justo Anúbis aparecer em meus sonhos, todo lindo e imortal, enquanto o pobre Walt arriscava a vida para me proteger e ficava cada dia mais fraco. Lembrei-me de como eu o vira no Duat, com aquela mortalha cinzenta de linho...

Não. Eu não podia pensar nisso. Obriguei-me a me concentrar na caixa dourada.

"Procure o que *não* está lá", Anúbis dissera. Deuses idiotas e seus enigmas idiotas.

O rosto na parede — Tio Vinnie — dissera que a caixa nos daria uma dica sobre como derrotar Apófis *se* eu fosse esperta o bastante para entendê-la.

— Ainda não sei bem o que isso significa — confessei. — Se os texanos nos deixarem levá-la para a Casa do Brooklyn...

Foi aí que percebi algo terrível. Não se ouviam mais explosões do lado de fora. Só um silêncio sinistro.

— Os texanos! — gritei. — O que aconteceu com eles?

Felix e Alyssa correram para a saída. Carter e Walt me ajudaram a levantar, e fomos atrás deles.

Todos os guardas haviam desaparecido de seus postos. Quando chegamos ao saguão do museu, vi através das vidraças colunas de fumaça branca se elevando do jardim de esculturas.

— Não — murmurei. — Não, não.

Atravessamos a rua correndo. O gramado bem-cuidado agora era uma cratera do tamanho de uma piscina olímpica. O fundo estava cheio de esculturas de metal derretidas e pedaços de pedra. Túneis que antes conduziam ao quartel-general do Quinquagésimo Primeiro Nomo haviam desmoronado como os de um formigueiro gigante pisoteado por um vândalo. Pela beirada da cratera havia retalhos fumegantes de trajes de gala, pratos de *tacos* e taças de champanhe quebrados e cajados de magos destruídos.

"Não se culpe pelas mortes", minha mãe dissera.

Caminhei aturdida até as ruínas do pátio. Metade do piso de concreto tinha rachado e sido engolido pela cratera. Havia um violino queimado na lama, perto de um objeto brilhante de prata.

Carter parou ao meu lado.

— Nós... nós devíamos procurar — ele disse. — Pode haver sobreviventes.

Engoli um soluço. Eu não sabia como, mas sentia a verdade com toda a certeza.

— Não tem nenhum.

Os magos do Texas haviam nos acolhido e ajudado. JD Grissom apertara minha mão e me desejara sorte antes de sair correndo para salvar a esposa. Mas havíamos visto o que Apófis era capaz de fazer em outros nomos. Carter avisara JD: "Os servos da serpente não deixaram sobreviventes."

Eu me ajoelhei e peguei o objeto brilhante de prata: uma fivela parcialmente derretida em formato de estrela.

— Estão mortos — falei. — Todos eles.

CARTER

3. Ganhamos uma caixa cheia de nada

Com esse comentário feliz, Sadie me entrega o microfone. [Muito obrigado, mana.]

Eu gostaria de poder dizer que Sadie estava enganada sobre o Quinquagésimo Primeiro Nomo. Adoraria contar que encontramos todos os magos texanos sãos e salvos. Mas não foi assim. Só encontramos os restos de uma batalha: varinhas de marfim queimadas, alguns *shabti* quebrados, pedaços de linho e de papiro em brasa. Tal como nos ataques em Toronto, em Chicago e na Cidade do México, os magos simplesmente haviam desaparecido. Foram vaporizados, devorados ou destruídos de algum jeito igualmente terrível.

Na beirada da cratera, um hieróglifo brilhava na grama: *Isfet*, o símbolo do Caos. Eu tinha a sensação de que Apófis o deixara ali como um cartão de visita.

Estávamos todos chocados, mas não tínhamos tempo para chorar por nossos companheiros. As autoridades não mágicas chegariam em breve para analisar o local. Precisávamos reparar o dano da melhor maneira possível e remover todos os traços de magia.

Não havia muito a fazer em relação à cratera. As pessoas teriam simplesmente que deduzir que havia acontecido uma explosão de gás. (Nós costumávamos provocar várias delas.)

Tentamos arrumar o museu e recuperar a coleção do Rei Tut, mas não era tão fácil quanto limpar a loja de suvenires. Existe um limite para a magia. Então, se um dia você for visitar uma exposição do Rei Tut e notar rachaduras ou marcas de queimado nos artefatos, ou talvez uma estátua com a cabeça colada ao contrário... Bem, desculpe. Provavelmente foi nossa culpa.

Enquanto a polícia interditava as ruas e isolava a área da explosão, nosso time se reuniu no terraço do museu. Em outros tempos poderíamos ter usado um artefato para abrir um portal e voltar para casa, mas nos últimos meses, com Apófis se fortalecendo, utilizar portais havia se tornado muito arriscado.

Em vez disso, assobiei para nosso transporte. Freak, o Grifo, veio voando do topo do Hotel Fairmont, perto dali.

Não é fácil encontrar lugar onde manter um grifo, especialmente quando ele está puxando um barco. Não se pode simplesmente estacionar algo assim na rua e colocar algumas moedas no parquímetro. Além do mais, Freak costuma ficar nervoso perto de desconhecidos e engoli-los, então o deixei em cima do Fairmont com uma caixa de perus congelados para mantê-lo ocupado. Os perus precisam estar congelados. Caso contrário, Freak come depressa demais e fica com soluço.

[Sadie está me dizendo para andar logo com a história. Ela acha que você não está interessado nos hábitos alimentares dos grifos. O.k., me desculpe.]

Enfim, Freak pousou no telhado do museu. Ele era um belo monstro se você gosta de leões psicóticos com cabeça de falcão. Seu pelo tinha cor de ferrugem e, quando ele voava, suas asas gigantescas de beija-flor emitiam um som que era uma mistura de motosserra e apito.

— FREEEEK! — ele grasnou.

— Sim, amigão — concordei. — Vamos sair daqui.

O barco atrás dele era um modelo do Egito Antigo: uma canoa grande feita de fardos de juncos de papiro, que Walt havia encantado para permanecer no ar independentemente do peso que transportasse.

Em nosso primeiro voo pela Freak Linhas Aéreas havíamos prendido o barco sob a barriga de Freak, mas não ficou muito estável. E não dava para simplesmente montar nas costas dele, porque as asas potentes destroçariam qualquer um. Então nossa solução foi o barco-trenó. Funcionava muito bem, exceto quando Felix gritava para os mortais "Ho, ho, ho, Feliz Natal!".

É claro, muitos mortais não conseguem ver a magia claramente, então não sei bem o que eles *achavam* que viam quando passávamos no céu. Sem dúvida fazia muitos reverem a dose de seus remédios.

Subimos para o céu noturno — nós seis e um armário pequeno. Eu ainda não entendia o interesse de Sadie pela caixa dourada, mas confiava nela o suficiente para acreditar que era importante.

Olhei para as ruínas do jardim de esculturas abaixo. A cratera fumegante parecia uma boca deformada, gritando. Caminhões de bombeiro e viaturas de polícia haviam cercado o local formando um perímetro de luzes vermelhas e brancas. Eu me perguntava quantos magos tinham morrido naquela explosão.

Freak acelerou. Meus olhos ardiam, mas não era por causa do vento. Virei o rosto para meus amigos não verem.

"Sua liderança está condenada."

Apófis diria qualquer coisa para nos confundir e nos fazer questionar nossa causa. Mesmo assim, as palavras dele me atingiram com força.

Eu não gostava de ser um líder. Precisava sempre parecer confiante pelo bem dos outros, mesmo quando eu não me sentia assim.

Sentia falta de meu pai, de poder contar com ele. Sentia falta de tio Amós, que estava no Cairo comandando a Casa da Vida. Quanto a Sadie, minha irmã mandona, ela sempre me apoiou, mas tinha deixado claro que não queria ser uma figura de autoridade. Oficialmente, *eu* estava no comando da Casa do Brooklyn. Oficialmente, eu dava as ordens. Na minha cabeça isso significava que, se cometêssemos erros, como deixar um nomo inteiro ser varrido da face da Terra, a culpa seria minha.

O.k., Sadie nunca me culparia por algo desse tipo, mas era assim que eu me sentia.

"Tudo o que você tentou construir vai desmoronar..."

Parecia incrível que Sadie e eu tivéssemos chegado à Casa do Brooklyn menos de um ano antes, sem qualquer noção de nossa herança e poderes. Agora estávamos no comando: treinando um exército de jovens magos para lutar contra Apófis seguindo o caminho dos deuses, um tipo de magia que não era praticada havia milhares de anos. Tínhamos progredido muito, mas, considerando o confronto com Apófis essa noite, nosso empenho não havia sido suficiente.

"Você vai perder as pessoas que mais ama..."

Eu já havia perdido tanta gente. Minha mãe morrera quando eu tinha oito anos. Meu pai se sacrificara para virar hospedeiro de Osíris ano passado. Ao longo do verão, muitos de nossos aliados haviam sido destruídos por Apófis ou sofrido emboscadas e "desaparecido" graças aos magos rebeldes, que não aceitavam meu tio Amós como novo Sacerdote-leitor Chefe.

Quem mais eu poderia perder... Sadie?

Não, não estou sendo irônico. Embora tenhamos crescido separados durante a maior parte de nossa vida — eu viajando com meu pai, Sadie morando em Londres com nossos avós —, ela ainda era minha irmã. Havíamos nos aproximado muito no último ano. Por mais irritante que Sadie fosse, eu precisava dela.

Uau, que deprimente.

[E aí está o soco no braço que eu estava esperando. Ai.]

Ou talvez Apófis se referisse a outra pessoa, como Zia Rashid...

Nosso barco ergueu-se acima do subúrbio cintilante de Dallas. Com um grasnado desafiador, Freak nos levou para dentro do Duat. O barco foi engolido pela neblina. A temperatura despencou até ficar muito frio. Senti um formigamento familiar na barriga, como se estivéssemos mergulhando do alto de uma montanha-russa. Vozes fantasmagóricas sussurravam na névoa.

Quando comecei a pensar que estávamos perdidos, minha tontura passou. A neblina se dissipou. Estávamos de volta à Costa Leste, navegando acima do Porto de Nova York na direção da iluminação noturna da orla do Brooklyn e de casa.

O quartel-general do Vigésimo Primeiro Nomo ficava de frente para a água, perto da ponte Williamsburg. Mortais comuns viam apenas um enorme galpão em ruínas no meio de um terreno industrial, mas para os magos a Casa do Brooklyn era tão visível quanto um farol — uma mansão de cinco andares feita de blocos de calcário com janelas emolduradas em aço erguendo-se acima do galpão, brilhando com luzes amarelas e verdes.

Freak aterrissou no terraço, onde a deusa gata Bastet esperava por nós.

— Meus gatinhos estão vivos!

Ela segurou meus braços e me examinou à procura de ferimentos, depois fez o mesmo com Sadie. Resmungou em reprovação ao reparar nas mãos enfaixadas de minha irmã.

Os olhos felinos e luminosos de Bastet eram um pouco perturbadores. Os longos cabelos negros estavam trançados, e sua malha de acrobata mudava de estampa enquanto ela se movia — alternando-se entre as listras de um tigre, manchas de leopardo e o padrão tricolor de uma gata. Por mais que eu a amasse e confiasse nela, eu sempre ficava um pouco nervoso com essas inspeções de "mãe gata". Bastet guardava lâminas nas mangas — lâminas de ferro mortais que chegavam às suas mãos com apenas uma flexão dos pulsos —, e eu sempre tinha medo de que ela se enganasse, tocasse meu rosto e acabasse me decapitando. Pelo menos ela não tentava nos levantar pela pele da nuca ou nos dar banho.

— O que aconteceu? — ela perguntou. — Estão todos bem?

Sadie respirou fundo, trêmula.

— Bem...

Falamos da destruição do nomo do Texas.

Bastet rosnou baixinho. Seus cabelos ficaram eriçados, mas a trança os segurou, fazendo eles parecerem volumosos como um saco de pipoca no micro-ondas.

— Eu devia ter ido — ela falou. — Podia ter ajudado!

— Não podia! — respondi. — O museu estava muito bem-protegido.

Deuses quase nunca conseguem entrar em território de magos com suas formas físicas. Os magos passaram milênios desenvolvendo barreiras encantadas para afastá-los. Havia sido bastante complicado reformular as barreiras da Casa do Brooklyn para permitir a entrada de Bastet sem nos deixar expostos a ataques de deuses menos amigáveis.

Levar Bastet ao Museu de Dallas teria sido como tentar passar uma bazuca pela segurança de um aeroporto — se não inteiramente impossível, então no mínimo muito lento e complicado. Além do mais, Bastet era nossa última linha de defesa na Casa do Brooklyn. Precisávamos que ela protegesse nossa base e nossos iniciados. Inimigos quase destruíram a mansão duas vezes antes, não queríamos que houvesse uma terceira tentativa.

A malha de Bastet ficou completamente preta, como costumava acontecer quando a deusa ficava de mau humor.

— Mesmo assim, eu jamais teria me perdoado se vocês... — Ela olhou para nossa equipe, exausta e amedrontada. — Bem, pelo menos voltaram em segurança. Qual é o próximo passo?

Walt cambaleou. Alyssa e Felix o ampararam.

— Estou bem — ele insistiu, mas era bastante claro que não estava. — Carter, posso reunir todo mundo se você quiser. Uma reunião na varanda?

Walt parecia prestes a desmaiar. Ele jamais admitiria, mas Jaz, nossa principal curadora, havia me contado que a dor que ele sentia estava agora em um nível quase insuportável o tempo todo. Walt só conseguia ficar em pé porque Jaz continuava tatuando hieróglifos analgésicos no peito dele e lhe dando poções. Apesar disso, eu havia pedido a ele para ir conosco a Dallas — outra decisão que pesava em meu coração.

O restante da equipe também precisava dormir. Os olhos de Felix estavam inchados de tanto chorar. Alyssa parecia estar entrando em estado de choque.

Se nos reuníssemos agora, eu não saberia o que dizer. Não tinha plano algum. Não conseguiria ficar diante de todo o nomo sem desmoronar. Não depois de ter causado tantas mortes em Dallas.

Olhei para Sadie. Ela balançou a cabeça, concordando comigo em silêncio.

— Vamos nos reunir amanhã — falei aos outros. — Durmam um pouco. O que aconteceu com os texanos... — Minha voz falhou. — Escutem, sei como vocês se sentem. Eu sinto o mesmo. Mas não foi culpa de vocês.

Não sei se eles acreditaram. Felix enxugou uma lágrima. Alyssa o abraçou e conduziu para a escada. Walt olhou para Sadie de um jeito que não consegui interpretar — talvez com melancolia ou remorso — e depois foi atrás de Alyssa.

— *Agh?*

Khufu deu um tapa no armário dourado.

— Sim — respondi. — Pode levá-lo para a biblioteca?

Lá era o cômodo mais seguro da mansão. Eu não queria correr riscos depois de tanto sacrifício para salvar a caixa. Khufu se afastou com ela.

Freak estava tão cansado que nem se abrigou no ninho coberto. Simplesmente se encolheu onde estava e começou a roncar, ainda amarrado ao barco. Viajar pelo Duat era muito desgastante para ele.

Soltei os arreios e afaguei a cabeça emplumada.

— Obrigado, amigão. Sonhe com perus grandes e gordos.

Ele arrulhou dormindo.

Olhei para Sadie e Bastet.

— Precisamos conversar.

Era quase meia-noite, mas ainda havia bastante atividade no Grande Salão. Julian, Paul e alguns outros estavam esparramados nos sofás, assistindo ao canal de esportes. Os mirins (nossos três aprendizes mais jovens) desenhavam no chão. Sacos de batata frita e latas de refrigerante cobriam a mesa de centro. Havia sapatos espalhados pelo tapete de pele de cobra. No meio da sala, a estátua de nove metros de altura de Tot, o deus do conhecimento, se erguia acima de nossos iniciados, segurando um estilo e uma tábua de escriba. Alguém pusera um dos antigos chapéus Fedora de Amós na cabeça de íbis da estátua, que parecia estar registrando apostas em um jogo de futebol americano. Um dos mirins havia pintado as unhas de obsidiana do deus de pedra com giz de cera cor-de-rosa e violeta. Respeito era importante para nós aqui na Casa do Brooklyn.

Enquanto Sadie e eu descíamos a escada, os garotos se levantaram dos sofás.

— Como foi? — Julian perguntou. — Walt acabou de passar por aqui, mas não quis conversar...

— Nossa equipe está bem — respondi. — O Quinquagésimo Primeiro Nomo... não muito.

Julian recuou. Ele sabia que não devia pedir detalhes na frente das crianças pequenas.

— Vocês encontraram algo útil?

— Ainda não sabemos — admiti.

Eu queria encerrar o assunto aí, mas nossa mirim mais nova, Shelby, engatinhou até nós para mostrar sua obra-prima em giz de cera.

— Eu mato uma cobra — ela falou. — Mato, mato, mato. Cobra má!

Ela havia desenhado uma serpente com várias facas cravadas nas costas e os olhos em forma de X. Se Shelby tivesse feito esse desenho na escola, provavelmente acabaria na sala do psicólogo, mas aqui até os mirins entendiam que havia algo sério acontecendo.

Ela me deu um sorriso banguela, balançando o giz de cera como se fosse uma lança. Eu recuei. Shelby podia ter idade para estar no jardim de infância, mas já era uma excelente maga. Seus gizes de cera às vezes se transformavam em armas, e os desenhos dela costumavam se desprender da folha — como o unicórnio vermelho, azul e branco que ela invocara no Dia da Independência.

— Desenho legal, Shelby.

Meu coração parecia enfaixado com ataduras bastante apertadas. Como todas as crianças menores, Shelby ficava aqui com o consentimento dos pais. Eles entendiam que o destino do mundo estava em jogo. Sabiam que a Casa do Brooklyn era o lugar mais apropriado e seguro para ela dominar seus poderes. Mesmo assim, que infância era essa, canalizando magia que destruiria a maioria dos adultos e aprendendo sobre monstros que fariam qualquer um ter pesadelos?

Julian afagou os cabelos de Shelby.

— Vamos, querida. Faça outro desenho para mim, o.k.?

— Matar? — Shelby perguntou.

Julian se afastou com ela. Sadie, Bastet e eu fomos para a biblioteca.

As portas pesadas de carvalho se abriam para uma escadaria que descia até uma enorme sala cilíndrica, como um poço. No teto abobadado havia uma pintura de Nut, deusa do céu, com o corpo azul-escuro cheio de estrelas prateadas e cintilantes. O piso era uma pintura do marido dela, Geb, o deus da terra, cujo corpo era coberto de rios, montanhas e desertos.

Embora fosse tarde, Cleo, que havia se oferecido como bibliotecária, ainda mantinha seus quatro *shabti* trabalhando. Os homens de argila corriam de um lado para o outro, tirando o pó de prateleiras, reagrupando pergaminhos e organizando livros em compartimentos nas paredes. Ela estava sentada à escrivaninha, fazendo anotações em um papiro enquanto conversava com Khufu, acocorado na mesa diante dela, mostrando nosso novo armário antigo e grunhindo em babuinês como se dissesse: *Ei, Cleo, quer comprar uma caixa de ouro?*

Cleo não era uma das mais corajosas do grupo, mas tinha uma memória incrível. Falava seis idiomas, incluindo inglês, português (ela é brasileira), egípcio antigo e algumas palavras de babuinês. Ela havia assumido a tarefa de criar um índice geral de todos os nossos rolos de papiro e vinha reunindo mais rolos do mundo inteiro para nos ajudar a conseguir informações sobre Apófis. Tinha sido Cleo quem descobrira a relação entre os últimos ataques da Serpente e os papiros escritos pelo lendário mago Setne.

Ela era de grande ajuda, embora se irritasse quando precisava ceder o espaço de *sua* biblioteca para nossos livros escolares, computadores para acessar a internet, artefatos grandes e exemplares antigos da revista *Cat Fancy* de Bastet.

No momento em que nos viu descer a escada, Cleo se levantou de um pulo.

— Vocês estão vivos!

— Não fique tão animada — Sadie resmungou.

Cleo mordeu o lábio.

— Desculpe. Eu só... estou feliz. Khufu veio sozinho, então fiquei preocupada. Ele estava tentando me dizer algo sobre essa caixa dourada, mas ela está vazia. Encontraram *O livro para derrotar Apófis?*

— O papiro foi queimado — contei. — Não conseguimos salvá-lo.

Cleo parecia querer gritar.

— Mas aquele era o último exemplar! Como Apófis foi capaz de destruir algo tão valioso?

Pensei em lembrá-la de que Apófis estava disposto a destruir o mundo inteiro, mas eu sabia que ela não gostava de pensar nisso. Isso a deixava morrendo de medo.

Ficar revoltada por causa de um papiro era mais fácil para ela. A ideia de que alguém pudesse destruir qualquer tipo de livro fazia Cleo querer esmurrar a cara da pessoa.

Um dos *shabti* pulou na mesa. Ele tentou colar uma etiqueta com código de barras na caixa dourada, mas Cleo expulsou o homem de argila.

— Todos vocês, voltem a seus lugares!

Ela bateu palmas, e os quatro *shabti* voltaram aos pedestais. Transformaram-se em argila sólida. Um deles, porém, ainda usava luvas de borracha e segurava um espanador, o que era um pouco estranho.

Cleo inclinou-se para a frente e examinou a caixa dourada.

— Não tem nada dentro. Por que vocês a trouxeram?

— Isso é o que Sadie, Bastet e eu precisamos conversar — expliquei. — Se você não se importar, Cleo.

— Não me importo. — Cleo continuou analisando a caixa. Depois percebeu que todos nós olhávamos para ela. — Ah... você quer dizer em particular. É claro.

Ela ficou um pouco chateada por ser expulsa, mas segurou a mão de Khufu.

— Vamos, babuinozinho. Venha fazer um lanche.

— *Agh!* — Khufu respondeu feliz.

Ele adorava Cleo, talvez por causa do nome. Por razões que ninguém entendia direito, Khufu adorava coisas que terminam em *o*, como Oreo, coco e cacto.

Quando Cleo e Khufu saíram, Sadie, Bastet e eu ficamos em volta de nossa nova aquisição.

A caixa tinha o formato de um miniarmário de escola. O exterior era de ouro, mas a madeira deve ter sido folheada com uma camada fina do metal, porque o armário não era muito pesado. Hieróglifos e imagens do faraó e de sua esposa estavam entalhados nas laterais e no topo. Na frente havia uma porta dupla com um ferrolho, que ao se abrir revelou... bem, não muito. Dentro havia um pedestal minúsculo marcado por pegadas douradas, como se uma Barbie do Egito Antigo tivesse ficado guardada ali.

Sadie estudou os hieróglifos nas laterais.

— São todos sobre Tut e a rainha dele, desejando aos dois uma feliz pós-vida e blá-blá-blá. Tem uma imagem dele caçando patos. Sério? Essa era a ideia dele de paraíso?

— Eu gosto de patos — Bastet falou.

Abri e fechei as portinhas.

— Por alguma razão, não acredito que os patos sejam importantes. O que quer que estivesse aqui dentro desapareceu. Saqueadores de túmulos devem ter roubado, ou...

Bastet riu.

— Saqueadores de túmulos levaram. Claro.

Franzi a testa e olhei para ela.

— Qual é a graça?

Ela sorriu para mim, e depois para Sadie, antes de aparentemente perceber que não havíamos entendido a piada.

— Ah... entendo. Vocês de fato não sabem o que é isso. Acho que faz sentido, já que restam muito poucas.

— Poucas o quê? — perguntei.

— Caixas de sombra.

Sadie torceu o nariz.

— Isso não é um daqueles trabalhos de escola, como aquelas câmaras escuras? Já fiz uma para a aula de ciências uma vez. Morri de tédio.

— Não sei de trabalhos escolares — Bastet respondeu com arrogância. — Não gosto da palavra *trabalho*. Mas esta é uma caixa de sombra *de verdade*: uma caixa para conter uma sombra.

Bastet não parecia estar brincando, mas, como ela era uma gata, é difícil dizer.

— Está aí dentro agora mesmo — ela insistiu. — Não conseguem ver? Um pedacinho sombrio de Tut. Oi, sombra de Tut! — Ela acenou para a caixa vazia. — Foi por isso que ri quando você disse que saqueadores de túmulos podiam tê-la roubado. Ah! Isso seria interessante.

Tentei entender a ideia.

— Mas... eu já ouvi meu pai dar aulas sobre, tipo, todos os artefatos egípcios possíveis. Nunca o ouvi mencionar uma caixa de sombra.

— Como eu disse — Bastet respondeu —, restam poucas delas. Normalmente a caixa de sombra era enterrada longe do restante da alma. Tut cometeu uma grande bobagem ao guardá-la dentro da tumba. Talvez um dos sacerdotes a tenha colocado lá contra as ordens dele, por ressentimento.

Eu agora estava completamente perdido. Para minha surpresa, Sadie assentia com entusiasmo.

— Deve ter sido a isso que Anúbis se referiu — ela disse. — "Preste atenção ao que não está lá". Quando olhei no Duat, vi escuridão dentro da caixa. E Tio Vinnie falou que ela indicaria uma forma de derrotarmos Apófis.

Ergui as mãos para Sadie.

— Peraí. Sadie, onde você viu Anúbis? E desde quando temos um tio chamado Vinnie?

Ela parecia um pouco constrangida, mas descreveu o encontro com o rosto na parede, e depois as visões com nossa mãe e Ísis, e com seu quase namorado divino Anúbis. Eu sabia que a atenção de minha irmã divagava muito, mas até *eu* estava impressionado com a quantidade de viagens místicas paralelas que ela havia feito em apenas um passeio pelo museu.

— O rosto na parede pode ter sido um truque — sugeri.

— É possível... mas acho que não. O rosto disse que íamos precisar da ajuda dele e que tínhamos só dois dias até algo acontecer com ele. Ele também falou que essa caixa nos mostraria aquilo de que precisávamos. Anúbis insinuou que eu estava no caminho certo salvando esse armário. E nossa mãe... — Sadie hesitou. — Nossa mãe disse que só assim poderíamos vê-la de novo. Está acontecendo alguma coisa com o espírito dos mortos.

De repente me senti como se estivesse de volta ao Duat, envolto em névoa gelada. Olhei para a caixa, mas ainda não via nada.

— O que sombras têm a ver com Apófis e o espírito dos mortos?

Olhei para Bastet. Ela arranhava a mesa, como costumava fazer quando estava nervosa. Já trocamos muitas mesas por aqui.

— Bastet? — Sadie perguntou com um tom suave.

— Apófis e sombras — Bastet murmurou. — Eu nunca havia pensado... — Ela balançou a cabeça. — Vocês deviam fazer essas perguntas a Tot. Ele sabe muito mais que eu.

Uma lembrança me veio à mente. Meu pai fizera uma palestra em uma universidade em algum lugar... Munique, talvez? Os alunos haviam perguntado sobre o conceito egípcio de alma, que possuía diversas partes, e meu pai mencionara algo sobre sombras.

"É como a mão com cinco dedos", ele dissera. "Uma alma com cinco partes."

Levantei meus dedos, tentando lembrar.

— Cinco partes da alma... quais são elas?

Bastet ficou em silêncio. Não parecia nem um pouco à vontade.

— Carter? — Sadie perguntou. — O que isso tem a ver com...?

— Só me ajude — respondi. — A primeira parte é o *ba*, certo? Nossa personalidade.

— Forma de galinha — ela falou.

Só mesmo Sadie para apelidar uma parte da alma com o nome de uma ave, mas eu sabia o que ela queria dizer. O *ba* podia sair do corpo quando sonhávamos, ou voltar à Terra como fantasma depois que morrêssemos. Quando ele saía, tomava a forma de uma ave grande e brilhante com uma cabeça humana.

— É — eu disse. — Forma de galinha. E tem o *ka*, a força vital que abandona o corpo na hora da morte. E depois o *ib*, o coração...

— O registro de nossas ações, boas e más — Sadie concordou. — Essa é a parte que se pesa na balança da justiça na pós-vida.

— E a quarta... — hesitei.

— O *ren* — Sadie completou. — Seu nome secreto.

Eu estava constrangido demais para olhar para ela. Na primavera anterior, Sadie salvara minha vida dizendo meu nome secreto, o que basicamente lhe dera acesso a meus pensamentos mais secretos e minhas emoções mais sombrias. Desde então, ela havia sido bem compreensiva em relação a isso, mas ainda assim... ninguém quer dar esse tipo de vantagem à irmã mais nova.

O *ren* também era a parte da alma de que nosso amigo Bes abrira mão por nós em uma aposta com Khonsu, o deus da lua, seis meses antes. Agora Bes parecia uma casca vazia, sentado em uma cadeira de rodas na casa de repouso divina do mundo inferior.

— Certo — falei. — Mas a quinta parte... — Olhei para Bastet. — É a sombra, não é?

Sadie franziu o cenho.

— A sombra? Como uma sombra pode fazer parte da alma? É só uma silhueta, não é? Um truque da luz.

Bastet estendeu a mão acima da mesa. Seus dedos projetaram uma sombra vaga na madeira.

— Você não pode se livrar de sua sombra, seu *sheut*. Todos os seres vivos têm isso.

— Assim como pedras, lápis e sapatos — Sadie disse. — Isso significa que *eles* têm alma?

— Você sabe que não — Bastet a repreendeu. — Seres vivos são diferentes de pedras... bem, *a maioria*, pelo menos. O *sheut* não é apenas uma sombra física. É uma projeção mágica... a silhueta da alma.

— Então esta caixa... — falei. — Quando você disse que ela contém a sombra do Rei Tut...

— Eu quis dizer que ela contém um quinto da alma dele — Bastet confirmou. — Abriga o *sheut* do faraó para que não seja perdido na pós-vida.

Meu cérebro parecia que ia explodir. Eu sabia que essa história de sombras devia ser importante, mas não entendia de que maneira. Era como se eu tivesse recebido uma peça de quebra-cabeça mas ela fosse do quebra-cabeça errado.

Não havíamos salvado a peça *certa* — um papiro insubstituível que poderia nos ajudar a derrotar Apófis — nem um nomo inteiro cheio de magos aliados. Tudo o que tínhamos conseguido em nossa viagem era um armário vazio decorado com imagens de patos. Eu queria jogar a caixa de sombra do Rei Tut no outro lado da sala.

— Sombras perdidas — resmunguei. — Isso parece aquela história do *Peter Pan*.

Os olhos de Bastet brilharam como lanternas chinesas.

— O que você acha que *inspirou* a história da sombra perdida de Peter Pan? Existem lendas sobre sombras há séculos, Carter, desde os tempos do Egito Antigo.

— Mas como isso é *útil* para a gente? — perguntei. — *O livro para derrotar Apófis* teria nos ajudado. Agora ele não existe mais!

Tudo bem, eu parecia zangado. Eu *estava* zangado.

Lembrar as palestras de meu pai me fazia desejar ser criança de novo, viajando pelo mundo com ele. Havíamos enfrentado algumas situações estranhas juntos, mas eu me sentia seguro e protegido. Ele sempre sabia o que fazer. Agora tudo o que me restava daquele tempo era minha bolsa tipo carteiro, ganhando poeira no closet do meu quarto.

Não era justo. Mas eu sabia o que meu pai diria sobre isso: *Justiça significa que todo mundo consegue o que precisa. E a única maneira de se conseguir o que precisa é ir buscar você mesmo.*

Ótimo, pai. Estou diante de um inimigo impossível de derrotar, e o que *preciso* para fazer isso acabou de ser destruído.

Sadie deve ter entendido minha expressão.

— Carter, vamos dar um jeito — ela prometeu. — Bastet, você ia dizer algo sobre Apófis e sombras.

— Não, não ia — Bastet murmurou.

— Por que está tão nervosa com isso? — perguntei. — Os deuses *têm* sombras? Apófis tem? Se sim, como elas funcionam?

Bastet entalhou com as unhas alguns hieróglifos na mesa. Eu tinha bastante certeza de que a mensagem era: PERIGO.

— Sério, crianças... essa é uma pergunta para Tot. Sim, os deuses têm sombras. É claro que temos. Mas... esse não é um assunto do qual devemos falar.

Raras foram as vezes em que eu vira Bastet tão inquieta. Eu não tinha certeza do por quê. Essa deusa enfrentara Apófis pessoalmente, garra contra presa, em uma prisão mágica durante milhares de anos. Por que tinha medo de sombras?

— Bastet — falei —, se não conseguirmos encontrar solução melhor, vamos ter que recorrer ao Plano B.

A deusa fez uma careta. Sadie olhou desanimada para a mesa. O Plano B era algo que somente Sadie, Bastet, Walt e eu havíamos discutido. Nossos outros iniciados não sabiam nada a respeito. Não havíamos contado nem ao tio Amós. Era assustador *nesse nível*.

— Eu... eu odiaria isso — Bastet respondeu. — Mas, Carter, eu realmente não tenho as respostas. E, se vocês começarem a perguntar sobre sombras, vão se envolver em algo muito perigoso e...

Alguém bateu na porta da biblioteca. Cleo e Khufu surgiram no alto da escadaria.

— Desculpem interromper — Cleo disse. — Carter, Khufu acabou de vir de seu quarto. Ele parece aflito para falar com você.

— *Agh!* — Khufu insistiu.

— Ele diz que há uma chamada para você na tigela de vidência, Carter — Bastet traduziu do babuinês. — Uma chamada *particular*.

Como se eu já não estivesse bastante estressado. Só uma pessoa me enviaria uma visão pela tigela, e, se ela estava ligando para mim àquela hora da noite, a notícia não devia ser boa.

— Reunião encerrada — falei. — Conversamos amanhã de manhã.

4. Consulto o pombo da guerra

Eu estava apaixonado por uma banheira de passarinho.

A maioria dos garotos checa o celular à espera de mensagens de texto ou fica obcecada com o que as garotas falam deles na internet. Já eu não conseguia ficar longe da tigela de vidência.

Era só um prato de bronze em um pedestal de pedra na varanda do meu quarto. Mas, sempre que eu estava no quarto, percebia que lançava olhares para a tigela, resistindo ao impulso de correr até a varanda e tentar ver Zia.

O mais estranho era que sequer podia chamá-la de namorada. Que nome se dá a alguém por cuja réplica *shabti* você se apaixonou, então resgatou a pessoa verdadeira e descobriu que ela não sentia o mesmo? E Sadie acha que os relacionamentos *dela* é que são complicados.

Nos últimos seis meses, desde que Zia foi ajudar meu tio no Primeiro Nomo, a tigela tem sido nosso único meio de contato. Passei tantas horas conversando com ela por meio do utensílio que mal conseguia me lembrar de seu rosto sem as ondulações do óleo encantado.

Quando cheguei à varanda, estava sem fôlego. Zia olhava para mim na superfície do óleo. Seus braços estavam cruzados; os olhos tão furiosos que pareciam prestes a pegar fogo. (A primeira tigela de vidência que Walt criou realmente *pegou* fogo, mas essa é outra história.)

— Carter — ela disse —, vou estrangular você.

Ela ficava linda quando ameaçava me matar. Durante o verão, Zia havia deixado os cabelos crescerem, e agora eles caíam nos ombros como uma onda negra e lisa. Ela não era o *shabti* por quem eu me apaixonara, mas seu rosto ainda era de uma beleza esculpida: nariz delicado, lábios vermelhos e carnudos, olhos estonteantes cor de âmbar. A pele reluzia como terracota saída do forno.

— Você soube de Dallas — deduzi. — Zia, sinto muito...

— Carter, *todo mundo* sabe de Dallas. Outros nomos estão há uma hora mandando mensageiros *ba* para Amós, exigindo respostas. As agitações no Duat foram sentidas até em Cuba. Alguns afirmaram que você explodiu metade do Texas. Outros disseram que o Quinquagésimo Primeiro Nomo foi destruído. Alguns disseram... alguns disseram que você estava morto.

A preocupação em sua voz me animou um pouco, mas também fez eu me sentir ainda mais culpado.

— Eu queria ter contado para você antes — falei. — Mas, quando percebemos que o alvo de Apófis era Dallas, tivemos que partir de imediato.

Contei a ela o que havia acontecido na exposição do Rei Tut, inclusive nossos erros e as baixas.

Tentei interpretar a expressão de Zia. Mesmo depois de tantos meses, ainda era difícil adivinhar o que ela estava pensando. Só *olhar* para ela já era o bastante para causar um curto-circuito no meu cérebro. Na metade do tempo eu mal conseguia lembrar como formar frases completas.

Enfim ela resmungou algo em árabe — provavelmente um palavrão.

— Estou feliz por você ter sobrevivido, mas o Quinquagésimo Primeiro destruído...? — Ela balançou a cabeça, incrédula. — Eu conhecia Anne Grissom. Ela me ensinou magia de cura quando eu era pequena.

Eu me lembrei da moça loura e bonita que havia tocado com a banda e do violino quebrado em meio aos destroços da explosão.

— Eram boas pessoas — eu disse.

— Alguns de nossos últimos aliados — Zia acrescentou. — Os rebeldes já estão culpando você pelas mortes. Se outros nomos abandonarem Amós...

Ela não precisava concluir a frase. Na primavera anterior, os piores vilões da Casa da Vida haviam formado uma equipe de ataque para destruir a Casa do Brooklyn. Nós os derrotáramos. Amós até os anistiara quando se tornou o novo Sacerdote-leitor Chefe. Mas alguns se recusaram a segui-lo. Os rebeldes ainda estavam à solta, reunindo forças, convencendo outros magos a se oporem a nós. Como se precisássemos de mais inimigos.

— Estão me culpando? — perguntei. — Eles entraram em contato com você?

— Pior. Transmitiram uma mensagem para você.

O óleo tremulou. Vi um rosto diferente: Sarah Jacobi, líder dos rebeldes. Tinha pele branca, cabelos pretos espetados e olhos escuros sempre assustados, contornados com muito *kohl*. Com suas vestes totalmente brancas, parecia um fantasma.

Ela estava em uma sala contornada por colunas de mármore. Atrás dela havia meia dúzia de magos — os assassinos de elite de Jacobi. Reconheci as vestes azuis e a cabeça raspada de Kwai, que havia sido exilado do nomo da Coreia do Norte por ter matado outro mago. Ao lado dele estava Petrovich, um ucraniano com cicatrizes no rosto que havia trabalhado como assassino para nosso velho inimigo Vlad Menshikov.

Não consegui identificar os outros, mas eu duvidava que qualquer um fosse tão mau quanto a própria Sarah Jacobi. Até ser libertada por Menshikov, ela havia sido exilada na Antártida por ter provocado um tsunami no oceano Índico que matara mais de duzentas e cinquenta mil pessoas.

— Carter Kane! — ela gritou.

Como era uma transmissão, eu sabia que aquela era só uma gravação mágica, mas a voz dela me deu um susto ainda assim.

— A Casa da Vida exige sua rendição — ela disse. — Seus crimes são imperdoáveis. Você deve pagar com a própria vida.

O nó em meu estômago mal teve tempo de desatar quando uma série de imagens violentas surgiu no óleo. Vi a Pedra de Roseta explodindo no British Museum — o incidente que havia libertado Set e matado meu pai no Natal anterior. Como Jacobi havia conseguido aquela imagem? Vi a batalha na Casa do Brooklyn na primavera, quando Sadie e eu tínhamos chegado no barco solar de Rá para expulsar o pelotão de ataque de Jacobi. As imagens que ela exibia faziam parecer que *nós* éramos os agressores —

um bando de vândalos com poderes divinos espancando a pobre Jacobi e seus amigos.

— Você libertou Set e seus seguidores — anunciou Jacobi. — Quebrou a regra mais sagrada da magia e cooperou com os deuses. Com isso, você desequilibrou o Maat, provocando a ascensão de Apófis.

— Isso é mentira! — protestei. — Apófis já estava se erguendo!

Então lembrei que estava gritando com uma gravação.

As cenas continuaram mudando. Vi um edifício alto pegando fogo no bairro de Shibuya, em Tóquio, o quartel-general do Ducentésimo Trigésimo Quarto Nomo. Um demônio voador com cabeça de espada samurai arrebentou uma janela, entrou no prédio e levou consigo um mago, que gritava sem parar.

Vi a casa do antigo Sacerdote-leitor Chefe, Michel Desjardins — uma bela casa parisiense na Rue des Pyramides —, agora em ruínas. O teto havia desmoronado. As janelas estavam quebradas. Havia pergaminhos rasgados e livros encharcados espalhados pelo jardim destruído, e o hieróglifo símbolo do Caos fumegava na porta da frente como uma marca de ferro em brasa.

— Você provocou tudo isso — Jacobi disse. — Deu o manto de Sacerdote-leitor Chefe a um servo do mal. Corrompeu jovens magos ao ensinar a eles o caminho dos deuses. Enfraqueceu a Casa da Vida e nos deixou à mercê de Apófis. Não vamos tolerar isso. Todos os seus seguidores serão punidos.

A visão mudou para a Casa da Esfinge, em Londres, quartel-general do nomo britânico. Sadie e eu havíamos feito uma visita no verão e conseguido firmar um acordo de paz após horas de negociação. Vi Kwai atacar a biblioteca, quebrando estátuas de deuses e derrubando livros das prateleiras. Doze magos britânicos estavam acorrentados diante da invasora, Sarah Jacobi, que empunhava uma faca negra e brilhante. O líder do nomo, um idoso inofensivo chamado Sir Leicester, foi forçado a se ajoelhar. Sarah Jacobi ergueu a faca. A lâmina desceu, e a cena mudou.

O rosto fantasmagórico de Jacobi na superfície do óleo me encarava. Seus olhos eram escuros como as órbitas vazias de uma caveira.

— Os Kane são uma praga — ela falou. — Vocês devem ser destruídos. Entregue-se com sua família para que sejam executados. Pouparemos seus seguidores se eles renunciarem ao caminho dos deuses. Não quero o posto de

Sacerdote-leitor Chefe, mas devo tomá-lo para o bem do Egito. Quando os Kane estiverem mortos, seremos fortes e estaremos unidos mais uma vez. Vamos reparar o dano que vocês causaram e mandaremos os deuses e Apófis de volta para o Duat. A justiça é rápida, Carter Kane. Este será seu único aviso.

A imagem de Sarah Jacobi se dissolveu no óleo, e fiquei novamente sozinho com o reflexo de Zia.

— É — falei, abalado. — Para uma genocida, ela é bem convincente.

Zia assentiu.

— Jacobi já converteu ou derrotou a maioria de nossos aliados na Europa e na Ásia. Muitos dos ataques recentes em Paris, Tóquio e Madri foram obra de Jacobi, mas ela os atribui a Apófis... ou à Casa do Brooklyn.

— Isso é ridículo.

— Você e eu sabemos disso — Zia concordou. — Mas os magos estão com medo. Jacobi está dizendo que, se os Kane forem destruídos, Apófis retornará ao Duat e tudo voltará ao normal. Eles *querem* acreditar nisso. Ela está dizendo que seguir vocês é uma sentença de morte. Depois da destruição de Dallas...

— Entendi — interrompi.

Não era justo ficar zangado com Zia, mas eu me sentia muito impotente. Tudo que fazíamos parecia dar errado. Imaginei Apófis rindo no mundo inferior. Talvez tenha sido por isso que ele ainda não atacara a Casa da Vida com força total. Estava se divertindo muito nos vendo destruir uns aos outros.

— Por que Jacobi não mandou essa mensagem para Amós? — perguntei. — Ele é o Sacerdote-leitor Chefe.

Zia desviou os olhos, como se verificasse algo. Eu não conseguia ver muito do que havia em volta dela, mas não parecia ser seu dormitório no Primeiro Nomo nem o do Salão das Eras.

— Como Jacobi disse, eles consideram Amós um servo do mal. Não vão falar com ele.

— Porque ele foi possuído por Set — deduzi. — Mas não foi culpa *dele*. Ele já foi curado. Está bem.

Zia fez uma careta.

— O que foi? — perguntei. — Ele *está* bem, não está?

58

— Carter, é... é complicado. Escute, o principal problema é Jacobi. Ela assumiu a antiga base de Menshikov em São Petersburgo. O lugar está quase tão fortificado quanto o Primeiro Nomo. Não sabemos o que ela trama nem quantos magos estão com ela. Não sabemos quando nem onde ela atacará. Mas ela vai atacar em breve.

"A justiça é rápida. Este será seu único aviso."

Algo me dizia que Jacobi não atacaria a Casa do Brooklyn de novo, não depois da humilhação na última vez. Mas, se ela quisesse tomar a Casa da Vida e destruir os Kane, qual seria outro alvo possível?

Olhei para Zia e entendi o que ela estava pensando.

— Não — eu disse. — Eles nunca atacariam o Primeiro Nomo. Seria suicídio. O nomo sobrevive há cinco mil anos.

— Carter... estamos mais fracos do que você imagina. Nunca tivemos uma equipe completa. Agora muitos de nossos melhores magos sumiram, talvez tenham passado para o outro lado. Só nos restam alguns velhos e umas crianças assustadas, e Amós e eu. — Ela abriu os braços, exasperada. — E na metade do tempo *estou* presa aqui...

— Espere — interrompi. — Onde você está?

Em algum lugar à esquerda de Zia, uma voz masculina cantarolou:

— Oláááá!

Zia suspirou.

— Ótimo. Ele acordou do cochilo.

Um velho enfiou o rosto na frente da tigela de vidência. Ele sorriu, exibindo exatamente dois dentes. A cabeça careca e enrugada o fazia parecer um bebê geriátrico.

— Tem zebras aqui!

Ele abriu a boca e tentou beber o óleo da tigela, e a imagem toda tremeu.

— Meu senhor, não! — Zia o puxou para trás. — Não pode beber o óleo encantado. Já conversamos sobre isso. Aqui, pegue um biscoito.

— Biscoitos! — ele gritou. — Ebaaaa!

O velho se afastou dançando e segurando a guloseima.

Era o avô senil de Zia? Não. Aquele era Rá, o deus sol, primeiro faraó divino do Egito e arqui-inimigo de Apófis. Na última primavera havíamos partido em uma missão para encontrá-lo e despertá-lo de seu sono crepuscular, convencidos de que ele se levantaria em toda a sua glória e lutaria por nós contra a serpente do Caos.

Em vez disso, Rá acordou senil e demente. Ele era ótimo em comer biscoitos, babar e cantar músicas sem sentido. Lutar contra Apófis? Nem tanto.

— Está de babá *de novo*? — perguntei.

Zia deu de ombros.

— Aqui o sol já nasceu. Hórus e Ísis cuidam dele na maioria das noites no barco solar. Mas, durante o dia... bem, Rá fica chateado se eu não venho visitá-lo, e nenhum outro deus quer cuidar dele. Sério, Carter... — Ela abaixou a voz. — Tenho medo do que fariam se eu deixasse Rá sozinho com eles. Estão se cansando dele.

— Ebaaaa! — Rá disse ao fundo.

Meu coração se apertou. Mais um motivo para eu me sentir culpado: por minha causa Zia ia ficar de babá do deus sol. Presa na sala do trono dos deuses durante o dia e ajudando Amós a administrar o Primeiro Nomo todas as noites, Zia mal tinha tempo para dormir, muito menos para sair em um encontro — mesmo que eu conseguisse criar coragem para convidá-la.

É claro, isso não teria importância se Apófis destruísse o mundo ou se Sarah Jacobi e seus magos assassinos me pegassem. Por um momento me perguntei se Jacobi tinha razão: se o mundo *havia* mesmo se desequilibrado por causa da família Kane e se ele ficaria melhor sem nós.

Eu me sentia tão impotente que por um instante pensei em invocar o poder de Hórus. Teria sido bom um pouco da coragem e da confiança do deus da guerra. Mas eu suspeitava que unir meus pensamentos aos de Hórus não seria uma boa ideia. Minhas emoções já estavam bastante confusas sem outra voz ecoando na minha cabeça e me provocando.

— Conheço essa expressão — Zia censurou. — Você não pode se culpar, Carter. Se não fosse por você e Sadie, Apófis já teria destruído o mundo. Ainda resta esperança.

Plano B, pensei. A menos que conseguíssemos decifrar esse mistério sobre as sombras e como elas poderiam ser usadas contra Apófis, só nos restaria o Plano B, que significava morte certa para mim e Sadie mesmo que funcionasse. Mas eu não ia contar isso para Zia. Ela não precisava de mais notícias deprimentes.

— Tem razão — falei. — Vamos pensar em alguma coisa.

— Hoje à noite estarei no Primeiro Nomo. Ligue para mim, o.k.? Precisamos conversar sobre...

Algo ressoou atrás dela, como um bloco de pedra sendo arrastado pelo chão.

— Sobek está aqui — Zia sussurrou. — Odeio aquele cara. Depois nos falamos.

— Espere, Zia — pedi. — Sobre o que temos que conversar?

Mas o óleo escureceu, e Zia sumiu.

Eu precisava dormir. Mas, em vez disso, fiquei andando pelo quarto.

Os dormitórios na Casa do Brooklyn eram incríveis: camas confortáveis, aparelhos de tevê de alta definição, internet banda larga sem fio e frigobares com reabastecimento mágico. Um exército de vassouras, esfregões e espanadores encantados mantinha tudo limpo. Os closets estavam sempre cheios de roupas limpas e no nosso tamanho.

Mesmo assim, eu me sentia em uma jaula. Talvez porque dividisse o quarto com um babuíno. Khufu não passava muito tempo aqui (normalmente estava lá embaixo com Cleo ou deixando os mirins escovarem seu pelo), mas havia uma depressão em forma de babuíno na cama dele, uma caixa de Cheerios na mesa de cabeceira e um balanço de pneu instalado no canto do quarto. O balanço tinha sido uma piada de Sadie, mas Khufu gostou tanto dele que não pude tirá-lo. O problema era que eu já havia me acostumado a tê-lo por perto. Agora que Khufu passava a maior parte do tempo com os mirins, eu sentia sua falta. Aprendi a gostar dele de um jeito carinhoso e irritante, mais ou menos o que sentia por minha irmã.

[Sim, Sadie. Você mereceu esse comentário.]

O protetor de tela de meu laptop foi ativado e fotos começaram a passar pelo monitor. Lá estava meu pai em um sítio arqueológico no Egito, com uma postura relaxada e responsável no uniforme cáqui, as mangas arregaçadas mostrando os braços escuros e musculosos enquanto exibia uma cabeça de pedra quebrada da estátua de algum faraó. A cabeça calva e o cavanhaque faziam meu pai parecer um pouco diabólico quando sorria.

Outra foto mostrava tio Amós no palco de um clube de jazz, tocando seu saxofone. Ele usava óculos escuros redondos, um chapéu Fedora azul e um terno de seda da mesma cor feito sob medida, como sempre. As trancinhas estavam enfeitadas com safiras. Nunca cheguei a ver uma apresentação de Amós, mas gostava dessa foto porque ele parecia cheio de energia e feliz — bem diferente de agora, com o peso da liderança sobre os ombros. Infelizmente a foto também me fazia lembrar Anne Grissom, a maga texana com o violino, divertindo-se à noite, pouco antes de morrer.

A imagem mudou. Vi minha mãe me ninando no joelho quando eu era bebê. Naquela época eu tinha um cabelo afro ridículo, pelo qual Sadie sempre debocha de mim. Na fotografia estou de macacão azul com algumas manchas de purê de batata-doce. Seguro os polegares de minha mãe com uma cara assustada, como se estivesse pensando: *Alguém me tira daqui!*, enquanto ela me faz pular em seu joelho. Minha mãe está bonita como sempre, mesmo usando camiseta e jeans velhos e com os cabelos presos por uma bandana. Ela sorri para mim como se eu fosse a coisa mais maravilhosa de sua vida.

Aquela foto era dolorosa, mas continuei olhando para ela.

Lembrei o que Sadie dissera — que algo estava afetando os espíritos dos mortos e que talvez nunca mais fôssemos ver nossa mãe se não descobríssemos o que estava acontecendo.

Respiro fundo. Meu pai, meu tio, minha mãe — todos eles eram magos poderosos. Todos haviam sacrificado muito para restaurar a Casa da Vida.

Eram mais velhos, sábios e fortes que eu. Haviam praticado magia durante décadas. Sadie e eu tínhamos começado havia nove meses. Mesmo assim, precisávamos fazer algo que nenhum mago conseguira antes — derrotar Apófis.

Fui até meu closet e peguei minha antiga mala de viagem. Era só uma bolsa preta de couro, como um milhão de outras que se vê em um aeroporto.

Durante anos eu a carregara pelo mundo nas viagens com meu pai. Ele me treinara para viver com apenas o que pudesse carregar.

Abri a bolsa. Agora havia apenas um objeto lá dentro: a estatueta de uma serpente enrolada esculpida em granito vermelho, com hieróglifos entalhados. O nome — *Apófis* — estava riscado e sobrescrito com poderosos feitiços de aprisionamento, mas ainda assim a estatueta era o objeto mais perigoso na casa toda — uma representação do inimigo.

Sadie, Walt e eu havíamos criado isso em segredo (apesar da forte oposição de Bastet). Só tínhamos confiado em Walt porque precisávamos de sua habilidade como produtor de amuletos. Nem mesmo Amós teria aprovado um experimento tão perigoso. Um erro, um encantamento equivocado, e em vez de uma arma contra Apófis essa estatueta poderia dar a ele livre acesso à Casa do Brooklyn. Mas precisávamos correr o risco. A menos que encontrássemos algum outro meio de derrotar a serpente, Sadie e eu teríamos que usar a estatueta para o Plano B.

— Ide.a infeliz — disse uma voz da varanda.

Um pombo estava empoleirado na grade. Seu olhar não se assemelhava nem um pouco com o de um pombo normal. Parecia destemido, quase perigoso; e eu reconhecia a voz, que era mais viril e beligerante do que seria de se esperar de um membro da família dos pombos.

— Hórus?

O pombo balançou a cabeça assentindo.

— Posso entrar?

Eu sabia que ele não estava perguntando só por cortesia. A casa era fortemente protegida por encantamentos para evitar pestes indesejadas, como roedores, cupins e deuses egípcios.

— Eu lhe dou permissão para entrar — respondi formalmente. — Hórus, na forma de um... *ah*... pombo.

— Obrigado.

O pombo pulou da grade e entrou andando.

— Por quê? — perguntei.

Ele agitou as penas.

— Bem, procurei por um falcão, mas eles estão um pouco escassos em Nova York. Queria algo com asas, então um pombo pareceu ser a melhor opção. Eles se adaptaram bem nas cidades, não têm medo das pessoas. São aves nobres, não acha?

— Nobres — concordei. — Essa é a primeira palavra que me vem à mente quando penso em pombos.

— De fato — Hórus concordou.

Aparentemente, não existia sarcasmo no Egito Antigo, porque Hórus nunca parecia entender. Ele saltou para minha cama e bicou alguns restos de Cheerio do almoço de Khufu.

— Ei — avisei —, se fizer cocô no meu cobertor...

— Por favor. Deuses da guerra não fazem cocô em cobertores. Bem, exceto naquela vez...

— Deixe para lá.

Hórus pulou para a beirada de minha mala. Deu uma olhada na estatueta de Apófis.

— Perigoso — ele disse. — Perigoso demais, Carter.

Eu não havia lhe falado do Plano B, mas não me surpreendo de ele ter descoberto. Hórus e eu já havíamos compartilhado pensamentos diversas vezes. Quanto mais eu me aperfeiçoava na habilidade de canalizar os poderes dele, melhor nos entendíamos. O lado negativo da magia divina é que nem sempre eu conseguia interromper essa ligação.

— É nossa saída de emergência — expliquei. — Estamos tentando encontrar outro jeito.

— Procurando aquele papiro — ele lembrou. — Cuja última cópia foi queimada hoje em Dallas.

Resisti ao impulso de bater no pombo.

— Sim. Mas Sadie encontrou uma caixa de sombra. Ela acredita ser uma espécie de dica. Você por acaso sabe algo sobre usar sombras contra Apófis?

O pombo inclinou a cabeça de lado.

— Não, não sei. Meu conhecimento em magia é relativamente pragmático. Acerte uma espada nos inimigos até eles morrerem. Se levantarem, acerte-os de novo. Repita sempre que necessário. Funcionou contra Set.

— Depois de quantos anos de luta?

O pombo me lançou um olhar bravo.

— E daí?

Decidi evitar uma discussão. Hórus era um deus da guerra. Ele adorava brigar, mas levara anos para derrotar Set, o deus do mal. E Set era peixe pequeno perto de Apófis, a força primordial do Caos. Golpear Apófis com uma espada não ia funcionar.

Pensei em algo que Bastet tinha dito mais cedo, na biblioteca.

— Acha que Tot sabe mais sobre sombras? — perguntei.

— Provavelmente — Hórus resmungou. — Tot só é bom em estudar aqueles pergaminhos velhos e embolorados. — Ele olhou para a estatueta da serpente. — Engraçado... Acabei de me lembrar de uma coisa. Antigamente, os egípcios usavam a mesma palavra para *estátua* e *sombra*, porque ambas eram cópias menores de um objeto. As duas eram chamadas de *sheut*.

— O que você está tentando dizer?

O pombo eriçou as penas.

— Nada. Só pensei nisso ao olhar para essa estatueta enquanto você falava sobre sombras.

Um arrepio percorreu minha espinha.

Sombras... estátuas.

Na primavera anterior Sadie e eu havíamos visto Desjardins, o antigo Sacerdote-leitor Chefe, lançar um feitiço de execração em Apófis. Feitiços de execração eram perigosos até mesmo contra demônios menores. A ideia é destruir uma estátua pequena do alvo e, assim, destruir definitivamente o próprio alvo, apagando-o do mundo. Um pequeno erro e coisas começam a explodir — inclusive o mago que lançou o feitiço.

No mundo inferior, Desjardins havia usado uma estatueta improvisada contra Apófis. O Sacerdote-leitor Chefe morrera ao lançar a execração, e só conseguira afundar a Serpente um pouco mais no Duat.

Sadie e eu tínhamos a esperança de que, com uma estatueta mágica mais poderosa, nós dois juntos conseguiríamos execrar Apófis completamente ou pelo menos lançá-lo tão fundo no Duat que ele nunca mais retornaria.

Esse era o Plano B. Mas sabíamos que um feitiço dessa magnitude exigiria tanta energia que nos custaria a vida. A menos que encontrássemos outro jeito.

Estátuas como sombras, sombras como estátuas.

O Plano C começava a se formar em minha mente... uma ideia tão maluca que eu sequer queria descrevê-la.

— Hórus — falei, cuidadosamente —, Apófis tem uma sombra?

O pombo piscou os olhos vermelhos.

— Que pergunta! Por que você...? — Ele olhou para a estatueta vermelha. — Ah... *Ah*. Isso é inteligente, na verdade. Definitivamente louco, mas inteligente. Você acha que O *livro para derrotar Apófis* feito por Setne, aquele que Apófis estava tão aflito para destruir... você acha que ele continha um feitiço secreto para...

— Não sei — respondi. — Vale a pena perguntar a Tot. Talvez ele saiba.

— Talvez — Hórus concordou de má vontade. — Mas ainda acho que um ataque direto é a solução.

— É claro que acha.

O pombo balançou a cabeça.

— Somos fortes o bastante, você e eu. Deveríamos unir forças, Carter. Deixe-me compartilhar seu corpo como antes. Poderíamos liderar os exércitos de deuses e homens e derrotar a Serpente. Juntos, vamos governar o mundo.

A ideia poderia ter sido mais tentadora se eu não estivesse olhando para um pássaro gordo com a plumagem coberta de migalhas de Cheerio. Deixar o pombo governar o mundo parecia uma ideia ruim.

— Vou pensar — respondi. — Primeiro, preciso falar com Tot.

— Bah! — Hórus bateu as asas. — Ele ainda está em Memphis, naquele estádio ridículo dele. Mas, se planeja vê-lo, acho melhor não demorar muito.

— Por quê?

— Foi isso que vim lhe contar — Hórus respondeu. — A situação está ficando complicada entre os deuses. Apófis está nos dividindo, atacando-nos um de cada vez, como está fazendo com os magos. Tot foi a primeira vítima.

— Vítima... como?

O pombo inchou o peito. Um fio de fumaça escapou de seu bico.

— Puxa. Meu hospedeiro está se autodestruindo. Não vai conseguir conter meu espírito por muito mais tempo. Apenas se apresse, Carter. Está sendo difícil manter os deuses unidos, e aquele velho Rá não está ajudando nosso moral. Se você e eu não liderarmos nossos exércitos logo, podemos não ter mais exércitos para liderar.

— Mas...

O pombo soluçou, soltando outro fio de fumaça.

— Preciso ir. Boa sorte.

Hórus voou pela janela, deixando-me sozinho com a estatueta de Apófis e algumas penas cinzentas.

Dormi como uma múmia. Essa era a parte boa. A parte ruim era que Bastet me deixou dormir até de tarde.

— Por que não me acordou? — perguntei. — Tenho coisas para fazer!

Bastet abriu as mãos.

— Sadie insistiu. Você teve uma noite difícil ontem. Ela disse que você precisava descansar. Além do mais, sou uma gata. Respeito a santidade do sono.

Eu ainda estava zangado, mas parte de mim sabia que Sadie tinha razão. Eu tinha gastado muita energia mágica na noite anterior e fora dormir bem tarde. Talvez — apenas talvez — Sadie estivesse preocupada com meu bem-estar.

[Acabei de vê-la fazendo caretas para mim, então talvez não.]

Tomei banho e me vesti. Quando os outros voltaram da escola, eu já quase me sentia humano de novo.

Sim, eu disse *escola*, a boa e velha escola. Havíamos passado a última primavera dando aulas para todos os iniciados na Casa do Brooklyn, mas no começo do outono Bastet decidira que seria bom dar ao pessoal uma dose de vida mortal comum. Agora eles frequentavam uma escola próxima no Brooklyn durante a manhã e aprendiam magia à tarde e nos fins de semana.

Eu era o único que ficava para trás. *Sempre* estudei em casa. A ideia de lidar com armários, agendas, livros didáticos e comida de cantina, além de comandar o Vigésimo Primeiro Nomo, era demais para mim.

Eu imaginava que os outros fossem reclamar, especialmente Sadie. Mas, na verdade, eles estavam gostando da escola. As garotas se sentiam felizes por poder fazer mais amigas (e flertar com meninos menos bobões, diziam). Os garotos podiam praticar esportes com times de verdade em vez de partidas mano a mano com Khufu usando estátuas egípcias como cesta de basquete. Quanto a Bastet, ela estava feliz por poder se estirar no chão de uma casa tranquila e cochilar ao sol.

Enfim, quando os outros voltaram para casa, eu já havia pensado muito sobre minhas conversas com Zia e Hórus. O plano que eu tinha elaborado na noite anterior ainda parecia loucura, mas decidi que talvez fosse nossa melhor chance. Depois de informar Sadie e Bastet, que (por incrível que pareça) concordaram comigo, decidimos que era hora de contar a nossos amigos.

Nós nos reunimos para o jantar na varanda principal. É um lugar agradável onde comer, com uma excelente vista do rio East e de Manhattan, e barreiras invisíveis que nos protegem do vento. A comida aparecia magicamente e era sempre saborosa. Mesmo assim, eu tinha pavor de comer na varanda. Nos últimos nove meses, todas as nossas reuniões importantes haviam sido realizadas ali. Eu tinha começado a associar jantares em grupo a desastres.

Fizemos nossos pratos na mesa do bufê enquanto Filipe da Macedônia, nosso crocodilo albino de guarda, nadava feliz em sua piscina. Foi preciso me acostumar a comer perto de um crocodilo de seis metros de comprimento, mas Filipe era bem-treinado. Ele só comia bacon, aves aquáticas perdidas e monstros que por acaso invadissem a casa.

Bastet estava sentada à cabeceira da mesa com uma lata de Purina especial. Sadie e eu nos sentamos juntos do outro lado. Khufu cuidava dos mirins e alguns de nossos recrutas mais novos estavam dentro da mansão fazendo o dever de casa ou estudando feitiços, mas a maior parte da equipe estava ali: uma dúzia de iniciados seniores.

Considerando o desastre da noite anterior, todo mundo parecia estranhamente bem-humorado. Fiquei meio feliz por eles ainda não saberem da ameaça de morte de Sarah Jacobi. Julian pulava na cadeira e sorria sem nenhum motivo específico. Cleo e Jaz cochichavam e riam. Até Felix parecia recuperado do choque em Dallas. Ele estava esculpindo *shabti* minúsculos de pinguim no purê e dando vida a eles.

Só Walt parecia desanimado. O grandalhão não tinha nada no prato além de três cenouras e um pedaço de gelatina Jell-O. (Khufu insistia que essa gelatina tinha propriedades curativas.) Pela tensão nos olhos de Walt e a rigidez de seus movimentos, deduzi que ele sentia ainda mais dor do que na noite anterior.

Olhei para Sadie.

— O que está havendo? Todo mundo parece... distraído.

Ela me encarou.

— Sempre me esqueço de que você não vai à escola. Carter, hoje é o dia do primeiro baile! Outras três escolas vão estar lá. *Podemos* apressar essa reunião, não é?

— Você só pode estar brincando — respondi. — Eu aqui pensando em planos para o Dia do Juízo Final e você preocupada em não se atrasar para um baile?

— Já falei disso com você umas dez vezes — ela insistiu. — Além do mais, precisamos de algo para nos animar. Agora, conte seu plano. Tem gente aqui que ainda não escolheu que roupa vai usar.

Eu queria discutir, mas os outros olhavam para mim cheios de expectativa. Pigarreei.

— Tudo bem. Sei que vai haver um baile, mas...

— Às sete — Jaz disse. — Você *vai*, não é?

Ela sorriu para mim. Estava... flertando?

[Sadie acabou de me chamar de burro. Ei, eu estava preocupado com outras coisas.]

— Hum... E-enfim — gaguejei. — Precisamos conversar sobre o que aconteceu em Dallas e qual é o próximo passo.

Isso acabou com o clima. Os sorrisos desapareceram. Meus amigos me ouviram descrever nossa missão no Quinquagésimo Primeiro Nomo, como *O livro para derrotar Apófis* fora destruído e a aquisição da caixa de sombra. Falei da exigência de Sarah Jacobi por minha rendição e do tumulto que Hórus mencionara ter se instalado entre os deuses.

Sadie também falou. Explicou o estranho encontro com o rosto na parede, dois deuses e o fantasma de nossa mãe. Expressou seu pressentimento de que nossa melhor chance de derrotar Apófis tinha algo a ver com as sombras.

Cleo levantou a mão.

— Então... os magos rebeldes armaram uma sentença de morte para você. Os deuses não têm como nos ajudar. Apófis pode se erguer a qualquer momento e o último papiro que poderia ter nos ajudado a derrotá-lo foi destruído. Mas não devemos nos preocupar, porque temos uma caixa vazia e um palpite vago sobre sombras.

— Nossa, Cleo — Bastet comentou admirada —, você tem um lado felino!

Firmei as mãos na superfície da mesa. Não precisaria me esforçar nem um pouco para invocar a força de Hórus e fazê-la em pedaços. Mas isso não faria bem à minha reputação de líder calmo e controlado.

— É mais que um palpite vago — respondi. — Escutem, todos vocês já aprenderam sobre feitiços de execração, certo?

Filipe, nosso crocodilo, grunhiu. Ele bateu com a cauda na piscina e jogou água em nosso jantar. Criaturas mágicas são um pouco sensíveis com a palavra *execração*.

Julian enxugou seu queijo-quente.

— Cara, não dá para execrar Apófis. Ele é *enorme*. Desjardins tentou e morreu por isso.

— Eu sei — respondi. — Em uma execração normal, destrói-se uma estátua que representa o inimigo. Mas e se for possível reforçar o feitiço destruindo uma representação mais poderosa, algo mais ligado a Apófis?

Walt inclinou-se para a frente, subitamente interessado.

— A sombra dele?

Felix ficou tão assustado que derrubou a colher, esmagando um dos pinguins de purê.

— Espere, o quê?

— Hórus me deu essa ideia — falei. — Ele disse que as estátuas eram chamadas de sombras na Antiguidade.

— Mas isso era só, tipo, simbólico — Alyssa respondeu. — Não era?

Bastet colocou na mesa a embalagem vazia de ração. Ela ainda parecia nervosa com esse papo sobre sombras, mas, quando eu havia explicado que seria isso ou a morte para mim e para Sadie, ela concordara em nos ajudar.

— Talvez não — a deusa gata disse. — Não sou especialista em execração, vejam bem. Coisa desagradável. Mas é possível que uma estátua usada para execração tenha sido criada com a intenção de representar a sombra do alvo, que é uma parte importante da alma.

— Então — Sadie acrescentou —, poderíamos lançar um feitiço de execração contra Apófis, mas, em vez de destruir uma estátua, poderíamos destruir a própria sombra dele. Brilhante, não é?

— Isso é loucura — Julian falou. — Como se destrói uma sombra?

Walt afugentou de sua gelatina um pinguim de purê.

— Não é loucura. Magia empática é usar uma pequena cópia para manipular o alvo real. É possível que toda a tradição de criar estatuetas para representar pessoas e deuses... talvez em algum momento essas estatuetas de fato *contivessem* o *sheut* do alvo. Há muitas histórias sobre estátuas habitadas pelas almas dos deuses. Se uma sombra for aprisionada em uma estátua, talvez seja possível destruí-la.

— Você seria capaz de criar uma estátua assim? — Alyssa perguntou. — Algo que pudesse prender a sombra do... do próprio Apófis?

— Talvez. — Walt olhou para mim. A maioria ali não sabia que já havíamos criado uma estatueta de Apófis que poderia servir para esse propósito. — Mesmo que eu pudesse, teríamos que encontrar a sombra dele. E depois precisaríamos de magia muito avançada para capturá-la e destruí-la.

— Encontrar uma sombra? — Felix deu um sorriu nervoso, como se esperasse que estivéssemos brincando. — Ela não estaria bem *embaixo* dele? E como capturá-la? Pisando nela? Acendendo uma luz?

— Vai ser mais complicado que isso — falei. — Esse mago chamado Setne, o cara que escreveu a própria versão de *O livro para derrotar Apófis*, acho que ele deve ter criado um feitiço para capturar e destruir sombras. É por isso que Apófis estava tão aflito para queimar as provas. Esse é seu ponto fraco secreto.

— Mas o papiro já era — Cleo lembrou.

— Ainda podemos perguntar a outra pessoa — Walt falou. — Tot. Se alguém tem as respostas, é ele.

A tensão em torno da mesa pareceu diminuir. Pelo menos havíamos dado esperança a nossos iniciados, mesmo que pequena. Eu estava grato por contar com o apoio de Walt. Sua habilidade como produtor de amuletos podia ser nossa única esperança de aprisionar uma sombra à estatueta, e o voto de confiança dele tinha peso para os outros.

— Precisamos visitar Tot imediatamente — falei. — Hoje à noite.

— Sim — Sadie concordou. — Logo depois do baile.

Encarei minha irmã.

— Você não pode estar falando sério.

— Ah, estou sim, querido irmão. — Ela deu um sorriso travesso, e por um segundo tive medo de que ela fosse invocar meu nome secreto e me obrigar a obedecer. — Vamos ao baile hoje à noite. E você vem com a gente.

5. Uma dança com a morte

S A D I E

PARABÉNS, CARTER. PELO MENOS você tem o bom senso de me entregar o microfone para as partes *importantes*.

Francamente, ele fica falando dos planos para o Apocalipse, mas para o baile da escola não faz plano algum. As prioridades do meu irmão estão seriamente distorcidas.

Não acho que fosse egoísmo meu querer ir ao baile. É *claro* que tínhamos assuntos mais importantes para resolver. Foi exatamente por isso que eu insisti para nos divertirmos antes. Nossos iniciados precisavam de uma injeção de ânimo. Precisavam de uma chance para serem normais, terem amigos e uma vida fora da Casa do Brooklyn — algo pelo que valesse a pena lutar. Até exércitos no campo de batalha lutam melhor quando fazem intervalos para entretenimento. Tenho certeza de que algum general por aí já disse isso.

Ao anoitecer, eu já estava pronta para liderar minhas tropas para a batalha. Havia escolhido um lindo vestido tomara que caia preto, feito reflexos pretos em meus cabelos louros e aplicado um pouco de maquiagem escura para dar aquele *look* de acabei-de-sair-do-túmulo. Estava usando sandálias sem salto para poder dançar (apesar do que Carter diz, não uso coturno o tempo todo; só noventa por cento das vezes), o amuleto *tyet* prateado da caixa de joias de minha mãe e o pingente que Walt me dera de aniversário com o *shen*, o símbolo egípcio de eternidade.

Walt tinha um amuleto idêntico em sua coleção de talismãs, o que nos proporcionava uma linha de comunicação mágica e até a capacidade de invocar um ao outro em caso de emergência.

Infelizmente, os amuletos *shen* não significavam que estávamos namorando, nem nada desse tipo. Se Walt tivesse me *pedido*, acho que eu teria aceitado. Ele era tão gentil e lindo... perfeito, na verdade, de um jeito próprio dele. Talvez, se ele tivesse sido um pouco mais incisivo, eu teria me apaixonado por ele e conseguido superar o *outro* garoto, o divino.

Mas Walt estava morrendo. Ele tinha a ideia boba de que seria injusto comigo começarmos um relacionamento nessas circunstâncias. Como se isso fosse me impedir. Então, estávamos presos em um limbo enlouquecedor — paquerando, conversando durante horas, às vezes até nos beijando quando baixávamos a guarda —, mas Walt sempre acabava recuando e me afastando.

Por que as coisas não podiam ser simples?

Estou falando disso porque, literalmente, dei de cara com Walt quando estava descendo a escada

— Ah! — eu disse. E então notei que ele ainda estava com a mesma camiseta, de calça jeans e descalço. — Você ainda não se arrumou?

— Eu não vou.

Fiquei boquiaberta.

— O quê? Por quê?

— Sadie... você e Carter vão precisar de mim quando forem visitar Tot. Para conseguir ir junto, preciso descansar.

— Mas...

Eu me contive. Não podia pressioná-lo. Não precisava de magia para ver que ele sentia muita dor.

Séculos de conhecimento de magia curadora a nosso dispor, mas nada parecia ajudar Walt. Eu lhe pergunto: de que adianta ser um mago se não é possível sacudir a varinha e ajudar pessoas queridas a se sentirem melhor?

— Certo — falei. — E-eu só estava pensando...

Qualquer comentário teria parecido mimado. Eu queria dançar com ele. Deuses do Egito, eu havia *me arrumado* para ele. Os garotos mortais do colégio eram legais, acho, mas pareciam superficiais quando comparados a Walt (ou, sim, certo — quando comparados a Anúbis). Quanto aos outros garotos da Casa do Brooklyn... Dançar com eles seria um pouco estranho, como se eu estivesse dançando com meus primos.

— Posso ficar — propus, mas acho que não pareci muito convincente.

Walt deu um sorriso fraco.

— Não, Sadie, vá. De verdade. Tenho certeza de que estarei melhor quando vocês voltarem. Divirta-se.

Ele passou por mim e subiu a escada.

Respirei fundo várias vezes. Parte de mim queria ficar e cuidar dele. Sair sem ele não parecia certo.

E então olhei para o Grande Salão. Os iniciados mais velhos conversavam e riam, prontos para sair. Se *eu* não fosse, eles talvez se sentissem obrigados a ficar também.

Senti algo parecido com cimento fresco caindo em meu estômago. De repente a noite perdeu toda a alegria e animação. Eu havia me esforçado durante meses para me adaptar a Nova York depois de tantos anos em Londres. Tinha sido obrigada a conciliar a vida de jovem maga com os desafios de ser uma estudante normal. Agora, justamente quando parecia que esse baile ia me proporcionar uma chance de unir os dois mundos e ter uma noite ótima, minhas esperanças foram destruídas. Ainda assim eu precisava ir e fingir que me divertia. Mas só faria isso por obrigação, para que os outros se sentissem melhor.

Imaginei se era assim que os adultos se sentiam. Horríveis.

A única coisa que me animou foi Carter. Ele saiu do quarto vestido como um professor, de paletó e gravata, camisa e calça social. Pobrezinho — claro que ele nunca havia estado em um baile, como também nunca fora a uma escola. Não tinha a menor ideia de nada.

— Você está... incrível. — Tentei ficar séria. — Sabe que não vamos a um funeral?

— Cale a boca — ele resmungou. — Vamos acabar logo com isso.

A escola que frequentávamos era o Colégio Liceu Avançado. Todos a chamavam de COLA. As piadas para essa sigla não tinham fim. Os alunos eram

Coladores. As patricinhas, com plástica no nariz e lábios com Botox, eram as Colagens. Os ex-alunos eram "Des-colados". E, claro, nossa diretora, a Sra. Laird, era a Coleira.

A escola era bem legal. Todos os estudantes tinham talento em algum tipo de arte, como música ou teatro. Nossos horários eram flexíveis e com muito tempo para estudar sozinho, o que era perfeito para nós, magos. Podíamos sair para enfrentar monstros sempre que era preciso; e, sendo magos, não tínhamos nenhuma dificuldade para parecer talentosos. Alyssa usava sua magia da terra para fazer esculturas. Walt se especializara em joalheria. Cleo era uma escritora excelente, já que era capaz de recontar muitas histórias esquecidas desde os tempos do Egito Antigo. Quanto a mim, eu não precisava de magia. Era uma atriz nata.

[Pare de rir, Carter.]

Talvez você não consiga imaginar isso no meio do Brooklyn, mas nosso campus parecia um parque, com amplos gramados verdes, árvores, canteiros bem-cuidados e até um pequeno lago com patos e cisnes.

O baile estava sendo realizado em uma tenda em frente ao prédio da administração. Uma banda tocava no caramanchão. Havia luzinhas penduradas nas árvores. Professores caminhavam pela área "patrulhando os arbustos" para garantir que nenhum dos alunos mais velhos escapulisse para o meio do mato.

Tentei não pensar nisso, mas a música e a multidão me lembravam de Dallas na noite anterior — uma festa bem diferente que havia acabado mal. Lembrei-me de JD Grissom apertando minha mão, desejando-me sorte antes de sair correndo para salvar a esposa.

Um sentimento horrível de culpa cresceu dentro de mim. Eu o reprimi. Não ia fazer diferença para os Grissom se eu começasse a chorar no meio do baile. E com certeza não ia contribuir para a diversão de meus amigos.

Enquanto nosso grupo se misturava às pessoas, olhei para Carter, que mexia na gravata.

— Certo. Você precisa dançar.

Carter me olhou horrorizado.

— O quê?

Chamei uma de minhas amigas mortais, uma menina adorável chamada Lacy. Ela era um ano mais nova que eu, e então me admirava muito. (Eu sei, é difícil não me admirar.) Os cabelos louros estavam presos em marias-chiquinhas fofas, ela usava aparelho nos dentes e talvez fosse a única pessoa no baile que estava *mais* nervosa que meu irmão. No entanto, ela vira fotos de Carter e parecia achá-lo *gato*. Eu não a criticava por isso. Na maioria das vezes, Lacy tinha muito bom gosto.

— Lacy... Carter — apresentei.

— Você é igualzinho às fotos! — Lacy sorriu.

Os elásticos de seu aparelho se alternavam entre cor-de-rosa e branco para combinar com o vestido.

— Ah... — Carter respondeu.

— Ele não sabe dançar — disse a Lacy. — Eu ficaria eternamente grata se você pudesse ensiná-lo.

— Claro! — ela exclamou.

A menina agarrou a mão de Carter e o levou embora.

Comecei a me sentir melhor. Talvez eu conseguisse me divertir essa noite, afinal.

Então me virei e dei de cara com uma de minhas *não-tão-amigas* mortais: Drew Tanaka, líder da panelinha das garotas populares, com seu pelotão de capangas supermodelos a tiracolo.

— Sadie! — Drew me abraçou. Seu perfume era uma mistura de rosas e gás lacrimogêneo. — Que bom que está aqui, querida. Se eu soubesse, você poderia ter vindo na limusine com a gente!

As amigas dela soltaram um "Awn" de compaixão e sorriram para mostrar que não estavam sendo nem um pouco sinceras. Todas se vestiam mais ou menos do mesmo jeito, no modelito de grife mais recente que certamente os pais delas encomendaram na última semana de moda. Drew era a mais alta e glamorosa (uso essa palavra como insulto), com um delineador cor-de-rosa horroroso e cachos pretos arrepiados que deviam ser sua tentativa de trazer de volta o permanente dos anos 80. Ela usava um pingente — um *D* cintilante de platina e diamante — que podia ser a inicial de seu nome ou sua média na escola.

Dei um sorriso tenso.

— Uma limusine, uau. Obrigada. Mas, juntando você, suas amigas e todos os seus egos, duvido que sobrasse espaço.

Drew fez um biquinho.

— Isso não foi gentil, querida! Onde está Walt? O pobrezinho continua doente?

Atrás dela, algumas das garotas tossiram cobrindo a boca com a mão, imitando Walt.

Senti vontade de sacar meu cajado do Duat e transformar todas em minhocas para alimentar os patos. Eu tinha bastante certeza de que conseguiria fazer isso e duvidava que alguém fosse sentir falta delas, mas me controlei.

Lacy havia me prevenido sobre Drew no primeiro dia de aula. Parecia que as duas haviam frequentado alguma colônia de férias juntas — blá-blá-blá, não prestei muita atenção aos detalhes —, e Drew demonstrara a mesma tirania lá.

Mas isso não significava que ela podia ser uma tirana *comigo*.

— Walt está em casa — respondi. — Eu *disse* a ele que você viria. Engraçado, isso não pareceu ser um grande incentivo.

— Que pena. — Drew suspirou. — Sabe, talvez ele não esteja doente de verdade. Pode ser apenas alergia a você, querida. Isso acontece. Eu devia ir à casa dele com uma sopinha ou algo do tipo. Onde ele mora?

Ela sorriu com doçura exagerada. Eu não sabia se Drew realmente estava a fim de Walt ou se apenas fingia porque me odiava. De qualquer maneira, a ideia de transformá-la em uma minhoca se tornava cada vez mais interessante.

Antes que eu pudesse fazer algo imprudente, uma voz familiar soou atrás de mim.

— Oi, Sadie.

As outras garotas soltaram uma exclamação coletiva. Meu coração acelerou de "caminhada lenta" para "tiro de cinquenta metros". Eu me virei e vi que — sim, de fato — o deus Anúbis havia invadido nosso baile.

Ele se atreveu a parecer fantástico, como sempre. É *muito* irritante quando ele faz isso. Usava calça *skinny* preta com botas de couro da mesma cor e casaco de motoqueiro por cima de uma camiseta do Arcade Fire. Os cabelos pretos estavam naturalmente despenteados, como se ele tivesse acabado de acordar, e tive que resistir ao impulso de passar meus dedos por eles. Os olhos castanhos brilhavam de satisfação. Ou ele estava feliz por me ver ou gostava de me deixar constrangida.

— Ah... meu... deus — Drew gemeu. — Quem...

Anúbis a ignorou (abençoado seja por isso) e me ofereceu o braço — um gesto antiquado e fofo.

— Pode me conceder esta dança?

— Acho que sim — respondi, tentando ao máximo parecer indiferente.

Entrelacei meu braço no dele e deixamos as Colagens para trás, todas murmurando:

— Ai, meu deus! Ai, meu deus!

Na verdade, não, senti vontade de dizer: *Ele é meu deus incrivelmente lindo. Vão achar outro para vocês.*

O piso irregular de pedras era uma pista de dança perigosa. À nossa volta, as pessoas tropeçavam umas nas outras. Anúbis não estava ajudando, pois todas as garotas se viraram para olhar, boquiabertas, enquanto ele me conduzia pela pista.

Felizmente Anúbis segurava meu braço. Meus sentimentos estavam tão confusos que eu me sentia tonta. Eu estava ridiculamente feliz por ele estar ali. E terrivelmente culpada porque o coitado do Walt ficara sozinho em casa enquanto eu caminhava de braços dados com Anúbis. Mas eu me sentia aliviada por não ver os dois no baile. Isso teria sido *mais* que desconfortável. O alívio aumentou ainda mais minha culpa, e tudo virou uma bola de neve. Deuses do Egito, que confusão!

Quando chegamos ao meio da pista, a banda de repente passou de uma música agitada para uma lenta e romântica.

— Isso é coisa sua? — perguntei a Anúbis.

Ele sorriu, o que não era exatamente uma resposta. Colocou uma das mãos em meu quadril e segurou uma das minhas, como um perfeito cavalheiro. Ficamos balançando devagar.

Eu já ouvira falar em dançar no ar, mas demorei alguns passos para perceber que estávamos realmente levitando — a alguns milímetros do chão, não o suficiente para que alguém reparasse, apenas o bastante para deslizarmos acima das pedras enquanto os outros tropeçavam.

A alguns metros de distância, Carter parecia desajeitado enquanto Lacy o ensinava a dançar música lenta. [Francamente, Carter, não é física quântica.]

Fitei os olhos castanhos e afetuosos de Anúbis e seus lábios incríveis. Ele havia me beijado uma vez — em meu aniversário, na primavera anterior —, e eu nunca superara direito. Seria de se imaginar que um deus da morte tivesse lábios frios, mas os dele não eram nem um pouco.

Tentei clarear meus pensamentos. Eu sabia que Anúbis devia estar ali por alguma razão, mas era muito difícil me concentrar.

— Eu achei... Hum...

Engoli em seco e me esforcei para não babar em mim mesma.

Ah, brilhante, Sadie, pensei. Agora que tal tentarmos formular uma frase completa?

— Achei que você só pudesse aparecer em lugares com alguma relação com morte — falei.

Anúbis riu baixinho.

— Este *é* um lugar de morte, Sadie. A Batalha de Brooklyn Heights, 1776. Centenas de soldados norte-americanos e britânicos morreram exatamente aqui onde estamos dançando.

— Que romântico — resmunguei. — Então estamos dançando sobre os túmulos deles?

Anúbis balançou a cabeça.

— A maioria jamais teve um sepultamento apropriado. É por isso que decidi visitar você aqui. Assim como seus iniciados, esses fantasmas também precisam de uma noite de diversão.

De repente, havia espíritos girando à nossa volta — aparições luminosas usando roupas do século XVIII. Alguns vestiam os uniformes vermelhos dos soldados britânicos. Outros usavam trajes esfarrapados de milícia. Eles dançavam com fantasmas de mulheres com vestidos simples de camponesa ou elegantes, de seda. Algumas das mais refinadas tinham cachos de dar inveja até mesmo a Drew. Os fantasmas pareciam dançar uma música diferente. Agucei os ouvidos e consegui identificar vagamente violinos e um violoncelo.

Nenhum dos mortais parecia notar a invasão de espectros. Nem meus amigos da Casa do Brooklyn perceberam. Vi um casal de fantasmas passar valsando através de Carter e Lacy. Enquanto Anúbis e eu dançávamos, parecia que o Liceu estava desaparecendo e os fantasmas ficando mais reais.

Um soldado exibia um ferimento à bala no peito. Um oficial britânico tinha uma machadinha cravada em sua peruca cheia de poeira. Dançávamos entre dois mundos, valsando lado a lado com fantasmas sorridentes e terrivelmente mutilados. Anúbis certamente sabia como divertir uma garota.

— Você está fazendo de novo — falei. — Está me tirando de sincronia, ou seja lá como você chama isso.

— Um pouco — ele admitiu. — Precisamos de privacidade para conversar. Prometi que viria visitá-la pessoalmente...

— E veio.

— ... mas isso vai causar problemas. Esta talvez seja a última vez que poderei vê-la. Tem havido reclamações a respeito de nossa situação.

Estreitei os olhos. O deus dos mortos estava corando?

— Nossa situação — repeti.

— Nós.

A palavra fez meus ouvidos zumbirem. Tentei manter a voz neutra.

— Até onde sei, não *existe* um "nós" oficial. Por que esta seria a última vez que poderemos conversar?

Ele com certeza estava vermelho agora.

— Por favor, apenas escute. Tenho muita coisa para lhe dizer. Seu irmão está no caminho certo. A sombra de Apófis é a melhor chance de vocês, mas só uma pessoa é capaz de lhes ensinar a magia necessária. Tot pode dar alguma orientação, mas duvido que ele revele os encantamentos secretos. É perigoso demais.

— Espere um minuto.

Eu ainda estava abalada pelo comentário sobre *nós*. E a ideia de que talvez essa fosse a última vez que veria Anúbis... Isso fazia minhas células cerebrais entrarem em pânico, milhares de Sadies minúsculas correndo dentro de meu crânio, gritando e agitando os braços.

Tentei manter o foco no assunto.

— Quer dizer que Apófis *tem* uma sombra? Ela pode ser usada para execrar...

— Por favor, não use essa palavra. — Anúbis fez uma careta. — Mas, sim, todas as entidades inteligentes têm alma, então todas têm sombra, até Apófis. Isso eu sei, porque sou o guia dos mortos. Preciso conhecer sobre almas. Se a sombra de Apófis pode ser usada contra ele? Teoricamente, sim. Mas há muitos riscos.

— Claro.

Anúbis me fez rodopiar através de um casal de fantasmas coloniais. Outros alunos olhavam para nós, cochichando enquanto dançávamos, mas as vozes soavam distantes e distorcidas, como se eles estivessem atrás de uma cachoeira.

Anúbis me encarava com uma espécie de remorso carinhoso.

— Sadie, eu não estaria indicando esse caminho para você se houvesse outra opção. Não quero que você morra.

— Concordo com isso — respondi.

— Até mesmo *falar* sobre esse tipo de magia é proibido — ele avisou. — Mas você precisa saber com o que está lidando. O *sheut* é a parte menos compreendida da alma. É... como vou explicar?... uma alma de último recurso, um eco da força vital das pessoas. Você já ouviu falar que a alma dos impuros é destruída no Salão do Julgamento...

— Quando Ammit devora o coração deles.

— Sim. — Anúbis baixou a voz. — Dizemos que isso destrói completamente a alma. Mas não é verdade. A sombra permanece. Algumas poucas vezes Osíris decide, ah, *rever* um julgamento. Se alguém foi condenado, mas surgiram novos fatos, é necessário que haja um meio de recuperar uma alma banida.

Tentei assimilar isso. Meus pensamentos pareciam suspensos no ar, como meus pés, incapazes de tocarem algo sólido.

— Então... você está dizendo que a sombra pode ser usada para, hum, *reiniciar* uma alma? Como um *backup* de computador?

Anúbis me olhou de um jeito estranho.

— Ah, desculpe. — Suspirei. — Tenho passado muito tempo com meu irmão nerd. Ele fala como um computador.

— Não, não — Anúbis respondeu. — Na verdade é uma boa analogia. Só que eu nunca havia pensado nisso dessa maneira. Sim, a alma não é completamente destruída até que a sombra seja destruída, então, em casos extremos e com a magia correta, é possível reiniciar a alma usando o *sheut*. Inversamente, se você destrói a sombra de um deus, ou mesmo a sombra de Apófis, como parte de uma exe... hum, o tipo de feitiço que você mencionou...

— O *sheut* seria infinitamente mais poderoso que uma estátua comum — deduzi. — Poderíamos destruí-lo, talvez sem nos destruirmos.

Anúbis olhou à nossa volta meio nervoso.

— Sim, mas você pode perceber por que esse tipo de magia é secreto. Os deuses jamais gostariam de ver esse conhecimento nas mãos de um mago. É por isso que sempre escondemos nossas sombras. Se um mago pudesse capturar o *sheut* de um deus e usar para ameaçá-lo...

— Certo. — Minha boca estava seca. — Mas eu estou do lado de vocês. Só usaria o feitiço contra Apófis. Tot certamente vai entender isso.

— Talvez. — Anúbis não parecia convencido. — Comece conversando com Tot, pelo menos. Talvez ele entenda a necessidade de ajudar vocês. Receio, porém, que vocês ainda precisem de uma orientação melhor, uma orientação mais *perigosa*.

Engoli em seco.

— Você disse que só uma pessoa seria capaz de nos ensinar a magia. Quem?

— O único mago louco o bastante para ter pesquisado esse feitiço. O julgamento dele será amanhã, ao pôr do sol. Você precisará visitar seu pai antes disso.

— Espere. O quê?

Vento soprou pela tenda. Anúbis apertou minha mão.

— Temos que nos apressar — ele falou. — Preciso lhe contar mais. Está acontecendo algo com o espírito dos mortos. Eles estão... Veja, ali!

Ele apontou para dois espectros perto de nós. A mulher dançava descalça e usava um vestido simples de linho branco. O homem vestia calça justa e casaca de fazendeiro colonial, mas seu pescoço se inclinava em um ângulo estranho, como se ele tivesse sido enforcado. Névoa negra envolveu as pernas do homem como se fosse uma trepadeira. Mais três passos de valsa e ele ficou completamente coberto. Os filamentos nebulosos o puxaram para dentro do chão e ele desapareceu. A mulher de branco continuou dançando sozinha, aparentemente sem ter percebido que seu parceiro havia sido consumido por malignos dedos de fumaça.

— O que... o que foi *aquilo*?

— Não sabemos — Anúbis respondeu. — À medida que Apófis se fortalece, isso acontece com mais frequência. As almas dos mortos estão desaparecendo, sendo levadas para camadas mais profundas do Duat. Não sabemos para onde estão indo.

Quase tropecei.

— Minha mãe. Ela está bem?

Anúbis me encarou com uma expressão atormentada, e deduzi a resposta. Minha mãe me prevenira — talvez nunca mais voltássemos a vê-la se não descobríssemos um jeito de derrotar Apófis. Ela enviara aquela mensagem me instigando a procurar a sombra da serpente. Isso *tinha* que estar relacionado de alguma forma ao dilema de minha mãe.

— Ela desapareceu — concluí. Meu coração disparou. — Tem alguma coisa a ver com essa história de sombras, não é?

— Sadie, eu gostaria de saber. Seu pai está... ele está fazendo o possível para encontrá-la, mas...

O vento o interrompeu.

Você já pôs a mão para fora de um carro em movimento e sentiu o vento empurrá-la? Foi mais ou menos assim, só que dez vezes mais forte. Um sopro forte me afastou de Anúbis. Cambaleei para trás, tocando o chão com os pés.

— Sadie...

Anúbis estendeu o braço, mas o vento o afastou mais ainda.

— Parem com isso! — uma voz estridente entre nós falou. — Sem demonstrações públicas de afeto na *minha* frente!

O ar assumiu uma forma humana. No início era só uma silhueta vaga. E então se tornou mais sólida e vívida. Diante de mim havia um homem com um traje de aviador antiquado: capacete, óculos, cachecol e jaqueta de couro, como nas fotos que eu havia visto dos pilotos da Força Aérea Real britânica na Segunda Guerra Mundial. Mas ele não era de carne e osso. Sua forma tremulava e se modificava. Percebi que ele era composto da sujeira carregada pelo vento: partículas de poeira, pedaços de papel, pétalas de dente-de-leão, folhas secas — tudo se agitando, mas mantido pelo vento em uma colagem tão firme que, de longe, ele poderia ter se passado por um mortal comum.

Ele agitou um dedo para Anúbis.

— Esta é a gota d'água, garoto! — A voz dele chiava como ar saindo de um balão. — Você foi prevenido *várias* vezes.

— Espere! — falei. — Quem é você? E Anúbis não é um garoto. Ele tem cinco mil anos.

— Exatamente — o aviador retrucou. — Apenas uma criança. E não lhe dei permissão para falar, menina!

O aviador explodiu. O estrondo foi tão poderoso que meus ouvidos estalaram, e eu caí sentada. À minha volta, os outros mortais — meus amigos, professores e todos os alunos — simplesmente desabaram. Anúbis e os fantasmas pareciam intactos. O aviador retomou sua forma, olhando feio para mim.

Levantei-me com esforço e tentei invocar meu cajado do Duat. Não tive tanta sorte.

— O que você fez? — perguntei.

— Sadie, está tudo bem — Anúbis disse. — Seus amigos só estão inconscientes. Shu apenas reduziu a pressão atmosférica.

— Xô? — perguntei. — Quem é Xô?

Anúbis apertou as têmporas.

— Sadie... este é Shu, meu bisavô.

Então me dei conta: Shu era um daqueles nomes divinos ridículos que eu já ouvira antes. Tentei situá-lo.

— Ah. O deus... dos sapatos. Não, espere. Dos balões furados. Não...

— Do ar! — Shu sibilou. — Deus do ar!

O corpo dele se dissolveu em um tornado de detritos. Quando ganhou forma outra vez, estava vestido como no Egito Antigo: o peito nu, uma tanga branca e uma pena de avestruz gigantesca fixada em uma faixa trançada em torno da cabeça.

Ele voltou às roupas de aviador.

— Fique com o traje de piloto — pedi. — A pena de avestruz não cai nada bem em você.

Shu soltou um sopro nada amistoso.

— Eu *preferiria* ficar invisível, obrigado. Mas vocês mortais poluíram o ar de tal forma que está ficando cada vez mais difícil. O que vocês fizeram nos últimos milênios é *terrível*! Nunca ouviram falar em campanhas de combate à poluição? Em pegar carona? Em motores *flex*? Nem me faça falar das vacas. Sabia que os arrotos e puns de uma vaca soltam mais de quatrocentos litros de metano por dia? Há um bilhão e meio de vacas no mundo. Tem *alguma* ideia do que isso causa a meu aparelho respiratório?

— Hum...

Shu tirou um inalador do bolso da jaqueta e aspirou.

— Revoltante!

Levantei uma sobrancelha e olhei para Anúbis, que parecia mortalmente constrangido (ou talvez imortalmente constrangido).

— Shu — ele disse. — Estávamos só conversando. Se nos deixar terminar...

— Ah, *conversando*! — Shu berrou, certamente liberando sua própria cota de metano. — De mãos dadas, dançando e exibindo muitos outros comportamentos degenerados. Não banque o inocente, garoto. Já supervisionei outros bailes antes, para seu governo. Mantive seus avós afastados durante eras.

De repente lembrei a história de Nut e Geb, o céu e a terra. Rá havia ordenado ao pai de Nut, Shu, que mantivesse os dois amantes afastados para que nunca tivessem filhos que um dia pudessem usurpar o trono de Rá. A estratégia não havia funcionado, mas aparentemente Shu ainda estava tentando.

O deus do ar balançou a mão com desgosto para os mortais inconscientes, alguns deles já se moviam e gemiam.

— E agora, Anúbis, eu o encontro neste antro de iniquidade, neste covil de comportamento questionável, neste... neste...

— Colégio? — sugeri.

— Sim! — Shu assentiu de forma tão vigorosa que a cabeça se desintegrou em uma nuvem de folhas. — Você ouviu o decreto dos deuses, garoto. Você ficou *definitivamente* apegado demais a essa mortal. De agora em diante, está proibido de ter qualquer contato com ela!

— O quê? — gritei. — Isso é ridículo! Quem decretou isso?

Shu chiou como um balão esvaziando. Ou ele estava rindo ou bufando.

— O conselho inteiro, menina! Liderado por Lorde Hórus e Lady Ísis!

Senti como se também estivesse me dissolvendo em detritos.

Ísis e Hórus? Eu não podia acreditar. Fui apunhalada nas costas por meus dois supostos amigos. Ísis e eu teríamos uma conversinha sobre isso.

Olhei para Anúbis, com esperança de que tudo aquilo fosse mentira.

Ele levantou as mãos com ar infeliz.

— Sadie, eu estava tentando explicar. Os deuses não têm permissão para... hum, se *envolver* diretamente com mortais. Isso só é possível quando um deus habita um hospedeiro humano, e... e, como você sabe, nunca trabalhei desse jeito.

Trinquei os dentes. Quis retrucar que a forma atual de Anúbis era *ótima*, mas ele me explicara várias vezes que só podia se manifestar em sonhos ou em locais de morte. Diferentemente de outros deuses, ele nunca havia tomado um hospedeiro humano.

Era muito *injusto*. Nós nem havíamos namorado de verdade. Um único beijo seis meses atrás, e Anúbis estava de castigo, proibido de me ver para sempre?

— Você não pode estar falando sério. — Não sei bem o que me deixava mais zangada, o deus revoltado do ar ou o próprio Anúbis. — Não vai deixar que eles mandem assim em você, vai?

— Ele não tem escolha! — Shu gritou. O esforço o fez tossir tanto que seu peito explodiu em uma nuvem de dentes-de-leão. Ele aspirou o inalador de novo. — Nível de ozônio no Brooklyn... deplorável! Agora, vá embora, Anúbis. Sem mais contato com essa mortal. Não é *adequado*. E quanto a você, menina, fique longe dele! Você tem coisas mais importantes para fazer.

— Ah, é? — respondi. — E você, Sr. Tornado de Lixo? Estamos nos preparando para a guerra, e sua maior preocupação é impedir pessoas de dançar?

A pressão do ar aumentou de repente. O sangue me subiu à cabeça.

— Escute aqui, menina — Shu resmungou. — Já ajudei mais do que você merece. Atendi a prece daquele garoto russo. Eu o trouxe de São Petersburgo até aqui para falar com você. Então, xô!

O vento me jogou para trás. Os fantasmas se dissiparam como fumaça. Os mortais inconscientes começaram a se mexer, protegendo o rosto da sujeira.

— Garoto russo? — gritei para a ventania. — De que diabo você está falando?

Shu se desfez em detritos e girou em torno de Anúbis, erguendo-o do chão.

— Sadie! — Anúbis tentou se aproximar de mim, mas a tempestade era muito forte. — Shu, pelo menos me deixe contar a ela sobre Walt! Ela tem o direito de saber!

Eu mal conseguia ouvir a voz dele com todo aquele vento.

— Você falou *Walt?* — gritei. — O que tem ele?

Anúbis disse algo que não entendi. Depois a agitação de detritos o fez desaparecer por completo.

Quando o vento cessou, os dois deuses haviam sumido. Eu estava sozinha na pista de dança, cercada de dezenas de alunos e adultos, que começavam a despertar.

Eu estava prestes a correr para ver se Carter estava bem. [Sim, Carter, de verdade, eu estava.]

Então, na beirada da tenda, um rapaz apareceu sob a luz.

Ele usava um uniforme militar cinza e um casaco de lã pesado demais para aquela noite morna de setembro. Suas orelhas enormes pareciam ser a única coisa sustentando o chapéu exagerado. Tinha um rifle pendurado no ombro. Não devia ter mais que dezessete anos e, embora certamente não fosse aluno de nenhuma das escolas que participavam do baile, me parecia um pouco familiar.

"São Petersburgo", Shu dissera.

Sim. Eu havia conhecido esse garoto brevemente na primavera anterior. Carter e eu estávamos fugindo do Hermitage, e esse garoto tentou nos deter.

Estava disfarçado de guarda, mas se revelou um mago do nomo russo — um dos servos do maligno Vlad Menshikov.

    Peguei meu cajado do Duat — dessa vez com sucesso.

    O garoto levantou as mãos em sinal de rendição.

    — *Nyet!* — ele suplicou. Depois, com um sotaque forte, disse: — Sadie Kane. Nós... precisamos... conversar.

S
A
D
I
E

6. Amós brinca com bonecos

O NOME DELE ERA Leonid, e combinamos que não mataríamos um ao outro.

Nós nos sentamos nos degraus do caramanchão e conversamos enquanto alunos e professores despertavam à nossa volta.

Leonid não falava muito bem minha língua. Meu russo era inexistente, mas entendi o suficiente da história dele para ficar assustada. Ele havia escapado do nomo russo e, de algum jeito, convencera Shu a levá-lo até ali para me encontrar. Leonid se lembrava de quando invadimos o Hermitage. Aparentemente, eu deixara uma forte impressão no garoto. Não me surpreende. Eu sou bem memorável.

[Ah, pare de rir, Carter.]

Usando palavras, gestos e efeitos sonoros, Leonid tentou explicar o que havia acontecido em São Petersburgo desde a morte de Vlad Menshikov. Não consegui acompanhar tudo, mas isto eu entendi: *Kwai, Jacobi, Apófis, Primeiro Nomo, muitas mortes, em breve, muito em breve.*

Professores começaram a reunir os alunos e telefonar para os pais. Aparentemente, temiam que o blecaute coletivo pudesse ter sido causado por ponche estragado ou gás tóxico (o perfume de Drew, talvez), então decidiram evacuar a área. Eu desconfiava de que em pouco tempo a polícia e os paramédicos entrariam em cena. Eu queria ir embora antes disso.

Levei Leonid para conhecer meu irmão, que cambaleava pela tenda e esfregava os olhos.

— O que aconteceu? — Carter perguntou. Ele franziu a testa ao olhar para Leonid. — Quem...?

Ofereci a versão resumida: a visita de Anúbis, a intervenção de Shu, a aparição do russo.

— Leonid tem informações sobre um ataque iminente ao Primeiro Nomo — falei. — Os rebeldes devem estar atrás dele.

Carter coçou a cabeça.

— Quer escondê-lo na Casa do Brooklyn?

— Não — respondi. — Preciso levá-lo a Amós imediatamente.

Leonid engasgou.

— Amós? Ele vira o Set... come rosto?

— Amós *não* vai comer seu rosto — garanti. — Jacobi andou inventando histórias.

Leonid ainda parecia inseguro.

— Amós não vira Set?

Como explicar sem fazer tudo parecer pior? Eu não sabia dizer em russo: *Amós esteve possuído por Set, mas não foi culpa dele, e agora ele está muito melhor.*

— Não Set — falei. — Amós bom.

Carter analisou o russo. Olhou para mim preocupado.

— Sadie, e se for uma armadilha? Você *confia* nesse cara?

— Ah, eu consigo lidar com Leonid. Ele não quer que eu o transforme em uma lesma, não é, Leonid?

— *Nyet* — Leonid respondeu em tom solene. — Não lesma.

— Pronto, viu?

— E quanto a visitarmos Tot? — Carter perguntou. — Não podemos adiar isso.

Vi a preocupação nos olhos dele. Imaginei que meu irmão pensava o mesmo que eu: nossa mãe estava com problemas. Os espíritos dos mortos estavam desaparecendo, e isso tinha alguma coisa a ver com a sombra de Apófis. Precisávamos encontrar a ligação.

— Vá você visitar Tot — decidi. — Leve Walt. E, hum, fique de olho nele, o.k.? Anúbis queria me falar algo sobre ele, mas não deu tempo. E em Dallas, quando eu estava no Duat e vi Walt...

Não consegui terminar a frase. Só de pensar em Walt enrolado em uma mortalha de múmia, meus olhos se encheram de lágrimas.

Felizmente Carter pareceu ter entendido a ideia geral.

— Vou cuidar dele — prometeu. — Como vocês vão chegar ao Egito?

Pensei sobre isso. Aparentemente Leonid chegara ali voando pela Companhia Aérea Shu, mas eu não achava que aquele deus aviador revoltado estaria disposto a me ajudar, e eu não queria pedir.

— Vamos arriscar um portal — falei. — Sei que eles andam um pouco esquisitos, mas será só um pulo rápido. O que pode dar errado?

— Você pode se materializar dentro de uma parede — Carter respondeu. — Ou acabar se dispersando em um milhão de pedaços pelo Duat.

— Nossa, Carter, você se importa comigo! Mas, é sério, vamos ficar bem. E não temos muita escolha.

Dei um abraço rápido em meu irmão — eu sei, terrivelmente sentimental, mas eu quis demonstrar solidariedade. Depois, antes que eu pudesse mudar de ideia, segurei a mão de Leonid e corri pelo campus.

Minha cabeça ainda estava confusa depois da conversa com Anúbis. Como Ísis e Hórus se atreviam a nos manter separados se nem estávamos juntos?! E o que Anúbis tinha tentado me dizer sobre Walt? Talvez ele pretendesse terminar nosso malfadado relacionamento e me liberar para ficar com Walt. (Ridículo.)

Ou talvez ele quisesse declarar seu amor eterno e lutar contra Walt por mim. (Muito improvável, e eu também não ia gostar de ser disputada como uma bola de basquete.) Ou talvez — mais provável — ele estivesse tentando me dar alguma notícia ruim.

Eu sabia que Anúbis havia visitado Walt várias vezes. Os dois guardavam segredo sobre o assunto das conversas, mas, como Anúbis era o guia dos mortos, eu imaginava que ele estivesse preparando Walt para a morte. Anúbis podia estar tentando me prevenir de que a hora de Walt se aproximava — como se eu precisasse de mais um lembrete.

Anúbis: proibido. Walt: às portas da morte. Se eu perdesse os dois garotos de quem gostava, bem... não havia muito sentido em salvar o mundo.

Tudo bem, eu estava exagerando *um pouco*. Mas só um pouco.

E ainda por cima minha mãe tinha problemas, e os rebeldes de Sarah Jacobi planejavam um ataque terrível contra o quartel-general de meu tio.

Por que, então, eu me sentia tão... *esperançosa*?

Uma ideia começou a me atormentar — um minúsculo vislumbre de possibilidade. Não era só a perspectiva de que talvez tivéssemos descoberto um jeito de derrotar a serpente. As palavras de Anúbis ficaram ecoando em minha mente: "A sombra permanece. É necessário que haja um meio de recuperar uma alma banida."

Se uma sombra podia ser usada para recuperar uma alma mortal que foi destruída, o mesmo poderia ser feito com um deus?

Eu estava tão distraída que mal percebi que havíamos chegado ao edifício de belas-artes. Leonid me fez parar.

— Este para portal?

Ele apontou um pedaço entalhado de pedra calcária no pátio.

— Sim — respondi. — Obrigada.

Resumindo a história: quando entrei na COLA, achei que seria bom ter uma relíquia egípcia por perto, em caso de emergência. Então fiz a coisa mais lógica: peguei emprestado um pedaço de friso de pedra calcária do Museu do Brooklyn, perto dali. Sério, o museu tinha pedras suficientes. Não imaginei que alguém fosse sentir falta daquela.

Eu havia deixado uma cópia no lugar dela e pedido que Alyssa apresentasse o pedaço autêntico de friso egípcio como seu trabalho para a aula de arte — uma tentativa de simular uma forma de arte antiga. O professor ficara devidamente impressionado. Ele instalara a obra de arte "de Alyssa" no pátio em frente à sala de aula. O entalhe mostrava pessoas chorando em um funeral, o que me parecia apropriado para um ambiente escolar.

Não era uma obra de arte poderosa ou importante, mas todas as relíquias do Egito Antigo têm algum poder, como se fossem pilhas mágicas. Com o treinamento adequado, um mago pode usá-las para ativar feitiços que seriam impossíveis sem elas, como abrir portais.

Eu tinha me tornado muito boa nesse tipo específico de magia. Leonid ficou de vigia enquanto comecei a entoar.

A maioria dos magos espera por "momentos favoráveis" para abrir portais. Eles passavam anos memorizando uma agenda de datas importantes, como a hora do dia em que cada deus nasceu, o alinhamento das estrelas etc. Suponho que eu deveria ter me importado com esses detalhes, mas nunca me incomodei. Levando em conta os milhares de anos de história egípcia, havia *tantos* momentos favoráveis que eu simplesmente recitava até encontrar algum. Claro, eu precisava torcer para que meu portal não se abrisse em um momento *desfavorável*. Isso poderia causar todo tipo de efeito colateral desagradável — mas o que é a vida sem um pouco de risco?

[Carter está balançando a cabeça e resmungando. Não sei por quê.]

O ar tremulou diante de nós. Um portal circular apareceu — um funil rodopiante de areia dourada —, e Leonid e eu pulamos lá dentro.

Gostaria de dizer que meu encantamento funcionou perfeitamente e que fomos parar no Primeiro Nomo. Infelizmente errei um pouquinho o alvo.

O portal nos cuspiu no Cairo, mais ou menos cem metros acima do chão. Eu me vi em queda livre no ar frio da noite, rumo às luzes da cidade abaixo.

Não entrei em pânico. Poderia ter usado vários feitiços para sair daquela situação. Poderia ter me transformado em um papagaio (a ave, não aquele com linha), embora essa não fosse minha maneira preferida de me deslocar. Antes que eu decidisse o que fazer, Leonid agarrou minha mão.

A direção do vento mudou. De repente estávamos planando sobre a cidade em uma descida controlada. Pousamos suavemente no deserto logo além da periferia da cidade, perto de umas ruínas que eu sabia que ocultavam a entrada para o Primeiro Nomo.

Olhei para Leonid admirada.

— Você invocou o poder de Shu!

— Shu — ele repetiu, sério. — Sim. Necessário. Eu faço... proibido.

Sorri encantada.

— Garoto esperto! Aprendeu o caminho dos deuses sozinho? Eu sabia que havia um motivo para eu não ter transformado você em lesma.

Leonid estreitou os olhos.

— Não lesma! Por favor!

— Foi um elogio, bobo. Proibido é bom! Sadie gosta de proibido! Agora, vamos. Você precisa conhecer meu tio.

Sem dúvida Carter descreveria a cidade subterrânea de forma dolorosamente detalhada, com as medidas exatas de cada aposento, histórias tediosas sobre cada estátua e hieróglifo, e informações históricas sobre a construção do quartel-general mágico da Casa da Vida.

Vou poupar você desse sofrimento.

É grande. É cheio de magia. Fica no subsolo.

Pronto. Resolvido.

No final do túnel de entrada, atravessamos uma ponte de pedra sobre um abismo, onde fui desafiada por um *ba*. O espírito luminoso de ave (com a cabeça de um egípcio famoso que eu provavelmente devia conhecer) me fez uma pergunta: "De que cor são os olhos de Anúbis?"

Castanhos. *Dã*. Suponho que ele estava tentando me enganar com uma pergunta fácil.

O *ba* nos deixou entrar na cidade propriamente dita. Havia seis meses que eu não ia ali, e fiquei perturbada ao ver que poucos magos estavam presentes. O Primeiro Nomo nunca esteve lotado. A magia egípcia definhara ao longo dos séculos, à medida que cada vez menos iniciados jovens aprendiam as artes. Mas agora a maioria das lojas na caverna central estava fechada. Nas barracas do mercado ninguém barganhava preços de *ankhs* ou de veneno de escorpião. Um vendedor de amuletos com ar entediado endireitou o corpo enquanto nos aproximávamos, depois relaxou os ombros quando passamos direto por ele.

Nossos passos ecoaram pelos túneis silenciosos. Cruzamos um dos rios subterrâneos e atravessamos a área da biblioteca e o Salão das Aves.

[Carter está dizendo que preciso explicar por que o lugar tem esse nome. É uma caverna cheia de várias espécies de pássaros. De novo... *dã*. (Carter, por que você está batendo a cabeça na mesa?)]

Conduzi meu amigo russo por um longo corredor, passamos por um túnel fechado que antigamente levava à Grande Esfinge de Gizé e finalmente chegamos às portas de bronze do Salão das Eras. Agora esse era o salão de meu tio, então entrei sem-cerimônia.

Lugar impressionante? Com certeza. Se estivesse cheio de água, o salão teria tamanho para servir de tanque para baleias. Pelo centro, um longo tapete azul cintilava como o rio Nilo. Nas duas laterais havia fileiras de colunas, e entre elas reluziam cortinas de luz exibindo cenas do passado do Egito — todo tipo de acontecimentos horríveis, maravilhosos e emocionantes.

Tentei evitar olhar para elas. Eu sabia que aquelas imagens poderiam ser perigosamente envolventes. Uma vez cometi o engano de tocar as luzes, e a experiência quase transformou meu cérebro em mingau.

A primeira faixa de luz era dourada: a Era dos Deuses. Mais adiante, o Velho Reino brilhava prateado, depois o Reino Médio tinha tom de cobre e assim por diante.

Enquanto andávamos, várias vezes tive que puxar Leonid para longe das cenas, que capturavam seu olhar. Para falar a verdade, eu não estava muito melhor.

Meus olhos lacrimejaram quando vi uma imagem de Bes entretendo os outros deuses, fazendo piruetas vestido com uma tanga. (Quer dizer, chorei porque sentia falta de vê-lo tão cheio de vida, embora a visão de Bes vestindo tanga *seja* suficiente para fazer os olhos de qualquer um arder.)

Passamos pela cortina de luz cor de bronze e chegamos ao Novo Reino. Parei de repente. Na miragem irrequieta, um homem magro em vestes de sacerdote segurava uma varinha e uma faca acima de um touro negro. O homem murmurava como se estivesse abençoando o animal. Não consegui interpretar muito bem a cena, mas reconheci o rosto do homem: nariz aquilino, testa larga, lábios finos que se retorciam em um sorriso cruel enquanto ele passava a faca na garganta do pobre animal.

— É ele — murmurei.

Caminhei na direção da cortina de luz.

— *Nyet*. — Leonid segurou meu braço. — Você me diz que as luzes são ruins, ficar longe.

— Você... você tem razão — respondi. — Mas aquele é o Tio Vinnie.

Eu tinha certeza de que era o mesmo rosto que havia aparecido na parede no Museu de Dallas, mas como era possível? A cena que eu estava vendo devia ter acontecido milhares de anos antes.

— Não Vinnie — Leonid falou. — Khaemwaset.

— Como? — Eu não sabia se tinha escutado direito, nem mesmo em que idioma ele estava falando. — Isso é um nome?

— Ele é... — Leonid passou a falar em russo, e então suspirou exasperado. — Muito difícil explicar. Vamos ver Amós, que não vai comer meu rosto.

Eu me forcei a tirar os olhos da imagem.

— Boa ideia. Vamos em frente.

No fim do salão, as cortinas de luz vermelha da Era Moderna mudavam para roxo. Supostamente isso marcava o início de uma nova era, mas nenhum de nós sabia exatamente que tipo de era seria. Se Apófis destruísse o mundo, acho que seria a Era das Vidas Extremamente Curtas.

Eu havia imaginado que Amós estaria sentado ao pé do trono do faraó. Aquele era o lugar tradicional do Sacerdote-leitor Chefe, um símbolo de seu papel como principal conselheiro do faraó. É claro, os faraós raramente precisavam de aconselhamento hoje em dia, porque todos estavam mortos havia vários milhares de anos.

O tablado estava vazio.

Isso me intrigou. Eu nunca havia parado para pensar onde o Sacerdote-leitor Chefe ficava quando não estava em exposição. Ele possuía um camarim, talvez com seu nome e uma estrelinha na porta?

— Lá — Leonid disse, apontando.

Mais uma vez meu esperto amigo russo tinha razão. Na parede do fundo, atrás do trono, uma linha tênue de luz brilhava no chão — a fresta de uma porta.

— Uma entrada secreta sinistra — falei. — Muito bem, Leonid.

Do outro lado, encontramos uma espécie de centro de comando. Amós e uma jovem vestida com roupas de camuflagem estavam sentados em extremos opostos de uma mesa grande entalhada com um mapa-múndi colorido. A superfície da mesa estava cheia de peças minúsculas — navios pintados, monstros, magos, carros e marcadores com hieróglifos.

Amós e a garota de roupa de camuflagem estavam tão concentrados no trabalho, movendo as pecinhas pelo mapa, que não perceberam nossa presença de imediato.

Amós usava vestes tradicionais de linho. Com sua silhueta parruda, a roupa o deixava um pouco parecido com o Frei Tuck, só que com pele mais escura e cabelos mais legais. As trancinhas estavam decoradas com contas douradas. Os óculos redondos brilhavam enquanto ele estudava o mapa. A capa de pele de leopardo do Sacerdote-leitor Chefe cobria seus ombros.

Quanto à jovem... ah, deuses do Egito. Era *Zia*.

Eu nunca a vira em roupas modernas. Zia vestia calça cargo de estampa camuflada, botas de trilha e uma camiseta verde-oliva que realçava sua pele bronzeada. Os cabelos pretos estavam mais compridos do que eu lembrava. Ela parecia tão mais adulta e linda do que seis meses antes que fiquei feliz por Carter não ter vindo também. Ele teria tido dificuldade para tirar o queixo do chão.

[Sim, teria, Carter. Ela estava estonteante, em um estilo meio Garota Guerreira.]

Amós moveu uma das peças pelo mapa.

— Aqui — ele disse.

— Tudo bem — Zia respondeu. — Mas isso deixa Paris indefesa.

Pigarreei.

— Estamos interrompendo?

Amós se virou e sorriu.

— Sadie!

Ele me deu um abraço esmagador, depois afagou minha cabeça de um jeito afetuoso.

— Ai — resmunguei.

Ele riu.

— Desculpe. É que é muito bom ver você. — Ele olhou para Leonid. — E este é...

Zia praguejou. Ela se enfiou entre Amós e Leonid.

— Ele é um dos russos! Por que *ele* está aqui?

— Calma — falei. — Ele é amigo.

Expliquei sobre como Leonid havia aparecido no baile. Leonid tentou ajudar, mas ficava recaindo no russo o tempo todo.

— Espere — Amós disse. — Vamos facilitar.

Ele tocou a testa de Leonid.

— *Med-wah*.

Acima de nós, o hieróglifo para *Falar* brilhou vermelho no ar:

— Pronto — Amós falou. — Isso deve ajudar.

Leonid ergueu as sobrancelhas.

— Você fala russo?

Amós sorriu.

— Na verdade, durante os próximos minutos todos nós falaremos em egípcio antigo, mas para cada um de nós vai soar como nosso idioma materno.

— Brilhante — falei. — Leonid, é melhor você aproveitar o tempo.

Leonid tirou o quepe e ficou mexendo na aba.

— Sarah Jacobi e seu tenente, Kwai... eles pretendem atacar vocês.

— Sabemos disso — Amós respondeu em um tom seco.

— Não, vocês não entendem! — A voz de Leonid tremeu de medo. — Eles são malignos! Estão trabalhando com Apófis!

Talvez tenha sido uma coincidência, mas, quando ele disse aquele nome, várias peças no mapa entraram em combustão e derreteram. Meu coração parecia prestes a fazer o mesmo.

— Espere aí — falei. — Leonid, como você sabe disso?

As orelhas dele ficaram vermelhas.

— Depois da morte de Menshikov, Jacobi e Kwai vieram a nosso nomo. Nós os acolhemos. Logo Jacobi assumiu o comando, mas meus camaradas não se opuseram. Eles, hum, odiavam muito os Kane. — Leonid me olhou com uma expressão culpada. — Depois que vocês invadiram nosso quartel-general na primavera passada... bem, os outros russos acham que é culpa de vocês a morte de Menshikov e a ascensão de Apófis. Eles culpam vocês por tudo.

— Bastante acostumada com isso — respondi. — Você não pensava o mesmo?

Ele cutucou o quepe enorme.

— Vi o poder de vocês. Derrotaram o monstro *tjesu heru*. Poderiam ter me destruído, mas não destruíram. Não pareciam malignos.

— Obrigada por isso.

— Depois que nos conhecemos, fiquei curioso. Comecei a ler pergaminhos antigos, aprendi a canalizar o poder do deus Shu. Sempre fui um bom elementalista do ar.

Amós grunhiu.

— Esse foi um gesto valente, Leonid. Explorar o caminho dos deuses sozinho no meio do nomo russo? Você foi muito corajoso.

— Fui destemido. — A testa de Leonid estava coberta de suor. — Jacobi matou magos por crimes menores. Um de meus amigos, um senhor chamado Mikhail, certa vez cometeu o erro de dizer que talvez nem todos os Kane fossem ruins. Jacobi o prendeu por traição. Ela o entregou a Kwai, que pratica magia com... com raios... coisas terríveis. Ouvi Mikhail gritar nas catacumbas durante três noites antes de morrer.

Amós e Zia se entreolharam, sérios. Tive a sensação de que aquela não era a primeira vez que eles ouviam falar dos métodos de tortura de Kwai.

— Sinto muito — Amós disse. — Mas como você pode ter certeza de que Jacobi e Kwai trabalham para Apófis?

O jovem russo olhou para mim como se buscasse apoio.

— Pode confiar em Amós — garanti. — Ele o protegerá.

Leonid mordeu o lábio.

— Ontem eu estava em uma das câmaras abaixo do Hermitage, um lugar que eu achava que fosse secreto. Eu estudava um pergaminho para invocar Shu, magia muito proibida. Ouvi Jacobi e Kwai se aproximando, então me escondi. Escutei a conversa dos dois, mas as vozes eram... entrecortadas. Não sei como explicar.

— Eles estavam possuídos? — Zia perguntou.

— Pior — Leonid respondeu. — Cada um canalizava dezenas de vozes. Era como um conselho de guerra. Ouvi muitos monstros e demônios.

E a voz que presidia a reunião era mais grave e poderosa que as outras. Eu nunca havia escutado nada parecido, era como se a escuridão pudesse falar.

— Apófis — Amós disse.

Leonid havia empalidecido bastante.

— Por favor, entendam, a maioria dos magos em São Petersburgo não é má. Eles só estão com medo e desesperados para sobreviver. Jacobi os convenceu de que vai salvá-los. Ela os enganou com mentiras. Diz que os Kane são demônios. Mas ela e Kwai... *eles* são os monstros. Não são mais humanos. Eles montaram um acampamento em Abu Simbel. De lá, vão liderar os rebeldes contra o Primeiro Nomo.

Amós olhou para o mapa. Ele deslizou o dedo para o sul ao longo do rio Nilo até um lago pequeno.

— Não sinto nada em Abu Simbel. Se estão lá, conseguiram se esconder completamente de minha magia.

— Eles estão lá — Leonid garantiu.

Zia franziu o cenho.

— Debaixo de nosso nariz, ao alcance de um ataque. Devíamos ter matado os rebeldes na Casa do Brooklyn quando tivemos a oportunidade.

Amós balançou a cabeça.

— Somos servidores do Maat, ordem e justiça. Não matamos nossos inimigos por ações que eles talvez venham a cometer no futuro.

— E agora nossos inimigos vão nos matar — Zia disse.

No mapa, duas peças na Espanha queimaram e derreteram. Um navio em miniatura na costa do Japão se partiu em pedaços.

Amós fez uma careta.

— Mais perdas.

Ele escolheu uma miniatura de cobra na Coreia e a empurrou até o navio naufragado. Removeu os magos derretidos da Espanha.

— Que mapa é *esse?* — perguntei.

Zia mudou um hieróglifo da Alemanha para a França.

— É o mapa de guerra de Iskandar. Como eu lhes disse certa vez, ele era especialista em magia estatuária.

Eu me lembrava. O antigo Sacerdote-leitor Chefe era tão bom que fez uma réplica da própria Zia... mas decidi não comentar isso.

— Aquelas pecinhas representam forças verdadeiras — deduzi.

— Sim — Amós confirmou. — O mapa nos mostra os movimentos de nossos inimigos, ou da maioria deles, pelo menos. Também nos permite enviar nossas forças magicamente para onde elas são necessárias.

— E, *hum*, como estamos nos saindo?

A expressão dele me disse tudo que eu precisava saber.

— Estamos muito dispersos — Amós explicou. — Os seguidores de Jacobi atacam onde estamos mais fracos. Apófis envia seus demônios para aterrorizar nossos aliados. Os ataques parecem ser coordenados.

— É porque são — Leonid disse. — Kwai e Jacobi estão sob o controle da serpente.

Balancei a cabeça, incrédula.

— Como Kwai e Jacobi podem ser tão idiotas? Eles não entendem que Apófis vai destruir o mundo?

— O Caos é sedutor — Amós respondeu. — Sem dúvida Apófis lhes prometeu poder. Ele sussurra em seus ouvidos, convencendo-os de que são importantes demais para serem destruídos. Eles acreditam que podem fazer um mundo novo melhor que o antigo, e a mudança vale qualquer preço, incluindo aniquilação em massa.

Eu não conseguia imaginar como alguém podia ser tão iludido, mas Amós falou como se entendesse. Claro, Amós havia passado por isso. Fora possuído por Set, deus do mal e do Caos. Comparado a Apófis, Set era um pequeno incômodo, mas ainda assim ele havia sido capaz de transformar meu tio — um dos magos mais poderosos do mundo — em uma marionete impotente. Se Carter e eu não tivéssemos derrotado Set e obrigado ele a voltar para o Duat... bem, as consequências não teriam sido agradáveis.

Zia pegou uma miniatura de falcão. Tentou colocá-la em Abu Simbel, mas a estatueta começou a fumegar. Ela foi obrigada a soltá-la.

— Eles instalaram barreiras poderosas — Zia explicou. — Não vamos conseguir espioná-los.

— Eles vão atacar daqui a três dias — Leonid disse. — Ao mesmo tempo, Apófis se erguerá, ao amanhecer do equinócio de outono.

— *Outro* equinócio? — resmunguei. — Aquela *última* porção de coisas desagradáveis não aconteceu em um desses? Vocês egípcios têm uma obsessão doentia por equinócios.

Amós me olhou com ar severo.

— Sadie, tenho certeza de que você sabe que o equinócio é um momento de grande significado mágico, quando dia e noite são iguais. Além do mais, o equinócio de outono marca o último dia antes de a escuridão se impor à luz. É o aniversário da retirada de Rá para o céu. Eu temia que Apófis pudesse agir nesse momento. É um dia extremamente desfavorável.

— Desfavorável? — Franzi a testa. — Mas desfavorável é ruim. Por que eles... ah.

Percebi que nossos dias ruins deviam ser dias bons para as forças do Caos. Isso significava que eles provavelmente tinham muitos dias bons.

Amós apoiou-se no cajado. Seus cabelos estavam ficando visivelmente grisalhos. Lembrei-me de Michel Desjardins, o Sacerdote-leitor Chefe anterior, e da rapidez com que ele envelhecera. Eu não suportava a ideia de Amós ter o mesmo destino.

— Não temos a força necessária para derrotar nossos inimigos — ele falou. — Precisarei usar outros meios.

— Amós, não — Zia disse. — Por favor.

Eu não sabia do que eles estavam falando. Zia parecia horrorizada, e, se algo a amedrontava, eu não queria saber o que era.

— Na verdade — falei —, Carter e eu temos um plano.

Contei a eles nossa ideia de usar a sombra de Apófis contra ele mesmo. Falar disso na frente de Leonid talvez fosse imprudente, mas ele havia arriscado a vida para nos prevenir dos planos de Sarah Jacobi. Ele havia confiado em mim. O mínimo que eu podia fazer era retribuir o favor.

Quando concluí a explicação, Amós olhou o mapa.

— Nunca ouvi falar dessa magia. Mesmo que seja possível...

— *É* possível — insisti. — Por que outro motivo Apófis adiaria seu ataque do Dia do Juízo Final, só para encontrar e destruir todos os papiros desse Setne? Apófis tem medo de que a gente descubra o feitiço e o impeça.

Zia cruzou os braços.

— Mas vocês não podem. Você acabou de dizer que todos os exemplares foram destruídos.

— Vamos pedir ajuda a Tot — expliquei. — Carter está indo para lá agora. E nesse meio-tempo... preciso cuidar de um assunto. Talvez eu consiga testar nossa teoria sobre sombras.

— Como? — Amós perguntou.

Eu disse o que tinha em mente.

Amós parecia querer protestar, mas deve ter visto a determinação em meus olhos. Somos parentes, afinal. Ele sabe como os Kane podem ser teimosos quando tomam uma decisão.

— Muito bem — ele respondeu. — Primeiro você precisa comer e descansar. Pode partir ao amanhecer. Zia, quero que você vá com ela.

Ela reagiu espantada.

— Eu? Mas eu posso... quer dizer, isso é sensato?

Mais uma vez tive a sensação de que havia perdido uma conversa importante. O que Amós e Zia estavam discutindo antes?

— Você vai ficar bem — Amós garantiu. — Sadie vai precisar de sua ajuda. E eu vou providenciar outra pessoa para cuidar de Rá durante o dia.

Ela parecia bem nervosa, o que não era normal. Zia e eu tivéramos nossas diferenças no passado, mas ela nunca havia sido insegura. Agora eu quase me preocupava com ela.

— Anime-se — falei. — Vai ser tranquilo. Uma viagem rápida ao mundo dos mortos, ao lago de fogo da perdição. O que pode dar errado?

7. Sou estrangulado por um velho amigo

Então, é isso.

Sadie vai embora em uma aventura paralela com um cara e deixa para mim o trabalho tedioso de descobrir como salvar o mundo. Por que isso me soa familiar? Ah, certo. Sadie sempre faz isso. Se é hora de seguir em frente, pode ter certeza de que ela vai sair por alguma tangente.

[Por que está me agradecendo, Sadie? Não foi um elogio.]

Depois do baile no Liceu eu fiquei bastante irritado. Já tinha sido ruim ser forçado a dançar uma música lenta com Lacy, a amiga de Sadie. Mas desmaiar na pista de dança, acordar com Lacy roncando em minha axila e então descobrir que eu tinha perdido a visita de dois deuses... isso foi simplesmente constrangedor.

Depois que Sadie e o garoto russo partiram, levei nosso pessoal de volta para a Casa do Brooklyn. Walt ficou confuso por nos ver tão cedo. Chamei Bastet e ele para uma conversa rápida na varanda. Expliquei o que Sadie me dissera sobre Shu, Anúbis e o carinha russo chamado Leonid.

— Vou levar Freak a Memphis — avisei. — Volto assim que falar com Tot.

— Eu vou com você — Walt comentou.

Sadie havia me pedido para levá-lo comigo, claro, mas, olhando para ele agora, eu estava reconsiderando. O rosto de Walt estava abatido. Os olhos estavam fundos. Fiquei assustado com o quanto ele havia piorado desde o dia anterior. Sei que é horrível, mas eu não conseguia deixar de pensar nas práticas egípcias de sepultamento, nas quais envolviam o corpo com sais de embalsamamento para secá-lo lentamente de dentro para fora. Walt parecia já ter começado esse processo.

— Escute, cara — falei. — Sadie me pediu para protegê-lo. Ela está preocupada com você. E eu também estou.

Ele enrijeceu o maxilar.

— Se você planeja usar uma sombra em seu feitiço, vai ter que capturá-la com aquela estatueta. Vai precisar de um *sau*, e eu sou a melhor opção.

Infelizmente Walt tinha razão. Nem eu nem Sadie tínhamos a capacidade de capturar uma sombra, se é que isso era possível. Só Walt tinha o talento para produzir amuletos.

— Tudo bem — resmunguei. — Só... vá com calma. Não quero que minha irmã fique furiosa comigo.

Bastet cutucou o braço de Walt, como um gato cutuca um inseto para ver se ele ainda está vivo. Ela farejou os cabelos dele.

— Sua aura está fraca — ela disse —, mas acho que pode viajar. Tente não se cansar muito. Nada de magia, a menos que seja estritamente necessário.

Walt revirou os olhos.

— Sim, mãe.

Bastet pareceu ter gostado disso.

— Vou vigiar os outros gatinhos — ela prometeu. — Ah, quer dizer, iniciados. Vocês dois, tomem cuidado. Não morro de amores por Tot, e não quero que vocês se envolvam nos problemas dele.

— Que problemas? — perguntei.

— Vocês vão ver. Apenas voltem para mim. Todo esse trabalho de vigia está atrapalhando minha rotina de sonecas.

Ela nos afastou para o abrigo de Freak e voltou a descer, resmungando algo sobre erva-de-gato.

Atrelamos o barco. Freak grasnou e agitou as asas, ansioso para partir. Ele parecia ter descansado bastante. Além do mais, sabia que uma viagem significava mais perus congelados para ele.

Pouco tempo depois estávamos sobrevoando o rio East.

Nosso percurso pelo Duat foi mais sacudido que o habitual, como turbulência de avião, mas com lamentos fantasmagóricos e neblina pesada. Felizmente eu não havia comido muito no jantar. Meu estômago ficou embrulhado.

O barco estremeceu quando Freak nos tirou do Duat. Abaixo de nós se estendia uma paisagem noturna diferente — as luzes de Memphis, no Tennessee, acompanhando o contorno do rio Mississippi.

Junto à margem erguia-se uma pirâmide preta lustrosa — um estádio abandonado de que Tot se apropriara para morar. Explosões de luz multicolorida salpicavam o ar, cobrindo a pirâmide de reflexos. No início pensei que Tot estivesse fazendo uma queima de fogos. Depois percebi que o local estava sendo atacado.

Uma variedade horrenda de demônios escalava as laterais: figuras humanoides com pés de galinha, patas ou pernas de inseto. Alguns tinham pelo. Outros possuíam escamas ou cascos de tartaruga. Muitos possuíam armas em vez de cabeça, ou ferramentas brotando do pescoço — martelos, espadas, machados, motosserras e até algumas chaves de fenda.

Havia pelo menos cem demônios subindo a pirâmide, enfiando as garras nas frestas entre as chapas de vidro. Alguns tentavam quebrar o vidro para invadir, mas a cada golpe a pirâmide emitia uma luz azul e repelia os ataques. Demônios alados rodopiavam pelo ar, guinchando, e mergulhavam contra um grupo pequeno de defensores.

Tot estava no alto. Com seu jaleco branco, camiseta e jeans, a barba por fazer e cabelos desgrenhados como Einstein, ele parecia um estagiário destrambelhado de laboratório — o que não era muito intimidador, mas você devia vê-lo lutando. Tot arremessava hieróglifos reluzentes como se fossem granadas, causando explosões furta-cores à sua volta. Enquanto isso, seus ajudantes, uma tropa de babuínos e de aves de bicos compridos chamadas íbis, enfrentavam o inimigo. Os babuínos jogavam bolas de basquete nos demônios, derrubando-os da pirâmide. Os íbis corriam por entre as pernas dos monstros, enfiando o bico nos pontos mais sensíveis que conseguissem encontrar.

À medida que nos aproximamos, olhei dentro do Duat. A cena lá era ainda mais assustadora. Os demônios estavam ligados por fios vermelhos de energia que formavam uma gigantesca serpente translúcida. O monstro cercava toda a pirâmide. No topo, Tot brilhava em sua antiga forma: um homem gigantesco de saiote branco com cabeça de íbis arremessando raios de energia nos inimigos.

Walt assobiou.

— Como os mortais não veem uma batalha dessa?

Eu não tinha certeza, mas me lembrava de algumas notícias sobre desastres recentes. Tempestades enormes haviam causado inundações ao longo de todo o rio Mississippi, incluindo ali em Memphis. Centenas de pessoas haviam sido desalojadas. Magos talvez pudessem ver o que acontecia de fato, mas quaisquer mortais que ainda estivessem na cidade provavelmente achavam que era apenas uma tempestade forte de relâmpagos.

— Vou ajudar Tot — avisei. — Você fica no barco.

— Não — Walt respondeu. — Bastet disse que eu só devo usar magia em caso de emergência. Essa é uma.

Eu sabia que Sadie me mataria se eu permitisse que Walt se machucasse. Por outro lado, o tom de voz dele mostrava que ele não ia desistir. Quando quer, Walt pode ser quase tão teimoso quanto minha irmã.

— Tudo bem — concordei. — Segure-se.

Um ano antes, se eu estivesse diante de uma luta como aquela, teria me encolhido em um canto e tentado me esconder. Até nossa batalha na Pirâmide Vermelha, no Natal anterior, parecia pequena em comparação a mergulhar em um exército de demônios sem nenhum respaldo além de um garoto doente e um grifo ligeiramente disfuncional.

Mas muito havia acontecido no último ano. Agora aquilo era só mais um dia ruim na vida da família Kane.

Freak desceu gritando do céu noturno e fez uma curva fechada para a direita, disparando pela lateral da pirâmide. Ele engoliu demônios menores e destroçou os maiores com suas asas de serra. Alguns sobreviventes foram atropelados por nosso barco.

Quando Freak começou a subir de novo, Walt e eu saltamos e cambaleamos na rampa de vidro. Walt arremessou um amuleto. Com um lampejo de luz, apareceu uma esfinge dourada, com corpo de leão e cabeça de mulher.

Depois da experiência no Museu de Dallas, eu não gostava muito de esfinges, mas felizmente essa estava do nosso lado.

Walt saltou nela e cavalgou para a batalha. A esfinge rosnou e pulou em um demônio-réptil, rasgando-o em pedaços. Outros monstros se dispersaram. Eu não os culpava. Um leão dourado enorme já teria sido bem assustador, mas a cabeça rosnante de mulher, com olhos verdes implacáveis, uma coroa egípcia brilhante e uma boca cheia de presas e batom, era mais apavorante ainda.

Quanto a mim, peguei meu *khopesh* do Duat. Invoquei o poder de Hórus, e o avatar reluzente azul do deus da guerra se formou à minha volta. Logo eu estava cercado por uma aparição de seis metros de altura com cabeça de falcão.

Dei um passo adiante. O avatar imitou meus movimentos. Ataquei os demônios mais próximos com minha espada, e a enorme lâmina cintilante do avatar os derrubou como se fossem pinos de boliche. Dois dos monstros realmente tinham pinos de boliche no lugar da cabeça, então acho que foi apropriado.

Os babuínos e íbis progrediam lentamente contra a onda de demônios. Freak voava em torno da pirâmide, bicando demônios alados ou derrubando-os com o barco.

Tot continuou lançando suas granadas hieroglíficas.

— Inchado! — ele gritou.

O hieróglifo correspondente cortou o ar, explodindo em raios de luz no peito de um demônio, que no mesmo instante inchou como um balão de água e rolou pirâmide abaixo gritando.

— Achatado!

Tot atingiu outro demônio, que caiu e encolheu até virar um capacho em forma de monstro.

— Problemas intestinais! — Tot gritou.

O coitado do demônio atingido por esse hieróglifo ficou verde e se curvou.

Eu atravessava os monstros, jogando-os para os lados e transformando-os em pó. Tudo ia muito bem até um demônio alado se lançar em meu peito. Cambaleei para trás e bati na pirâmide com tanta força que perdi a concentração. Minha armadura mágica se dissolveu. Eu teria escorregado até a base se um demônio não tivesse me agarrado pelo pescoço.

— Carter Kane — ele sibilou. — Você é estupidamente persistente.

Reconheci aquele rosto — como um cadáver da aula de anatomia, com músculos e tendões, mas sem pele. Os olhos sem pálpebras eram vermelhos e brilhantes. As presas estavam expostas em um sorriso assassino.

— Você — grunhi.

— Sim. — O demônio riu enquanto apertava meu pescoço com as garras. — Eu.

Rosto do Terror — tenente de Set na Pirâmide Vermelha e porta-voz secreto de Apófis. Nós o havíamos matado à sombra do Monumento a Washington, mas acho que aquilo não adiantou nada. Agora ele estava de volta e, a julgar pela voz rouca e pelo brilho nos olhos vermelhos, ainda possuído pela cobra de que eu menos gostava.

Eu não lembrava que ele podia voar, mas agora asas de morcego brotavam de seus ombros. Ele montou em mim com suas pernas de galinha, as mãos apertando minha traqueia. O hálito fedia a suco fermentado e gambá.

— Eu poderia ter matado você muitas vezes — o demônio disse —, mas você me interessa, Carter.

Tentei me livrar dele. Meus braços pareciam chumbo. Eu mal conseguia segurar a espada.

À nossa volta, os sons da batalha emudeceram. Freak sobrevoava no alto, mas suas asas batiam tão devagar que eu conseguia vê-las. Um hieróglifo explodiu em câmera lenta, como tinta misturando-se a água. Apófis me puxava para as profundezas do Duat.

— Sinto seu conflito — o demônio disse. — Por que você luta nessa batalha perdida? Não percebe o que vai acontecer?

Imagens se alternaram rapidamente em minha mente.

Vi uma paisagem de colinas em movimento e gêiseres de fogo. Demônios alados surgiram no céu sulforoso. Espíritos dos mortos se espalhavam pelas colinas, gemendo de desespero e tentando se segurar. Todos estavam sendo puxados na mesma direção, para uma mancha escura no horizonte. O que quer que fosse aquilo, tinha a gravidade tão forte quanto a de um buraco negro. Ele sugava os espíritos, envergava colinas e labaredas de fogo para si. Até os demônios no ar se debatiam.

Encolhida sob o abrigo de um penhasco, a forma branca e brilhante de uma mulher tentava resistir à corrente escura. Eu quis gritar. A mulher era minha mãe. Outros fantasmas passaram voando por ela, uivando, impotentes. Minha mãe estendeu as mãos, mas não conseguiu salvá-los.

A cena mudou. Vi o deserto egípcio em volta do Cairo sob um sol abrasador. De repente a areia explodiu. Uma gigantesca serpente vermelha se ergueu do mundo inferior. Ela se lançou para o céu e, de algum jeito impossível, engoliu o sol de uma vez só. O mundo escureceu. Gelo cobriu as dunas. Rachaduras surgiram no chão. A paisagem desmoronou. Bairros inteiros do Cairo despencaram nos abismos. Um oceano vermelho de Caos se ergueu do Nilo, dissolvendo cidade e deserto, destruindo as pirâmides que existiam havia milênios. Em pouco tempo restava apenas um mar borbulhante sob o céu negro sem estrelas.

— *Nenhum deus pode salvar você, Carter.* — Apófis soava quase piedoso. — *Esse destino foi decretado desde o início dos tempos. Renda-se a mim, e pouparei você e aqueles que ama. Navegue pelo mar de Caos. Seja o mestre de seu próprio destino.*

Vi uma ilha flutuando no oceano borbulhante, uma pequena extensão de terra verde como um oásis. Minha família e eu poderíamos ficar juntos naquela ilha. Poderíamos sobreviver. Poderíamos ter tudo que quiséssemos apenas imaginando. A morte não significaria nada.

— *Tudo que peço é uma prova de boa vontade* — Apófis insistiu. — *Entreguem-me Rá. Eu sei que você o odeia. Ele representa tudo que há de errado em seu mundo mortal. Ele está senil, apodrecido, fraco e inútil. Entregue-o a mim. Pouparei você. Pense nisso, Carter Kane. Os deuses já lhe fizeram alguma promessa tão justa?*

As visões desapareceram. Rosto do Terror sorria para mim, mas, de repente, seus traços se contorceram de dor. Um hieróglifo incandescente queimou em sua testa — o símbolo para *dessecar* —, e o demônio virou pó.

Engasguei tentando respirar. Minha garganta parecia cheia de carvão em brasa.

Tot estava acima de mim com uma expressão de tristeza e cansaço. Em seus olhos rodopiavam cores caleidoscópicas, como portais para outro mundo.

— Carter Kane.

Ele estendeu a mão e me ajudou a levantar.

Todos os outros demônios haviam desaparecido. Walt estava em pé no topo da pirâmide com os babuínos e íbis, que escalavam a esfinge dourada como se ela fosse um daqueles bichinhos de um carrossel. Freak voava por perto, com cara de satisfeito e feliz depois de ter comido tantos demônios.

— Vocês não deviam ter vindo — Tot criticou. Ele limpou pó de demônio da camiseta, que tinha um logo de coração em chamas e as palavras CASA DO BLUES. — Foi perigoso demais, especialmente para Walt.

— Não tem de quê — respondi ofegante. — Você parecia precisar de ajuda.

— Os demônios? — Tot balançou a mão com desprezo. — Eles estarão de volta logo antes do nascer do sol. Têm atacado a cada seis horas há uma semana. Muito irritante.

— A cada seis horas?

Tentei imaginar isso. Se Tot vinha derrotando um exército como aquele várias vezes por dia durante uma semana... Eu não entendia como até mesmo um deus podia ter tanto poder.

— Onde estão os outros deuses? — perguntei. — Não deviam estar aqui, ajudando?

Tot torceu o nariz como se sentisse cheiro de demônio com problemas intestinais.

— Talvez você e Walt devam entrar. Agora que estão aqui, temos muito que conversar.

Preciso reconhecer. Tot sabia decorar uma pirâmide.

A antiga quadra de basquete ainda estava ali, sem dúvida para que os babuínos pudessem jogar. (Babuínos adoram basquete.) O placar eletrônico pendia do teto, exibindo uma série de hieróglifos que diziam: VAI TIME! DEFESA! e TOT 25 — DEMÔNIOS 0 em egípcio antigo.

Os assentos de pista do estádio haviam sido substituídos por fileiras de camarotes. Alguns estavam equipados com computadores como em um centro de controle para lançamento de foguetes. Outros tinham bancadas de laboratório entulhadas de béqueres, bicos de Bunsen, frascos com substâncias fumegantes, potes de órgãos em conserva e objetos ainda mais estranhos. A arquibancada era dedicada a cubículos para pergaminhos — uma biblioteca certamente tão grande quanto a do Primeiro Nomo. E atrás da tabela da esquerda havia uma lousa branca do tamanho de um prédio de três andares coberta de contas e hieróglifos.

Tapeçarias negras com encantamentos bordados em dourado estavam penduradas nas vigas, substituindo faixas de campeonato.

A lateral da quadra era a área de convivência de Tot — uma cozinha americana móvel, uma coleção luxuosa de sofás e poltronas, pilhas de livros, baldes de Legos, uma dúzia de tevês de tela plana exibindo diferentes jornais e documentários e uma pequena floresta de guitarras e amplificadores —, tudo de que um deus avoado precisaria para conseguir fazer vinte coisas ao mesmo tempo.

Os babuínos de Tot levaram Freak ao vestiário para escová-lo e deixá-lo descansar. Acho que ficaram preocupados com a possibilidade de ele comer os íbis, já que os pássaros eram meio parecidos com perus.

Tot olhou para Walt e para mim com ar crítico.

— Vocês precisam descansar. Depois vou preparar algo para vocês jantarem.

— Não temos tempo — respondi. — Precisamos...

— Carter Kane — Tot alertou. — Você acabou de lutar contra Apófis, levou uma pancada suficientemente forte para expulsar Hórus, foi arrastado pelo Duat e estrangulado. Não vai conseguir fazer nada enquanto não dormir um pouco.

Eu queria protestar, mas Tot pousou a mão em minha testa. O cansaço me invadiu.

— Descanse — Tot insistiu.

Desabei no sofá mais próximo.

Não sei bem quanto tempo dormi, mas Walt se levantou primeiro. Quando acordei, ele e Tot conversavam.

— Não — Tot disse. — Isso nunca foi feito. E receio que você não tenha muito tempo... — Ele hesitou quando me viu sentar. — Ah. Ótimo, Carter, você acordou.

— O que foi que eu perdi?

— Nada — ele respondeu, um pouco animado demais. — Venha comer.

Sobre o balcão da cozinha havia bisteca, linguiça, costelas, pão de milho e uma refresqueira de chá gelado. Tot certa vez me dissera que churrasco era uma forma de magia, e acho que ele tinha razão. O cheiro de comida me fez esquecer os problemas temporariamente.

Engoli um sanduíche de bisteca e bebi dois copos de chá. Walt beliscava uma costela, mas não parecia ter fome.

Enquanto isso, Tot pegou uma guitarra Gibson. Ele tocou um acorde que fez o chão do estádio tremer. Havia melhorado desde a última vez que eu o escutara. O acorde de fato parecia um acorde, não uma cabra-montês sendo torturada.

Gesticulei segurando um pedaço de pão de milho.

— Esse lugar está muito bonito.

Tot riu.

— Melhor que meu quartel-general de antes, não é?

Na primeira vez que Sadie e eu encontramos o deus do conhecimento, ele estava abrigado no campus de uma universidade dali. Havia nos testado em uma missão para destruir a casa de Elvis Presley (longa história), mas eu torcia para que já não precisássemos de testes. Preferia ficar na lateral da quadra comendo churrasco.

Então pensei nas visões que Rosto do Terror havia me mostrado: minha mãe em perigo, a escuridão engolindo a alma dos mortos, o mundo se dissolvendo em um mar de Caos — exceto por uma pequena ilha flutuando em meio às ondas. A lembrança meio que acabou com meu apetite.

— Então... — Empurrei meu prato. — Conte-me sobre os ataques dos demônios. E o que você estava conversando com Walt?

Walt encarava sua costela de porco parcialmente comida.

Tot tocou outro acorde.

— Por onde começar...? Os ataques começaram há sete dias. Estou isolado dos outros deuses. Imagino que não vieram me ajudar, porque todos enfrentam problemas semelhantes. Dividir e conquistar; Apófis entende esse princípio militar básico. Nem mesmo meus irmãos *puderam* me ajudar... Bem, eles têm outras prioridades. Rá foi trazido de volta recentemente, como você deve se lembrar.

Tot me lançou um olhar sério, como se eu fosse uma equação que ele não conseguia resolver.

— O deus sol deve ser protegido em sua jornada noturna. Isso exige muito poder divino.

Meus ombros se curvaram. Eu não precisava de mais um motivo para me sentir culpado. Também não achava justo Tot me criticar tão duramente. Ele estava do nosso lado, mais ou menos, sobre trazermos de volta o deus sol. Talvez sete dias de ataques de demônios tivessem começado a fazê-lo mudar de ideia.

— Não pode ir embora simplesmente? — perguntei.

Tot balançou a cabeça.

— Talvez você não consiga enxergar muito longe no Duat, mas o poder de Apófis cercou completamente esta pirâmide. Estou preso.

Olhei para o teto do estádio, que de repente parecia muito mais baixo.

— O que significa... que estamos presos também?

Tot fez um gesto indiferente com a mão.

— *Vocês* devem conseguir passar. A rede da serpente foi concebida para pegar um deus. Você e Walt não são grandes ou importantes o suficiente para serem pegos.

Fiquei pensando se isso era verdade ou se Apófis estava me permitindo livre acesso — a opção de entregar Rá.

"Você me interessa, Carter", Apófis dissera. "Renda-se a mim, e pouparei você."

Respirei fundo.

— Tot, mas, se você está sozinho... quer dizer, quanto tempo ainda pode resistir?

O deus limpou o pó do jaleco, que estava coberto de inscrições em diversos idiomas. A palavra *tempo* caiu de sua manga. Tot a pegou, e de repente estava consultando um relógio dourado de bolso.

— Vejamos. A julgar pelo enfraquecimento das defesas da pirâmide e pelo ritmo em que meu poder está sendo gasto, eu diria que posso resistir a outros nove ataques, ou um pouco mais de dois dias, o que acabaria na alvorada do equinócio. Ah! Isso não pode ser coincidência.

— E aí? — Walt perguntou.

— Aí minha pirâmide será invadida. Meus servos serão mortos. Na verdade, acho que o Dia do Juízo Final vai acontecer em todos os lugares. O equinócio de outono seria um momento lógico para a ascensão de Apófis. Ele provavelmente vai me lançar no abismo, ou talvez dispersar minha essência pelo universo em um bilhão de fragmentos. Hum... a física da morte de um deus. — Seu relógio de bolso se transformou em caneta. Ele rabiscou algo no braço da guitarra. — Isso daria um excelente trabalho de pesquisa.

— Tot — Walt falou. — Diga para Carter o que você me contou, sobre por que você está sendo atacado.

— Achei que fosse óbvio — Tot respondeu. — Apófis quer evitar que eu ajude vocês. Foi por *isso* que vocês vieram, não? Para aprender sobre a sombra da serpente?

Por um momento fiquei perplexo demais para falar.

— Como você sabia?

— *Por favor.* — Tot tocou um *riff* de Jimi Hendrix, depois baixou a guitarra. — Eu *sou* o deus do conhecimento. Sabia que mais cedo ou mais tarde vocês chegariam à conclusão de que sua única esperança de vitória era uma execração de sombra.

— Uma execração de sombra — repeti. — Isso é um feitiço de verdade com um nome de verdade? Pode dar certo?

— Teoricamente.

— E você não ofereceu essa informação... *por quê?*

Tot bufou.

— Conhecimento que tenha qualquer valor não pode ser dado. Deve ser procurado e conquistado. Você agora é um professor, Carter. Devia saber disso.

Eu não tinha certeza se o estrangulava ou abraçava.

— Então, estou procurando o conhecimento. Estou conquistando o conhecimento. Como derroto Apófis?

— Fico muito feliz por você ter perguntado! — Tot abriu um grande sorriso e me encarou com seus olhos multicoloridos. — Infelizmente não posso dizer.

Olhei para Walt.

— Você quer matá-lo ou mato eu?

— Calma — Tot disse. — Posso orientá-los um pouco. Mas vocês vão ter que ligar as migalhas, como dizem.

— Pontos — corrigi.

— Sim — Tot falou. — Vocês estão no caminho certo. O *sheut* poderia ser usado para destruir um deus, ou mesmo o próprio Apófis. E, sim, como todo ser dotado de consciência, Apófis tem uma sombra, embora ele mantenha essa parte de sua alma bem escondida e protegida.

— Então, onde ela está? — perguntei. — Como a usamos?

Tot abriu as mãos.

— A segunda pergunta eu não posso responder. A primeira não tenho permissão para responder.

Walt afastou o prato.

— Tenho tentado arrancar essa informação dele, Carter. Para um deus do conhecimento, ele não é muito útil.

— Vamos lá, Tot — eu disse. — Não podemos cumprir uma missão para você ou algo do tipo? Não podemos explodir a casa de Elvis de novo?

— Tentador — o deus falou. — Mas vocês precisam entender: fornecer a um mortal a localização da sombra de um imortal, mesmo que seja a de Apófis, seria um crime grave. Os outros deuses já me consideram um vendido. Ao longo dos séculos, divulguei muitos segredos para a humanidade. Ensinei a vocês a arte da escrita. Ensinei a magia e fundei a Casa da Vida.

— E é por isso que os magos ainda honram você — respondi. — Então nos ajude mais uma vez.

— E dar aos humanos um conhecimento que poderia ser usado para destruir os deuses? — Tot suspirou. — Entende por que meus irmãos talvez se oponham a algo assim?

Cerrei os punhos. Pensei no espírito de minha mãe encolhido embaixo de um penhasco, lutando para permanecer ali. A força negra *tinha* que ser a sombra de Apófis. Ele me mostrara aquela visão para me desesperar. À medida que seu poder crescia, sua sombra também se fortalecia. Ela sugava os espíritos dos mortos, consumia-os.

Eu podia supor que a sombra estava em algum lugar do Duat, mas isso não ajudava. Era como dizer *em algum lugar do oceano Pacífico*. O Duat era enorme.

Encarei Tot.

— Sua alternativa é não nos ajudar e deixar Apófis destruir o mundo.

— Você tem razão — ele admitiu —, e é por isso que ainda estou falando com vocês. *Existe* um jeito de vocês descobrirem onde está a sombra. Há muito tempo, quando eu era jovem e estúpido, escrevi um livro, uma espécie de estudo de campo, intitulado *Livro de Tot*.

— Nome memorável — Walt murmurou.

— *Eu* também achei! — Tot respondeu. — Enfim, ele descrevia todas as formas e disfarces que cada deus pode usar, seus esconderijos mais secretos... todo tipo de detalhe constrangedor.

— Inclusive como encontrar suas sombras? — perguntei.

— Sem comentários. Enfim, nunca foi minha intenção que humanos o lessem, mas ele foi roubado na Antiguidade por um mago ardiloso.

— Onde ele está agora? — perguntei. Depois levantei as mãos. — Espere... deixe-me adivinhar. Você não pode dizer.

— Juro que não sei — Tot respondeu. — Esse mago ardiloso escondeu o livro. Felizmente ele morreu antes que pudesse tirar pleno proveito do texto, mas *usou* o conhecimento para formular diversos feitiços, incluindo a execração da sombra. Ele registrou seus pensamentos em uma variação especial da obra *O livro para derrotar Apófis*.

— Setne — deduzi. — É esse o mago de quem você está falando.

— De fato. O feitiço dele era apenas teórico, claro. Nem *eu* jamais possuí esse conhecimento. E, como vocês sabem, todos os exemplares de seu papiro agora estão destruídos.

— Então não adianta — resumi. — É um beco sem saída.

— Ah, não é — Tot negou. — Você poderia perguntar ao próprio Setne. Ele escreveu o feitiço. Ele escondeu o *Livro de Tot*, que, hum, pode ou não descrever a localização da sombra. Se estiver disposto, ele pode ajudá-lo.

— Mas Setne não está morto há milhares de anos?

Tot sorriu.

— Sim. E esse é só o primeiro dos problemas.

Tot nos contou sobre Setne, que aparentemente havia sido bem famoso no Egito Antigo — como Robin Hood, Merlin e Átila, o Huno, reunidos em um só. Quanto mais eu ouvia a respeito dele, menos queria conhecê-lo.

— Ele era um mentiroso compulsivo — Tot contou. — Um safado, traidor, ladrão e um mago genial. Orgulhava-se de roubar livros de conhecimento, incluindo o meu. Enfrentava monstros, aventurava-se no Duat, derrotava deuses e invadia tumbas sagradas. Ele criava maldições que não podiam ser quebradas e desvendava segredos que deviam permanecer guardados. Era o gênio do mal.

Walt mexeu em seus amuletos.

— Parece que você o admirava.

O deus lhe deu um sorriso torto.

— Bom, eu valorizo a busca pelo conhecimento, mas não poderia aprovar os métodos de Setne. Nada o impediria de possuir os segredos do universo. Ele queria ser um deus, sabem, não o *olho* de um deus. Um imortal completo.

— E isso é impossível — deduzi.

— Difícil, não impossível — Tot disse. — Imhotep, o primeiro mago mortal, foi transformado em deus depois de morrer. — Tot olhou para os computadores. — Isso me lembra... não vejo Imhotep há milênios. O que será que ele anda fazendo? Talvez eu deva dar uma olhada no Google...

— Tot — Walt chamou —, foco.

— Certo. Então, Setne. Ele criou um feitiço para destruir qualquer ser, até mesmo um deus. Eu jamais poderia aceitar que esse tipo de conhecimento caísse nas mãos de um mortal, mas, hipoteticamente, se vocês precisassem do feitiço para derrotar Apófis, talvez pudessem convencer *Setne* a ensiná-lo e conduzir vocês até a sombra da serpente.

— Mas Setne está morto — lembrei. — Voltamos sempre a esse ponto.

Walt sentou-se.

— A menos... que você esteja sugerindo encontrarmos o espírito dele no mundo inferior. Mas, se Setne era tão maligno, Osíris não o teria condenado no Salão do Julgamento? Ammit teria devorado seu coração, e ele teria deixado de existir.

— Normalmente, sim — Tot disse. — Mas Setne é um caso especial. Ele é bem... convincente. Mesmo diante do tribunal do mundo inferior, ele conseguiu, hum, manipular o sistema legal. Osíris o sentenciou à destruição muitas vezes, mas Setne sempre conseguiu escapar da punição. Ele obtinha uma sentença mais branda, ou fazia um acordo, ou simplesmente fugia. Ele tem conseguido sobreviver, como espírito pelo menos, todos esses milênios.

Tot virou seus olhos coloridos para mim.

— Mas recentemente, Carter Kane, seu pai tornou-se Osíris. Ele tem perseguido fantasmas rebeldes, tentando restaurar o Maat ao mundo inferior. Na próxima vez que o sol se puser, daqui a aproximadamente quatorze horas, Setne terá um novo julgamento. Ele se apresentará a seu pai. E dessa vez...

— Meu pai não o deixará escapar.

Senti como se as mãos do demônio apertassem meu pescoço de novo.

Meu pai era justo, mas severo. Não aceitava desculpas de ninguém. Durante os anos que passamos viajando juntos, nunca consegui sequer deixar minha camisa para fora da calça. Se Setne era tão ruim quanto Tot dizia, meu pai não teria misericórdia. Ele jogaria o coração desse sujeito para Ammit, o Devorador, como se fosse um biscoito canino.

Os olhos de Walt brilhavam com entusiasmo. Havia muito tempo que ele não ficava animado assim.

— Podemos falar com seu pai — ele sugeriu. — Pedir que o julgamento seja adiado, ou tentar uma redução na sentença em troca da ajuda de Setne. As leis do mundo inferior permitem isso.

Franzi o cenho.

— Como você sabe tanto sobre tribunal de gente morta?

Imediatamente me arrependi. Percebi que ele devia estar se preparando para enfrentar aquele tribunal. Talvez tenha sido esse o assunto que estivera discutindo com Tot antes.

"Receio que você não tenha muito tempo", Tot dissera.

— Desculpe, cara — pedi.

— Tudo bem — Walt respondeu. — Mas temos que tentar. Se pudermos convencer seu pai a poupar Setne...

Tot riu.

— Isso seria divertido, não é? Setne escapar de novo porque sua maldade é a única chance de salvar o mundo?

— Hilário — falei. O sanduíche de bisteca não havia caído bem em meu estômago. — Então você está sugerindo que devemos ir ao tribunal de meu pai para tentar salvar o fantasma de um mago psicótico do mal. Depois, pedimos que esse fantasma nos conduza até a sombra de Apófis e nos ensine a destruí-la, sempre confiando que ele não vai fugir, nos matar ou nos entregar ao inimigo.

Tot assentiu entusiasmado.

— Você teria que ser louco! Definitivamente espero que seja.

Respirei fundo.

— Acho que sou louco.

— Excelente! — Tot aplaudiu. — Mais uma coisa, Carter. Para que isso dê certo, você vai precisar da ajuda de Walt, mas o tempo dele está acabando. A única chance que ele tem...

— Tudo bem — Walt interrompeu. — Eu mesmo conto.

Antes que eu pudesse perguntar o que ele queria dizer, o alarme de intervalo soou estridente nos alto-falantes do estádio.

— Está quase amanhecendo — Tot disse. — É melhor vocês irem embora antes que os demônios voltem. Boa sorte. E, por favor, mandem lembranças minhas a Setne... se viverem até lá, é claro.

C
A
R
T
E
R

8. Minha irmã, o vaso de planta

A viagem de volta não foi divertida.

Walt e eu nos seguramos no barco enquanto nossos dentes batiam e nossos olhos chacoalhavam. A névoa mágica estava cor de sangue. Vozes fantasmagóricas sussurravam raivosas, como se tivessem decidido se rebelar e saquear o mundo etéreo.

Antes do que eu esperava, Freak saiu do Duat. Estávamos acima das docas de New Jersey, o barco deixando um rastro de vapor enquanto Freak seguia em frente, cansado. Ao longe, o horizonte de Manhattan brilhava dourado ao sol nascente.

Walt e eu não havíamos falado durante a viagem. O Duat costuma desestimular conversas. Agora ele me olhava com ar culpado.

— Eu devo algumas explicações — disse.

Não posso fingir que não fiquei curioso. À medida que a doença de Walt progredia, ele se tornava cada vez mais misterioso. Eu me perguntava sobre o que ele havia conversado com Tot.

Mas esse assunto não era da minha conta. Depois que Sadie descobriu meu nome secreto na primavera passada e ganhou um passeio gratuito por meus pensamentos mais íntimos, eu passei a respeitar mais a privacidade das pessoas.

— Walt, é sua vida pessoal — falei. — Se não quiser falar...

— Mas não é só pessoal. Você precisa saber o que está acontecendo. Eu... eu não vou existir por muito mais tempo.

Olhei para o porto, para a Estátua da Liberdade abaixo de nós. Fazia meses que eu descobrira que Walt estava morrendo. Nunca consegui aceitar direito. Lembrei-me do que Apófis dissera no Museu de Dallas: Walt não viveria o bastante para ver o fim do mundo.

— Tem certeza? — perguntei. — Não tem algum jeito...?

— Anúbis tem certeza — ele respondeu. — Tenho até o pôr do sol de amanhã, no máximo.

Eu não queria ouvir outro prazo impossível. Até o pôr do sol de hoje tínhamos que salvar o fantasma de um mago do mal. Até o do dia seguinte, Walt morreria. E no outro, se tivéssemos muita sorte, poderíamos esperar pelo Dia do Juízo Final.

Jamais gostei de ser barrado. Sempre que eu sentia que algo era impossível, normalmente tentava mais ainda, por pura teimosia.

Mas, àquela altura, eu tinha a impressão de que Apófis estava se divertindo bastante à minha custa.

Ah, você não desiste?, ele parecia estar perguntando. *E agora? E se lhe dermos mais algumas tarefas impossíveis? Vai desistir agora?*

Senti a raiva formar um nó tenso em minhas entranhas. Chutei a lateral do barco e quase quebrei o pé.

Walt piscou.

— Carter, está...

— *Não* diga que está tudo bem! — explodi. — *Não* está tudo bem!

Eu não estava bravo com ele. Estava bravo com a injustiça dessa maldição idiota e por eu deixar na mão as pessoas que contavam comigo. Meus pais haviam morrido para que eu e Sadie tivéssemos uma chance de salvar o mundo, e ela estava quase indo pelo ralo. Em Dallas, dezenas de bons magos haviam morrido porque tentaram me ajudar. Agora estávamos prestes a perder Walt.

Claro, ele era importante para Sadie. Mas eu também dependia dele. Walt era meu tenente extraoficial na Casa do Brooklyn. Os outros o escutavam. Ele era uma presença serena em todas as crises, o voto decisivo em todos os debates. Eu podia confiar qualquer segredo a ele — inclusive a produção da estatueta de execração de Apófis, algo que eu não pude contar a meu tio. Se Walt morresse...

— Não vou deixar isso acontecer — falei. — Eu me nego.

Pensamentos malucos passaram pela minha cabeça: talvez Anúbis estivesse mentindo para Walt sobre a morte iminente dele, tentando afastá-lo de Sadie. (Certo, é improvável. Sadie não era um grande prêmio.)

[É, Sadie, eu disse isso mesmo. Só queria conferir se você ainda estava prestando atenção.]

Talvez Walt pudesse contrariar as previsões. Pessoas sobreviviam milagrosamente ao câncer. Por que não a maldições ancestrais? Talvez pudéssemos colocá-lo em animação suspensa, como Iskandar havia feito com Zia, até encontrarmos um antídoto. Certo, a família dele passara séculos sem sucesso em busca de uma cura. Jaz, nossa melhor curadora, havia tentado de tudo sem nenhum resultado. Mas talvez estivéssemos nos esquecendo de algo.

— Carter — Walt disse. — Pode me deixar terminar? Temos que bolar planos.

— Como você consegue estar tão calmo? — perguntei.

Walt tocou seu colar *shen*, idêntico ao que ele dera a Sadie.

— Sei da maldição há anos. Não vou deixar que isso me impeça de fazer o que é necessário. De um jeito ou de outro, vou ajudar você a derrotar Apófis.

— Como? — perguntei. — Você acabou de dizer...

— Anúbis tem uma ideia. Ele tem me ajudado a entender meus poderes.

— Quer dizer...

Olhei para as mãos de Walt. Várias vezes eu o vira transformar objetos em cinzas só de tocar neles, como fizera com aquela criosfinge em Dallas. O poder não vinha de nenhum de seus itens mágicos. Ninguém entendia isso, e, à medida que a doença de Walt progredia, ele parecia cada vez menos capaz de controlá-lo, o que me fazia pensar duas vezes antes de apertar a mão dele.

Walt flexionou os dedos.

— Anúbis acha que entende por que possuo essa habilidade. E tem mais. Ele acha que pode haver um jeito de prolongar minha vida.

A notícia era tão boa que eu dei uma risada ansiosa.

— Por que você não falou? Ele pode curar você?

— Não. Não é uma cura. E é arriscado. Nunca foi feito antes.

— Era sobre isso que você estava conversando com Tot.

Walt assentiu.

— Mesmo que o plano de Anúbis dê certo, pode haver... efeitos colaterais. — Ele baixou a voz. — Sadie pode não gostar.

Infelizmente eu tinha uma imaginação fértil. Visualizei Walt se transformando em uma espécie de morto-vivo, uma múmia ressecada, um *ba* fantasmagórico ou um demônio desfigurado. Na magia egípcia, efeitos colaterais podiam ser bem extremos.

Tentei não deixar minhas emoções transparecerem.

— Queremos você vivo. Não se preocupe com Sadie.

Dava para ver pelo olhar de Walt que ele se preocupava muito com Sadie. Sério, o que ele *viu* em minha irmã?

[Pare de me bater, Sadie. Só estou sendo honesto.]

Walt flexionou os dedos. Talvez fosse minha imaginação, mas pensei ter visto as mãos dele soltarem um pouco de fumaça cinzenta, como se falar desse poder estranho bastasse para ativá-lo.

— Não vou decidir ainda — ele falou. — Não até meu último suspiro. Quero conversar com Sadie primeiro, explicar a ela...

Ele apoiou a mão na lateral do barco. Foi um erro. O junco entrelaçado ficou cinza com o toque.

— Walt, pare! — gritei.

Ele retraiu a mão, mas era tarde demais. O barco se desfazia em cinzas.

Nós nos agarramos às cordas. Felizmente elas não foram destruídas — talvez porque agora Walt estivesse mais atento. Freak grasnou quando o barco desapareceu, e de repente Walt e eu estávamos pendurados sob a barriga do grifo, segurando desesperadamente nas cordas e esbarrando um no outro enquanto voávamos acima dos arranha-céus de Manhattan.

— Walt! — gritei no vento. — Você *realmente* precisa aprender a controlar esse poder!

— Desculpe! — ele berrou em resposta.

Meus braços doíam, mas de alguma forma conseguimos voltar à Casa do Brooklyn sem despencarmos para a morte. Freak nos deixou no telhado, onde Bastet esperava boquiaberta.

— Por que vocês estavam balançando nas cordas? — ela perguntou.

— Por que é muito divertido — resmunguei. — Quais são as novidades?

Atrás das chaminés, uma voz frágil cantarolou:

— Oláááááá!

O deus sol ancião Rá apareceu. Ele abriu um sorriso desdentado e cambaleou pelo telhado, murmurando:

— Doninhas, doninhas. Biscoito, biscoito, biscoito!

Enfiou as mãos por baixo da tanga egípcia e jogou farelos de biscoito para cima, como se fossem confete — e, sim, foi tão nojento quanto parece.

Bastet dobrou os braços, e as lâminas surgiram em suas mãos. Devia ser um reflexo involuntário, mas ela parecia tentada a usá-las em alguém — qualquer um. Relutante, voltou a guardar as lâminas nas mangas.

— As novidades? — ela disse. — Estou de babá, graças a seu tio Amós, que me pediu um favor. E o *shabti* de Sadie espera por vocês lá embaixo. Vamos?

Explicar Sadie e seu *shabti* exigiria um registro à parte.

Minha irmã não tinha talento para produzir estátuas mágicas. Isso não a impedia de tentar. Ela teve a ideia de jerico de que poderia criar o *shabti* perfeito para ser seu avatar, falar com a voz dela e fazer todas as suas obrigações, como um robô operado por controle remoto. Todas as tentativas anteriores haviam explodido ou surtado, aterrorizando Khufu e os iniciados. Na semana anterior ela havia criado uma garrafa térmica mágica com olhos redondos que levitava pela sala gritando: "Exterminar! Exterminar!", até me acertar na cabeça.

O *shabti* mais recente era Sadie Júnior — o pesadelo dos jardineiros.

Sem grandes dotes artísticos, Sadie havia criado uma figura vagamente humana a partir de vasos vermelhos de cerâmica, unidos com magia, barbante e fita adesiva. O rosto era um vaso de cabeça para baixo com uma carinha sorridente desenhada com canetinha preta.

— Até que enfim!

A criatura de vasos esperava em meu quarto quando Walt e eu entramos. Sua boca não se movia, mas a voz de Sadie ecoava de dentro do vaso-rosto como se ela estivesse presa no *shabti*. Pensar nisso me deixou feliz.

— Pare de sorrir! — ela ordenou. — Estou vendo você, Carter. Ah... e, *hum*, oi, Walt.

O monstro de vasos fez ruídos agudos de atrito ao endireitar a postura. Um braço desajeitado se ergueu e tentou arrumar os cabelos inexistentes. Típico de Sadie ficar acanhada perto de garotos, mesmo quando feita de vasos e fita adesiva.

Contamos as novidades. Sadie nos falou do ataque iminente contra o Primeiro Nomo, previsto para o amanhecer do equinócio, e da aliança entre Apófis e as forças de Sarah Jacobi. Notícias maravilhosas. Fantástico.

E eu contei a Sadie nossa visita a Tot. Descrevi as visões que Apófis me mostrara da situação precária de nossa mãe no Duat (o que fez o monstro de vasos estremecer) e do fim do mundo (o que não pareceu surpreendê-la nem um pouco). Não falei para ela sobre a oferta de Apófis de me poupar se eu entregasse Rá. Não me sentia à vontade em conversar sobre isso com Rá logo atrás da porta, cantando músicas sobre biscoitos. Mas contei a ela sobre Setne, o fantasma maligno, cujo julgamento começaria ao pôr do sol no Salão do Julgamento.

— Tio Vinnie — Sadie disse.

— Como? — perguntei.

— O rosto que falou comigo no Museu de Dallas — ela explicou. — Era o próprio Setne, obviamente. Falou que íamos precisar da ajuda dele para entender o feitiço de execração da sombra. Disse que teríamos que "mexer uns pauzinhos" e libertá-lo antes do pôr do sol de hoje. Ele se referia ao julgamento. Vamos ter que convencer meu pai a libertá-lo.

— Eu mencionei que Tot disse que ele é um psicopata assassino, certo?

O monstro de vasos fez um estalo baixinho.

— Carter, vai ficar tudo bem. Fazer amizade com psicopatas é uma de nossas especialidades.

Ela virou a cabeça de vaso para Walt.

— Você vem também, não é?

O tom dela tinha uma nota de reprovação, como se ela ainda estivesse chateada porque Walt não tinha ido ao baile/blecaute em massa na escola.

— Vou — ele prometeu. — Estou bem.

Walt me lançou um olhar de advertência, mas eu não ia desmenti-lo. O que quer que ele estivesse tramando com Anúbis, eu podia esperar até ele explicar tudo a Sadie. Entrar na novela Sadie-Walt-Anúbis parecia tão divertido quanto me jogar em uma centrífuga.

— Certo — Sadie disse. — Encontraremos vocês dois no Salão do Julgamento antes do pôr do sol hoje. Deve dar tempo de a gente terminar.

— Terminar? — perguntei. — E quem é *a gente*?

É difícil interpretar as expressões de um vaso sorridente, mas a hesitação de Sadie foi bem expressiva.

— Você não está mais no Primeiro Nomo — deduzi. — O que está fazendo?

— Uma pequena tarefa — Sadie respondeu. — Estou indo visitar Bes.

Franzi o cenho. Sadie visitava Bes na casa de repouso quase todas as semanas, o que não tinha nenhum problema, mas por que agora?

— *Hum*, você sabe que estamos com pressa.

— É necessário — ela insistiu. — Tenho uma ideia que pode nos ajudar com nosso projeto sobre sombras. Não esquente. Zia está comigo.

— Zia? — Foi minha vez de ficar acanhado. Se eu fosse um vaso, teria ajeitado o cabelo. — É por isso que Bastet está tomando conta de Rá hoje? Por que exatamente você e Zia...?

— Pare de se preocupar — Sadie me interrompeu. — Vou cuidar bem dela. E não, Carter, ela não tem falado de você. Não faço ideia do que ela sente por você.

— *O quê?* — Senti vontade de socar a cara de cerâmica de Sadie Júnior. — Eu não perguntei nada disso!

— Calma — ela respondeu. — Não acho que Zia ligue para o que você veste. Não é um encontro. Só, por favor, escove os dentes dessa vez.

— Vou matar você — prometi.

— Também amo você, querido irmão. Pá!

A criatura de cerâmica desmoronou, deixando um amontoado de cacos e um rosto vermelho de argila sorrindo para mim.

Walt e eu saímos do quarto e encontramos Bastet. Ficamos apoiados no parapeito acima do Grande Salão enquanto Rá andava de um lado para o outro na varanda, entoando cantigas infantis em egípcio antigo.

Lá embaixo, nossos iniciados se preparavam para ir à escola. Julian segurava uma salsicha entre os dentes enquanto vasculhava sua mochila. Felix e Sean discutiam sobre quem havia roubado o livro de matemática de quem. A pequena Shelby perseguia os outros mirins com um punhado de giz de cera que soltavam fagulhas furta-cores.

Eu nunca tivera uma família grande, mas morar na Casa do Brooklyn fazia eu me sentir como se tivesse uma dúzia de irmãos e irmãs. Apesar da loucura, eu gostava... o que tornou minha decisão seguinte ainda mais difícil.

Contei a Bastet sobre nosso plano de visitar o Salão do Julgamento.

— Não gosto disso — ela respondeu.

Walt deu uma risada.

— Tem algum plano de que você goste mais?

Ela inclinou a cabeça.

— Agora que você mencionou, não. Não gosto de planos. Sou uma gata. Ainda assim, se metade das histórias que ouvi sobre Setne são verdadeiras...

— Eu sei — respondi. — Mas é nossa única chance.

Ela torceu o nariz.

— Vocês não querem que eu vá junto? Têm certeza? Talvez eu possa chamar Nut ou Shu para cuidar de Rá...

— Não — falei. — Amós vai precisar de ajuda no Primeiro Nomo. Ele não tem forças suficientes para repelir os magos rebeldes e Apófis ao mesmo tempo.

Bastet assentiu.

— Não consigo entrar no Primeiro Nomo, mas posso fazer ronda do lado de fora. Se Apófis aparecer, eu o enfrentarei.

— Ele estará com força total — Walt avisou. — Está se fortalecendo a cada hora.

Ela ergueu o queixo, desafiante.

— Já lutei com ele antes, Walt Stone. Eu o conheço melhor do que ninguém. Além do mais, devo isso à família de Carter. E a Lorde Rá.

— Gatinha! — Rá apareceu atrás de nós, afagou a cabeça de Bastet e se afastou. — Miau, miau, miau!

Vendo-o se afastar saltitante, senti vontade de gritar e arremessar algo. Havíamos arriscado tudo para reviver o velho deus sol, na esperança de obter um faraó divino que pudesse enfrentar Apófis de igual para igual. Em vez disso tínhamos um debochador careca e enrugado vestindo tanga.

"Entreguem-me Rá", Apófis havia exigido. "Eu sei que você o odeia."

Tentei afastar o pensamento, mas não conseguia apagar a imagem da ilha no mar de Caos — um paraíso particular onde as pessoas que eu amava estariam seguras. Eu sabia que era mentira. Apófis jamais cumpriria a promessa. Mas eu entendia como Sarah Jacobi e Kwai poderiam cair na tentação.

Além do mais, Apófis sabia tocar em pontos sensíveis. Eu *me ressentia* contra Rá por ser tão fraco. Hórus concordava comigo.

Não precisamos do velho tolo. A voz do deus da guerra falava dentro de minha cabeça. *Não estou dizendo que vocês devem entregá-lo a Apófis, mas ele é inútil. Deveríamos afastá-lo e tomar para nós o trono dos deuses.*

Ele fazia isso parecer tão tentador... uma solução tão óbvia.

Mas, não. Se Apófis queria que eu entregasse Rá, então o deus sol devia ter algum valor. Rá ainda tinha um papel a cumprir. Eu só precisava descobrir qual era.

— Carter? — Bastet franziu a testa. — Sei que está preocupado comigo, mas seus pais me salvaram do abismo por um motivo. Sua mãe previu que eu faria alguma diferença na batalha final. Vou lutar contra Apófis até a morte, se necessário. Ele não vai passar por mim.

Hesitei. Bastet já havia nos ajudado muito. Quase foi destruída ao enfrentar o deus crocodilo Sobek. Ela recrutou seu amigo Bes para nos ajudar e depois presenciou ele sendo reduzido a uma concha vazia. Bastet nos ajudou a restaurar seu antigo mestre, Rá, ao mundo e agora tinha quer ser a babá dele. Eu não queria pedir que ela enfrentasse Apófis outra vez, mas Bastet tinha razão. Ela conhecia o inimigo melhor do que ninguém — exceto, talvez, Rá, quando ele estava com a cabeça no lugar.

— Tudo bem — respondi. — Mas Amós vai precisar de mais ajuda do que você pode oferecer, Bastet. Ele vai precisar de magos.

Walt franziu o cenho.

— Quem? Depois do desastre em Dallas, não temos mais muitos amigos. Podemos entrar em contato com São Paulo e Vancouver, eles ainda estão do nosso lado, mas não poderão ceder muita gente. Estarão preocupados em defender o próprio nomo.

Balancei a cabeça.

— Amós precisa de magos que conheçam o caminho dos deuses. Ele precisa de *nós*. Todos nós.

Walt digeriu minha resposta em silêncio.

— Quer dizer, abandonar a Casa do Brooklyn.

Lá embaixo, os mirins gritavam de alegria enquanto Shelby tentava rabiscá-los com os gizes de cera faiscantes. Khufu estava sentado no console da lareira comendo Cheerios, vendo Tucker, de dez anos, jogar uma bola de basquete na estátua de Tot. Jaz colocava um curativo na testa de Alyssa. (Ela provavelmente havia sido atacada pela garrafa térmica rebelde de Sadie, que ainda estava à solta.) No meio de tudo isso, Cleo estava sentada no sofá, concentrada em um livro.

A Casa do Brooklyn era o primeiro lar de verdade na vida de alguns ali. Tínhamos prometido mantê-los em segurança e ensiná-los a usar seus poderes. Agora eu estava prestes a enviá-los sem preparação para a batalha mais perigosa de todos os tempos.

— Carter — Bastet disse —, eles não estão prontos.

— Eles *têm* que estar — respondi. — Se o Primeiro Nomo cair, tudo acaba. Apófis vai nos atacar no Egito, na fonte de nosso poder. Temos que permanecer ao lado do Sacerdote-leitor Chefe.

— Uma última batalha. — Walt olhou com tristeza para o Grande Salão, talvez se perguntando se morreria antes do combate. — Devemos dar a notícia?

— Ainda não — respondi. — O ataque dos magos rebeldes no Primeiro Nomo só acontecerá amanhã. Vamos deixar as crianças irem à escola uma última vez. Bastet, quando elas voltarem hoje à tarde, quero que as leve ao Egito. Use Freak, use qualquer magia necessária. Se tudo correr bem no mundo inferior, Sadie e eu encontraremos vocês antes do ataque.

— Se tudo correr bem — Bastet repetiu em um tom seco. — É, isso acontece muito.

Ela olhou para o deus sol, que tentava comer a maçaneta da porta do quarto de Sadie.

— E Rá? — ela perguntou. — Se Apófis vai atacar daqui a dois dias...

— Rá precisa continuar em sua jornada noturna — falei. — É parte do Maat. Não podemos mudar isso. Mas na manhã do equinócio ele deverá estar no Egito. Terá que enfrentar Apófis.

— *Daquele* jeito? — Bastet apontou o deus sol. — De tanga?

— Eu sei — reconheci. — Parece loucura. Mas Apófis ainda acredita que Rá é uma ameaça. Talvez confrontar Apófis em uma batalha faça Rá se lembrar de quem é. Ele talvez se mostre à altura do desafio e volte a ser... o que era.

Walt e Bastet não responderam. Dava para ver, pela expressão deles, que não estavam convencidos. Eu também não estava. Rá mastigava a maçaneta com uma fúria assassina, mas eu não acreditava que ele seria muito útil contra o Lorde do Caos.

Mesmo assim, dava uma boa sensação ter um plano. Era muito melhor do que ficar à toa, remoendo o desespero da situação.

— Aproveite o dia de hoje para se organizar — sugeri a Bastet. — Reúna os pergaminhos, amuletos, armas mais valiosos... tudo que pudermos usar para ajudar o Primeiro Nomo. Avise a Amós que você está indo. Walt e eu vamos ao mundo inferior encontrar Sadie. Vemos vocês no Cairo.

Bastet comprimiu os lábios.

— Tudo bem, Carter. Mas tome cuidado com Setne. Se você acha que ele é muito mau, ele é dez vezes pior.

— Ei, derrotamos o deus do mal — lembrei.

Bastet balançou a cabeça.

— Set é um deus. Ele não muda. Mesmo sendo um deus do Caos, pode-se prever mais ou menos como ele vai agir. Setne, por outro lado... ele tem tanto poder *quanto* imprevisibilidade humana. Não confie nele. Prometa.

— Isso é fácil. Prometo.

Walt cruzou os braços.

— Então como vamos chegar ao mundo inferior? Os portais não são confiáveis. Vamos deixar Freak aqui, o barco foi destruído...

— Estou pensando em outro barco — respondi, tentando acreditar que essa era uma boa ideia. — Vou invocar um velho amigo.

S
A
D
I
E

9. Zia separa uma briga de lava

Eu havia me tornado uma especialista em ir visitar a casa de repouso divina — o que era uma declaração triste sobre minha vida.

Na primeira vez que Carter e eu fomos até lá, viajamos pelo rio da Noite, despencamos por uma catarata de fogo e quase morremos em um lago de lava. Desde então, descobri que eu podia simplesmente invocar Ísis para me transportar, pois ela conseguia abrir passagens para muitos locais no Duat. Mas, para ser sincera, lidar com Ísis era quase tão irritante quanto nadar no fogo.

Depois de minha conversa via *shabti* com Carter, encontrei Zia em um penhasco de pedra calcária sobre o Nilo. Já era meio-dia no Egito. Eu havia levado mais tempo do que esperava para me adaptar à diferença de fusos depois da viagem de portal. Após vestir roupas mais adequadas, almocei rapidamente e discuti estratégias com Amós no Salão das Eras. Em seguida Zia e eu voltamos à superfície. Agora estávamos nas ruínas de um altar para Ísis no rio, ao sul do Cairo. Era um bom lugar para invocar a deusa, mas não tínhamos muito tempo.

Zia ainda vestia seu traje de guerra: calça cargo de estampa camuflada e camiseta verde-oliva. Seu cajado estava pendurado nas costas e a varinha pendia do cinto. Ela vasculhava a mochila, conferindo os suprimentos uma última vez.

— O que Carter disse? — ela perguntou.

[Isso mesmo, querido irmão. Saí de perto de Zia antes de ir falar com você, então ela não ouviu nenhuma daquelas provocações. Sério, não sou *tão* cruel.]

Contei a ela nossa conversa, mas não consegui falar que o espírito de minha mãe corria perigo. Eu tinha uma ideia geral do problema depois da conversa com Anúbis, é claro, mas saber que o fantasma de nossa mãe estava encolhido embaixo de um penhasco em algum lugar do Duat, resistindo à força da sombra da serpente — bem, essa informação se alojara em meu peito como uma bala. Se eu tentasse tocá-la, temia que ela perfurasse meu coração e me matasse.

Expliquei sobre Tio Vinnie, meu amigo fantasma traiçoeiro, e que pretendíamos pedir a ajuda dele.

Zia pareceu apavorada.

— Setne? O Setne? Carter tem noção...?

— Sim.

— E Tot deu essa sugestão?

— Sim.

— E você concordou?

— Sim.

Ela olhou para o Nilo. Talvez estivesse pensando em seu vilarejo natal, que existira às margens dali até ser destruído pelas forças de Apófis. Talvez ela estivesse imaginando o vilarejo inteiro desmoronando no mar de Caos.

Pensei que ela diria que nosso plano era insano. Que talvez ela me abandonasse e voltasse ao Primeiro Nomo.

Mas acho que Zia havia se acostumado com a família Kane... coitada. Àquela altura, ela já devia saber que *todos* os nossos planos eram insanos.

— Certo — ela disse. — Como chegamos a essa... casa de repouso dos deuses?

— Só um momento.

Fechei os olhos e me concentrei.

Alô-ôu, Ísis?, pensei. *Tem alguém em casa?*

Sadie, a deusa respondeu imediatamente.

Em minha mente, ela surgia como uma mulher altiva com cabelos negros trançados. O vestido era completamente branco. Suas asas reluzentes cintilavam como raios de luz atravessando água limpa.

Eu queria bater nela.

Ora, ora, falei. *Se não é minha boa amiga que decide com quem posso namorar.*

Ela teve a ousadia de reagir com surpresa.

Está se referindo a Anúbis?

Acertou de primeira! Eu devia ter parado aí, já que precisava da ajuda dela. Mas vê-la flutuar ali toda majestosa e cintilante me deixou mais furiosa do que nunca. *Como você se atreve, hein? Agir por minhas costas, conspirar para afastar Anúbis de mim. O que você tem a ver com isso?*

Por incrível que pareça, Ísis manteve a calma. *Sadie, há coisas que você não entende. Há regras.*

Regras?, perguntei. *O mundo está prestes a acabar, e você está preocupada com os garotos que são socialmente aceitáveis para mim?*

Ísis uniu as pontas dos dedos. *As duas questões estão mais ligadas do que você imagina. As tradições do Maat devem ser seguidas ou o Caos vence. Imortais e mortais só podem interagir de maneiras específicas, limitadas. Além do mais, você não pode se distrair. Estou lhe fazendo um favor.*

Um favor!, repeti. *Se você quer me fazer um favor de verdade, precisamos de uma passagem para a Quarta Casa da Noite, a Casa do Descanso, Terras Ensolaradas ou seja qual for o nome que você prefere. Depois disso, pode parar de se meter em minha vida pessoal!*

Talvez eu tenha sido grosseira, mas Ísis havia passado dos limites. Além do mais, por que eu devia agir de maneira apropriada com uma deusa que já havia alugado espaço em minha cabeça? Ísis devia saber como eu era!

A deusa suspirou. *Sadie, proximidade com os deuses é uma situação perigosa. Deve ser controlada com o máximo de cuidado. Você sabe disso. Seu tio ainda está marcado pela experiência com Set. Até sua amiga Zia está sofrendo.*

Como assim?, perguntei.

Se você se unir a mim, vai entender, Ísis prometeu. *Sua mente ficará clara. Já passou da hora de nos unirmos mais uma vez e somarmos nossas forças.*

Aí estava: o papo de vendedor. Toda vez que eu invocava Ísis, ela tentava me convencer a me unir a ela como havíamos feito antes: mortal e deusa habitando um corpo, agindo com uma só vontade. E eu sempre dizia "não".

Então, arrisquei, *a proximidade com os deuses é perigosa, mas você mal pode esperar para unir forças comigo de novo. Que bom que você está preocupada com minha segurança.*

Ísis estreitou os olhos. *Nossa situação é diferente, Sadie. Você precisa de minha força.*

Era tentador, com certeza. Ter todo o poder de uma deusa a meu dispor era o máximo. Como o Olho de Ísis, eu me sentiria confiante, implacável, completamente destemida. Era um nível de poder viciante... e esse era o problema.

Ísis podia ser uma boa amiga, mas suas intenções nem sempre eram as melhores para o mundo mortal — ou para Sadie Kane.

Ela era movida pela lealdade a seu filho Hórus. Faria qualquer coisa para vê-lo ocupando o trono dos deuses. Era ambiciosa, vingativa, tinha sede de poder e invejava qualquer um que pudesse ter mais magia do que ela.

Ísis alegava que minha mente ficaria mais clara se eu a deixasse se hospedar. O que ela queria dizer, na verdade, é que eu passaria a ver tudo pela perspectiva dela. Seria mais difícil separar meus pensamentos dos dela. Eu poderia até passar a acreditar que ela estava certa em me afastar de Anúbis. (Ideia horripilante.)

Infelizmente Ísis não estava de todo errada sobre unirmos forças. Mais cedo ou mais tarde precisaríamos fazer isso. Não havia outra maneira de eu ter o poder necessário para desafiar Apófis.

Mas agora não era o momento. Eu queria continuar como Sadie Kane o máximo de tempo possível — apenas meu eu maravilhoso, sem nenhuma carona divina.

Em breve, respondi. *Tenho coisas a fazer antes. Preciso ter certeza de que minhas decisões serão minhas. Agora, quanto àquela passagem para a Casa do Descanso...*

Ísis era ótima em demonstrar mágoa e criticar ao mesmo tempo, o que deve ter feito dela uma mãe insuportável. Eu quase sentia pena de Hórus.

Sadie Kane, ela disse, *você é minha mortal preferida, minha maga escolhida. E mesmo assim não confia em mim.*

Não me dei o trabalho de desmenti-la. Ísis sabia como eu me sentia.

A deusa abriu os braços, resignada. *Muito bem. Mas o caminho dos deuses é a única resposta. Para todos os Kane e para aquela ali.* Ela inclinou a cabeça na direção de Zia. *Você precisará aconselhá-la, Sadie. Ela deve aprender o caminho depressa.*

Como assim?, perguntei de novo. Eu queria muito que ela parasse de fazer charadas. Os deuses são bastante irritantes com essa mania.

Zia era muito mais experiente que eu em magia. Eu não sabia como poderia aconselhá-la. Além do mais, ela era uma elementalista do fogo. Ela tolerava os Kane, mas nunca havia demonstrado o menor interesse pelo caminho dos deuses.

Boa sorte, Ísis falou. *Vou esperar seu chamado.*

A imagem da deusa tremulou e desapareceu. Quando abri os olhos, um quadrado de escuridão do tamanho de uma porta pairava no ar.

— Sadie? — Zia perguntou. — Você ficou quieta por tanto tempo que eu estava começando a me preocupar.

— Não precisava. — Tentei sorrir. — Ísis gosta de falar, só isso. Próxima parada, Quarta Casa da Noite.

Vou ser franca. Nunca entendi direito a diferença entre os portais rodopiantes de areia que os magos podem invocar com artefatos e as portas de escuridão que os deuses conjuram. Talvez os deuses usassem uma rede sem fio mais avançada. Talvez simplesmente tivessem uma pontaria melhor.

Seja como for, o portal de Ísis era muito mais confiável que aquele que eu havia criado para chegar ao Cairo. Ele nos deixou bem no saguão das Terras Ensolaradas.

Assim que atravessamos, Zia examinou o ambiente e franziu o cenho.

— Onde estão todos?

Boa pergunta. Havíamos chegado à casa de repouso divina correta — os mesmos vasos de plantas, o mesmo saguão enorme com janelas dando para o Lago de Fogo, as mesmas fileiras de colunas de pedra calcária exibindo cartazes cafonas de idosos sorridentes e frases como: *Estes são seus séculos dourados!*

Mas o posto de enfermagem da casa de repouso estava vazio. Suportes para soro amontoavam-se em um canto, como se estivessem fazendo uma reunião. Os sofás estavam vazios. Nas mesas de centro havia tabuleiros com partidas interrompidas de damas e senet. Argh, *odeio* senet.

Olhei para uma cadeira de rodas, tentando imaginar aonde seu dono havia ido, quando de repente a cadeira pegou fogo e virou um amontoado de couro queimado e metal derretido.

Recuei, assustada. Atrás de mim, Zia segurava uma bola incandescente de fogo. Seus olhos estavam tão arregalados como os de um animal encurralado.

— Ficou maluca? — gritei. — O que está...?

Ela arremessou a segunda bola de fogo no posto de enfermagem. Um vaso cheio de margaridas explodiu com uma chuva flamejante de pétalas e cacos de cerâmica.

— Zia!

Ela não parecia me ouvir. Invocou outra bola de fogo e mirou nos sofás.

Eu devia ter corrido para me proteger. Não estava preparada para morrer tentando salvar estofados pavorosos. Em vez disso, saltei para cima de Zia e agarrei seu pulso.

— Zia, pare com isso!

Ela me encarou com chamas nos olhos — e estou falando no sentido literal. Suas íris haviam se transformado em discos de fogo alaranjado.

Era aterrorizante, é claro, mas resisti. Ao longo do último ano eu havia me acostumado a surpresas: minha gata era uma deusa, meu irmão se transformava em falcão e Felix produzia pinguins na lareira várias vezes por semana.

— Zia — falei com firmeza. — Não podemos incendiar a casa de repouso. O que deu em você?

Uma expressão confusa surgiu no rosto de Zia. Ela parou de se debater. Seus olhos voltaram ao normal.

Ela olhou para a cadeira de rodas derretida, depois para os restos fumegantes do buquê no carpete.

— Fui eu que...?

— Decidiu que aquelas margaridas tinham que morrer? — concluí por ela. — Sim, foi você.

Felizmente ela apagou a bola de fogo, porque estava começando a cozinhar meu rosto.

— Sinto muito — Zia murmurou. — E-eu pensei que tivesse isso sob controle...

— Sob controle? — Soltei a mão dela. — Quer dizer que tem jogado *muitas* bolas de fogo ultimamente?

Ela ainda parecia confusa, os olhos vagando pelo saguão.

— N-não... talvez. Às vezes eu apago. Recobro a consciência e não me lembro do que fiz.

— Como agora?

Ela assentiu.

— Amós disse... No início ele pensou que talvez fosse um efeito colateral do tempo que passei naquela tumba.

Ah, a tumba. Durante meses Zia ficou trancada em um sarcófago aguado enquanto seu *shabti* andava por aí em seu lugar. O Sacerdote-leitor Chefe Iskandar pensava que assim protegeria a verdadeira Zia — de Set? De Apófis? Ainda não tínhamos certeza. De qualquer maneira, não me pareceu a ideia mais genial de um mago supostamente sábio de dois mil anos. Durante o sono, Zia suportou pesadelos horríveis, como seu vilarejo em chamas e Apófis destruindo o mundo. Acho que isso poderia levar a uma crise bem feia de estresse pós-traumático.

— Você disse que Amós pensou isso *no início* — comentei. — A história não para aí, então?

Zia olhou para a cadeira de rodas derretida. A luz do lado de fora fazia os cabelos dela parecerem ter um tom de ferrugem.

— Ele esteve aqui — Zia murmurou. — Esteve aqui durante milênios, preso.

Levei um tempo para processar aquilo.

— Você está falando de Rá.

— Ele estava infeliz e sozinho — Zia continuou. — Havia sido forçado a abdicar do trono. Abandonou o mundo mortal e perdeu a vontade de viver.

Pisei em uma margarida ainda em brasa no tapete.

— Não sei, Zia. Ele parecia bem feliz quando o acordamos, cantando, rindo e tudo mais.

— Não. — Zia caminhou até as janelas, como se estivesse admirando a linda paisagem de enxofre. — A mente ainda dorme. Passei um tempo com ele, Sadie. Observei as expressões de Rá enquanto ele cochila. Ouvi seus resmungos e choros. Aquele corpo velho é uma jaula, uma prisão. O verdadeiro Rá está preso lá dentro.

Agora ela começava a me preocupar. Eu podia lidar com bolas de fogo. Mas com o discurso incoerente... não muito bem.

— Acho que faz sentido você sentir compaixão pelo Rá — falei. — Você é uma elementalista do fogo. Ele é um deus meio esquentado. Você esteve presa naquela tumba. Rá esteve preso em uma casa de repouso. Talvez tenha sido por isso que você apagou agora há pouco. Este lugar a fez se lembrar de sua prisão.

Isso aí! Sadie Kane, psicóloga júnior. E por que não? Eu havia passado muito tempo diagnosticando minhas amigas malucas, Liz e Emma, em Londres.

Zia olhava para o lago incandescente. Eu tinha a impressão de que minha tentativa de terapia não havia sido muito terapêutica.

— Amós tentou me ajudar — ela falou. — Ele sabe o que estou enfrentando. Lançou em mim um encantamento para concentração, mas... — Ela balançou a cabeça. — Está piorando. Hoje é o primeiro dia em semanas que *não* cuido de Rá, e, quanto mais tempo passo com ele, mais meus pensamentos ficam confusos. Agora, quando invoco o fogo, tenho dificuldade para controlá-lo. Até feitiços simples que pratico há anos... canalizo poder demais. Se isso acontece durante um apagão...

Eu entendia por que ela soava tão assustada. Os magos precisam tomar cuidado com feitiços. Se canalizarmos poder demais, podemos sem querer esgotar nossas energias. Aí, o feitiço vai se abastecer diretamente da força vital do mago — e as consequências serão desagradáveis.

Você precisará aconselhá-la, Ísis me dissera. *Ela deve aprender o caminho depressa.*

Um pensamento incômodo começou a se formar. Lembrei a alegria de Rá quando conheceu Zia, quando tentou dar a ela seu último escaravelho. Ele havia balbuciado sem parar sobre zebras... talvez se referindo a Zia. E agora Zia começara a se aproximar do velho deus, chegando até a tentar queimar a casa de repouso onde ele estivera preso por tanto tempo.

Isso não podia ser bom. Mas que conselho eu poderia dar se não tinha ideia do que estava acontecendo?

Os avisos de Ísis ecoavam em minha cabeça: o caminho dos deuses era a resposta para todos os Kane. Zia sofria. Amós ainda estava marcado pelo tempo que passara com Set.

— Zia... — Hesitei. — Você disse que Amós sabe o que você está enfrentando. Foi por isso que ele pediu que Bastet cuidasse de Rá hoje? Para você se afastar um pouco do deus sol?

— A-acho que sim.

Tentei acalmar minha respiração. E então fiz a pergunta mais difícil:

— No centro de comando, Amós disse que ele precisaria usar outros meios para enfrentar os inimigos. Ele não estava... *hum*, ele não estava sendo incomodado por Set, estava?

Zia não quis me encarar.

— Sadie, eu prometi a ele...

— Ah, deuses do Egito! Ele está *invocando* Set? Tentando canalizar o poder dele, depois de tudo que Set fez com ele? Por favor, diga que não.

Ela não respondeu, o que já era uma resposta.

— Ele vai ser dominado! — gritei. — Se os magos rebeldes descobrirem que o Sacerdote-leitor Chefe está mexendo com o deus do mal, exatamente como suspeitavam...

— Set não é só o deus do mal — Zia me lembrou. — Ele é tenente de Rá. Defendeu o deus sol de Apófis.

— E você acha que isso conserta tudo? — Balancei a cabeça, incrédula. — E agora Amós acredita que você está tendo dificuldade com Rá? Será que ele pensa que Rá está tentando... — Apontei para a cabeça de Zia.

— Sadie, por favor...

A voz dela falhou, angustiada.

Acho que não foi justo pressioná-la. Ela parecia ainda mais confusa que eu.

Mesmo assim, eu odiava a ideia de Zia estar desorientada quando faltava tão pouco tempo para a batalha final... tendo blecaute de memória, arremessando bolas de fogo ao azar, perdendo controle sobre o próprio poder. Pior ainda era a possibilidade de que Amós tivesse alguma ligação com Set — de que ele tivesse *escolhido* deixar aquele deus horrível voltar para dentro de sua cabeça.

O pensamento fez meu estômago dar um *tyet* — o nó de Ísis.

Imaginei meu antigo inimigo Michel Desjardins criticando. Ne voyez-vous pas, *Sadie Kane? É nisso que dá o caminho dos deuses. É por isso que a magia foi proibida.*

Chutei os restos derretidos da cadeira de rodas. Uma roda torta rangeu e balançou.

— Vamos ter que adiar essa conversa — decidi. — Estamos ficando sem tempo. Agora... para onde foram todos os velhos?

Zia apontou a janela.

— Ali — ela disse, com calma. — Foram passar um dia na praia.

Descemos até a praia de areia negra às margens do Lago de Fogo. Aquele lugar não teria sido minha primeira opção para as férias, mas deuses idosos se estiravam em espreguiçadeiras sob guarda-sóis coloridos. Outros roncavam em toalhas ou estavam sentados em cadeiras de rodas e apreciavam a vista agitada.

Uma deusa enrugada com cabeça de ave usando maiô construía uma pirâmide de areia. Dois homens idosos — presumi que fossem deuses do fogo — estavam mergulhados até a cintura nas chamas, rindo e jogando lava um no rosto do outro.

A enfermeira Tawaret abriu um grande sorriso quando nos viu.

— Sadie! — ela chamou. — Você veio cedo nesta semana! E trouxe uma amiga.

Normalmente eu não teria ficado parada enquanto uma hipopótama vinha correndo me abraçar, mas já estava acostumada com Tawaret.

Ela havia trocado os sapatos de salto alto por sandálias. Fora isso, vestia o habitual uniforme branco de enfermeira. A maquiagem de rímel e batom estava bem-feita para uma hipopótama, e os vistosos cabelos negros tinham sido presos sob a touca. A blusa apertada demais se abria na barriga enorme — talvez sinal de gravidez permanente, já que ela era a deusa do parto, ou talvez sinal de consumo exagerado de cupcakes. Eu nunca tive certeza.

Ela me abraçou sem me esmagar, e eu era profundamente grata por isso. Seu perfume de lilás lembrava minha avó, e o toque de enxofre em suas roupas lembrava meu avô.

— Tawaret — falei —, esta é Zia Rashid.

O sorriso de Tawaret desapareceu.

— Ah... Ah, entendo.

Nunca vi a deusa hipopótama tão incomodada. Será que ela de alguma forma sabia que Zia tinha derretido a cadeira de rodas e incinerado as margaridas?

Quando o silêncio se tornou desconfortável, Tawaret recuperou o sorriso.

— Desculpe, sim. Olá, Zia. É que você parece... ah, deixe para lá! É amiga de Bes também?

— *Hum*, na verdade não — Zia admitiu. — Quer dizer, acho que sim, mas...

— Estamos aqui em uma missão — falei. — A situação no mundo superior está um pouco complicada.

Contei a Tawaret sobre os magos rebeldes, os planos de ataque de Apófis e nosso projeto louco de encontrar a sombra da serpente e pisoteá-la até a morte.

Tawaret apertou as mãos de hipopótamo.

— Ah, céus! Dia do Juízo Final amanhã? Devia ter noite de bingo na sexta-feira. Meus pobres queridos ficarão tão desapontados... — Ela olhou para os pacientes idosos na praia, alguns dormindo e babando, ou comendo areia, ou tentando conversar com a lava. Então suspirou. — Acho que seria melhor não lhes dizer nada. Eles estão aqui há eras, esquecidos pelo mundo mortal. Agora têm que perecer com todo mundo. Eles não merecem esse destino.

Tive vontade de lembrá-la que *ninguém* merecia esse destino — nem meus amigos, nem minha família e com certeza nem uma jovem genial chamada Sadie Kane, que tinha a vida toda pela frente. Mas Tawaret era tão caridosa que não quis soar egoísta. Ela não parecia nem um pouco preocupada com o próprio destino, só com os deuses decadentes de quem cuidava.

— Ainda não desistimos — prometi.

— Mas esse seu plano! — Tawaret estremeceu, causando um tsunami de pele flácida de hipopótamo. — É impossível!

— Tanto quanto reviver o deus sol? — perguntei.

Ela aceitou com um dar de ombros.

— Muito bem, querida. Admito que você já fez o impossível antes. No entanto... — Ela olhou para Zia, como se a presença de minha amiga ainda a deixasse nervosa. — Bem, tenho certeza de que você sabe o que está fazendo. Como posso ajudar?

— Podemos ver Bes? — perguntei.

— É claro... mas infelizmente ele não mudou.

Tawaret nos guiou pela praia. Nos últimos meses eu havia visitado Bes pelo menos uma vez por semana, então conhecia de vista muitos dos deuses idosos. Vi a deusa sapo Heket em cima de um guarda-sol, como se ele fosse uma vitória-régia. Ela projetou a língua para pegar algo no ar. Havia moscas no Duat?

Mais adiante vi o deus ganso Gengen-Wer, cujo nome — não estou brincando — significava Grande Grasnador. Na primeira vez que Tawaret me disse isso, quase cuspi o chá. Sua Suprema Grasnadeza cambaleava pela praia, grasnando para acordar os outros deuses.

Ainda assim, sempre que eu ia lá, o grupo estava diferente. Alguns deuses desapareciam. Outros apareciam — deuses de cidades que não existiam mais; deuses que só haviam sido idolatrados por alguns séculos até serem substituídos por outros; deuses tão velhos que haviam esquecido o próprio nome. A maioria das civilizações deixou para trás fragmentos de cerâmica, monumentos ou literatura. O Egito era tão antigo que deixara uma montanha de divindades.

Ao longo do caminho, passamos pelos dois velhinhos excêntricos que eu havia visto brincando na lava. Agora lutavam no lago, com a lava na altura da cintura. Um deles bateu no outro com um *ankh* e gritou:

— É *meu* pudim! *Meu* pudim!

— Ah, céus! — Tawaret disse. — Abraça-fogo e Pé-quente começaram de novo.

Reprimi uma gargalhada.

— Pé-quente? Que nome divino é esse?

Tawaret examinou o lago flamejante, como se procurasse um jeito de entrar ali sem ser incinerada.

— Eles são deuses do Salão do Julgamento, querida. Coitadinhos. Antes havia quarenta e dois, cada um encarregado de julgar um crime. Mesmo nos velhos tempos, nunca conseguimos manter tudo em ordem. Agora... — Ela deu de ombros. — Estão esquecidos, infelizmente. Abraça-fogo, aquele com o *ankh*, era o deus dos assaltos. Receio que isso o tenha deixado paranoico. Ele sempre acha que Pé-quente roubou seu pudim. Vou ter que apartar a briga.

— Pode deixar — Zia disse.

Tawaret ficou tensa.

— Você, minha... querida?

Fiquei com a impressão de que ela ia chamá-la de algo diferente de *querida*.

— O fogo não vai me incomodar — Zia garantiu. — Vocês duas vão em frente.

Eu não sabia como Zia podia ser tão confiante. Talvez ela simplesmente preferisse nadar em chamas a ver Bes em seu estado atual. Se fosse isso, eu não podia criticá-la. A experiência era perturbadora.

Qualquer que fosse o motivo, Zia caminhou para o lago e entrou na lava como uma salva-vidas não inflamável.

Tawaret e eu continuamos caminhando pela praia. Chegamos ao lugar onde o barco solar de Rá havia ancorado na primeira vez que Carter e eu estivemos ali.

Bes estava sentado no final do píer, em uma confortável poltrona de couro que Tawaret provavelmente havia levado até ali só para ele. Bes usava uma camisa havaiana azul e vermelha limpa e bermuda cáqui. Seu rosto estava mais magro do que na primavera anterior, mas, fora isso, ele parecia igual: o mesmo ninho desgrenhado de cabelos negros, a mesma juba eriçada que passava por barba, o mesmo rosto adoravelmente grotesco que me lembrava um pug.

Mas a alma de Bes se fora. Com o olhar perdido no lago, ele não exibiu qualquer reação quando me ajoelhei a seu lado e peguei sua mão peluda.

Lembrei-me da primeira vez que ele salvara minha vida: me buscou com uma limusine cheia de tralha, me levou à ponte Waterloo e depois afugentou dois deuses que me perseguiam. Ele saíra do carro vestindo apenas uma sunga e gritara "Bu!".

Sim, ele havia sido um amigo de verdade.

— Querido Bes — falei —, vamos tentar ajudar você.

Contei a ele tudo que havia acontecido desde minha última visita. Eu sabia que ele não podia me ouvir. Desde que seu nome secreto fora roubado, sua mente simplesmente não estava lá. Mas falar com ele fazia eu me sentir melhor.

Tawaret fungou. Eu sabia que ela sempre amou Bes, embora ele nem sempre houvesse correspondido. Não poderia haver ninguém melhor para cuidar dele.

— Ah, Sadie... — A deusa hipopótama enxugou uma lágrima. — Se você puder realmente ajudá-lo, e-eu faria qualquer coisa. Mas como é possível?

— Sombras — respondi. — Um cara chamado Setne... ele encontrou um jeito de usar sombras em um feitiço de execração. Se o *sheut* é um *backup* da alma e se a magia de Setne puder ser usada com efeito contrário...

Tawaret arregalou os olhos.

— Você acredita que pode usar a sombra de Bes para trazê-lo de volta?

— Sim. — Eu sabia que parecia loucura, mas eu *precisava* acreditar. Falar isso para Tawaret, que gostava de Bes ainda mais do que eu... bem, eu simplesmente não podia desapontá-la. Além do mais, se conseguíssemos fazer isso por Bes, então quem sabe? Talvez pudéssemos usar a mesma magia para deixar o deus sol Rá de novo em condições de lutar. Mas uma coisa de cada vez. Eu pretendia cumprir minha promessa ao deus anão.

— Tem um problema — falei. — Espero que você possa me ajudar a encontrar a sombra de Bes. Não sei muito sobre o que os deuses fazem com seus *sheuts* e tal. Pelo que entendi, vocês costumam escondê-los, certo?

Tawaret deslocou o peso do corpo, nervosa, fazendo as tábuas do píer rangerem.

— *Hum*, sim...

— Espero que eles sejam meio parecidos com nomes secretos — continuei. — Como não posso perguntar a Bes onde está a sombra dele, pensei em perguntar à pessoa de quem ele era mais próximo. Achei que a melhor opção seria você.

Ver um hipopótamo corar é bem estranho. Tawaret quase parecia delicada — de um jeito pesado.

— Eu... eu vi a sombra dele uma vez — ela admitiu. — Durante um de nossos melhores momentos juntos. Estávamos sentados no muro do templo em Sais.

— Como?

— Uma cidade no delta do Nilo — Tawaret explicou. — Lar de uma amiga nossa, a deusa caçadora Neith. Ela gostava de nos convidar para caçadas. Nós, ah, fazíamos a presa sair dos esconderijos.

Imaginei Tawaret e Bes, dois deuses com poderes de superfeiura, atravessando pântanos de mãos dadas e gritando "Bu!" para assustar bandos de codornas. Decidi não registrar essa imagem.

— Enfim — Tawaret continuou —, uma noite, depois do jantar, Bes e eu estávamos sozinhos, sentados no muro do templo de Neith, vendo a lua se erguer acima do Nilo.

Ela fitou o deus anão com olhos tão amorosos que não pude deixar de imaginar a mim mesma sentada naquele muro, vivendo uma noite romântica com Anúbis... não, com Walt... não... Ah! Minha vida era horrível.

Suspirei infeliz.

— Continue, por favor.

— Não conversamos sobre nenhum assunto especial — Tawaret lembrou. — Ficamos de mãos dadas. Só isso. Mas me senti muito próxima dele. Só por um momento, olhei para o muro de adobe em que estávamos e vi a sombra de Bes à luz de uma tocha. Normalmente os deuses não mantêm suas sombras tão perto. Ele devia confiar muito em mim para mostrá-la. Perguntei isso a ele, e Bes riu e respondeu: "Aqui é um bom lugar para minha sombra. Acho que vou deixá-la aqui. Assim ela pode ser sempre feliz, mesmo quando eu não estiver."

A história era tão fofa e triste que quase não suportei.

Na praia, o velho deus Abraça-fogo gritava algo sobre pudim. Zia estava no lago, tentando separar os dois deuses enquanto eles jogavam lava nela, um de cada lado. Incrivelmente, o fogo não parecia incomodá-la.

Olhei para Tawaret.

— Essa noite em Sais... quanto tempo tem?

— Alguns milhares de anos.

Meu coração ficou apertado.

— Alguma chance de a sombra ainda estar lá?

Ela deu de ombros, impotente.

— Sais foi destruída há séculos. O templo desapareceu. Camponeses demoliram as velhas construções e usaram os adobes como fertilizante. Boa parte do terreno virou pântano.

Droga. Nunca fui muito fã de ruínas egípcias. De vez em quando, eu mesma me sentia tentada a demolir alguns templos. Mas, só dessa vez, desejei que as ruínas tivessem sobrevivido. Queria socar aqueles camponeses.

— Então não há esperança? — perguntei.

— Ah, sempre há esperança — Tawaret respondeu. — Você poderia vasculhar a região, chamando pela sombra de Bes. Você é amiga dele. Se ela continua lá, talvez apareça para você. E se Neith ainda estiver por ali, talvez possa ajudar. Quer dizer, caso ela não prefira caçar você...

Decidi não pensar nessa possibilidade. Eu já tinha problemas demais.

— Precisamos tentar. Se conseguirmos encontrar a sombra e decifrar o feitiço certo...

— Mas, Sadie — a deusa disse —, você tem tão pouco tempo. Precisa deter Apófis! Como pode ajudar Bes também?

Olhei para o deus anão. Depois me inclinei e beijei sua testa enrugada.

— Fiz uma promessa — respondi. — Além do mais, precisamos dele se quisermos vencer.

Eu acreditava mesmo nisso? Sabia que Bes não conseguiria assustar Apófis só gritando "Bu!", por mais pavoroso que ficasse de sunga. No tipo de batalha à nossa frente, eu não sabia se um deus a mais sequer faria diferença. E eu tinha menos certeza ainda de que essa ideia da sombra às avessas poderia dar certo com Rá. Mas eu precisava tentar com Bes. Se o mundo acabasse dali a dois dias, eu *não* iria para a morte sem antes saber que havia feito de tudo para salvar meu amigo.

De todas as deusas que eu havia conhecido, Tawaret era quem melhor podia entender meus motivos.

Ela pôs as mãos nos ombros de Bes de forma protetora.

— Nesse caso, Sadie Kane, desejo-lhe sorte... por Bes e por todos nós.

Eu a deixei no píer, parada atrás de Bes como se os dois deuses estivessem apreciando juntos um pôr do sol romântico.

Na praia, juntei-me a Zia, que espanava cinzas dos cabelos. Tirando alguns buracos queimados na calça, ela parecia perfeitamente bem.

Zia apontou para Abraça-fogo e Pé-quente, que brincavam de novo na lava.

— Eles não são tão ruins — ela disse. — Só precisavam de um pouco de atenção.

— Como bichinhos de estimação — sugeri. — Ou meu irmão.

Zia sorriu.

— Conseguiu a informação de que precisava?

— Acho que sim — respondi. — Mas primeiro temos que ir ao Salão do Julgamento. Está quase na hora de julgarem Setne.

— Como vamos chegar lá? Outra passagem?

Olhei para o Lago de Fogo, pensando no problema. Eu lembrava que o Salão do Julgamento ficava em uma ilha em algum lugar naquele lago, mas a geografia do Duat é meio confusa. O Salão podia ficar em um nível totalmente diferente do Duat, ou o lago podia ter nove bilhões de quilômetros de extensão. Eu não gostava da ideia de contornar a margem atravessando território desconhecido ou de atravessar nadando. E certamente não queria discutir com Ísis de novo.

Então avistei algo no meio das ondas flamejantes — a silhueta de um barco a vapor conhecido se aproximando, duas chaminés deixando um rastro luminoso de fumaça dourada e uma roda girando na lava.

Meu irmão — abençoado seja seu coração — era completamente louco.

— Problema resolvido — eu disse. — Carter vai nos dar uma carona.

10. "Leve sua filha para um dia no trabalho" acaba muito mal

SADIE

Ao se aproximarem do píer, Carter e Walt acenaram para nós da proa do *Rainha Egípcia*. Ao lado deles o capitão, Lâmina Suja de Sangue, estava deslumbrante em seu uniforme de piloto de balsa, exceto pelo fato de que sua cabeça era um machado duplo com nódoas de sangue.

— Aquilo é um demônio — Zia falou nervosa.

— Sim — concordei.

— É seguro?

Ergui uma sobrancelha e olhei para ela.

— É claro que não — ela resmungou. — Estou viajando com os Kane.

A tripulação de globos brilhantes voava pelo barco, puxando cordas e baixando a rampa de embarque.

Carter parecia cansado. Ele vestia calça jeans e uma camisa amarrotada com respingos de molho barbecue. Os cabelos estavam molhados e amassados de um lado da cabeça, como se ele tivesse dormido no chuveiro.

Walt estava muito melhor — bem, na verdade, não havia nem comparação. Ele usava sua camiseta sem manga e short, e conseguiu sorrir para mim embora sua postura mostrasse claramente que ele sentia dor. O amuleto *shen* em meu pescoço ficou mais quente, ou talvez fosse apenas a temperatura de meu corpo aumentando.

Zia e eu subimos pela rampa. Lâmina Suja de Sangue se curvou, o que era bem enervante, já que sua cabeça podia cortar uma melancia ao meio.

— Bem-vinda a bordo, Lady Kane. — A voz dele era uma vibração metálica emitida pela lâmina frontal. — À sua disposição.

— Muito agradecida — respondi. — Carter, posso falar com você?

Eu o puxei pela orelha para uma área acima do convés.

— Ai! — ele reclamou enquanto eu o arrastava.

Acho que fazer isso na frente de Zia não era legal, mas pensei que seria uma boa dar umas dicas de como lidar com meu irmão.

Walt e Zia nos seguiram até a sala de jantar do navio. Como sempre, a mesa de mogno estava coberta de bandejas com comida recém-preparada. O lustre iluminava painéis coloridos de deuses egípcios, colunas douradas e o teto ricamente entalhado.

Soltei a orelha de Carter e rosnei:

— Você perdeu o juízo?

— Ai! — ele gritou de novo. — Qual é o seu problema?

— Meu problema — falei, baixando a voz — é que você invocou este barco de novo, apesar de Bastet ter nos avisado que o capitão demônio cortaria nossa garganta na primeira oportunidade!

— Ele está sob um feitiço de aprisionamento — Carter argumentou. — Na última vez ele estava *bem*.

— Na última vez *Bastet* estava conosco — lembrei. — E se você acha que eu confio em um demônio chamado Lâmina Suja de Sangue mais do que...

— Pessoal — Walt interrompeu.

Lâmina Suja de Sangue entrou na sala, abaixando a cabeça de machado para passar pela porta.

— Lorde e Lady Kane, a viagem será rápida agora. Chegaremos ao Salão do Julgamento em aproximadamente vinte minutos.

— Obrigado, LSS — Carter respondeu, esfregando a orelha. — Daqui a pouco nos juntamos a você no deque.

— Muito bem — o demônio disse. — Quais são suas ordens para quando chegarmos?

Fiquei tensa, torcendo para que Carter tivesse pensado nisso antes. Bastet nos prevenira que demônios precisavam de instruções muito claras para continuarem sob controle.

— Você vai esperar por nós enquanto visitamos o Salão do Julgamento — Carter anunciou. — Quando voltarmos, você nos levará aonde quisermos ir.

— Como desejar.

O tom de Lâmina Suja de Sangue tinha um traço de desapontamento... ou seria imaginação minha?

Depois que ele saiu, Zia franziu o cenho.

— Carter, neste caso concordo com Sadie. Como pode confiar naquela criatura? Onde conseguiu este navio?

— Pertencia a nossos pais — Carter contou.

Ele e eu nos entreolhamos e chegamos a um acordo tácito de que essa informação era suficiente. Nossos pais haviam usado esse barco para subir o Tâmisa até a Agulha de Cleópatra na noite em que nossa mãe morreu libertando Bastet do Abismo. Depois, nosso pai havia ficado ali nesse mesmo refeitório, chorando, acompanhado apenas pela deusa gata e pelo capitão demônio.

Lâmina Suja de Sangue nos aceitara como seus novos senhores. Havia seguido nossas ordens antes, mas isso não era muito tranquilizante. Eu não confiava nele. Não gostava de estar naquele navio.

Por outro lado, precisávamos chegar ao Salão do Julgamento. Eu estava com fome e sede, e achei que poderia suportar uma viagem de vinte minutos se ela significasse um Ribena gelado e um prato de frango assado com pão.

Nós quatro nos sentamos à mesa. Contamos nossas histórias enquanto comíamos. No geral, aquele talvez fosse o encontro duplo mais desconfortável de todos os tempos. Não nos faltavam emergências tenebrosas para servir de assunto, mas a tensão no ar era pesada como a poluição no Cairo.

Carter não via Zia pessoalmente havia meses. Dava para ver que ele se esforçava para não encará-la. Zia estava claramente pouco à vontade sentada tão perto dele. Ela ficava se afastando, o que sem dúvida o magoava. Talvez ela estivesse apenas com receio de sofrer mais um episódio de arremesso de bolas de fogo. Quanto a mim, eu estava radiante por me sentar ao lado de Walt, mas, ao mesmo tempo, desesperadamente preocupada com ele. Não conseguia esquecer a visão dele envolto em ataduras reluzentes e me perguntava o que Anúbis queria me dizer sobre a situação dele. Walt tentava esconder, mas era evidente que sentia muita dor. Suas mãos tremiam quando ele pegou o sanduíche de pasta de amendoim.

Carter me falou da evacuação iminente da Casa do Brooklyn, que Bastet estava dirigindo. Meu coração quase se partiu quando pensei na pequena Shelby, no maravilhoso e bobo Felix, na tímida Cleo e em todos os outros que iam defender o Primeiro Nomo de um ataque impossível, mas sabia que Carter tinha razão. Não tínhamos alternativa.

Carter ficava hesitando, como se esperasse Walt participar com informações. Walt permanecia em silêncio. Estava claro que ele escondia algo. De um jeito ou de outro, eu teria que conversar a sós com Walt e arrancar todos os detalhes dele.

Em troca, contei a Carter sobre nossa visita à Casa do Descanso. Expus minhas suspeitas de que Amós talvez estivesse invocando Set para ter mais poder. Zia não me desmentiu, e a notícia não foi bem-recebida por meu irmão. Após vários minutos praguejando e andando pela sala de jantar, ele finalmente se acalmou o suficiente para dizer:

— Não podemos deixar isso acontecer. Ele será destruído.

— Eu sei — respondi. — Mas o melhor que podemos fazer para ajudá-lo é seguir em frente.

Não mencionei o apagão de Zia na casa de repouso. Nas condições de Carter naquele momento, achei que isso poderia ser demais. Mas contei o que Tawaret havia falado sobre a possível localização da sombra de Bes.

— As ruínas de Sais... — Ele franziu o cenho. — Acho que nosso pai mencionou esse lugar. Ele disse que não restava muita coisa lá. Mas, mesmo que a gente consiga encontrar a sombra, não temos tempo. Precisamos deter Apófis.

— Fiz uma promessa — insisti. — Além do mais, *precisamos* de Bes. Pense nisso como um teste. Salvar a sombra dele vai ser uma chance de praticar esse tipo de magia antes de usarmos contra Apófis... *hum*, ao contrário, é claro. Talvez até nos forneça um meio de reviver Rá.

— Mas...

— Ela tem razão — Walt interrompeu.

Não sei quem ficou mais surpreso, Carter ou eu.

— Mesmo que tenhamos a ajuda de Setne — Walt continuou —, prender uma sombra em uma estátua vai ser difícil. Eu me sentiria melhor se pudéssemos experimentar com um alvo amigável primeiro. Eu poderia mostrar a vocês como fazer enquanto... enquanto ainda tenho tempo.

— Walt, por favor, não fale assim — pedi.

— Quando vocês enfrentarem Apófis — ele continuou —, só vão ter uma chance de acertar o feitiço. É melhor treinar antes.

Quando vocês enfrentarem Apófis. Ele disse isso de um jeito muito calmo, mas o significado era claro: ele não estaria com a gente na hora.

Carter cutucou o pedaço mordido de pizza em seu prato.

— Eu só... não vejo como vai dar tempo de fazer tudo. Sei que essa é uma missão pessoal para você, Sadie, mas...

— Ela precisa — Zia interferiu, com delicadeza. — Carter, você uma vez saiu para uma missão pessoal no meio de uma crise, não foi? E deu certo. — Ela pôs a mão na dele. — Às vezes é preciso seguir o coração.

Carter parecia estar tentando engolir uma bola de golfe. Antes que ele pudesse dizer algo, o apito do navio soou.

No canto da sala, um alto-falante chiou com a voz de Lâmina Suja de Sangue.

— Lordes e ladies, chegamos ao Salão do Julgamento.

O templo negro era exatamente como eu lembrava. Subimos a escada do píer e passamos entre fileiras de colunas de obsidiana que se estendiam para a escuridão. Imagens sinistras da vida no mundo inferior cintilavam no chão e em frisos contornando as colunas — desenhos pretos sobre pedra preta. Apesar das tochas de junco acesas a cada poucos metros, o ar estava tão enevoado de cinza vulcânica que eu não conseguia enxergar muito longe à nossa frente.

Enquanto avançávamos pelo templo, vozes sussurravam à nossa volta. Pelo canto do olho vi grupos de espíritos pairando pelo pavilhão: silhuetas fantasmagóricas camufladas na fumaça. Algumas se moviam sem rumo, chorando baixinho ou rasgando as roupas, desesperadas. Outras carregavam montes de rolos de papiros. Esses fantasmas pareciam mais sólidos e determinados, como se esperassem algo.

— Requerentes — disse Walt. — Trouxeram os documentos de seus casos, pretendendo uma audiência com Osíris. Ele ficou muito tempo afastado... deve haver uma verdadeira montanha de casos atrasados.

Os passos de Walt pareciam mais leves. Seus olhos estavam mais alertas, o corpo menos contraído de dor. Ele estava tão perto da morte que eu temia que essa viagem ao mundo inferior fosse difícil para ele, mas Walt parecia mais à vontade que todos nós.

— Como você sabe? — perguntei.

Walt hesitou.

— Não tenho certeza. Só parece... correto.

— E os fantasmas sem papiros?

— Refugiados — ele disse. — Eles esperam que este lugar os proteja.

Não perguntei do quê. Lembrei-me do fantasma no baile da escola que havia sido envolto por tentáculos pretos e puxado para dentro do chão. Pensei na visão que Carter descrevera: nossa mãe encolhida debaixo de um penhasco em algum lugar do Duat, resistindo à força negra distante.

— Precisamos nos apressar.

Comecei a andar, mas Zia segurou meu braço.

— Lá — ela disse. — Veja.

A fumaça dissipou. Vinte metros à frente havia um par gigantesco de portas de obsidiana. Na frente delas, um animal do tamanho de um galgo estava sentado sobre as patas traseiras — um chacal gigante com pelo negro pesado, orelhas pontudas e peludas e uma cabeça que parecia uma mistura de raposa e lobo. Os olhos da cor da lua brilhavam na escuridão.

Ele rosnou para nós, mas não me intimidei. Talvez eu seja suspeita para falar, mas acho chacais fofos e bonitinhos, mesmo que *tenham sido* famosos por cavarem túmulos no Egito Antigo.

— É só Anúbis — falei esperançosa. — Foi aqui que nos encontramos na última vez.

— Aquele não é Anúbis — Walt avisou.

— Claro que é — respondi. — Veja.

— Sadie, não — Carter disse, mas caminhei até o guardião.

— Oi, Anúbis — falei. — Sou eu, Sadie.

O chacal peludo e fofinho mostrou as presas. Sua boca começou a espumar. Os adoráveis olhos amarelos enviaram uma mensagem inconfundível: *Mais um passo e arranco sua cabeça com uma mordida.*

Eu parei.

— Certo... não é Anúbis, a menos que ele esteja de muito mau humor.

— Foi aqui que o encontramos antes — Carter disse. — Por que ele não está aqui?

— É um de seus servos — Walt chutou. — Anúbis deve estar... em outro lugar.

Mais uma vez, ele soava terrivelmente confiante, e senti uma pontada estranha de ciúme. Walt e Anúbis pareciam ter passado mais tempo conversando um com o outro do que comigo. De repente Walt era especialista em tudo relacionado à morte. Enquanto isso, eu sequer podia chegar *perto* de Anúbis sem provocar a ira de seu supervisor — Shu, o deus do ar quente. Isso não era justo!

Zia aproximou-se de mim, empunhando seu cajado.

— Então, e agora? Temos que derrotá-lo para passar?

Imaginei-a arremessando algumas de suas bolas de fogo destruidoras de margaridas. Era tudo de que precisávamos: um chacal gritando e correndo em chamas pelo quintal de meu pai.

— Não — Walt falou, dando um passo à frente. — Ele é só um guardião da entrada. Precisa saber por que estamos aqui.

— Walt — Carter protestou —, se você estiver errado...

Walt levantou as mãos e aproximou-se lentamente do chacal.

— Sou Walt Stone — ele disse. — Estes são Carter e Sadie Kane. E esta é Zia...

— Rashid — Zia acrescentou.

— Temos assuntos a tratar no Salão do Julgamento — Walt continuou.

O chacal rosnou, mas pareceu mais inquisitivo, menos hostil do tipo *arrancador-de-cabeças*.

— Vamos testemunhar. Temos informação relevante para o julgamento de Setne.

— Walt — Carter cochichou —, desde quando você é advogado?

Eu o mandei calar a boca. O plano de Walt parecia estar dando certo. O chacal inclinou a cabeça como se ouvisse, depois se levantou e caminhou para a escuridão. As portas duplas de obsidiana se abriram sem fazer barulho.

— Bom trabalho, Walt — falei. — Como você sabia...?

Ele olhou para mim, e meu coração deu um pulo. Só por um momento achei que ele parecia... Não. Obviamente minhas emoções confusas estavam mexendo com minha cabeça.

— *Hum*, como você sabia o que dizer?

Walt deu de ombros.

— Arrisquei.

Com a mesma rapidez com que se abriram, as portas começaram a se fechar.

— Depressa! — Carter avisou.

Corremos para o tribunal dos mortos.

No início do semestre de outono — minha primeira experiência em uma escola nos Estados Unidos — nosso professor havia pedido para escrevermos os contatos de nossos pais e em que eles trabalhavam, caso pudessem ajudar no Dia da Carreira. Eu nunca tinha ouvido falar em Dia da Carreira. Depois que entendi o que era, não consegui parar de rir.

Seu pai poderia vir falar sobre o trabalho dele?, imaginei a diretora perguntando.

Talvez, Sra. Laird..., eu responderia. Mas ele está morto, sabe? Bem, não completamente morto. Meu pai está mais para deus ressuscitado. Ele julga espíritos mortais e alimenta seu monstrinho de estimação com o coração dos impuros. Ah, e a pele dele é azul. Tenho certeza de que causaria uma ótima impressão no Dia da Carreira para todos os alunos que sonham se tornar divindades do Egito Antigo quando crescerem.

O Salão do Julgamento havia mudado desde minha visita anterior. A sala costumava refletir os pensamentos de Osíris, então normalmente parecia uma réplica fantasmagórica de nosso antigo apartamento em Los Angeles, na época mais feliz em que morávamos juntos.

Agora, talvez porque meu pai estivesse trabalhando, a decoração era toda egípcia. O salão circular estava cercado de pilares de pedra entalhados com desenhos de flores de lótus. Braseiros de fogo mágico pintavam as paredes com luzes verdes e azuis. No centro da sala ficava a balança da justiça, dois pratos dourados grandes pendurados em um T de ferro.

Ajoelhado diante da balança havia o fantasma de um homem usando terno risca de giz, nervoso, recitando o conteúdo de um pergaminho. Eu entendia o motivo do nervosismo. De cada lado dele havia um demônio réptil enorme com pele verde, cabeça de naja e uma alabarda ameaçadora posicionada acima da cabeça do fantasma.

Meu pai estava sentado no fundo da sala em um tablado dourado, com um assistente egípcio de pele azul a seu lado. Ver meu pai no Duat era sempre desorientador, porque ele parecia ser duas pessoas ao mesmo tempo. Por um lado, tinha a mesma aparência de quando era vivo — um homem bonito e musculoso com pele cor de chocolate, cabeça calva e cavanhaque bem-aparado. Ele vestia um elegante terno de seda e casaco escuro de viagem, como um empresário prestes a embarcar em seu jatinho particular.

Em um nível mais profundo da realidade, porém, ele parecia Osíris, deus dos mortos. Vestia-se como um faraó, com sandálias, saiote de linho bordado e fileiras de colares de ouro e pedra-coral sobre o peito nu. A pele era da cor do céu de verão. Em seu colo havia um gancho e um mangual — os símbolos do faraó.

Por mais estranho que fosse ver meu pai de pele azul e saiote, eu estava tão feliz de estar perto dele de novo que me esqueci do ato judicial.

— Pai!

Corri para ele.

[Carter diz que eu fui insensata, mas meu pai *era* o rei da corte, não era? Por que eu não poderia ir até ele para dizer um *oi*?]

Eu estava na metade do caminho quando os demônios-serpente cruzaram as alabardas e bloquearam meu caminho.

— Está tudo bem — meu pai disse, parecendo um pouco assustado. — Deixem ela passar.

Corri para os braços dele, derrubando de seu colo o gancho e o mangual.

Ele me abraçou com afeto, abrindo um sorriso carinhoso. Por um momento me senti de novo uma garotinha, protegida nos braços dele. Depois ele abriu os braços e me segurou, e pude ver o quanto estava cansado. Tinha olheiras. O rosto estava encovado. Até a poderosa aura azul de Osíris, que normalmente o cercava como uma coroa solar, tremulava ligeiramente.

— Sadie, meu amor — meu pai falou com voz fraca. — Por que está aqui? Estou *trabalhando*.

Tentei não me sentir magoada.

— Mas, pai, é importante!

Carter, Walt e Zia se aproximaram do tablado. Meu pai ficou com a expressão séria.

— Entendo — ele disse. — Antes, deixem-me terminar esse julgamento. Crianças, esperem aqui à minha direita. E, por favor, não interrompam.

O assistente de meu pai bateu o pé.

— Meu senhor, isto é totalmente irregular!

Ele era um sujeito de aparência esquisita: um egípcio idoso e azul segurando nos braços um papiro imenso. Sólido demais para ser um fantasma, azul demais para ser humano, ele era quase tão decrépito quanto Rá, vestido apenas com uma tanga, sandálias e uma peruca mal-ajustada. Imagino que aquela chapa preta e lustrosa de cabelo falso devia parecer viril no Egito Antigo, mas, com o delineador *kohl* e o blush no rosto, o velhinho parecia uma imitação grotesca da Cleópatra.

O rolo que ele segurava era simplesmente enorme. Anos antes eu havia ido a uma sinagoga com minha amiga Liz, e a Torá que ficava lá era *minúscula* comparada àquilo.

— Está tudo bem, Perturbador — meu pai falou. — Podemos continuar agora.

— Mas, meu senhor... — O velho (seu nome era mesmo Perturbador?) ficou tão agitado que perdeu o controle do papiro. A parte inferior caiu e desenrolou, descendo pelos degraus como um tapete.

— Ah, irmão, irmão, irmão!

Perturbador se esforçou para enrolar o documento.

Meu pai reprimiu um sorriso. Ele olhou de novo para o fantasma de terno risca de giz, que ainda estava ajoelhado diante da balança.

— Minhas desculpas, Robert Windham. Pode concluir seu testemunho.

O fantasma se curvou e gaguejou:

— S-sim, Lorde Osíris.

Ele se virou para suas anotações e começou a enumerar uma lista de crimes que não tinha cometido: assassinato, roubo, venda fraudulenta de gado.

Olhei para Walt e cochichei:

— Ele é um cara moderno, não é? O que está fazendo no tribunal de Osíris?

Fiquei meio perturbada ao ver que, mais uma vez, Walt tinha uma resposta.

— A pós-vida parece diferente para cada alma — ele disse —, dependendo da crença. Para esse cara, o Egito deve ter causado uma impressão forte. Talvez ele tenha lido histórias quando era jovem.

— E se alguém não acreditar em *nenhuma* pós-vida? — perguntei.

Walt me olhou com tristeza.

— Então é aquilo que acontece com eles.

Do outro lado do tablado, o deus azul Perturbador chiou para fazermos silêncio. Por que será que, quando os adultos tentam silenciar crianças, sempre fazem mais barulho do que o barulho que pretendem calar?

O fantasma de Robert Windham parecia estar concluindo seu relato.

— Não dei falso testemunho sobre meus vizinhos. *Hum*, desculpe, não consigo ler esta última linha...

— Peixe! — Perturbador gritou irritado. — Você roubou peixe dos lagos sagrados?

— Eu morava no Kansas — o fantasma respondeu. — Então... não.

Meu pai levantou-se do trono.

— Muito bem. Que o coração dele seja pesado.

Um dos demônios-serpente exibiu um embrulho de tecido do tamanho do punho de uma criança.

A meu lado, Carter inspirou de repente.

— O *coração* dele está ali dentro?

— Shh! — Perturbador chiou tão alto que sua peruca quase caiu. — Tragam o Destruidor de Almas!

Do outro lado do salão, uma portinhola se abriu. Ammit entrou correndo com grande entusiasmo. O coitadinho não tinha muita coordenação. Seu peito de leão em miniatura e as patas dianteiras eram esguios e ágeis, mas a parte posterior era um traseiro rechonchudo e bem menos ágil de hipopótamo. Ele escorregou de lado várias vezes, batendo nos pilares e derrubando braseiros. Cada vez que se acidentava, sacudia a juba de leão e o focinho de crocodilo e latia feliz.

[Carter está me censurando, como sempre. Ele diz que Ammit é fêmea. Admito que não posso provar se ele está certo ou errado, mas sempre pensei em Ammit como um monstro menino. Ele é muito agitado para ser fêmea, e o jeito como ele marca território... enfim, deixe para lá.]

— Aí está meu bebê! — gritei, totalmente emocionada. — Meu fofinho!

Ammit correu para mim e saltou nos meus braços, me acariciando com o focinho áspero.

— Meu senhor Osíris! — Perturbador perdeu a parte de baixo do papiro de novo, que se desenrolou em torno das pernas dele. — Isso é um ultraje!

— Sadie — meu pai falou com firmeza —, por favor, não se refira ao Devorador de Almas como fofinho.

— Desculpe — murmurei e soltei Ammit.

Um dos demônios-serpente pôs o coração de Robert Windham na balança da justiça. Eu havia visto muitas imagens de Anúbis fazendo seu trabalho, e quis que ele estivesse ali agora. Teria sido *muito* mais interessante olhar para Anúbis que para um demônio-serpente.

No outro prato da balança surgiu a pena da verdade. (Nem me pergunte sobre a pena da verdade.)

A balança se equilibrou. Os pratos pararam mais ou menos na mesma altura. O fantasma de terno soluçou aliviado. Ammit ganiu desapontado.

— Impressionante — meu pai falou. — Robert Windham, você foi decretado suficientemente virtuoso, apesar de ter sido banqueiro de investimentos.

— Doações para a Cruz Vermelha! — o fantasma gritou.

— Sim, bem — meu pai falou em um tom seco —, você pode seguir para a pós-vida.

Uma porta se abriu à esquerda do tablado. Os demônios-serpente fizeram Robert Windham se levantar.

— Obrigado! — ele berrou enquanto era levado para fora do salão pelos demônios. — E, se precisar de consultoria financeira, Lorde Osíris, ainda acredito na viabilidade a longo prazo do mercado...

A porta se fechou atrás dele.

Perturbador fungou indignado.

— Homem horrível.

Meu pai deu de ombros.

— Uma alma moderna que admirava os métodos antigos do Egito. Ele não devia ser tão mau. — Meu pai olhou para nós. — Crianças, esse é Perturbador, um de meus conselheiros e deuses do julgamento.

— Como? — Fingi não ter ouvido. — Você disse que ele é *perturbado*?

— Perturbador é meu nome! — o deus gritou furioso. — Julgo os que são culpados de perder a cabeça!

— Sim. — Apesar do cansaço, os olhos de meu pai brilharam divertidos. — Esse era tradicionalmente o dever de Perturbador. Mas agora ele é meu último assistente e me ajuda com todos os casos. Antes havia quarenta e dois deuses do julgamento para crimes diferentes, sabem, mas...

— Como Pé-quente e Abraça-fogo — Zia completou.

Perturbador se espantou.

— Como você sabe deles?

— Nós os vimos — Zia respondeu. — Na Quarta Casa da Noite.

— Vocês... viram... — Perturbador quase derrubou o papiro inteiro. — Lorde Osíris, temos que salvá-los imediatamente! Meus irmãos...

— Vamos falar sobre isso — meu pai prometeu. — Primeiro, quero saber o que traz meus filhos ao Duat.

Nós nos revezamos para explicar: os magos rebeldes e sua aliança secreta com Apófis, o ataque iminente ao Primeiro Nomo e nossa esperança de encontrar um novo tipo de feitiço de execração que pudesse deter Apófis de uma vez por todas.

Algumas de nossas notícias surpreenderam e preocuparam nosso pai — como o fato de que muitos magos haviam fugido do Primeiro Nomo, deixando-o tão indefeso que havíamos mandado nossos iniciados da Casa do Brooklyn para ajudar, e que Amós estava considerando os poderes de Set.

— Não — meu pai falou. — Não, ele não pode! Esses magos que o abandonaram... isso é imperdoável! A Casa da Vida deve apoiar o Sacerdote-leitor Chefe. — Ele começou a se levantar. — Eu deveria ir encontrar meu irmão...

— Meu senhor não é mais um mago — Perturbador o interrompeu. — Agora é Osíris.

Meu pai fez uma careta, mas se acomodou de novo no trono.

— Sim. Sim, é claro. Por favor, crianças, continuem.

Algumas notícias ele já sabia. Encurvou os ombros quando mencionamos que os espíritos dos mortos estavam desaparecendo e a visão de nossa mãe perdida nas profundezas do Duat, resistindo à atração da força negra que Carter e eu tínhamos certeza de que era a sombra de Apófis.

— Procurei sua mãe por toda parte — nosso pai contou, deprimido. — Essa força que está levando os espíritos, seja ela a sombra da serpente ou algo diferente... não posso detê-la. Não posso nem *encontrá-la*. Sua mãe...

A expressão dele ficou rígida como gelo. Eu entendia o que ele estava sentindo. Durante anos ele vivera com a culpa porque não havia conseguido impedir a morte de nossa mãe. Agora ela estava em perigo de novo e, embora ele fosse o senhor dos mortos, se sentia impotente para salvá-la.

— Podemos encontrá-la — garanti. — Tudo isso está interligado, pai. Temos um plano.

Carter e eu explicamos sobre o *sheut* e como poderíamos usá-lo para um feitiço de execração extragrande.

Meu pai se inclinou para a frente e estreitou os olhos.

— Anúbis *disse* isso? Ele revelou a natureza do *sheut* a uma mortal?

Sua aura azul tremulou perigosamente. Nunca senti medo de meu pai, mas admito que recuei um passo.

— Bem... não foi só Anúbis.

— Tot ajudou — Carter disse. — E nós deduzimos parte...

— Tot! — meu pai gritou. — Esse conhecimento é perigoso, crianças. Perigoso demais. Não vou permitir...

— Pai! — gritei. Acho que o surpreendi, mas minha paciência finalmente tinha se esgotado. Eu já estava farta de que deuses me dissessem o que eu *não devia* ou *não podia* fazer. — É a sombra de Apófis que está sugando as almas dos mortos. Tem que ser! Está se alimentando delas, fortalecendo-se, enquanto Apófis se prepara para a ascensão.

Eu não tinha chegado a essa conclusão antes, mas quando falei as palavras senti que eram verdadeiras — horripilantes, porém verdadeiras.

— Temos que encontrar a sombra e capturá-la — insisti. — Então poderemos usá-la para banir a serpente. É nossa única chance, a menos que você queira que usemos uma execração *normal*. Temos a estátua pronta para isso, não é, Carter?

Carter bateu na mochila.

— O feitiço vai nos matar — ele disse. — E provavelmente não vai funcionar. Mas se for nossa única opção...

Zia parecia horrorizada.

— Carter, você não me contou! Você fez uma estátua... *dele*? Você se sacrificaria para...

— Não — nosso pai falou. Sua raiva se dissipou. Ele se curvou para a frente e apoiou o rosto nas mãos. — Não, você tem razão, Sadie. Uma pequena chance é melhor do que nenhuma. Eu simplesmente não suportaria se vocês... — Ele se endireitou e respirou, tentando se recompor. — Como posso ajudar? Imagino que tenham vindo aqui por um motivo, mas estão pedindo uma magia que não possuo.

— Sim, bem — falei —, essa é a parte complicada.

Antes que eu pudesse continuar, o som de um gongo reverberou pelo salão. As portas principais começaram a se abrir.

— Meu senhor — Perturbador falou —, vai começar o próximo julgamento.

— Agora não! — meu pai disse irritado. — Não pode ser protelado?

— Não, meu senhor. — O deus azul baixou a voz. — É o julgamento *dele*. Você sabe...

— Ah, pelos doze portões da noite — meu pai praguejou. — Crianças, esse julgamento é muito sério.

— Sim — eu disse. — Na verdade, foi por isso que...

— Conversamos depois — meu pai me interrompeu. — E, por favor, haja o que houver, não falem com o acusado nem façam contato visual com ele. Esse espírito é particularmente...

O gongo soou de novo. Uma tropa de demônios marchou para dentro, cercando o acusado. Eu não precisava perguntar quem ele era.

Setne havia chegado.

Os guardas em si já eram intimidadores — seis guerreiros de pele vermelha com lâminas de guilhotina no lugar da cabeça.

Mesmo sem eles, eu podia perceber que Setne era perigoso por causa de todas as precauções mágicas. Hieróglifos brilhantes giravam em torno dele como os anéis de Saturno — uma coleção de símbolos antimagia como: *Suprimir, Abafar, Ficar, Calar, Impotente* e *Nem pense nisso.*

Os pulsos de Setne haviam sido atados com tiras de tecido cor-de-rosa. Duas outras faixas da mesma cor estavam amarradas em sua cintura. Uma envolvia o pescoço e mais duas prendiam os tornozelos, obrigando-o a arrastar os pés para andar. Para um observador qualquer, as faixas cor-de-rosa talvez pudessem parecer um kit de carceragem da Hello Kitty, mas eu sabia por experiência própria que elas eram algumas das restrições mágicas mais poderosas do mundo.

— As Sete Fitas de Hátor — Walt cochichou. — Queria poder fazer algumas daquelas.

— Eu tenho algumas — Zia murmurou. — Mas o tempo de recarga é *muito* longo. As minhas só vão ficar prontas em dezembro.

Walt a olhou com admiração.

Os demônios-guilhotina se afastaram do acusado.

O próprio Setne não parecia ser ameaçador, com certeza não alguém digno de toda aquela segurança. Ele era muito baixo — não como Bes, veja bem, mas ainda era um homem pequeno. Seus braços e suas pernas eram magrelos. O peito era um xilofone de costelas. Mas ele erguia o queixo e sorria com confiança, como se fosse o dono do mundo — o que não é fácil quando se usa apenas uma tanga e fitas cor-de-rosa.

Sem dúvida era o mesmo rosto que eu vira na parede do Museu de Dallas e depois no Salão das Eras. Fora ele o sacerdote que sacrificara aquele touro na visão tremulante do Novo Reino.

Setne tinha o mesmo nariz curvo, as mesmas pálpebras pesadas e os mesmos lábios finos e cruéis. A maioria dos sacerdotes da Antiguidade era careca, mas Setne tinha uma cabeleira cheia e escura, penteada para trás com óleo como um jovem rebelde da década de 1950. Se eu o visse na Piccadilly Circus (com mais roupas, de preferência), teria ficado longe, achando que ele estava distribuindo panfletos ou tentando revender ingressos para um show no West End. Traiçoeiro e irritante? Sim. Perigoso? Não muito.

Os demônios-guilhotina o puseram de joelhos. Setne parecia achar aquilo divertido. Seus olhos passearam pela sala, registrando cada um de nós. Tentei não fazer contato visual, mas era difícil. Setne me reconheceu e piscou. De algum jeito, eu sabia que ele podia ler muito bem minhas emoções confusas e as achava engraçadas.

Ele inclinou a cabeça na direção do trono.

— Lorde Osíris, todo esse trabalho por minha causa? Não precisava.

Meu pai não respondeu. Com a expressão séria, ele fez um sinal para Perturbador, que explorou o papiro até encontrar o trecho correto.

— Setne, também conhecido como Príncipe Khaemwaset...

— Ah, uau... — Setne sorriu para mim, e resisti ao impulso de sorrir também. — Faz tempo que não ouço *esse* nome. Isso aí é história antiga!

Perturbador bufou.

— Você é acusado de crimes hediondos! Blasfemou contra os deuses quatro mil e noventa e duas vezes.

— Noventa e uma — Setne corrigiu. — Aquela piada sobre Lorde Hórus... aquilo foi só um mal-entendido. — Ele piscou para Carter. — Certo, parceiro?

Como diabos ele sabia sobre Carter e Hórus?

Perturbador prosseguiu com o papiro.

— Usou magia para o mal, incluindo vinte e três assassinatos...

— Autodefesa!

Setne tentou abrir as mãos, mas as fitas o contiveram.

— ... incluindo um momento em que você foi *pago* para matar usando magia — Perturbador concluiu.

Setne deu de ombros.

— Aquilo foi autodefesa para meu contratante.

— Tramou contra três faraós — Perturbador continuou. — Tentou derrubar a Casa da Vida em seis ocasiões. Mais grave que tudo: saqueou as tumbas dos mortos para roubar livros de magia.

Setne riu, tranquilo. Ele olhou para mim como se quisesse dizer: *Dá para acreditar nesse cara?*

— Escute, Perturbador — ele falou —, esse *é* seu nome, certo? Um deus do julgamento belo e inteligente como você... com certeza está sobrecarregado e é pouco reconhecido. Sinto muito, de verdade. Você deve ter coisas melhores para fazer além de desenterrar meu passado. Além do mais, todas essas acusações... já respondi a elas nos julgamentos anteriores.

— Ah! — Perturbador parecia confuso. Ele ajeitou a peruca, encabulado, e olhou para meu pai. — Devemos deixá-lo ir, então, meu senhor?

— Não, Perturbador. — Meu pai, sentado no trono, inclinou-se para a frente. — O prisioneiro está usando Palavras Divinas para influenciar sua mente, distorcendo a magia mais sagrada do Maat. Mesmo amarrado, ele é perigoso.

Setne examinou as unhas.

— Lorde Osíris, estou lisonjeado, mas, francamente, essas acusações...

— Silêncio!

Meu pai estendeu a mão na direção do prisioneiro. Os hieróglifos rodopiantes brilharam com mais força em torno dele. As Fitas de Hátor se apertaram.

Setne começou a sufocar. Sua expressão de arrogância se desfez, substituída por um ódio absoluto. Eu podia sentir sua raiva. Ele queria matar meu pai, matar todos nós.

— Pai! — falei. — Por favor, não!

Meu pai olhou para mim e franziu o cenho, evidentemente contrariado com a interrupção. Ele estalou os dedos, e as amarras de Setne afrouxaram. O mago fantasma tossiu e engasgou.

— Khaemwaset, filho de Ramsés — meu pai disse calmamente —, você foi sentenciado à destruição mais de uma vez. Na primeira, conseguiu negociar uma redução de sentença oferecendo-se para servir ao faraó com sua magia...

— Sim — Setne concordou, com a voz rouca. Ele tentou recuperar a pose, mas o sorriso estava distorcido pela dor. — Sou um trabalhador habilidoso, meu senhor. Seria um crime me destruir.

— No entanto, você fugiu quando estava a caminho — meu pai afirmou. — Matou os guardas e passou os três séculos seguintes semeando o Caos pelo Egito.

Setne deu de ombros.

— Não foi *tão* grave. Só estava me divertindo um pouco.

— Foi capturado e sentenciado de novo — meu pai continuou — outras três vezes. Em cada caso, maquinou formas de escapar. E desde que os deuses se ausentaram do mundo você tem corrido à solta, fazendo o que quer, cometendo crimes e aterrorizando mortais.

— Meu senhor, isso é injusto — Setne protestou. — Para começar, senti *saudade* de vocês, deuses. Sério, foram milênios tediosos sem vocês. Quanto a esses supostos crimes, bem, algumas pessoas diriam que a Revolução Francesa foi uma festa de primeira! Sei que *eu* me diverti. E o Arquiduque Ferdinando? Um chato completo. Se você o conhecesse, também o teria assassinado.

— Chega! — meu pai exclamou. — Acabou. Agora sou o hospedeiro de Osíris. Não vou tolerar a existência de um vilão como você, nem mesmo como espírito. Desta vez não há mais truques.

Ammit latiu animado. Os guardas-guilhotina subiram e desceram suas lâminas como se aplaudissem.

— Muito bem! — Perturbador gritou.

E Setne... ele ergueu a cabeça e gargalhou.

Meu pai pareceu perplexo, depois furioso. Ele levantou a mão para apertar as Fitas de Hátor, mas Setne disse:

— Espere, meu senhor. A questão é a seguinte: *não* acabaram meus truques. Pergunte a seus filhos aí. Pergunte aos amigos deles. Essas crianças precisam de minha ajuda.

— Chega de mentiras — meu pai berrou. — Seu coração será pesado, *de novo*, e Ammit vai devorar...

— Pai! — gritei. — Ele tem razão! *Precisamos* dele.

Meu pai olhou para mim. Praticamente dava para ver o sofrimento e a raiva se agitando dentro dele. Ele havia perdido a esposa outra vez. Estava impotente para ajudar o irmão. Uma batalha pelo fim do mundo estava prestes a começar e seus filhos estavam na linha de frente. Meu pai *precisava* fazer justiça com esse mago fantasma. Precisava sentir que podia fazer algo certo.

— Pai, por favor, escute — eu disse. — Sei que é perigoso. Sei que você vai odiar isso. Mas viemos aqui por causa de Setne. O que falamos antes sobre nosso plano... Setne tem o conhecimento de que precisamos.

— Sadie tem razão — Carter continuou. — Por favor, pai. Você perguntou como poderia nos ajudar. Dê a custódia de Setne para a gente. Ele é a chave para derrotarmos Apófis.

Ao som desse nome, um vento frio varreu a sala do tribunal. Os braseiros faiscaram. Ammit ganiu e cobriu o focinho com as patas. Até os demônios-guilhotina se moveram nervosos.

— Não — meu pai respondeu. — De jeito nenhum. Setne está influenciando vocês com sua magia. Ele é um servo do Caos.

— Meu senhor — Setne disse, seu tom de repente respeitoso e suave. — Sou muitas coisas, mas um servo da serpente? Não. Não quero que o mundo seja destruído. Não tenho nada a ganhar com isso. Ouça a menina. Deixe-a contar o plano dela.

As palavras penetraram meus pensamentos. Percebi que Setne estava usando magia, ordenando-me a falar. Tentei resistir ao impulso. Infelizmente Setne me ordenava fazer algo que eu adorava: falar. Despejei tudo: nossa tentativa de salvar O *livro para derrotar Apófis* em Dallas, a conversa que eu tivera com Setne lá, a caixa de sombra que havíamos encontrado e a ideia de usar o *sheut*. Expliquei minha esperança de reviver Bes e destruir Apófis.

— É impossível — meu pai respondeu. — Mesmo que não fosse, Setne não é confiável. Eu nunca o libertaria, especialmente não nas mãos de meus filhos. Ele mataria vocês na primeira oportunidade!

— Pai — Carter insistiu —, não somos mais crianças. Podemos fazer isso.

Era difícil suportar a agonia no rosto de meu pai. Engoli as lágrimas e me aproximei do trono.

— Pai, sei que você nos ama. — Segurei sua mão. — Sei que quer nos proteger, mas você arriscou tudo para nos dar uma chance de salvar o mundo. Agora é hora de fazermos isso. Esse é o único jeito.

— Ela tem razão. — Setne conseguiu parecer pesaroso, como se lamentasse a possibilidade de sair em condicional. — E também, meu senhor, é o único jeito de salvar os espíritos dos mortos antes que a sombra de Apófis destrua todos eles, inclusive o de sua esposa.

O rosto de meu pai passou do azul-celeste ao índigo. Ele se segurou ao trono como se quisesse arrancar os apoios de braço.

Achei que Setne havia ido longe demais.

Então as mãos de meu pai relaxaram. A raiva nos olhos dele se tornou desespero e voracidade.

— Guardas — ele falou —, deem ao prisioneiro a pena da verdade. Ele vai segurá-la enquanto se explica. Se mentir, morrerá nas chamas.

Um dos demônios-guilhotina tirou a pena da balança da justiça. Setne parecia despreocupado quando a pluma reluzente foi posta em suas mãos.

— Certo! — ele começou. — Então, seus filhos estão certos. Criei um encantamento de execração da sombra. Teoricamente, ele poderia ser usado para destruir um deus, ou até mesmo Apófis. Nunca tentei. Infelizmente, ele só pode ser lançado por um mago vivo. Morri antes de testá-lo. Não que eu quisesse matar algum deus, meu senhor. Estava apenas pensando em chantageá-los para que fizessem o que eu mandasse.

— Chantagear... os deuses — meu pai grunhiu.

Setne sorriu com um ar culpado.

— Isso foi na época que eu era jovem e rebelde. Enfim, registrei a fórmula em vários exemplares de O *livro para derrotar Apófis*.

— E todos foram destruídos — Walt resmungou.

— O.k. — Setne concordou —, mas minhas anotações originais ainda devem estar nas margens do *Livro de Tot* que eu... que eu roubei. Viram? Honestidade. Garanto que nem Apófis encontrou aquele livro. Eu o escondi muito bem. Posso lhes mostrar onde está. O livro vai explicar como encontrar a sombra de Apófis, capturá-la e realizar a execração.

— Você não pode nos dizer agora? — Carter perguntou.

Setne fez um biquinho.

— Jovem mestre, eu *adoraria*. Mas não memorizei o livro todo. E faz milênios que escrevi aquele feitiço. Se eu lhes dissesse uma palavra errada, bem... não queremos cometer nenhum engano. Mas posso levá-los ao livro. Quando nós o pegarmos...

— *Nós?* — Zia o interrompeu. — Por que não pode simplesmente nos indicar onde está o livro? Por que você precisa ir junto?

O fantasma sorriu.

— Porque, boneca, sou o único que pode pegá-lo. Armadilhas, maldições... você sabe. Além do mais, vocês vão precisar de minha ajuda para decifrar as anotações. O feitiço é complicado! Mas não se preocupem. Vocês só precisam manter estas Fitas de Hátor em mim. É Zia, certo? Você tem experiência com elas.

— Como sabia...?

— Se eu causar algum problema — Setne continuou —, vocês podem me amarrar como se eu fosse um presente de aniversário. Mas não vou tentar fugir... pelo menos não até levá-los ao *Livro de Tot* e depois conduzi-los em segurança até a sombra de Apófis. Ninguém conhece os níveis mais profundos do Duat tanto quanto eu. Sou o melhor guia que vocês podem encontrar.

A pena da verdade não reagiu. Setne não ardeu em chamas, então supus que ele não estava mentindo.

— Somos quatro — Carter disse. — Ele é um.

— Mas na última vez ele matou os guardas — Walt lembrou.

— Então seremos mais cuidadosos — Carter argumentou. — Juntos vamos conseguir mantê-lo sob controle.

Setne se encolheu.

— Ah, só que... vejam, Sadie tem sua tarefa paralela, não é? Ela precisa encontrar a sombra de Bes. E, na verdade, é uma boa ideia.

Pisquei.

— É?

— Com certeza, boneca — Setne disse. — Não temos muito tempo. Mais especificamente, seu amigo Walt aí não tem muito tempo.

Eu queria matar o fantasma, mas ele já estava morto. De repente odiei aquele sorriso arrogante.

Trinquei os dentes.

— Continue.

— Walt Stone... desculpe, parceiro, mas você não vai sobreviver o suficiente para pegar o *Livro de Tot*, viajar até a sombra de Apófis e usar o feitiço. Simplesmente não resta muito tempo em seu relógio. Mas pegar a sombra de Bes... isso não vai demorar tanto. Será um bom teste para a magia. Se funcionar, ótimo! Se não... bem, só teremos perdido um deus anão.

Eu queria socar a cara dele, mas Setne fez um gesto pedindo paciência.

— O que estou pensando — ele continuou — é que devemos nos separar. Carter e Zia, vocês dois vão comigo buscar o *Livro de Tot*. Enquanto isso, Sadie leva Walt às ruínas de Sais para encontrar a sombra do ano. Vou dar a vocês orientações sobre como capturá-la, mas o feitiço é só uma teoria. Na prática, vocês vão precisar da habilidade de Walt como produtor de amuletos para realizá-lo. Ele vai ter que improvisar se algo der errado. Se Walt for bem-sucedido, então Sadie saberá como capturar uma sombra. Se Walt morrer depois disso... e lamento, mas um feitiço como esse provavelmente acabará com ele, então Sadie poderá nos encontrar no Duat, e iremos juntos caçar a sombra da serpente. Todo mundo sai ganhando!

Eu não sabia se chorava ou gritava. Só consegui manter a calma porque senti que Setne se divertiria muito com qualquer reação.

Ele olhou para meu pai.

— O que me diz, Lorde Osíris? É uma chance de recuperar sua esposa, derrotar Apófis, restaurar a alma de Bes, salvar o mundo! Tudo o que peço é que, quando eu voltar, o tribunal leve em conta minhas boas ações ao me sentenciar. É justo, não é?

O silêncio no salão só era interrompido pelo crepitar do fogo nos braseiros.

Finalmente Perturbador pareceu sair de um transe.

— Meu senhor... qual é sua decisão?

Meu pai olhou para mim. Era nítido que ele odiava aquele plano. Mas Setne o havia seduzido com a única proposta que ele não conseguia deixar passar: a chance de salvar nossa mãe. O fantasma vil havia me prometido um último dia a sós com Walt, algo que eu queria mais que tudo, e uma chance de salvar Bes, o que vinha logo atrás. Ele juntara Zia e Carter e lhes prometera uma chance de salvar o mundo.

Havia fisgado todos nós e nos capturado como peixes de um lago sagrado. E, mesmo sabendo que estava sendo manipulada, eu não conseguia pensar em nenhuma razão para recusar.

— Temos que fazer isso, pai — eu disse.

Ele abaixou a cabeça.

— Sim, temos. Que o Maat nos proteja.

— Ah, vamos nos divertir! — Setne falou animado. — Vamos indo? O Dia do Juízo Final não vai esperar!

11. *Don't worry, be* Hapi

Como sempre.

Sadie e Walt vão procurar uma sombra amiga enquanto Zia e eu escoltamos um fantasma assassino psicótico até seu depósito de magia proibida cercado de armadilhas. Caramba, quem será que levou a melhor?

O *Rainha Egípcia* saiu do mundo inferior para o Nilo como uma baleia emergindo. Sua roda de pás remexia a água azul. As chaminés cuspiam fumaça dourada no ar do deserto. Depois da penumbra do Duat, o sol era ofuscante. Quando meus olhos se ajustaram, vi que descíamos a correnteza, na direção norte, então devíamos ter emergido em algum lugar ao sul de Mênfis.

Nas duas margens, a área verdejante de várzea coberta de palmeiras avançava pela névoa úmida. Algumas casas salpicavam a paisagem. Uma picape velha seguia aos solavancos pela estrada paralela ao rio. Um veleiro deslizava a bombordo. Ninguém prestou atenção a nós.

Eu não sabia exatamente onde estávamos. Podia ser qualquer lugar ao longo do Nilo. Mas, considerando a posição do sol, já era final da manhã. Havíamos comido e dormido no reino de meu pai, imaginando que não poderíamos fechar os olhos enquanto Setne estivesse sob nossa custódia. Não havíamos descansado muito, mas estava evidente que tínhamos ficado mais tempo lá embaixo do que eu imaginava. O dia estava passando. No dia seguinte, ao amanhecer, os rebeldes atacariam o Primeiro Nomo e Apófis se levantaria.

Zia estava a meu lado na proa. Ela havia tomado banho e usava roupas limpas: camiseta de estampa camuflada e calça cargo verde-oliva com a barra para dentro dos coturnos. Talvez não pareça glamoroso, mas na luz da manhã ela estava linda. Melhor de tudo, ela estava ali pessoalmente — não um reflexo na tigela de vidência, não um *shabti*. Quando o vento mudou de direção, senti o perfume de limão do xampu dela. Estávamos apoiados na amurada e nossos braços se tocavam, mas ela não parecia se incomodar. Sua pele era muito quente.

— Em que está pensando? — perguntei.

Ela se esforçou para olhar para mim. De perto, os pontos verdes e pretos em seus olhos cor de âmbar eram meio hipnóticos.

— Estava pensando em Rá — ela respondeu. — Imaginando quem está cuidando dele hoje.

— Tenho certeza de que ele está bem.

Mas fiquei um pouco desapontado. Eu estava pensando no momento da noite passada em que ela segurara minha mão na sala de jantar: "Às vezes é preciso seguir o coração." Aquele poderia ser nosso último dia na Terra. Se fosse, eu devia contar a Zia meus sentimentos. Quer dizer, eu achava que ela sabia, mas não *sabia* que ela sabia, então... Ai, droga, que dor de cabeça.

— Zia... — comecei a falar.

Setne materializou-se perto de nós.

— Muito melhor!

À luz do dia ele quase parecia ser de carne e osso, mas, quando deu uma volta para exibir as roupas novas, seu rosto e as mãos tremeluziram como projeções holográficas. Eu tinha lhe dado permissão para vestir algo diferente da tanga. Na verdade, eu insistira. Mas não imaginara que seria um traje tão impressionante.

Talvez ele estivesse tentando fazer jus ao apelido que Sadie inventara: Tio Vinnie. Ele vestia paletó preto com ombreiras, camiseta vermelha, calça jeans nova e tênis de uma alvura ofuscante. No pescoço usava uma corrente pesada de ouro de *ankhs* interligados. Em cada dedo mindinho havia um anel do tamanho de um quebra-queixo, com o símbolo de poder — *was* — incrustado em diamantes. Seus cabelos haviam sido penteados para trás com ainda mais óleo. Os olhos estavam delineados com *kohl*. Ele parecia ser da Máfia do Egito Antigo.

Então notei que faltava algo no conjunto. Ele não parecia estar com as Fitas de Hátor.

Vou confessar: entrei em pânico. Gritei a palavra de comando que Zia me ensinara:

— *Tas!*

O símbolo para *Amarrar* se acendeu no rosto de Setne:

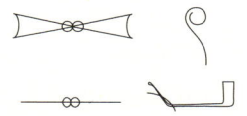

As Fitas de Hátor reapareceram em torno do pescoço, dos punhos, dos tornozelos, do peito e da cintura de Setne. Elas cresceram de maneira agressiva, envolvendo-o em um tornado cor-de-rosa até ele ficar completamente enrolado como uma múmia, apenas com os olhos à vista.

— Mmm! — ele protestou.

Respirei fundo. Depois estalei os dedos. As amarras se encolheram, voltando ao tamanho normal.

— Por que fez *isso*? — Setne perguntou.

— Não vi as fitas.

— Não viu... — Setne riu. — Carter, Carter, Carter. Por favor, parceiro. Isso é só uma ilusão, uma modificação estética. Não posso me livrar *realmente* destas coisas.

Ele estendeu os pulsos. As fitas desapareceram e reapareceram.

— Viu? Só as estou escondendo, porque cor-de-rosa não combina com minha roupa.

Zia bufou.

— Nada combina com essa roupa.

Setne olhou para ela irritado.

— Não precisa ofender, boneca. Relaxe, o.k.? Já viu o que acontece: uma palavra de vocês e fico todo amarrado. Sem problemas.

O tom dele soava muito razoável. Setne não era problema. Ele ia cooperar. Eu podia relaxar.

No fundo de minha mente, a voz de Hórus disse: *Cuidado*.

Levantei minha guarda mental. De repente vi os hieróglifos flutuando no ar à minha volta — fiapos de fumaça quase invisíveis. Obriguei-os a desaparecer, e eles chiaram como mosquitos atingidos por uma raquete elétrica.

— Pare com a magia, Setne. Só vou relaxar quando nosso assunto estiver resolvido e você voltar aos cuidados de meu pai. Agora, aonde vamos?

Uma expressão de surpresa momentânea passou pelo rosto de Setne. Ele disfarçou com um sorriso.

— Claro, sem problema. Bom ver que a magia de *caminho dos deuses* está funcionando bem para você. Como vai aí dentro, Hórus?

Zia resmungou impaciente.

— Apenas responda a pergunta, seu verme, antes que eu queime esse seu sorriso.

Ela estendeu a mão e chamas envolveram seus dedos.

— Zia, opa — falei.

Eu já a vira zangada antes, mas a tática *queimar sorriso* parecia um pouco radical até para ela.

Setne não pareceu se preocupar. Ele tirou um estranho pente branco do bolso do paletó — aquilo eram ossos de dedos humanos? — e penteou os cabelos sebosos.

— Pobre Zia — ele disse. — O velho está afetando você, não é? Já começou a ter problemas com, ah, controle de temperatura? Vi algumas pessoas em sua situação sofrerem combustão espontânea. Não é legal.

As palavras obviamente a abalaram. Seus olhos transbordavam ódio, mas ela fechou a mão e apagou as chamas.

— Vil, desprezível...

— Calma, boneca — Setne falou. — Estou apenas manifestando minha preocupação. Quanto a nosso destino... sul do Cairo, nas ruínas de Mênfis.

Fiquei pensando o que ele pretendia dizer sobre Zia. Decidi que não era hora para perguntar. Não queria os dedos flamejantes de Zia em *meu* rosto.

Tentei lembrar o que eu sabia sobre Mênfis. Era uma das antigas capitais do Egito, mas fora destruída séculos atrás. A maior parte das ruínas estava enterrada sob o Cairo moderno. Havia algumas áreas espalhadas ao sul, pelo deserto. Meu pai provavelmente me levara para sítios arqueológicos naquela área uma ou duas vezes, mas eu não tinha nenhuma lembrança clara. Depois de alguns anos, todas as escavações meio que se misturavam.

— Onde, exatamente? — perguntei. — Mênfis era bem grande.

Setne mexeu as sobrancelhas.

— Com certeza. Cara, os momentos que vivi no beco das Apostas... mas deixe para lá. Quanto menos você souber, parceiro, melhor. Não queremos que nosso amigo serpentino do Caos pegue informação da sua cabeça, não é? Falando nisso, é um milagre que ele ainda não tenha visto seus planos e mandado algum monstro horroroso detê-los. Você precisa realmente desenvolver suas defesas mentais. Ler sua mente é *muito* fácil. E quanto à sua amiga aqui... — Ele se inclinou para mim com um sorriso. — Quer saber o que *ela* está pensando?

Zia entendia as Fitas de Hátor melhor do que eu. Imediatamente a fita em torno do pescoço de Setne ficou mais apertada e transformou-se em uma coleira rosada com guia. Setne tossiu e levou as mãos ao pescoço. Zia segurava a outra ponta da guia.

— Setne, você e eu vamos à cabine de comando — ela avisou. — Você vai informar o capitão *exatamente* aonde estamos indo ou nunca mais voltará a respirar. Entendido?

Ela não esperou pela resposta. Ele não poderia ter falado nada de qualquer forma. Zia o arrastou pelo convés e escada acima como se ele fosse um cachorro muito desobediente.

Assim que eles desapareceram dentro da cabine de comando, alguém riu a meu lado.

— Lembre-me de nunca arrumar briga com *ela*.

Os instintos de Hórus se ativaram. Antes que eu percebesse o que estava acontecendo, já havia invocado meu *khopesh* do Duat e firmado a lâmina curva no pescoço do visitante.

— Sério? — o deus do Caos perguntou. — É assim que se recebe um velho amigo?

Set estava calmamente apoiado na amurada, usando um terno preto de três peças e um chapéu Fedora da mesma cor. A combinação contrastava com sua pele vermelho-sangue. Na última vez que eu o vira, ele estava careca. Agora tinha trancinhas decoradas com rubis. Os olhos negros brilhavam por trás de óculos redondos e pequenos. Com um arrepio, percebi que ele estava imitando Amós.

— Pare com isso. — Apertei ainda mais a lâmina no pescoço dele. — Pare de debochar de meu tio!

Ele se fez de ofendido.

— Debochar? Meu querido menino, a imitação é a forma mais sincera de elogio! Agora, por favor, podemos conversar como seres semidivinos civilizados?

Com um dedo ele afastou o *khopesh* do pescoço. Abaixei a lâmina. Agora que havia superado o choque inicial, eu precisava admitir que estava curioso para saber o que ele queria.

— Por que está aqui? — perguntei.

— Ah, pode escolher. O mundo acaba amanhã. Talvez eu queria me despedir. — Ele riu e acenou. — Tchau! Ou quem sabe eu queria explicar. Ou alertar você.

Olhei para a cabine de comando. Não conseguia ver Zia. Não ouvi nenhum alarme. Ninguém mais parecia ter notado que o deus do mal acabara de se materializar em nosso barco.

Set seguiu meu olhar.

— Que coisa aquele Setne, hein? Adoro aquele cara.

— Posso imaginar — resmunguei. — Ele foi batizado em sua homenagem?

— Não. *Setne* é só um apelido. O nome verdadeiro é Khaemwaset, então dá para entender por que ele gosta mais de Setne. Espero que ele não mate você logo. Setne é muito divertido... até matar você.

— Era isso que você queria explicar?

Set ajeitou os óculos.

— Não, não. É a história com Amós. Você entendeu errado.

— Você está falando de quando o possuiu e tentou destruí-lo? — perguntei. — E quase arrebentou a mente dele? E que agora quer fazer isso de novo?

— As duas primeiras... verdade. A última... não. Amós *me* chamou, garoto. Você tem que entender, eu nunca poderia ter invadido a mente de seu tio se ele não tivesse também algumas de minhas qualidades. Ele me *entende*.

Segurei minha espada com força.

— Eu também entendo. Você é mau.

Set riu.

— Você chegou a essa conclusão sozinho? O deus do mal é mau? É claro que sou, mas não sou o *puro* mal. E também não sou o Caos *puro*. Depois de eu ter passado um tempo na cabeça de Amós, ele entendeu. Sou como aquele jazz improvisado que ele adora, o caos dentro da ordem. Essa é nossa ligação. E ainda sou um deus, Carter. Eu sou... como vocês dizem? A *oposição democrática*.

— Democrática. Sim, claro.

Set abriu um sorriso malicioso.

— Tudo bem, eu quero dominar o mundo. Destruir quem atravessar meu caminho? É claro. Mas aquela serpente Apófis... ele exagera. Quer transformar toda a criação em uma grande sopa primordial de confusão. Qual é a graça disso? Se eu tiver que escolher entre Rá e Apófis, vou lutar ao lado de Rá. É por isso que Amós e eu temos um acordo. Ele está aprendendo o caminho de Set. Eu vou ajudá-lo.

Meus braços tremiam. Eu queria cortar a cabeça de Set, mas não sabia se tinha força para isso. Também não tinha certeza de que isso o machucaria. Hórus me mostrara que os deuses tendiam a desprezar ferimentos simples, como decapitação.

— Você espera que eu acredite que vai cooperar com Amós? — perguntei. — Sem tentar dominá-lo?

— Claro, vou *tentar*. Mas você devia confiar mais em seu tio. Ele é mais forte do que você imagina. Quem você acha que me mandou vir aqui explicar?

Uma descarga elétrica percorreu meu corpo. Eu queria acreditar que Amós tinha tudo sob controle, mas era *Set*. Ele me lembrava muito o mago fantasma Setne, e isso não era bom.

— Você já explicou — respondi. — Agora pode ir embora.

Set deu de ombros.

— Tudo bem, mas acho que ainda havia algo mais... — Ele bateu com o dedo no queixo. — Ah, sim. O alerta.

— Que alerta?

— Porque normalmente quando Hórus e eu lutamos, devia ser *eu* o responsável pelo que está prestes a matar você. Mas desta vez não sou. Achei que você devia saber. É *fato* que Apófis está copiando minhas táticas, mas, como eu disse... — Ele tirou o chapéu e se curvou, os rubis cintilando em suas trancinhas. — Imitação é elogio.

— O que você...?

O barco adernou e rangeu como se tivéssemos batido em um banco de areia. Na cabine de comando, o sino do alarme repicou. A tripulação de globos brilhantes voou em pânico pelo convés.

— O que está acontecendo?

Agarrei a amurada.

— Ah, deve ser o hipopótamo gigante — Set falou com tom casual. — Boa sorte!

Ele desapareceu em uma nuvem de fumaça vermelha enquanto uma forma monstruosa se erguia do Nilo.

Você talvez ache que um hipopótamo não provoca pavor. Gritar "Hipopótamo!" não tem o mesmo impacto que gritar "Tubarão!". Mas vou lhe dizer: quando o *Rainha Egípcia* adernou, com a roda de pás saindo completamente da água, e vi aquele monstro emergir das profundezas, quase descobri quais eram os hieróglifos para *sujei a calça*.

A criatura com facilidade tinha o tamanho do barco. Sua pele reluzia roxa e cinzenta. Enquanto se erguia perto da proa, ela cravou os olhos em mim com maldade inconfundível e abriu uma boca tão grande quanto um hangar. Os pontudos dentes de baixo eram maiores que eu. Olhando para a garganta da criatura, eu me sentia como se estivesse vendo um túnel rosado direto para o mundo inferior. O monstro poderia ter me comido ali mesmo, com a proa. Eu teria permanecido paralisado em vez de reagir.

Em vez disso, o hipopótamo urrou. Imagine alguém acelerando uma moto *off-road* e depois soprando uma trombeta. Agora imagine esses sons amplificados vinte vezes, chegando até você em um sopro com fedor de peixe podre e esgoto. É assim o grito de guerra de um hipopótamo gigante.

Em algum lugar atrás de mim Zia berrou (um pouco atrasada, na minha opinião):

— Hipopótamo!

Ela cambaleou pelo convés agitado em minha direção, com a extremidade de seu cajado em chamas. Nosso camarada fantasmagórico Setne flutuava atrás dela, sorrindo de satisfação.

— Aí está! — Setne sacudiu os anéis de diamantes de seus dedos mindinhos. — Eu disse que Apófis ia mandar um monstro para matá-los.

— Você é tão esperto! — gritei. — Então, como o detemos?

— BRRRAAHHHHH!

O hipopótamo empurrou o *Rainha Egípcia* com a cara. Caí para trás e bati na parede do convés.

Pelo canto do olho vi Zia lançar uma coluna de fogo na cara da criatura. As chamas entraram direto pela narina esquerda, o que só enfureceu o hipopótamo. Ele bufou fumaça e bateu no navio com mais força, jogando Zia no rio.

— Não!

Eu me levantei aos tropeços. Tentei invocar o avatar de Hórus, mas minha cabeça latejava. Era impossível me concentrar.

— Quer um conselho? — Setne flutuava perto de mim, sem se abalar pela agitação do barco. — Eu poderia lhe dar um feitiço.

O sorriso maléfico dele não me inspirou muita confiança.

— Fique quieto! — Apontei para as mãos dele e gritei: — *Tas!*

As Fitas de Hátor amarraram seus punhos.

— Ah, por favor! — ele reclamou. — Como vou pentear o cabelo desse jeito?

O hipopótamo me encarou por cima do guarda-corpo. Seu olho parecia um prato negro e engordurado. Na cabine de comando, Lâmina Suja de Sangue soava o sino de alarme e gritava para a tripulação:

— Todo leme a bombordo! Todo leme a bombordo!

Ouvi Zia tossir e se debater na água, o que pelo menos significava que ela estava viva, mas eu precisava manter o hipopótamo longe dela e dar ao *Rainha Egípcia* um tempo para desencalhar. Peguei minha espada, corri pelo convés inclinado e pulei direto para cima da cabeça do monstro.

Minha primeira descoberta: hipopótamos são escorregadios. Tentei me segurar — o que não é fácil enquanto se empunha uma espada — e quase caí deslizando pelo outro lado da cabeça antes de prender o braço livre na orelha do monstro.

O hipopótamo rugiu e me sacudiu como se eu fosse um brinco. Vi de relance um barco pesqueiro passando tranquilamente por nós como se não houvesse nada de errado. A tripulação de globos do *Rainha Egípcia* voava em torno de uma grande rachadura na popa. Por apenas um momento vi Zia se debatendo na água, uns vinte metros rio abaixo. Depois ela afundou. Reuni toda a minha força e enfiei a espada na orelha do hipopótamo.

— BRRRAAHHHHH!

O monstro sacudiu a cabeça. Eu me soltei e fui lançado para o rio como uma bola de basquete numa cesta de três pontos.

Eu teria atingido a água com força, mas no último segundo me transformei em falcão.

Eu sei... parece maluco. *Ah, a propósito, eu por acaso me transformei em falcão.* Mas é uma magia razoavelmente fácil para mim, já que o falcão é o animal sagrado de Hórus. De repente, em vez de cair, eu voava acima do Nilo. Minha visão era tão aguçada que eu conseguia enxergar ratos na várzea. Vi Zia se debatendo na água e também cada pelo no focinho gigantesco do hipopótamo.

Mergulhei para o olho do monstro, atacando-o com as garras. Infelizmente era protegido por uma pálpebra grossa e um tipo de membrana. O hipopótamo piscou e urrou, irritado, mas era evidente que eu não o havia machucado.

O monstro tentou me abocanhar. Eu era rápido demais. Voei até o barco e pousei acima da cabine de comando, tentando recuperar o fôlego. O *Rainha Egípcia* havia conseguido virar. Lentamente, ia abrindo distância do monstro, mas o casco sofrera avarias sérias. Fumaça saía das rachaduras na popa. O barco estava adernando a boroeste e Lâmina Suja de Sangue continuava soando o sino de alarme, o que era muito irritante.

Zia se esforçava para continuar boiando, mas havia se afastado do hipopótamo e não parecia correr perigo imediato. Tentou invocar fogo — o que não é fácil quando se está se debatendo em um rio.

O hipopótamo balançou de um lado para o outro, aparentemente procurando o pássaro irritante que havia cutucado seu olho. A orelha do monstro ainda sangrava, embora minha espada não estivesse mais lá — e sim talvez em algum lugar no fundo do rio. Finalmente o hipopótamo voltou a atenção para o barco.

Setne apareceu a meu lado. Seus braços ainda estavam amarrados, mas ele parecia se divertir.

— Está pronto para aquele conselho agora, parceiro? Não posso lançar o feitiço eu mesmo, porque estou morto e tal, mas posso lhe dizer o que falar.

O hipopótamo avançou. Ele estava a menos de cinquenta metros de distância, aproximando-se rapidamente. Se ele atingisse o barco naquela velocidade, o *Rainha Egípcia* se desfaria em pedaços.

O tempo pareceu desacelerar. Tentei me concentrar. Emoções são ruins para a magia, e eu estava completamente em pânico, mas sabia que só teria uma chance. Abri as asas e voei diretamente para o hipopótamo. Na metade do caminho retomei minha forma humana, caí como uma pedra e invoquei o avatar de Hórus.

Se não tivesse dado certo, eu teria me despedido da vida como uma mancha insignificante de sujeira no peito de um hipopótamo agressivo.

Felizmente a aura azul tremulou à minha volta. Caí no rio envolto pelo corpo brilhante de um guerreiro de seis metros de altura e cabeça de falcão. Comparado ao hipopótamo eu ainda era minúsculo, mas capturei a atenção dele quando enfiei o punho em seu focinho.

Funcionou bem por cerca de dois segundos. O monstro esqueceu completamente o barco. Dei um passo para o lado e o fiz se virar para mim, mas fui muito lento. Andar no rio com forma de avatar era tão fácil quanto correr por uma sala cheia de bolinhas pererecas.

O monstro atacou. Ele virou a cabeça e fechou a boca em volta de minha cintura.

Cambaleei, tentando me soltar, mas seus maxilares pareciam um torno. Os dentes penetravam minha proteção mágica. Eu estava sem a espada. Só podia socar a cabeça dele com meus punhos azuis brilhantes, mas meu poder desaparecia rapidamente.

— Carter! — Zia gritou.

Eu tinha dez segundos de vida, talvez. Depois o avatar se desmancharia e eu seria engolido ou mordido ao meio.

— Setne! — berrei. — Qual era aquele feitiço?

— Ah, *agora* você quer o feitiço — Setne respondeu do barco. — Repita comigo: *Hapi, u-ha ey pwah*.

Eu não sabia o que isso significava. Setne podia estar me induzindo à autodestruição ou a me transformar em um pedaço de queijo suíço. Mas eu não tinha opção. Gritei:

— *Hapi, u-ha ey pwah!*

Hieróglifos azuis, brilhando com mais força do que todos os outros que eu já havia invocado, surgiram acima da cabeça do hipopótamo:

Ao vê-los alinhados, de repente entendi o que significavam: *Hapi, levante-se e ataque*. Mas o que *isso* queria dizer?

Pelo menos os hieróglifos distraíram o hipopótamo. Ele me soltou e tentou mordê-los. Meu avatar sumiu. Caí na água, com a magia esgotada, sem defesas — só o Carter Kane minúsculo à sombra de um hipopótamo de dezesseis toneladas.

O monstro engoliu os hieróglifos e bufou. Ele balançou a cabeça como se tivesse acabado de comer uma pimenta-malagueta.

Ótimo, pensei. A fabulosa magia de Setne invocou um aperitivo para o hipopótamo do mal.

Então, do barco, Setne gritou:

— Espere! Três, dois, um...

O Nilo borbulhou à minha volta. Uma massa imensa de algas marrons explodiu embaixo de mim e me levantou. Por instinto, eu me segurei, aos poucos percebendo que as algas não eram algas. Eram *cabelos* em uma cabeça colossal. O gigante se ergueu do Nilo, cada vez mais alto, até o hipopótamo parecer quase bonitinho em comparação. Não dava para ver muito do gigante de cima da cabeça dele, mas a pele era um tom de azul mais escuro que a de meu pai. Os cabelos castanhos eram desgrenhados e cheios de lodo do rio. Sua barriga era muito inchada, e ele parecia estar usando apenas uma tanga feita de escamas de peixe.

— BRRRAAHHHHH!

O hipopótamo atacou, mas o gigante azul pegou os dentes inferiores dele e o imobilizou. A força do impacto quase me derrubou de cima de sua cabeça.

— Oba! — o gigante azul gritou. — Arremesso de hipopótamo! Adoro esse jogo!

Ele moveu os braços em um arco e jogou o monstro para fora da água.

Poucas coisas são mais estranhas que ver um hipopótamo gigante voar. Ele oscilava loucamente, balançando as pernas troncudas enquanto voava pelas margens pantanosas. No final caiu em um penhasco de calcário ao longe, provocando uma pequena avalanche. Pedregulhos despencaram sobre o hipopótamo. Quando a poeira baixou, não havia sinal do monstro. Carros continuavam passando pela estrada paralela ao rio. Barcos pesqueiros seguiam seu caminho, como se uma luta entre um gigante azul e um hipopótamo não fosse nada incomum nessa área do Nilo.

— Divertido! — o gigante azul gritou. — Agora, quem me chamou?

— Aqui em cima! — berrei.

Ele parou. Apalpou a cabeça cuidadosamente até me encontrar. E então me pegou com dois dedos, caminhou até a margem do rio e me pôs no chão com delicadeza.

Apontou para Zia, que tentava chegar à margem, e para o *Rainha Egípcia*, que boiava rio abaixo, adernando e fumegando pela popa.

— Aqueles são amigos seus?

— Sim — respondi. — Pode ajudá-los?

O gigante sorriu.

— Já volto!

Alguns minutos depois, o *Rainha Egípcia* tinha ancorado em segurança. Zia estava sentada a meu lado na margem, torcendo os cabelos para tirar a água do Nilo.

Setne flutuava perto de nós, com uma expressão bem arrogante, apesar de ainda estar com os braços amarrados.

— Então talvez *na próxima vez* você confie em mim, Carter Kane! — Ele apontou o gigante, que se erguia acima de nós, ainda sorrindo como se estivesse *muito* animado por estar ali. — Deixe-me apresentar meu velho amigo Hapi!

O gigante azul acenou para nós.

— Oi!

Seus olhos estavam completamente dilatados. Os dentes eram muito brancos. Uma massa de cabelos castanhos embaraçados cobria seus ombros, e a pele tinha diferentes tons de azul-aquoso. A barriga era grande demais para o corpo. Ela pendia por cima do saiote de escamas de peixe como se estivesse grávido ou houvesse engolido um balão. Era, sem dúvida, o gigante hippie mais alto, gordo, azul e animado que eu já havia conhecido.

Tentei identificar o nome dele, mas não consegui.

— Hapi? — perguntei.

— Ah, sim, Hapi! — Ele abriu um grande sorriso. — E estou sempre feliz! E você está feliz?

Olhei para Setne, que parecia achar tudo aquilo muito engraçado.

— Hapi é o deus do Nilo — o fantasma explicou. — Além de suas outras obrigações, Hapi é o provedor de colheitas fartas e tudo o que é bom, e por isso ele está sempre...

— Feliz — deduzi.

Zia olhou intrigada para o gigante.

— Ele precisa ser tão grande?

O deus riu. Imediatamente encolheu até o tamanho de um humano, embora o olhar alegre enlouquecido em seu rosto ainda fosse bastante perturbador.

— Então! — Hapi esfregou as mãos ansioso. — O que mais posso fazer por vocês, crianças? Há séculos não sou invocado. Desde que construíram aquela porcaria de represa de Assuã, o Nilo não transborda mais todo ano como antigamente. Ninguém mais depende de mim. Eu poderia *matar* aqueles mortais!

Ele falou rindo, como se tivesse sugerido levar aos mortais um prato de biscoitos caseiros.

Pensei rápido. Não é sempre que um deus se oferece para fazer favores — mesmo que seja um deus surtado cheio de cafeína.

— Na verdade, sim — respondi. — Veja, Setne sugeriu que eu o invocasse para cuidar do hipopótamo, mas...

— Ah, Setne! — Hapi riu e empurrou o fantasma de um jeito brincalhão. — *Detesto* esse cara. Desprezo ele completamente! É o único mago que descobriu meu nome secreto. Ha!

Setne deu de ombros.

— Não foi nada, de verdade. E, tenho que admitir, você foi útil muitas vezes nos velhos tempos.

— Ha, ha! — O sorriso de Hapi ficou dolorosamente largo. — Eu adoraria arrancar seus braços e suas pernas, Setne. Seria incrível!

A expressão de Setne permanecia calma, mas ele se afastou um pouco do deus sorridente.

— *Hum*, enfim — interferi —, estamos em uma missão. Temos que encontrar um livro mágico para derrotar Apófis. Setne estava nos levando às ruínas de Mênfis, mas agora nosso barco está destruído. Você acha que...?

— Ah! — Hapi bateu palmas com entusiasmo. — O mundo vai acabar amanhã. Eu esqueci!

Zia e eu nos entreolhamos.

— Certo... — falei. — Então, se Setne lhe disser exatamente para onde estamos indo, você poderia nos levar até lá? E, *hum*, se ele não quiser dizer, você pode arrancar os membros dele. Não teria problema.

— Oba! — Hapi gritou.

Setne olhou para mim com ar assassino.

— Sim, claro. Estamos indo ao serapeu, o templo do Touro Ápis.

Hapi bateu no joelho.

— Eu devia ter imaginado! Lugar genial para esconder algo. É bem longe do rio, mas, sim, posso mandá-los para lá se quiserem. E, só para avisar, Apófis espalhou demônios pelas margens do rio. Vocês nunca chegariam a Mênfis sem minha ajuda. Seriam destroçados em milhões de pedacinhos!

Ele parecia sinceramente feliz por nos dar essa notícia.

Zia pigarreou.

— Tudo bem, então. Adoraríamos contar com sua ajuda.

Olhei para o *Rainha Egípcia*, onde Lâmina Suja de Sangue estava em pé junto à amurada, esperando novas ordens.

— Capitão — gritei —, espere aqui e continue consertando o barco. Vamos...

— Ah, o barco pode ir também — Hapi interrompeu. — Isso não é problema.

Franzi o cenho. Não sabia como o deus do rio ia mover o barco, especialmente porque ele dissera que Mênfis ficava longe da água, mas decidi não perguntar.

— Ignore essa ordem — gritei para o capitão. — O barco vem junto. Quando nós chegarmos a Mênfis, você continua os reparos e espera novas ordens.

O capitão hesitou. Depois, inclinou a cabeça de machado.

— Eu obedeço, milorde.

— Ótimo — Hapi disse.

Ele estendeu a mão aberta, onde havia dois pequenos globos pretos viscosos como ovas de peixe.

— Engulam isto. Vocês dois.

Zia torceu o nariz.

— O que é isso?

— Elas vão levá-los aonde vocês quiserem! — o deus prometeu. — São pílulas Hapi.

Pisquei.

— São o quê?

O fantasma Setne pigarreou. Parecia estar tentando não rir.

— É, tipo. Hapi as inventou. Por isso elas têm esse nome.

— Engulam! — Hapi falou. — Vocês vão ver.

Relutantes, Zia e eu tomamos as pílulas. O sabor era ainda pior que a aparência. Fiquei tonto na mesma hora. O mundo tremulou como água.

— Foi um prazer conhecer vocês! — Hapi gritou, sua voz parecendo turva e distante. — Sabem que estão caindo em uma armadilha, não é? Tudo bem! Boa sorte!

Depois disso, minha visão ficou azul e meu corpo derreteu.

C
A
R
T
E
R

12. Touros com malditos raios laser

VIRAR LÍQUIDO NÃO É muito divertido. Nunca mais vou ser capaz de passar por um anúncio de LIQUIDAÇÃO sem pensar na palavra "líquido" e acabar ficando enjoado, sentindo-me como se meus ossos estivessem se transformando em tapioca.

Sei que vou soar como um anúncio de serviço público, mas, para todas as crianças que estão em casa: se um gigante sorridente lhes oferecer pílulas, diga "não!".

Eu me senti escorrendo pelo lodo, afastando-me do rio a uma velocidade incrível. Quando cheguei à areia quente, evaporei, erguendo-me acima do solo como uma nuvem de umidade, sendo empurrado pelos ventos na direção oeste, deserto adentro. Não conseguia exatamente enxergar, mas sentia o movimento e o calor. Minhas moléculas se agitaram como se o sol me dispersasse.

De repente a temperatura caiu de novo. Senti pedras frias à minha volta — uma caverna ou sala subterrânea, talvez. Condensei-me, caí no chão como uma poça, depois me ergui e solidifiquei de volta como Carter Kane.

Meu próximo truque foi dobrar os joelhos e vomitar o café da manhã.

Zia estava a meu lado, segurando a barriga. Parecíamos estar no túnel de entrada de uma tumba. Abaixo de nós, degraus de pedra conduziam à escuridão. Alguns metros acima, o sol brilhava no deserto.

— Isso foi *horrível* — Zia gemeu.

Só consegui concordar balançando a cabeça. Agora eu entendia a aula de ciências que uma vez meu pai me dera — a matéria tem três formas: sólida, líquida e gasosa. Nos últimos minutos eu havia passado pelas três. E não tinha gostado.

Setne se materializou do lado de fora da entrada do túnel, abrindo um sorriso para nós.

— Então, não consegui cumprir o prometido de novo?

Eu não me lembrava de ter soltado as amarras dele, mas seus braços agora estavam livres. Isso teria me preocupado mais se eu não estivesse tão enjoado.

Zia e eu ainda estávamos molhados e enlameados do mergulho no Nilo, mas Setne parecia imaculado: jeans e camiseta limpos e passados, penteado perfeito de Elvis, nem sequer uma manchinha nos tênis brancos. Aquilo me aborreceu tanto que cambaleei para fora do túnel e vomitei nele. Infelizmente meu estômago estava quase vazio e ele era um fantasma, então não aconteceu nada demais.

— Ei, parceiro! — Setne ajeitou o colar dourado de *ankhs* e o paletó. — Tenha respeito, sim? Eu lhe fiz um favor.

— Um favor? — Engoli o gosto horrível na boca. — Nunca... *mais*...

— Hapi nunca mais — Zia concluiu por mim. — Nunca.

— Ah, puxa! — Setne abriu as mãos. — Foi uma viagem tranquila! Veja, até o barco chegou.

Estreitei os olhos. Estávamos cercados basicamente por um deserto rochoso e plano, como a superfície de Marte, mas um barco ligeiramente arrebentado se encontrava encalhado em uma duna próxima: o *Rainha Egípcia*. A popa não pegava mais fogo, no entanto o barco parecia ter sofrido mais danos durante a viagem. Parte do guarda-corpo se quebrara. Uma das chaminés estava perigosamente torta. Por alguma razão, uma lona viscosa enorme de escamas de peixe pendia da cabine do piloto como um paraquedas rasgado.

— Ah, deuses do Egito... — Zia murmurou — por favor, que aquilo não seja a tanga de Hapi.

Lâmina Suja de Sangue estava em pé na proa, virado para nós. Ele não tinha expressão, já que sua cabeça era um machado, mas seus braços cruzados mostravam que ele não gostava de Hapi.

— Consegue consertar o barco? — gritei para ele.

— Sim, milorde — ele zumbiu. — Em algumas horas. Infelizmente parece que estamos encalhados no meio de um deserto.

— Vamos nos preocupar com isso mais tarde — respondi. — Primeiro conserte o barco. Espere aqui até nós dois voltarmos. Você então receberá novas instruções.

— Como quiser.

Lâmina Suja de Sangue virou-se e começou a ressonar para os globos brilhantes em um idioma que eu não entendia. A tripulação começou um rebuliço de atividade.

Setne sorriu.

— Viu? Tudo está bem!

— Mas o tempo está acabando.

Olhei para o sol. Estimei que devia ser uma ou duas da tarde, e ainda tínhamos muito a fazer antes do Dia do Juízo Final na manhã seguinte.

— Onde esse túnel acaba? O que é um serapeu? E por que Hapi disse que era uma armadilha?

— Tantas perguntas — Setne disse. — Vamos, vocês vão ver. Vão adorar este lugar!

Eu não adorei o lugar.

A escada descia para um corredor largo escavado em pedra dourada. O teto abobadado era tão baixo que dava para tocá-lo sem esticar os braços. Reparei que arqueólogos haviam passado por ali, porque havia soquetes de lâmpadas projetando sombras pelos arcos. Vigas de metal sustentavam as paredes, mas as rachaduras no teto me deixavam inseguro. Eu nunca me sentira à vontade em lugares fechados.

Mais ou menos a cada dez metros, alcovas quadradas se abriam dos dois lados do corredor principal. Cada nicho tinha um sarcófago de pedra gigantesco.

Depois de passar pelo quarto esquife, parei.

— Esses são grandes demais para humanos. O que há neles?

— Touros — Setne respondeu.

— O quê?

A gargalhada de Setne ecoou pelo corredor. Se houvesse algum monstro adormecido ali, ele teria acordado naquele momento.

— Estas são as câmaras de sepultamento do Touro Ápis. — Setne gesticulou à sua volta, orgulhoso. — Construí tudo isso quando era o Príncipe Khaemwaset.

Zia passou a mão pela tampa de pedra branca de um sarcófago.

— O Touro Ápis. Meus ancestrais acreditavam que ele era uma encarnação de Osíris no mundo mortal.

— *Acreditavam?* — Setne debochou. — Ele *era* a encarnação de Osíris, boneca. Pelo menos parte do tempo, como em festivais etc. Naquela época levávamos nosso Touro Ápis a sério.

Ele deu um tapinha no caixão como se estivesse exibindo um carro usado.

— Este garotão aqui? Teve uma vida perfeita. Toda a comida que conseguia comer. Um harém de vacas, oferendas queimadas, um manto dourado especial para as costas, tudo de bom. Só precisava fazer aparições públicas algumas vezes por ano em grandes festivais. Quando completou vinte e cinco anos, foi sacrificado em uma grande cerimônia, mumificado como um rei e trazido para cá. E então um touro novo tomou seu lugar. Bem legal, hein?

— Morto aos vinte e cinco anos — falei. — Deve ser incrível.

Fiquei imaginando quantos touros mumificados havia naquele corredor. Eu não queria descobrir. Preferia ficar bem ali, de onde ainda podia ver a saída e a luz do sol.

— Então por que este lugar é chamado de... como é mesmo?

— Serapeu — Zia respondeu. Seu rosto estava coberto por uma luz dourada, provavelmente reflexo das lâmpadas nas pedras, mas ela parecia estar brilhando. — Iskandar, meu antigo professor, me falava deste lugar. O Touro Ápis era um receptáculo para Osíris. Algum tempo depois, os nomes se misturaram: Osíris-Ápis. E então os gregos o abreviaram para Serápis.

Setne bufou.

— Gregos idiotas. Invadiram nosso território. Tomaram nossos deuses. Estou dizendo, não gosto desses caras. Mas, sim, foi assim que aconteceu. Este lugar ficou conhecido como serapeu: uma casa para deuses-touro mortos. Eu preferia que o nome tivesse sido Memorial Khaemwaset de Pura Espetacularidade, mas meu pai não topou.

— Seu pai? — perguntei.

Setne ignorou a pergunta.

— Enfim, escondi o *Livro de Tot* aqui embaixo antes de morrer porque sabia que ninguém jamais tocaria nele. É preciso ser louco de espumar pela boca para bagunçar a tumba sagrada do Touro Ápis.

— Ótimo — falei.

Parecia que eu ia derreter de novo.

Zia olhou para o fantasma e franziu o cenho.

— Não me diga... você escondeu o livro dentro de um desses sarcófagos com um touro mumificado que vai voltar à vida se mexermos nele?

Setne piscou para ela.

— Ah, fiz muito melhor que isso, boneca. Arqueólogos descobriram apenas *esta* parte do complexo. — Ele apontou para as lâmpadas e as vigas metálicas de sustentação. — Mas vou levar vocês dois para uma turnê *pelos bastidores*.

As catacumbas pareciam não ter fim. Corredores levavam a direções diferentes, todos cheios de sarcófagos para vacas sagradas. Depois de descer um longo trecho inclinado, atravessamos uma passagem secreta por trás de uma parede falsa.

Do outro lado não havia lâmpadas. Nenhuma viga de aço sustentava o teto rachado. Zia invocou fogo na ponta de seu cajado e queimou uma tenda de teias de aranha. Nossas pegadas eram as únicas marcas no chão empoeirado.

— Estamos perto? — perguntei.

Setne riu.

— Está começando a ficar bom.

Ele nos conduziu mais adiante no labirinto. De vez em quando parava para desativar armadilhas com um comando ou um toque. Às vezes me dizia para fazer isso, supostamente porque não podia lançar certos feitiços, já que estava morto, mas eu tinha a sensação de que ele acharia incrivelmente engraçado se eu errasse e morresse.

— Por que você consegue tocar algumas coisas, mas outras não? — perguntei. — Você parece ter uma habilidade bastante seletiva.

Setne deu de ombros.

— Não crio as regras do mundo espiritual, parceiro. Podemos tocar dinheiro e joias. Pegar lixo e mexer em dardos envenenados, não. Deixamos o trabalho sujo para os vivos.

Sempre que as armadilhas eram desarmadas, hieróglifos ocultos brilhavam e desapareciam. Às vezes precisávamos saltar por cima de poços que se abriam no chão ou nos esquivar de flechas disparadas do teto. Pinturas de deuses e faraós descascavam nas paredes, transformavam-se em guardiões fantasmagóricos e sumiam. O tempo todo Setne ia comentando.

— Aquela maldição teria feito seus pés apodrecerem e caírem — ele explicou. — Esta aqui? Invoca uma infestação de pulgas. E esta... ai, cara. Esta é uma de minhas favoritas. Ela transforma a pessoa em anão! Odeio aqueles baixinhos.

Franzi o cenho. Setne era menor que eu, mas decidi não comentar.

— Sim, de fato — ele continuou. — Você tem sorte de estar comigo, parceiro. Neste instante, você seria um anão sem pés todo mordido por pulgas. E você ainda nem viu o pior! Por aqui.

Eu não sabia como Setne lembrava tantos detalhes de tanto tempo antes sobre o lugar, mas era óbvio que se orgulhava daquelas catacumbas. Deve ter adorado desenvolver armadilhas horríveis para matar invasores.

Entramos em outro corredor. O piso era inclinado de novo. O teto ficou tão baixo que precisei me curvar. Tentei continuar calmo, mas era difícil respirar. Eu só conseguia pensar naquelas toneladas de pedras acima de minha cabeça, prontas para desmoronar a qualquer momento.

Zia segurou minha mão. O túnel era tão estreito que andávamos em fila indiana, mas olhei para ela atrás de mim.

— Tudo bem? — perguntei.

Ela moveu os lábios para dizer sem som: *Atenção nele.*

Assenti. Qualquer que tenha sido a armadilha de que Hapi nos prevenira, eu tinha a impressão de que ainda não a havíamos visto, apesar de estarmos cercados de emboscadas. Estávamos sozinhos com um fantasma assassino, muito abaixo da terra, no território dele. Eu não tinha mais meu *khopesh*. Por alguma razão, não conseguira invocá-lo do Duat. E não podia usar meu avatar de guerreiro em um túnel tão apertado. Se Setne nos traísse, minhas opções seriam limitadas.

Finalmente o corredor se alargou. Chegamos ao fim do caminho — uma parede sólida ladeada por duas estátuas de meu pai... quer dizer, de Osíris.

Setne virou-se.

— Certo, o negócio é o seguinte, pessoal. Vou ter que lançar um desencantamento para abrir essa parede. O feitiço leva alguns minutos. Não quero que vocês se apavorem no meio dele e me embrulhem com fitas cor-de-rosa, senão a situação pode ficar feia. Se a magia for interrompida agora, o túnel inteiro pode desabar em nós.

Contive o impulso de gritar como uma menininha, mas foi por pouco.

Zia aumentou a intensidade do fogo no cajado.

— Cuidado, Setne. Sei como deve soar um desencantamento de verdade. Se eu desconfiar que está fazendo algo diferente, transformo você em poeira ectoplásmica.

— Relaxe, boneca. — Setne estalou as juntas dos dedos. Os anéis de diamantes em seus mindinhos brilharam à luz do fogo. — Precisa controlar esse escaravelho, ou vai acabar *se* transformando em cinzas.

Franzi o cenho.

— Escaravelho?

Setne olhou para nós dois e riu.

— Quer dizer que ela não contou? E você não deduziu? Essa *garotada* hoje em dia! *Adoro* a ignorância!

Ele se virou para a parede e começou a entoar. O fogo do cajado de Zia minguou para uma chama vermelha mais fraca. Olhei intrigado para ela.

Ela hesitou e então tocou a base do pescoço. Zia não estava usando colar antes. Eu tinha certeza. Mas, quando ela tocou o pescoço, um amuleto apareceu do nada — um escaravelho dourado cintilante em uma corrente de ouro. Ela devia tê-lo mantido escondido com um glamour — uma ilusão como a que Setne havia usado para as Fitas de Hátor.

O escaravelho parecia de metal, mas me dei conta de que já o vira antes, e o vira *vivo*. Quando Rá aprisionou Apófis no mundo inferior, ele abriu mão de parte de sua alma — sua encarnação como Khepri, escaravelho do sol da manhã — para manter o inimigo confinado. Ele enterrou Apófis sob uma avalanche de besouros vivos.

Quando Sadie e eu chegamos àquela prisão na primavera, milhões de escaravelhos estavam reduzidos a cascos ressecados. Quando Apófis se libertou, só um besouro dourado continuava vivo: o último resquício do poder de Khepri.

Rá havia tentado engolir aquele escaravelho. (Sim, nojento. Eu sei.) Não deu certo... então ele o oferecera a Zia.

Não me lembrava de ver Zia pegar o escaravelho, mas de algum modo eu sabia que o amuleto era aquele mesmo inseto.

— Zia...

Ela balançou a cabeça com determinação.

— Depois.

E apontou para Setne, que estava no meio do feitiço.

Certo, provavelmente aquele não era um bom momento para conversarmos. Eu não queria que o túnel desmoronasse em nós. Mas minha mente girava.

"E você não deduziu?", Setne havia me provocado.

Eu sabia que Rá era fascinado por Zia. Ela era sua babá favorita. Setne havia mencionado que Zia enfrentava problemas com controle de temperatura. "O velho está afetando você", ele dissera. E Rá dera a Zia aquele escaravelho — literalmente um pedaço de sua alma — como se ela fosse sua suma sacerdotisa... ou talvez alguém ainda mais importante.

O túnel tremeu. A parede se desmanchou em poeira, revelando uma câmara do outro lado.

Setne olhou para nós e sorriu.

— Hora do show, crianças.

Nós o seguimos para uma sala circular que me lembrava a biblioteca da Casa do Brooklyn. O piso era um mosaico cintilante de pastos e rios. Nas paredes, pinturas de sacerdotes enfeitavam pinturas de vacas com arranjos de flores e penas para algum festival enquanto egípcios balançavam ramos de palmeiras e sacudiam instrumentos barulhentos de bronze chamados *sistros*. O teto abobadado mostrava Osíris em seu trono, julgando um touro. Por um momento absurdo imaginei se Ammit devorava o coração de vacas impuras e se ele gostava de carne bovina.

No meio da câmara, sobre um pedestal com formato de esquife, havia uma estátua em tamanho natural do Touro Ápis. Ela era feita de pedra escura — basalto, talvez —, mas tão bem-pintada que parecia viva. Os olhos pareciam me seguir. O couro reluzente era preto, exceto por um pequeno diamante no peito, e nas costas um manto dourado cortado e bordado parecia as asas de um falcão. Entre os chifres havia um Frisbee de ouro — uma coroa de disco solar. Embaixo dela, brotando da testa do touro como um chifre espiralado de unicórnio, havia uma naja empertigada.

Um ano antes eu teria dito: "Bizarro, mas pelo menos é só uma estátua." Agora tinha passado por muitas experiências com estátuas egípcias ganhando vida e tentando arrancar meu *ankh*.

Setne não parecia preocupado. Ele caminhou até o touro de pedra e deu um tapa na pata.

— O Altar de Ápis! Construí esta câmara só para mim e os sacerdotes que escolhi. Agora só precisamos esperar.

— Esperar o quê? — Zia perguntou.

Como era uma garota inteligente, ela estava junto a mim perto da entrada.

Setne consultou o relógio de pulso que ele não tinha.

— Não vai demorar. É só um timer, mais ou menos. Entrem! Fiquem à vontade.

Eu entrei lentamente. Esperei a passagem se solidificar atrás de mim, mas ela permaneceu aberta.

— Tem certeza de que o livro ainda está aqui?

— Ah, sim. — Setne caminhou em volta da estátua, estudando a base. — Só preciso lembrar qual desses painéis no tablado vai abrir. Queria ter feito esta sala toda de ouro, sabiam? Teria sido muito mais legal. Mas meu pai cortou meu orçamento.

— Seu pai. — Zia se aproximou de mim e segurou minha mão, o que não achei ruim. O colar de escaravelho dourado reluzia em seu pescoço. — Está falando de Ramsés, o Grande?

A boca de Setne se contorceu em uma careta cruel de deboche.

— É, foi assim que seu departamento de RP o rotulou. Prefiro chamá-lo de Ramsés II ou Ramsés Número Dois.

— Ramsés? — repeti. — Seu pai é *o* Ramsés?

Acho que eu ainda não havia parado para pensar em como Setne se encaixava na história do Egito. Olhando para esse sujeitinho magrelo com cabelo seboso, paletó de ombreiras e bijuterias ridículas, eu não conseguia acreditar que ele era parente de um governante tão famoso. Pior ainda, isso fazia dele *meu* parente, já que a herança mágica da família de nossa mãe vinha desde Ramsés, o Grande.

[Sadie diz que consegue ver a semelhança familiar entre mim e Setne. (Cale a boca, Sadie.)]

Acho que Setne não gostou de minha reação de surpresa. Ele empinou o nariz aquilino.

— Você devia saber como é, Carter Kane, crescer à sombra de um pai famoso. Estar sempre tentando viver à altura da lenda. Veja só você, filho do grande Dr. Julius Kane. Finalmente firmou uma reputação de mago poderoso, e o que seu pai fez? Ele se tornou um deus.

Setne riu com frieza. Nunca me ressenti com relação a meu pai; sempre achei legal ser filho do Dr. Kane. Mas as palavras de Setne penetraram em mim, e a raiva começou a se formar em meu peito.

Ele está jogando com você, a voz de Hórus disse.

Eu sabia que Hórus estava com a razão, mas isso não fazia eu me sentir melhor.

— Onde está o livro, Setne? — perguntei. — Chega de enrolação.

— Não aponte a varinha para mim, parceiro. Não vai demorar muito. — Ele olhou para a imagem de Osíris no teto. — Lá está ele! O cara azul em pessoa. Estou dizendo, Carter, você e eu somos muito semelhantes. Também não posso ir a lugar algum do Egito sem ver o rosto de meu pai. Abu Simbel? Lá está Papai Ramsés olhando para mim, quatro cópias, cada uma com vinte metros de altura. Parece um pesadelo. Metade dos templos do Egito? Ele os encomendou e ergueu estátuas de si mesmo. É um mistério que eu tenha desejado ser o *maior* mago do mundo? — Setne inflou o peito mirrado. — E consegui. O que não entendo, Carter Kane, é por que você ainda não tomou o trono do faraó. Hórus está a seu lado, ansioso pelo poder. Você devia se fundir com o deus, tornar-se o faraó do mundo e, ah... — Ele deu um tapa na estátua de Ápis. — Pegar o touro pelos chifres.

Ele tem razão, Hórus disse. *Esse humano é sábio.*

Decida-se, reclamei.

— Carter, não dê ouvidos a ele — Zia avisou. — Setne, o que quer que esteja tramando... pare. Agora.

— O que *eu* estou tramando? Escute, boneca...

— Não me chame assim!

— Ei, estou do lado de vocês — Setne garantiu. — O livro está bem aqui no tablado. Assim que o touro se mover...

— O touro se *move*? — perguntei.

Setne estreitou os olhos.

— Eu não mencionei? Tive a ideia por causa de um feriado nosso de antigamente, o Festival de Sed. Muito divertido! Vocês já participaram daquela Corrida dos Touros em algum lugar da Espanha?

— Em Pamplona — falei.

Outra onda de ressentimento me invadiu. Meu pai me levara a Pamplona uma vez, mas não me deixara ir para a rua enquanto os touros corriam pela cidade. Ele dissera que era muito perigoso — como se a vida secreta de mago dele não fosse *muito* mais perigosa que aquilo.

— Certo, Pamplona — Setne concordou. — Bom, sabe onde começou essa tradição? No Egito. O faraó fazia uma corrida ritual com o Touro Ápis para renovar seu poder real, provar sua força, ser abençoado pelos deuses...

toda essa bobagem. Com o tempo, a corrida passou a ser só de fachada, sem perigo de verdade. Mas no início era para valer. Vida e morte.

Com a palavra *morte*, a estátua de touro se moveu. Ele flexionou as patas de forma rígida. Depois abaixou a cabeça e me encarou, bufando uma nuvem de poeira.

— Setne! — Levei a mão à espada, mas é claro que ela não estava comigo. — Faça essa estátua parar, ou vou envolver você em fitas tão rápido que...

— Ah, eu não faria isso — Setne avisou. — Sou o único que pode pegar o livro sem ser fulminado por dezesseis maldições diferentes.

O disco solar dourado brilhou entre os chifres do touro. Na testa dele, a naja se retorceu, sibilando e cuspindo fogo.

Zia sacou a varinha. Era minha imaginação ou seu colar de escaravelho começava a fumegar?

— Cancele essa criatura, Setne. Ou juro...

— Não posso, boneca. Desculpe. — Ele sorriu para nós de trás do tablado do touro. Não parecia muito arrependido. — Isso faz parte do sistema de segurança, sabe? Se querem o livro, vão ter que distrair o touro e tirá-lo daqui enquanto abro o tablado e pego o *Livro de Tot*. Confio completamente em vocês.

O touro bateu os cascos no pedestal e saltou. Zia me puxou de volta para o corredor.

— Isso aí! — Setne gritou. — Exatamente como no Festival de Sed. Prove que é digno do trono do faraó, garoto. Corra ou morra!

O touro atacou.

Possuir uma espada teria sido muito legal. Eu teria me contentado com uma capa de toureiro e uma lança. Ou com um fuzil. Em vez disso, Zia e eu corremos pelas catacumbas e logo percebemos que estávamos perdidos. Deixar Setne nos guiar pelo labirinto fora uma ideia idiota. Eu devia ter jogado migalhas de pão ou marcado as paredes com hieróglifos ou algo do tipo.

Eu tinha esperança de que os túneis fossem estreitos demais para o Touro Ápis. Mas não tivemos sorte. Ouvi paredes de pedra ruindo atrás de nós enquanto o touro abria passagem pelos corredores. Houve outro som que apreciei ainda menos: um zumbido grave seguido por uma explosão. Eu não sabia o que era aquilo, mas foi um bom incentivo para correr mais rápido.

Devemos ter passado por uma dúzia de corredores. Cada um continha vinte ou trinta sarcófagos. Eu não acreditava na quantidade de Ápis que haviam sido mumificados ali — séculos de touros. Atrás de nós, nosso amigo monstruoso de pedra mugia e ia abrindo caminho pelos túneis.

Olhei para trás uma vez e me arrependi. O touro se aproximava depressa, e a serpente em sua testa cuspia fogo.

— Por aqui! — Zia gritou.

Ela me levou por um corredor secundário. No final, o que parecia ser luz do dia entrava por uma passagem aberta. Corremos naquela direção.

Eu tinha esperança de encontrar uma saída. Em vez disso, acabamos em outra câmara circular. Não havia nenhuma estátua de touro no meio, mas ao longo do perímetro havia quatro sarcófagos gigantescos de pedra. As paredes eram pintadas com imagens de um paraíso bovino — vacas sendo alimentadas, vacas brincando em pradarias, vacas sendo idolatradas por humaninhos bobos. A luz do dia penetrava por uma saída no teto abobadado, uns seis metros acima. Um raio de sol cortava o ar empoeirado e atingia o meio da câmara como um holofote, mas não poderíamos escapar por aquela abertura. Mesmo se eu me transformasse em falcão, a abertura era estreita demais, e eu não ia deixar Zia sozinha.

— Sem saída — ela avisou.

— RUUUFF!

O Touro Ápis apareceu na entrada da câmara, bloqueando o caminho. A naja que enfeitava sua testa sibilou.

Recuamos na câmara até ficarmos debaixo do raio morno de sol. Parecia cruel morrer ali, presos sob milhares de toneladas de pedras apesar de vermos o sol.

O touro bateu a pata no chão. Ele deu um passo à frente e hesitou, como se a luz do sol o incomodasse.

— Talvez eu consiga falar com ele — eu disse. — Ele está relacionado com Osíris, não está?

Zia me encarou como se eu estivesse maluco — e eu estava —, mas eu não tinha nenhuma ideia melhor.

Ela preparou a varinha e o cajado.

— Eu lhe dou cobertura.

Dei um passo na direção do monstro e mostrei minhas mãos vazias.

— Touro bonzinho. Sou Carter Kane. Osíris é meu pai, mais ou menos. Que tal fazermos uma trégua e...

A naja cuspiu fogo em meu rosto.

Ela teria me transformado em Carter extracrocante, mas Zia gritou um comando. Enquanto eu caía para trás, o cajado dela absorvia as chamas, sugando-as como um aspirador de pó. Ela cortou o ar com sua varinha, e uma parede vermelha cintilante de fogo surgiu em volta do Touro Ápis. Infelizmente o touro apenas ficou ali parado e nos encarou, totalmente ileso.

Zia praguejou.

— Parece que estamos em um impasse com a magia de fogo.

O touro abaixou os chifres.

Meus instintos de deus da guerra se ativaram.

— Proteja-se!

Zia se jogou para um lado, eu para o outro. O disco solar do touro brilhou e zumbiu, depois disparou um raio dourado de calor exatamente onde estávamos. Mal consegui me esconder atrás de um sarcófago. Minhas roupas fumegavam. A sola de meus sapatos havia derretido. O ponto no chão onde o raio havia caído estava escurecido e borbulhante, como se a pedra tivesse atingido o ponto de ebulição.

— Vacas com raio laser? — protestei. — Isso é *completamente* injusto!

— Carter! — Zia chamou do outro lado da sala. — Você está bem?

— Precisamos nos separar! — gritei em resposta. — Vou distraí-lo. Você sai daqui!

— O quê? Não!

O touro se virou na direção da voz dela. Eu tinha que agir depressa.

Meu avatar não ia ajudar muito em um espaço fechado como aquele, mas eu precisava da força e da velocidade do deus da guerra. Invoquei o poder de Hórus. Luz azul tremulou à minha volta. Minha pele parecia grossa como aço, os músculos poderosos como pistões hidráulicos. Eu me levantei, bati com os punhos no sarcófago e o reduzi a um amontoado de pedras e pó de múmia. Peguei um pedaço da tampa — um escudo de pedra de cento e trinta quilos — e ataquei o touro.

Nós nos chocamos. Consegui me sustentar, de algum jeito, mas precisei de toda a minha força mágica. O touro mugia e empurrava. A naja cuspiu chamas, que lamberam a superfície de meu escudo.

— Zia, saia daqui! — gritei.

— Não vou abandonar você!

— Você tem que ir! Não posso...

Os pelos de meus braços se arrepiaram antes mesmo que eu ouvisse o zumbido. Meu escudo de pedra desintegrou-se em um lampejo dourado, e fui jogado para trás, arrebentando outro sarcófago.

Minha visão ficou turva. Ouvi Zia gritar. Quando meus olhos recuperaram o foco, eu a vi parada no meio da sala, envolta pela luz do sol, recitando um feitiço que eu não reconhecia. Ela havia atraído a atenção do touro, o que provavelmente salvara minha vida. Mas, antes que eu pudesse gritar, o touro apontou o disco solar e disparou um raio laser superaquecido diretamente na direção de Zia.

— Não! — gritei.

A luz me ofuscou. O calor tirou todo o oxigênio de meus pulmões. De jeito nenhum Zia poderia ter sobrevivido ao ataque.

Mas, quando a luz dourada desapareceu, Zia ainda estava lá. Em torno dela ardia um enorme escudo com a forma de... de um casco de escaravelho. Os olhos brilhavam com fogo alaranjado. Chamas rodopiavam à sua volta. Ela olhou para o touro e falou com uma voz rouca que definitivamente não era a dela:

— Sou Khepri, o sol nascente. Não serei negado.

Só depois percebi que ela havia falado em egípcio antigo.

Ela estendeu a mão. Um minicometa voou na direção do Touro Ápis e o monstro pegou fogo, contorcendo-se e batendo as patas no chão, de repente em pânico. As pernas dele se desmancharam. Ele caiu e se desfez em um amontoado fumegante de escombros chamuscados.

De repente tudo ficou quieto. Tive medo de me mexer. Zia ainda estava envolta em fogo, e a sensação era de que a temperatura aumentava — as chamas passavam do amarelo ao branco. Ela parecia em transe. O escaravelho dourado em seu pescoço agora, com certeza, fumegava.

— Zia!

Minha cabeça latejava, mas consegui me levantar.

Ela olhou para mim e conjurou outra bola de fogo.

— Zia, não! Sou eu. Carter.

Ela hesitou.

— Carter...?

Seu rosto assumiu uma expressão confusa, que depois se tornou assustada. As chamas alaranjadas em seus olhos se apagaram, e ela caiu no foco de luz solar.

Corri até ela. Tentei segurá-la, mas sua pele estava quente demais. O escaravelho dourado deixara uma queimadura feia no pescoço dela.

— Água — murmurei para mim mesmo. — Preciso de água.

Nunca tinha sido muito bom com Palavras Divinas, mas gritei:

— *Maw!*

O símbolo brilhou acima de nós.

〰〰〰
〰〰〰
〰〰〰

Alguns metros cúbicos de água materializaram-se no ar e despencaram em nós. O rosto de Zia soltou vapor. Ela tossiu e engasgou, mas não acordou. A febre ainda parecia perigosamente alta.

— Vou tirar você daqui — prometi, tomando-a nos braços.

Eu não precisava da força de Hórus. Tinha tanta adrenalina correndo nas veias que não sentia nenhum de meus ferimentos. Passei batido por Setne quando ele cruzou comigo no corredor.

— Ei, parceiro! — Ele se virou e correu a meu lado, agitando um grosso rolo de papiro. — Bom trabalho! Consegui o *Livro de Tot*!

— Você quase matou Zia — gritei. — Tire a gente daqui... AGORA!

— Tudo bem, tudo bem — Setne respondeu. — Calma.

— Vou levar você de volta ao tribunal de meu pai — grunhi. — Eu *pessoalmente* vou enfiar você na boca de Ammit como um galho em um triturador.

— Epa, grandão. — Setne me conduziu por uma passagem em aclive até voltarmos à iluminação elétrica dos túneis escavados. — Que tal sairmos daqui antes, hein? Lembre-se, você ainda precisa de mim para decifrar este livro e encontrar a sombra da serpente. Depois nós vemos essa história de triturador, está bem?

— Ela não pode morrer — resmunguei.

— Certo, entendi.

Setne me guiou por mais túneis, aumentando a velocidade. Zia parecia não pesar nada. Minha dor de cabeça havia desaparecido. Finalmente, emergimos para a luz do sol e corremos para o *Rainha Egípcia*.

Admito que eu não estava raciocinando.

Quando voltamos ao barco, Lâmina Suja de Sangue informou sobre os reparos, mas nem escutei. Passei direto por ele e levei Zia para o camarote mais próximo. Deitei-a na cama e vasculhei minha bolsa em busca de suprimentos médicos — uma garrafa d'água, um pouco de bálsamo mágico que Jaz me dera, alguns feitiços escritos. Eu não era um *rekhet* como Jaz. Meus poderes de cura consistiam basicamente em gaze e aspirina, mas comecei a trabalhar.

— Vamos — murmurei. — Vamos, Zia. Você vai ficar bem.

Ela estava tão quente que suas roupas antes ensopadas já estavam quase secas. Os olhos reviravam. Ela começou a balbuciar algumas palavras, e eu poderia jurar que ela dizia: "Bolas de esterco. Hora de enrolar as bolas de esterco."

Podia ter sido engraçado... não fosse pelo fato de que ela estava morrendo.

— É Khepri quem está falando — Setne explicou. — Ele é o besouro divino, rolando o sol pelo céu.

Eu não queria assimilar isso — a ideia de que a garota de quem eu gostava havia sido possuída por um besouro e agora sonhava que empurrava uma gigantesca esfera de cocô flamejante pelo céu.

Mas não havia dúvida: Zia usara o caminho dos deuses. Ela havia invocado Rá — ou pelo menos uma de suas encarnações, Khepri.

Rá a escolhera, como Hórus me escolhera.

De repente fez sentido que Apófis tivesse destruído o vilarejo de Zia quando ela era pequena e que o antigo Sacerdote-leitor Chefe Iskandar tivesse se empenhado tanto para treiná-la e depois escondê-la em um sono mágico. Se ela conhecia o segredo para despertar o deus sol...

Passei um pouco de pomada no pescoço de Zia. Pus compressa fria em sua testa, mas não pareceu ajudar muito.

Olhei para Setne.

— Cure-a!

— Ah, *hum*... — Ele franziu o rosto. — Assim, magia de cura não é realmente meu forte. Mas pelo menos você tem o *Livro de Tot*! Se ela morrer, não foi em vão...

— Se ela morrer — avisei —, eu vou... eu vou...

Não consegui pensar em uma tortura bastante dolorosa.

— Vejo que você precisa de um tempo — Setne disse. — Sem problema. Que tal eu dizer ao seu capitão aonde temos que ir? Devíamos voltar ao Duat, ao rio da Noite o quanto antes. Tenho sua permissão para dar ordens a ele?

— Tudo bem — disparei. — Suma logo da minha frente.

Não sei quanto tempo passou. A febre de Zia pareceu diminuir. Ela começou a respirar com menos esforço e mergulhou em um sono mais tranquilo. Beijei sua testa e fiquei ali do lado, segurando sua mão.

Quase não percebi que o barco se movia. Descemos em queda livre por um instante, e depois batemos em água com um solavanco e um barulho alto. Senti o rio correndo sob o casco outra vez e, de acordo com um arrepio em minhas entranhas, deduzi que estávamos de volta ao Duat.

A porta se abriu rangendo atrás de mim, mas mantive os olhos fixos em Zia.

Esperei Setne dizer algo — provavelmente se gabar sobre como havia conseguido nos levar de volta ao rio da Noite —, mas ele ficou em silêncio.

— O que é? — perguntei.

O som de madeira quebrando me sobressaltou.

Não era Setne que estava na porta. Em vez dele, Lâmina Suja de Sangue se erguia acima de mim, após ter acabado de partir o batente com sua cabeça de machado. Seus punhos estavam cerrados.

O demônio falou com uma vibração furiosa, fria:

— Lorde Kane, é hora de morrer.

13. Uma amigável brincadeira de esconde-esconde (com pontos extras para Morte Dolorosa!)

SADIE

Entendi. Encerrar com o demônio-machado assassino. Tentando fazer minha parte da história parecer chata, é? Carter, você *adora* chamar atenção.

Bem, enquanto você navegava pelo Nilo em um barco ricamente equipado, Walt e eu viajávamos com um pouco menos de estilo.

No reino dos mortos, arrisquei outra conversa com Ísis para negociar uma passagem para o delta do Nilo. Ela devia estar furiosa comigo (nem imagino o motivo), porque nos deixou mergulhados até a cintura em um pântano, com os pés completamente atolados na lama.

— Obrigada! — gritei para o céu.

Tentei me mexer, mas não consegui. Nuvens de mosquitos se formaram à nossa volta. Ouvi o rio borbulhando e se agitando, o que me fez pensar em peixes-tigre de dentes pontudos e nos elementais de água que Carter descrevera para mim uma vez.

— Alguma ideia? — perguntei a Walt.

Agora que estava de volta ao mundo mortal, ele parecia ter perdido a vitalidade. Ele tinha um aspecto... acho que a palavra seria *esvaziado*. As roupas haviam ficado mais frouxas. A parte branca dos olhos tinha uma tonalidade amarelada nada saudável. Seus ombros estavam encurvados, como se os amuletos no pescoço fossem pesados demais. Vê-lo daquele jeito me dava vontade de chorar — e não faço isso com facilidade.

— Sim — ele falou, revirando dentro da bolsa. — Tenho uma ótima.

Ele tirou um *shabti*: uma estatueta de crocodilo branca de cera.

— Ah, não acredito — falei. — Menino maravilhosamente levado.

Walt sorriu. Por um momento quase parecia o Walt de sempre.

— Todos estavam abandonando a Casa do Brooklyn. Achei que não seria certo deixá-lo para trás.

Ele jogou a estatueta no rio e falou uma palavra de comando. Filipe da Macedônia emergiu.

Ser surpreendida por um crocodilo gigante no Nilo normalmente é algo a se evitar, mas ver Filipe era muito bom. Ele sorriu para mim com seus enormes dentes de crocodilo, os olhos rosados brilhando e as costas escamosas flutuando na superfície.

Walt e eu nos seguramos. Em pouco tempo nos livramos do lamaçal. Logo estávamos subindo o rio montados nas costas de Filipe. Eu ia na frente, com as pernas nos ombros do crocodilo. Walt sentara no dorso dele. Filipe era um crocodilo tão grande que havia um espaço considerável entre mim e Walt — mais do que eu preferia, talvez. Mesmo assim foi um ótimo passeio, exceto por termos ficado encharcados, sujos de lama e cercados de mosquitos.

A paisagem era um labirinto de canais, ilhas de vegetação, faixas de plantas aquáticas e lodaçais. Era impossível saber onde terminava o rio e começava a terra. De vez em quando víamos ao longe campos lavrados ou telhados em pequenos vilarejos, mas na maior parte do tempo tínhamos o rio só para nós. Avistamos vários crocodilos, mas todos se mantinham afastados. Teriam que ser bastante loucos para incomodar Filipe.

Como Carter e Zia, demoramos para sair do mundo inferior. Fiquei alarmada com o quanto o sol já havia subido no céu. O calor enchia o ar com uma umidade densa. Minha camisa e minha calça estavam completamente encharcadas. Desejei ter levado uma muda de roupas, mas não teria feito muita diferença, porque minha mochila também estava molhada. E além disso, com Walt por perto, não havia lugar onde eu pudesse me trocar.

Depois de um tempo fiquei entediada com a paisagem do delta. Eu me virei de frente para Walt e me sentei de pernas cruzadas.

— Se tivéssemos um pouco de madeira, poderíamos fazer uma fogueira nas costas de Filipe.

Walt riu.

— Acho que ele não gostaria disso. Além do mais, não acredito que seria bom enviarmos sinais de fumaça.

— Você acha que estamos sendo observados?

A expressão dele ficou séria.

— Se eu fosse Apófis, ou mesmo Sarah Jacobi...

Ele não precisou terminar a frase. Vários vilões nos queriam mortos. É *claro* que estavam nos procurando.

Walt mexeu em sua coleção de colares. Não reparei nada nas curvas delicadas de sua boca, nem em como sua camisa se colava ao peito no ar úmido. Não — totalmente profissional, essa era eu.

Ele escolheu um amuleto com forma de íbis — o animal sagrado de Tot. Sussurrou para ele e o jogou no ar. O amuleto se expandiu em um belo pássaro branco com bico longo e curvado e asas de pontas pretas. Ele voou em círculos acima de nós, soprando vento em meu rosto, e depois partiu em um voo lento e gracioso sobre as terras de várzea. Ele me lembrou uma cegonha daqueles desenhos de antigamente — os pássaros que levam bebês em trouxinhas. Por alguma razão ridícula, pensar nisso me fez corar.

— Está mandando o pássaro explorar o caminho à frente? — deduzi.

Walt assentiu.

— Ele vai procurar as ruínas de Sais. Com sorte, elas devem estar perto daqui.

A menos que Ísis nos tenha mandado para o lado errado do delta, pensei.

Ísis não respondeu, prova suficiente de que estava irritada.

Subimos o rio no Cruzeiro Crocodilo. Normalmente eu não me sentiria pouco à vontade passando tanto tempo com Walt, mas tínhamos muito a conversar e nenhuma maneira fácil de fazer isso. Na manhã seguinte, de um jeito ou de outro, nossa longa luta contra Apófis chegaria ao fim.

É claro que eu estava preocupada com *todos* nós. Deixara Carter com o fantasma sociopata do Tio Vinnie. Não tivera coragem nem de dizer a ele que de vez em quando Zia se transformava em uma louca arremessadora de bolas de fogo. Estava preocupada com Amós e sua questão com Set. Estava preocupada com nossos jovens iniciados, praticamente sozinhos no Primeiro Nomo e com certeza apavorados. Sentia-me arrasada por causa de meu pai, sentado em seu trono no mundo inferior chorando por nossa mãe — de novo —, e claro que temia pelo espírito dela, prestes a ser destruído em algum lugar do Duat.

Mais que tudo, eu estava preocupada com Walt. Todos nós tínhamos *alguma* chance de sobreviver, por menor que fosse. Mesmo que vencêssemos, Walt estava condenado. De acordo com Setne, Walt talvez nem sobrevivesse à nossa viagem a Sais.

Eu não precisava que ninguém me dissesse isso. Só tinha que enxergar no Duat. Uma aura cinzenta e doentia tremulava em torno de Walt, cada vez mais fraca. Quanto tempo restava, eu me perguntava, até ele se tornar a imagem mumificada que eu havia visto em Dallas?

Mas havia a *outra* imagem, aquela que eu vira no Salão do Julgamento. Depois de conversar com o chacal guardião, Walt se virara para mim, e só por um momento eu havia pensado que ele era...

— Anúbis queria ter estado lá — Walt interrompeu meus pensamentos. — Quer dizer, no Salão do Julgamento... ele queria ter estado lá para você, se é o que está pensando.

Franzi o cenho.

— Estava pensando em *você*, Walt Stone. Seu tempo está acabando, e não conversamos direito sobre esse problema.

Até mesmo falar *isso* foi muito difícil.

Walt estava com os pés na água. Ele colocara os sapatos para secar em cima da cauda de Filipe. Pés de garotos não são algo que eu considere atraente, sobretudo quando acabaram de sair de tênis enlameados. Mas os pés de Walt eram bem bonitos. Os dedos eram quase da cor do lodo agitado do Nilo.

[Carter está reclamando de meus comentários sobre os pés de Walt. Bem, *sinto muito*. Era mais fácil olhar para os pés dele que para a expressão triste no rosto!]

— Hoje à noite, no máximo — ele disse. — Mas, Sadie, está tudo bem.

A raiva brotou dentro de mim, pegando-me de surpresa.

— Pare com isso! — explodi. — Não está *nem um pouco* bem! Ah, sim, você me disse o quanto se sente grato por ter me conhecido e aprendido magia na Casa do Brooklyn e por ter ajudado na luta contra Apófis. Tudo muito nobre. Mas não está... — Minha voz falhou. — Não está tudo bem.

Esmurrei as costas escamosas de Filipe, o que não foi justo com ele. Gritar com Walt também não era justo. Mas eu estava cansada de tragédia. Não fui *programada* para tanta perda, tanto sacrifício, tanta tristeza horrível. Eu queria abraçar Walt, mas havia uma muralha entre nós — saber que ele estava condenado. Meus sentimentos por ele eram tão confusos que eu não sabia se estava sendo movida por simples atração, culpa ou (me atrevo a dizer) amor — ou por uma determinação teimosa de não perder alguém de quem eu gostava.

— Sadie... — Walt olhou para as margens alagadas. Parecia muito impotente, e acho que eu não podia criticá-lo por isso. Eu estava sendo bem difícil. — Se eu morrer por algo em que acredito... tudo bem. Mas a morte não precisa ser o fim. Tenho conversado com Anúbis e...

— Deuses do Egito, *isso* de novo não! — pedi. — *Por favor*, não fale dele. Sei exatamente o que Anúbis tem dito a você.

Walt pareceu assustado.

— Sabe? E... não gosta da ideia?

— É claro que não! — gritei.

Walt me olhou completamente consternado.

— Ah, pare com isso! — falei. — Sei que Anúbis é o guia dos mortos. Ele tem preparado você para a pós-vida. Disse que vai ficar tudo bem. Você terá uma morte nobre, receberá um julgamento expresso e irá direto para o Paraíso do Egito Antigo. *Maravilhoso!* Você vai ser um fantasma como a coitada de minha mãe. Talvez não seja o fim do mundo para *você*. Se assim você se sente melhor sobre seu destino, então tudo bem. Mas não quero mais ouvir nada disso. Não preciso de outra... outra pessoa com quem não posso estar.

Meu rosto queimava. Já era ruim minha mãe ser um espírito. Eu nunca mais poderia abraçá-la de verdade, sair com ela para fazer compras, receber conselhos sobre assuntos de *garotas*. Já era horrível ter sido afastada de Anúbis — aquele deus lindo e terrivelmente frustrante que dera um nó em meu coração. No fundo, eu sempre soube que seria impossível ter um relacionamento com ele, por causa da diferença de idade — cinco mil anos, mais ou menos —, mas ver Anúbis ser proibido para mim pelos outros deuses era como esfregar sal na ferida.

Agora, pensar em Walt como espírito, fora do meu alcance também... isso já era demais.

Olhei para ele, temendo que meu comportamento pirracento tivesse feito ele se sentir ainda pior.

Para minha surpresa, ele sorriu. Depois riu.

— O que foi? — perguntei.

Walt se curvou, ainda rindo, o que achei uma tremenda falta de consideração.

— Você acha isso engraçado? — gritei. — Walt Stone!

— Não... — Ele abraçou a cintura. — Não, é só que... Você não entende. Não é nada disso.

— Bem, então, o *que* é?

Ele se controlou. Pareceu estar organizando os pensamentos quando seu íbis branco desceu do céu. A ave pousou na cabeça de Filipe, agitou as asas e grasnou.

O sorriso de Walt se desfez.

— Chegamos. São as ruínas de Sais.

Filipe nos levou à margem. Calçamos os sapatos e caminhamos pelo solo pantanoso. À frente estendia-se um palmeiral enevoado ao sol da tarde. Garças voavam acima de nós. Abelhas pretas e alaranjadas pairavam em papiros.

Uma abelha pousou no braço de Walt. Várias outras voaram em volta da cabeça dele.

Walt parecia mais perplexo que preocupado.

— A deusa que supostamente mora aqui, Neith... ela não tinha algo a ver com abelhas?

— Não faço ideia — confessei.

Por alguma razão, senti um impulso de falar baixo.

[Sim, Carter. *Foi* algo novo para mim. Obrigada por perguntar.]

Olhei para o palmeiral. Ao longe, pensei ter visto uma clareira com alguns amontoados de adobe projetando-se acima do mato como dentes podres.

Apontei aquilo para Walt.

— Restos de um tempo?

Walt devia ter sentido o mesmo instinto de discrição. Ele se abaixou no mato, tentando se ocultar. Depois lançou um olhar nervoso para Filipe da Macedônia, atrás de nós.

— Talvez fosse melhor não termos um crocodilo de mil e trezentos quilos com a gente pisoteando o palmeiral.

— Concordo — respondi.

Ele sussurrou uma palavra de comando. Filipe encolheu e voltou a ser uma pequena estatueta de cera. Walt guardou nosso crocodilo no bolso e nos esgueiramos na direção das ruínas.

Quanto mais nos aproximávamos, mais abelhas havia. Quando chegamos à clareira, encontramos uma colônia inteira cobrindo como um tapete vivo um aglomerado de muros arruinados de adobe.

Perto delas, sentada em um bloco de pedra erodida, havia uma mulher apoiada em um arco, desenhando na terra com uma flecha.

Ela era bonita de um jeito exótico: magra e pálida com maçãs do rosto altas, olhos fundos e sobrancelhas arqueadas, como uma modelo na fronteira entre o glamoroso e o subnutrido. Os cabelos eram negros e lisos, descendo pelas laterais da cabeça em duas tranças presas com pontas de flecha feitas de pedra. Sua expressão altiva parecia dizer: *Sou boa demais para sequer olhar para vocês.*

Mas não havia nada de glamoroso em suas roupas. Ela estava vestida para caçar, com uniforme militar nas cores do deserto: bege, marrom e ocre. Várias facas pendiam do cinto. Havia uma aljava amarrada nas costas e o arco parecia uma arma bem séria — madeira polida entalhada com hieróglifos de poder.

O mais perturbador era que ela parecia estar esperando por nós.

— Vocês são barulhentos — a mulher reclamou. — Eu poderia ter matado vocês umas dez vezes.

Olhei para Walt e depois de novo para a caçadora.

— *Hum*... obrigada? Quer dizer, por não ter nos matado.

A mulher bufou.

— Não me agradeça. Vocês vão ter que se esforçar mais se quiserem sobreviver.

Não gostei do comentário, mas em geral não peço que mulheres armadas até os dentes expliquem declarações como essa.

Walt apontou para o símbolo que a caçadora desenhava na terra: uma forma oval com quatro palitos que pareciam pernas.

— Você é Neith — Walt deduziu. — Esse é seu símbolo, o escudo com flechas cruzadas.

A deusa levantou as sobrancelhas.

— Pensou muito? É *claro* que sou Neith. E, sim, este é meu símbolo.

— Parece um bicho — falei.

— Não é um bicho!

Neith me encarou furiosa. Atrás dela as abelhas se agitaram, enxameando-se nos adobes.

— Você tem razão — decidi. — Não é um bicho.

Walt balançou o dedo como se tivesse acabado de pensar em algo.

— As abelhas... agora eu lembro. Esse era um dos nomes de seu templo... a Casa da Abelha.

— Abelhas são caçadoras incansáveis — Neith respondeu. — Guerreiras destemidas. Gosto de abelhas.

— *Ah*, quem não gosta? — eu disse. — Adoráveis pequenas... zumbidoras. Mas, bem, viemos aqui em uma missão.

Comecei a explicar sobre Bes e sua sombra.

Neith me interrompeu agitando sua flecha.

— Eu sei por que vocês estão aqui. Os outros me contaram.

Umedeci os lábios.

— Os outros?

— Magos russos — ela disse. — Foram presas terríveis. Depois disso, apareceram alguns demônios. Não foram muito melhores. Todos queriam matar vocês.

Dei um passo na direção de Walt.

— Entendo. E então você...

— Eu os destruí, é claro — Neith disse.

Walt emitiu algo entre grunhido e gemido.

— Você os destruiu por que... eles eram maus? — ele perguntou, esperançoso. — Sabia que os demônios e aqueles magos trabalhavam para Apófis, certo? É uma conspiração.

— É claro que é uma conspiração — Neith respondeu. — Estão *todos* envolvidos: mortais, magos, demônios, cobradores de impostos. Mas estou de olho. Qualquer um que invada meu território paga. — Ela me deu um sorriso cruel. — Coleciono troféus.

Ela puxou um colar de debaixo da gola da jaqueta. Contraí o rosto, esperando ver pedaços repugnantes de... bem, não quero nem falar. Em vez disso, o cordão sustentava quadrados esfarrapados de tecido — brim, linho, seda.

— Bolsos — Neith contou, com um brilho travesso nos olhos.

As mãos de Walt instintivamente buscaram as laterais de seu short.

— Você, *hum*... pegou os *bolsos* deles?

— Acha que sou cruel? — Neith perguntou. — Ah, sim, coleciono os bolsos de meus inimigos.

— Pavoroso — eu disse. — Não sabia que demônios tinham bolsos.

— Ah, sim. — Neith olhou para os dois lados, aparentemente certificando-se de que ninguém ouvia nossa conversa. — Só é preciso saber onde procurar.

— Certo... — concordei. — Então, enfim, viemos buscar a sombra de Bes.

— Sim — a deusa disse.

— E ouvi dizer que você é amiga de Bes e Tawaret.

— É verdade. Gosto deles. São feios. Não acredito que estejam envolvidos na conspiração.

— Ah, com certeza não! Então será que você poderia, talvez, nos mostrar onde está a sombra de Bes?

— Eu poderia. Ela reside em meu reino, nas sombras da Antiguidade.

— Nas... como?

Lamentei *muito* ter perguntado.

Neith pôs a flecha no arco e disparou para o céu. O ar tremulou quando ela subiu. Uma onda de choque se espalhou pela área, e fiquei tonta por um instante.

Quando pisquei, descobri que o céu da tarde se tingira de um azul mais vivo, riscado por nuvens alaranjadas. O ar era fresco e limpo. Bandos de gansos voavam acima de nós. As palmeiras estavam mais altas; o mato, mais verde...

[Sim, Carter, sei que soa bobo. Mas o mato *estava* mais verde do outro lado.]

Onde antes havia ruínas de adobe, agora erguia-se um templo imponente. Walt, Neith e eu estávamos logo atrás dos muros, que tinham dez metros de altura e reluziam brancos ao sol. A construção inteira devia ter pelo menos um quilômetro de extensão. No meio do muro esquerdo, um portão cintilava com detalhes dourados. Uma via ladeada por esfinges de pedra levava ao rio, onde havia veleiros ancorados.

Confuso? Sim. Mas eu tinha vivido uma experiência semelhante antes, quando encostei nas cortinas de luz do Salão das Eras.

— Estamos no passado? — deduzi.

— Em uma sombra dele — Neith respondeu. — Uma lembrança. Este é meu refúgio. Pode ser a tumba de vocês, a menos que sobrevivam à caçada.

Fiquei tensa.

— Quer dizer... você vai *nos* caçar? Mas não somos seus inimigos! Bes é seu amigo. Você devia nos ajudar!

— Sadie tem razão — Walt falou. — *Apófis* é seu inimigo. Ele vai destruir o mundo amanhã de manhã.

Neith bufou.

— O fim do mundo? Faz eras que prevejo *isso*. Vocês, mortais fracos, têm ignorado os alertas, mas estou preparada. Tenho um abrigo subterrâneo abastecido com comida, água limpa e armas e munição em quantidade suficiente para resistir a um exército de zumbis.

Walt franziu as sobrancelhas.

— Um exército de zumbis?

— Nunca se sabe! — Neith disparou. — A questão é que eu vou sobreviver ao apocalipse. Posso viver da terra! — Ela me cutucou com um dedo. — Sabiam que a palmeira tem seis partes comestíveis?

— *Hum...*

— E nunca ficarei entediada — Neith continuou —, já que também sou a deusa da tecelagem. Tenho fio suficiente para um milênio de macramê!

Eu não tinha resposta, já que não sabia o que era macramê.

Walt levantou as mãos.

— Neith, isso é ótimo, mas Apófis vai se erguer amanhã. Ele vai engolir o sol, lançar o mundo na escuridão e deixar a Terra inteira se desfazer no mar de Caos.

— Estarei protegida em meu abrigo — Neith insistiu. — Se conseguirem provar que são amigos, e não inimigos, talvez eu os ajude com Bes. Depois poderão se juntar a mim no abrigo. Eu lhes ensinarei técnicas de sobrevivência. Vamos comer ração e fazer roupas novas com os bolsos de nossos inimigos!

Walt e eu nos entreolhamos. A deusa era uma doida. Infelizmente precisávamos da ajuda dela.

— Então você quer nos caçar — eu disse. — E devemos sobreviver...

— Até o pôr do sol — ela completou. — Escapem de mim até então e poderão morar em meu abrigo.

— Tenho uma contraproposta — falei rapidamente. — Nada de abrigo. Se vencermos, você nos ajuda a encontrar a sombra de Bes, mas também vai lutar com a gente contra Apófis. Se você é mesmo uma deusa da guerra e caçadora e tal, deve gostar de uma boa batalha.

Neith sorriu.

— Fechado! Vou lhes dar cinco minutos de vantagem. Mas devo avisar: nunca perco. Quando matar vocês, vou pegar seus bolsos!

— Você é dura na queda — respondi. — Mas tudo bem.

Walt me cutucou com o cotovelo.

— *Hum*, Sadie...

Lancei um olhar de advertência para ele. Pelo que me parecia, não haveria como evitarmos essa caçada, mas eu *tinha* uma ideia que talvez nos mantivesse vivos.

— Valendo! — Neith gritou. — Podem ir a qualquer lugar em meu território, que é basicamente todo o delta. Não importa. Vou encontrar vocês.

— Mas... — Walt disse.

— Quatro minutos agora — Neith lembrou.

Fizemos a única coisa sensata. Viramos e corremos.

— O que é macramê? — gritei enquanto disparávamos pelo matagal.

— Um tipo de tecelagem — Walt respondeu. — Por que estamos falando disso?

— Sei lá — admiti. — Só curio...

O mundo virou de cabeça para baixo — ou melhor, eu virei. Fiquei pendurada de pernas para o ar em uma rede de cordas que pinicava.

— *Isso* é macramê — Walt disse.

— Lindo. Agora me tire daqui!

Ele puxou uma faca da bolsa — garoto prático — e conseguiu me libertar, mas eu imaginava que havíamos perdido quase toda a nossa vantagem.

O sol estava mais perto do horizonte, mas quanto tempo teríamos que sobreviver... trinta minutos? Uma hora?

Walt revirou a bolsa e pensou por um instante no crocodilo branco de cera.

— Filipe, talvez?

— Não. Não podemos encarar Neith. Temos que evitá-la. Podemos nos separar...

— Tigre. Barco. Esfinge. Camelos. Nenhum para invisibilidade — Walt murmurou, examinando seus amuletos. — Por que não tenho um amuleto para invisibilidade?

Estremeci. Na última vez que eu tentei invisibilidade não deu muito certo.

— Walt, ela é uma deusa da caça. Provavelmente não conseguiríamos enganá-la com nenhum feitiço de ocultação, mesmo que você tivesse.

— Então o quê?

Pus o dedo no peito de Walt e bati no único amuleto que ele não estava considerando: um colar que fazia par com o meu.

— Os amuletos *shen*. — Ele piscou. — Mas como eles podem ajudar?

— Vamos nos separar e ganhar tempo — falei. — Podemos nos comunicar por pensamentos através dos amuletos, não é?

— Bem... sim.

— E eles podem nos teleportar um para perto do outro, certo?

Walt franziu o cenho.

— Eu... eu os desenvolvi para isso, mas...

— Se nos separarmos — falei —, Neith vai ter que escolher qual de nós perseguir. Vamos nos distanciar o máximo possível. Se ela me achar primeiro, você me teleporta para longe do perigo com o amuleto. Ou vice-versa. Depois nos separamos de novo, e continuamos assim.

— Isso é genial — Walt admitiu. — Se os amuletos funcionarem rápido o bastante. E se conseguirmos manter a conexão mental. E se Neith não matar um de nós antes que possamos pedir ajuda. E...

Coloquei o dedo nos lábios dele.

— Vamos parar no "Isso é genial".

Ele assentiu e então me deu um beijo rápido.

— Boa sorte.

O garoto bobo não devia fazer esse tipo de coisa quando eu precisava me concentrar. Ele correu para o norte, e eu, depois de ficar atordoada por um momento, corri para o sul.

Coturnos encharcados não ajudam a se mover em silêncio.

Pensei em entrar no rio, imaginando que a água poderia apagar meus rastros, mas não queria nadar sem saber o que havia lá embaixo no fundo — crocodilos, cobras, espíritos do mal. Carter uma vez me contou que a maioria dos egípcios da Antiguidade não sabia nadar, o que me pareceu ridículo na hora. Como as pessoas podiam viver à margem de um rio e não nadar? Agora eu entendia. Ninguém em sã consciência ia querer mergulhar naquela água.

[Carter diz que um mergulho no Tâmisa ou no rio East faria quase tanto mal à saúde quanto entrar naquele rio. Tudo bem, faz sentido. (Agora cale a boca, querido irmão, e me deixe voltar à parte genial em que Sadie salva o dia.)]

Corri pela margem, partindo juncos, saltando por cima de um crocodilo tomando sol. Nem me dei o trabalho de olhar para trás e ver se ele me perseguia. Tinha que me preocupar com predadores maiores.

Não sei quanto corri. Pareceram quilômetros. Quando a margem se alargou, desviei para longe do rio, tentando permanecer oculta entre as palmeiras. Não ouvi nenhum sinal de perseguição, mas sentia um arrepio constante, esperando uma flechada.

Passei por uma clareira onde alguns egípcios usando tanga cozinhavam em uma fogueira perto de uma pequena choupana de sapê. Talvez eles fossem apenas sombras do passado, mas os achei bem reais. Eles pareceram bastante assustados diante de uma garota loura em roupas de guerra correndo pelo acampamento. Depois viram meu cajado e minha varinha e se curvaram imediatamente, colando a cabeça no chão e murmurando algo sobre Per Ankh, a Casa da Vida.

— *Hum*, sim — falei. — Assunto oficial do Per Ankh. Prossigam. Tchau.

Continuei correndo. Pensei se um dia eu ia aparecer em uma pintura na parede de um templo — uma egípcia loura com mechas roxas correndo pelo palmeiral, gritando "Caramba!" em hieróglifos enquanto era perseguida por Neith. Imaginar algum pobre arqueólogo tentando entender isso quase me animou.

Cheguei ao limiar das árvores e parei. À frente, campos lavrados se estendiam a distância. Nenhum lugar para me esconder ou correr.

Dei meia-volta.

THUNK!

Uma flecha acertou a palmeira mais próxima com tanta força que fui atingida por uma chuva de tâmaras.

Walt, pensei desesperada. *Agora, por favor.*

A vinte metros de mim, Neith emergiu do mato. Seu rosto estava sujo de lodo do rio. Folhas de palmeira estavam enfiadas em seus cabelos como orelhas de coelho.

— Já cacei porcos selvagens mais habilidosos que você — ela comentou.

— Já cacei *papiros* mais habilidosos!

Agora, Walt, pensei. *Querido, querido Walt. Agora.*

Neith balançou a cabeça com desgosto. Ela preparou uma flecha. Senti uma tensão na barriga, como se eu estivesse em um carro e o motorista de repente tivesse pisado no freio.

E apareci sentada em uma árvore ao lado de Walt, no galho mais baixo de um sicômoro grande.

— Funcionou — ele disse.

Walt maravilhoso!

Eu o beijei de verdade — ou tanto quanto fosse possível em nossa situação. Ele estava com um cheiro adocicado que eu não percebera antes, como se tivesse comido flores de lótus. Imaginei aquela provocação de crianças na escola: "Walt e Sadie estão na-mo-ran-do." Felizmente qualquer um que pudesse debochar de mim ainda estava cinco mil anos no futuro.

Walt respirou fundo.

— Isso é um obrigado?

— Você está com um aspecto melhor — comentei. Os olhos dele não estavam tão amarelados. Ele parecia se mexer com menos dor. Eu devia ter adorado, mas fiquei preocupada. — Esse cheiro de lótus... você bebeu algo?

— Estou bem. — Ele desviou o olhar. — É melhor nos separarmos e tentar outra vez.

Isso não diminuía minha preocupação, mas ele estava certo. Não havia tempo para conversar. Pulamos para o chão e corremos em direções contrárias.

O sol estava quase tocando o horizonte. Comecei a me sentir esperançosa. Com certeza não teríamos que continuar por muito tempo.

Quase caí em outra rede de macramê, mas felizmente estava atenta aos trabalhos de artesanato de Neith. Desviei da armadilha, corri entre papiros e acabei de volta no templo de Neith.

Os portões dourados estavam abertos. A via larga de esfinges levava ao interior da construção. Nenhum guarda... nenhum sacerdote. Talvez Neith tivesse matado todos e recolhido os bolsos, ou estavam todos no abrigo, preparando-se contra uma invasão de zumbis.

Hum. Eu apostava que a base de Neith seria o último lugar onde ela pensaria em procurar por mim. Além do mais, Tawaret tinha visto a sombra de Bes naquela muralha. Se eu conseguisse encontrar a sombra sem a ajuda de Neith, melhor ainda.

Corri para os portões, olhando desconfiada para as esfinges. Nenhuma delas ganhou vida. No pátio enorme havia dois obeliscos isolados com pontas douradas. Entre eles estava uma estátua brilhante de Neith em trajes do Egito Antigo. Escudos e flechas amontoavam-se aos pés dela como despojos de guerra.

Examinei os muros à volta. Várias escadas davam acesso ao topo deles. O sol poente projetava muitas sombras longas, mas não vi nenhuma silhueta clara de anão. Tawaret havia sugerido que eu chamasse a sombra. Estava prestes a tentar quando ouvi a voz de Walt em minha cabeça.

— *Sadie!*

É muito difícil se concentrar quando a vida de alguém depende de você. Segurei o amuleto *shen* e murmurei:

— Vamos lá. Vamos lá.

Imaginei Walt a meu lado, de preferência sem nenhuma flecha no corpo. Pisquei... e lá estava ele. Quase me derrubou com um abraço.

— Ela... ela teria me matado — Walt contou, ofegante. — Mas quis falar primeiro. Disse que gostou de nosso truque. Que estava orgulhosa de nos destruir e pegar nossos bolsos.

— Legal — respondi. — Vamos nos separar de novo?

Walt olhou por cima de meu ombro.

— Sadie, veja.

Ele apontou para o canto noroeste da muralha, de onde se projetava uma torre. À medida que o céu ficava vermelho, sombras se diluíam na lateral da torre, mas uma sombra permanecia: a silhueta de um homenzinho atarracado com cabelos emaranhados.

Receio que tenhamos abandonado nosso plano. Juntos, corremos para a escada e subimos o muro. Logo depois estávamos no parapeito, olhando para a sombra de Bes.

Percebi que devíamos estar no mesmo lugar onde Tawaret e Bes haviam ficado de mãos dadas na noite que Tawaret descrevera. Bes dissera a verdade: ele tinha deixado sua sombra ali para que ela pudesse ser feliz, mesmo quando ele não se sentisse assim.

— Ah, Bes... — Meu coração pareceu ter encolhido até virar um *shabti* de cera. — Walt, como vamos capturá-la?

Uma voz atrás de nós respondeu:

— Não vão.

Nós nos viramos. Neith estava sobre a muralha, a alguns metros de nós. Havia duas flechas no arco. Àquela distância, imaginei que ela não teria dificuldade de nos acertar ao mesmo tempo.

— Boa tentativa — ela reconheceu. — Mas eu sempre venço a presa.

S
A
D
I
E

14. Diversão com personalidades múltiplas

EXCELENTE MOMENTO PARA INVOCAR ÍSIS?

Talvez. No entanto, mesmo que ela respondesse, eu duvidava que conseguisse realizar qualquer magia antes de Neith atirar. E, na remota possibilidade de que eu de fato derrotasse a caçadora, tinha a sensação de que Neith consideraria trapaça se eu usasse o poder de outra deusa contra ela. Ela provavelmente decidiria que eu fazia parte da conspiração de russos/zumbis/cobradores de impostos.

Por mais maluca que Neith fosse, precisávamos da ajuda dela. Ela seria muito mais útil disparando flechas contra Apófis do que escondida em seu abrigo, fazendo jaquetas com nossos bolsos e cordas.

Pensei rápido. Como vencer uma caçadora? Eu não conhecia muitos caçadores, exceto o velho major McNeil, um amigo de meu avô que morava em uma casa de repouso para militares reformados. Ele vivia contando histórias sobre... Ah.

— Mas é uma pena — falei.

Neith hesitou, como eu tinha esperança de que acontecesse.

— O que foi? — ela perguntou.

— Seis partes comestíveis de uma palmeira. — Eu ri. — São sete, na verdade.

Neith franziu o cenho.

— Impossível!

— Ah, é? — Levantei as sobrancelhas. — *Você já viveu da terra em Covent Garden? Você já atravessou a selva de Camden Lock e sobreviveu para contar história?*

O arco de Neith abaixou muito ligeiramente.

— Não conheço esses lugares.

— Imaginei! — falei, triunfante. — Ah, as histórias que poderíamos trocar, Neith. As dicas de sobrevivência. Uma vez passei uma semana inteira comendo apenas biscoitos dormidos e o suco Ribena.

— Isso é uma planta? — Neith perguntou.

— Com todos os nutrientes necessários para a sobrevivência — respondi. — Se você souber onde comprar... quer dizer, colher.

Levantei minha varinha, torcendo para que ela achasse que fosse uma ênfase dramática, não uma ameaça.

— Ora, uma vez, em meu abrigo na estação Charing Cross, cacei as criaturas mortíferas conhecidas como Jujubas.

Neith arregalou os olhos.

— Elas são perigosas?

— Terríveis — confirmei. — Ah, parecem pequenas quando estão sozinhas, mas sempre aparecem em grandes números. São pegajosas, engordam... bem mortíferas. Lá estava eu, sozinha e com apenas duas pratas e um passe de metrô, cercada por Jujubas, quando... Ah, mas não importa. Quando as Jujubas vierem atrás de você... você vai descobrir por conta própria.

Ela abaixou o arco.

— Fale. Preciso saber como caçar Jujubas.

Olhei para Walt com uma expressão grave.

— Há quantos meses estou treinando você, Walt?

— Sete — ele disse. — Quase oito.

— E alguma vez considerei que você estivesse apto para ir caçar Jujubas comigo?

— *Ah...* não.

— Aí está! — Ajoelhei-me e comecei a desenhar no piso da muralha com minha varinha. — Nem mesmo Walt está preparado para esse conhecimento. Eu poderia desenhar aqui uma imagem das terríveis Jujubas, ou mesmo, que os deuses nos livrem!, dos Cookies. Mas esse conhecimento poderia destruir um caçador inferior.

— Sou a deusa da caça! — Neith aproximou-se ligeiramente, olhando admirada para os traços brilhantes... aparentemente sem perceber que eu estava fazendo hieróglifos de proteção. — Preciso saber.

— Bem... — Olhei para o horizonte. — Primeiro você tem que entender a importância de se conhecer o momento certo.

— Sim! — Neith respondeu ansiosa. — Fale-me sobre isso.

— Por exemplo... — Bati nos hieróglifos e ativei meu feitiço. — O sol se pôs. Ainda estamos vivos. Vencemos.

A expressão de Neith endureceu.

— Trapaça!

Ela veio em minha direção, mas os hieróglifos protetores brilharam, repelindo-a. A deusa ergueu o arco e disparou as flechas.

O que aconteceu em seguida foi surpreendente de muitas maneiras. Primeiro, as flechas deviam ter encantamentos pesados, porque passaram direto por minhas defesas. Segundo, Walt se lançou para a frente com velocidade impossível. Mais depressa do que eu podia gritar (o que fiz), Walt agarrou as flechas no ar. Elas se desfizeram em pó cinzento e foram sopradas pelo vento.

Neith recuou horrorizada.

— É *você*. Isso é injusto!

— Vencemos — Walt disse. — Honre o acordo.

Os dois trocaram um olhar que não entendi muito bem, como se medissem forças.

Neith chiou por entre os dentes cerrados.

— Muito bem. Vocês podem ir. Quando Apófis se erguer, lutarei ao lado de vocês. Mas não vou esquecer que você invadiu meu território, filho de Set. E você... — Ela me encarou furiosa. — Lanço em você esta maldição da caçadora: um dia será trapaceada por *sua* presa como hoje aconteceu comigo. Que você seja atacada por um bando de Jujubas selvagens!

Com essa terrível ameaça, Neith dissolveu-se em uma pilha de fibras.

— Filho de Set? — Virei para Walt estreitando os olhos. — O que exatamente...?

— Cuidado! — ele avisou.

À nossa volta, o tempo começou a desmoronar. O ar tremulava enquanto a onda de choque mágica se contraía e a paisagem voltava a ser a do Egito atual.

Quase não conseguimos descer a escada. As últimas paredes do templo foram reduzidas a um amontoado de adobes desgastados, mas a sombra de Bes ainda era visível neles, desaparecendo lentamente à medida que o sol descia.

— Temos que nos apressar — Walt disse.

— Sim, mas como vamos capturá-la?

Atrás de nós, alguém pigarreou.

Anúbis estava apoiado em uma palmeira próxima, e sua expressão era séria.

— Lamento interromper. Mas, Walt... chegou a hora.

Anúbis exibia o estilo egípcio formal: colar dourado, saiote preto, sandálias e mais nada. Como já mencionei antes, são poucos os garotos que ficam bem com esse *look*, especialmente com *kohl*, mas Anúbis conseguia.

De repente ele assumiu uma expressão de alarme. Correu em nossa direção. Por um momento imaginei uma visão absurda de mim mesma na capa de um dos livros de romance de minha avó, em que a donzela está jogada nos braços de um sujeito musculoso seminu enquanto outro fica afastado, observando melancólico. Ah, que escolhas terríveis uma garota deve fazer! Queria ter tido um momento para me ajeitar. Ainda estava coberta de lama seca do rio, fibra e mato, como se eu tivesse sido empanada.

Mas Anúbis me afastou e segurou os ombros de Walt. Bem... isso foi inesperado.

Logo percebi, porém, que ele estava impedindo que Walt desabasse. O rosto de Walt estava coberto de suor. Sua cabeça pendia e os joelhos cederam como se alguém tivesse cortado a última corda que os prendia. Anúbis o deitou no chão com delicadeza.

— Walt, resista — Anúbis pediu. — Temos assuntos a terminar.

— Assuntos a terminar? — gritei. Não sei o que deu em mim, mas senti como se tivesse acabado de ser recortada de minha própria capa de livro. E eu não estava acostumada a ser ignorada. — Anúbis, o que está *fazendo* aqui? Que história é essa entre vocês dois? *E que assuntos são esses?*

Anúbis me olhou e franziu o cenho, como se tivesse esquecido minha presença. Isso não colaborou para melhorar meu humor.

— Sadie...

— Tentei contar a ela — Walt gemeu.

Anúbis o ajudou a se sentar, mas Walt ainda parecia péssimo.

— Entendo — Anúbis disse. — Não conseguiu uma brecha na tagarelice dela, imagino.

Walt deu um sorriso fraco.

— Você devia tê-la visto falando com Neith sobre jujubas. Parecia... sei lá, uma locomotiva verbal. A deusa não teve a menor chance.

— Sim, eu vi — Anúbis respondeu. — Foi encantador, de um jeito meio irritante.

— É o quê? — perguntei.

Eu não sabia qual dos dois eu esbofeteava primeiro.

— E quando ela fica vermelha assim — Anúbis acrescentou, como se eu fosse um espécime interessante.

— Bonitinha — Walt concordou.

— Então, já decidiu? — Anúbis perguntou a ele. — Esta é sua última chance.

— Sim. Não posso deixá-la.

Anúbis assentiu e apertou o ombro dele.

— Nem eu. Mas primeiro a sombra?

Walt tossiu, contorcendo o rosto de dor.

— Sim. Antes que seja tarde demais.

Não posso fingir que eu estava pensando com clareza, mas uma coisa era óbvia: aqueles dois haviam conversado por minhas costas *muito* mais do que eu imaginara.

Que diabos eles tinham falado um ao outro sobre mim? Esqueça Apófis engolindo o sol — *aquele* sim era meu maior pesadelo.

Como *os dois* não podiam me deixar? Ouvir isso de um garoto moribundo e de um deus da morte parecia um mau presságio. Eles tinham formado algum tipo de conspiração...

Ah, céus! Eu estava começando a pensar como Neith. Logo estaria enfiada em um abrigo subterrâneo comendo ração e resmungando enquanto costurava roupas usando os bolsos de todos os garotos que me deram um fora.

Com dificuldade, Anúbis ajudou Walt a se aproximar da sombra de Bes, que desaparecia rapidamente no crepúsculo.

— Você consegue? — Anúbis perguntou.

Não entendi o que Walt murmurou. Suas mãos tremiam, mas ele tirou da bolsa um bloco de cera e começou a moldar um *shabti*.

— Setne tentou fazer parecer muito complicado, mas agora entendo. É simples. Não é à toa que os deuses queriam evitar que esse conhecimento chegasse a mãos mortais.

— Com licença — interrompi.

Os dois olharam para mim.

— Oi, meu nome é Sadie Kane. Não quero atrapalhar essa conversa amigável de vocês, mas que *diabos* estão fazendo?

— Capturando a sombra de Bes — Anúbis respondeu.

— Mas... — Eu não conseguia fazer as palavras saírem. Aquele papo de ser uma locomotiva verbal já era. Eu havia me tornado um desastre verbal. — Mas, se era sobre isso que vocês estavam falando, então que história era aquela de *decidir*, e *me deixar*, e...

— Sadie — Walt disse —, vamos perder a sombra se não agirmos agora. Você precisa observar o feitiço, para que possa repeti-lo com a sombra da serpente.

— Você *não* vai morrer, Walt Stone. Eu proíbo.

— É um encantamento simples — ele continuou, ignorando completamente meu apelo. — Uma invocação comum, com as palavras *sombra de Bes* substituídas por *Bes*. Depois que a sombra for absorvida, você vai precisar de um feitiço de aprisionamento para ancorá-la. E então...

— Walt, pare com isso!

Ele tremia tanto que seus dentes batiam. Como ele podia pensar em me dar uma aula de magia agora?

— ... então, para a execração — ele prosseguiu —, você precisa estar na frente de Apófis. O ritual é exatamente como o normal. Setne mentiu sobre essa parte... não há nada de especial nesse feitiço. A única parte difícil é encontrar a sombra. Para Bes, só é preciso inverter o feitiço. Deve ser possível lançá-lo de longe, porque é um feitiço benéfico. A sombra vai *querer* ajudar você. Mande o *sheut* encontrar Bes, e ele deve... deve trazê-lo de volta.

— Mas...

— Sadie. — Anúbis me envolveu com os braços. Seus olhos castanhos estavam cheios de compaixão. — Não o faça falar mais do que o necessário. Ele precisa de força para o feitiço.

Walt começou a recitar. Ele ergueu o bloco de cera, que agora lembrava um Bes em miniatura, e o apertou junto à sombra no muro.

Eu solucei.

— Mas ele vai morrer!

Anúbis me segurou. Ele cheirava a incenso de templo: copal, âmbar e outras fragrâncias antigas.

— Ele nasceu sob a sombra da morte — Anúbis disse. — É por isso que nos entendemos. Ele teria desfalecido há muito tempo, mas Jaz lhe deu uma última poção para resistir à dor, dar uma última explosão de energia em caso de emergência.

Lembrei-me do cheiro doce de lótus no hálito de Walt.

— Ele tomou a poção agora há pouco. Quando fugíamos de Neith.

Anúbis assentiu.

— O efeito está passando. Ele só terá energia suficiente para concluir esse feitiço.

— Não!

Eu queria gritar e bater nele, mas receio que acabei me encolhendo e chorando. Anúbis me abrigou em seus braços, e funguei como uma menininha.

Não tenho nenhuma desculpa. Eu simplesmente não suportava a ideia de perder Walt, nem mesmo para trazer Bes de volta. Só uma vez eu não podia conquistar algo sem ter que fazer um enorme sacrifício?

— Você precisa ver — Anúbis disse. — Aprenda o feitiço. É o único jeito de salvar Bes. E você vai precisar do mesmo encantamento para capturar a sombra da serpente.

— Não me interessa! — gritei, mas observava.

Enquanto Walt recitava, a estatueta absorvia a sombra de Bes como uma esponja sugando líquido. A cera ficou preta como *kohl*.

— Não se preocupe — Anúbis disse em tom gentil. — A morte não será o fim para ele.

Soquei o peito do deus sem muita força.

— Não quero ouvir isso! Você nem devia estar aqui. Os deuses não decretaram uma medida restritiva para você?

— Não posso me aproximar de você — Anúbis concordou — porque não tenho forma mortal.

— Como, então? Não há nenhum cemitério aqui. Este não é *seu* templo.

— Não — Anúbis admitiu e então acenou com a cabeça para Walt. — Veja.

Walt terminou o feitiço. Ele disse um comando:

— *Hi-nehm.*

O hieróglifo para *Juntar* brilhou prateado na cera escura:

Era o mesmo comando que eu usara para consertar a loja de suvenires em Dallas, o mesmo comando que tio Amós havia usado no Natal, para demonstrar como restaurar um prato quebrado. E, com terrível certeza, eu soube que aquele seria o último feitiço de Walt.

Ele caiu para a frente. Corri para junto dele. Aninhei sua cabeça em meus braços. A respiração dele estava entrecortada.

— Funcionou — ele murmurou. — Agora... mande a sombra para Bes. Você vai ter que...

— Walt, por favor — pedi. — Podemos levar você ao Primeiro Nomo. Os curadores de lá talvez consigam...

— Não, Sadie... — Ele pôs a estatueta em minhas mãos. — Rápido.

Tentei me concentrar. Era quase impossível, mas consegui inverter os comandos de uma execração. Canalizei poder para a estatueta e imaginei Bes como era antes. Mandei a sombra encontrar seu dono, despertar sua alma. Em vez de apagar Bes do mundo, tentei redesenhá-lo na cena, dessa vez com tinta permanente.

A estatueta de cera virou fumaça e desapareceu.

— Deu... deu certo? — perguntei.

Walt não respondeu. Ele estava de olhos fechados. Completamente imóvel.

— Ah, não... por favor. — Abracei a testa dele, que esfriava rapidamente. — Anúbis, faça algo!

Nenhuma resposta. Virei o rosto e Anúbis havia desaparecido.

— Anúbis! — berrei tão alto que minha voz ecoou nos penhascos distantes. Deitei Walt no chão com o máximo possível de delicadeza. Fiquei de pé e girei sem sair do lugar, com os punhos cerrados. — É isso? — gritei para o ar vazio. — Você pega a alma dele e vai embora? *Odeio* você!

De repente Walt arquejou e abriu os olhos.

Solucei aliviada.

— Walt!

Ajoelhei-me ao lado dele.

— O portão — Walt falou com urgência.

Eu não sabia o que ele queria dizer. Talvez tenha tido algum tipo de visão de quase morte? Sua voz soava mais clara, sem dor, porém ainda fraca.

— Sadie, rápido. Você agora conhece o feitiço. Ele vai funcionar na... na sombra da serpente.

— Walt, o que aconteceu? — Limpei as lágrimas do rosto. — Que portão?

Ele apontou, debilitado. A alguns metros de distância uma porta de escuridão pairava no ar.

— A missão inteira foi uma armadilha — ele disse. — Setne... agora vejo o que ele planejou. Seu irmão precisa de ajuda.

— Mas e você? Venha comigo!

Ele balançou a cabeça.

— Ainda estou muito fraco. Farei o possível para invocar reforços no Duat para você... você vai precisar. Mas mal consigo me mexer. Verei você ao amanhecer, no Primeiro Nomo, se... se você tiver certeza de que não me odeia.

— Odiar você? — Eu estava completamente confusa. — Por que diabos eu o odiaria?

Walt sorriu com tristeza... um sorriso que não parecia muito o dele.

— Veja — Walt falou.

Levei um momento para entender o que ele queria dizer. Um arrepio percorreu meu corpo. Como Walt havia sobrevivido? Onde estava Anúbis? E sobre o que eles tinham conspirado?

Neith chamara Walt de filho de Set, mas ele não era. O único filho de Set era Anúbis.

"Tentei contar a ela", Walt dissera.

"Ele nasceu sob a sombra da morte", Anúbis falara. "É por isso que nos entendemos."

Eu não queria, mas olhei dentro do Duat. No lugar de Walt vi uma pessoa diferente, como uma imagem sobreposta... um jovem deitado, fraco e pálido, com um colar dourado e saiote egípcio preto, com olhos castanhos que eu conhecia e um sorriso triste. Mais profundamente, vi o brilho acinzentado de um deus... a forma de Anúbis com cabeça de chacal.

— Ah... não, não.

Levantei-me e me afastei dele cambaleando. *Deles*. Muitas peças se encaixaram de uma vez só. Minha cabeça estava girando. A habilidade de Walt de transformar objetos em pó... era o caminho de Anúbis. Ele havia passado meses canalizando o poder do deus. A amizade deles, as conversas, o *outro* jeito que Anúbis insinuara para salvar Walt...

— O que você fez?

Olhei para ele horrorizada. Eu sequer sabia como chamá-lo.

— Sadie, sou eu — Walt disse. — Ainda sou eu.

No Duat, Anúbis falou ao mesmo tempo:

— Ainda sou eu.

— Não!

Minhas pernas tremiam. Eu me sentia traída e enganada. Era como se o mundo já estivesse se desfazendo no mar de Caos.

— Eu posso explicar — ele falou com duas vozes. — Mas Carter precisa de sua ajuda. Por favor, Sadie...

— Pare!

Não me orgulho de meu comportamento, mas virei e corri, passando direto pela passagem de escuridão. Naquele momento eu nem queria saber para onde ela me levaria, desde que fosse para longe daquela criatura imortal que eu havia acreditado que amava.

15. Eu viro um chimpanzé roxo

CARTER

Jujubas? Sério?

Eu não havia escutado essa parte. Minha irmã nunca para de me surpreender [e não, Sadie, isso também não é um elogio].

Enfim, enquanto Sadie vivia seu drama amoroso sobrenatural, eu enfrentava um capitão-machado assassino que parecia querer mudar seu nome para Lâmina Ainda Mais Suja de Sangue.

— Para trás — eu disse ao demônio. — É uma ordem.

Lâmina Suja de Sangue emitiu um som vibrante que talvez tenha sido uma risada. Ele girou a cabeça para a esquerda, mais ou menos como um movimento de dança de Elvis Presley, e abriu um buraco na parede. Depois se virou de frente para mim de novo, com os ombros cobertos de estilhaços de madeira.

— Tenho outras ordens — ele vibrou. — Ordens para matar!

Ele avançou como um touro. Depois da confusão que tínhamos acabado de viver no serapeu, um touro era a última coisa que eu queria ter que enfrentar.

Estendi meu punho.

— *Ha-wi!*

O hieróglifo para *Ataque* brilhou entre nós:

Um punho azul de energia acertou Lâmina Suja de Sangue, atirando-o porta afora e através da parede do camarote do outro lado do corredor. Uma pancada como aquela teria nocauteado um humano, mas ouvi LSS sair do meio dos escombros vibrando furioso.

Tentei pensar. Seria legal continuar batendo nele com aquele hieróglifo muitas vezes, mas não é assim que a magia funciona. Uma vez pronunciada, uma Palavra Divina só pode ser usada de novo depois de vários minutos, às vezes até horas.

Além do mais, Palavras Divinas são magia top de linha. Alguns magos demoram anos para dominar um único hieróglifo. Eu havia aprendido do jeito difícil que usar muitas delas esgota a energia rápido demais, e eu não tinha muita para desperdiçar.

Primeiro problema: manter o demônio longe de Zia. Ela ainda estava semiconsciente e totalmente indefesa. Invoquei o máximo possível de magia e disse:

— N'dah! — Proteger.

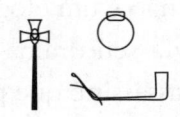

Luz azul cintilou em torno dela. Tive uma lembrança horrível de quando encontrei Zia em sua tumba aquática na primavera anterior. Se ela acordasse envolta em energia azul e pensasse que estava presa de novo...

— Ah, Zia — falei. — Eu não queria...

— MATAR!

Lâmina Suja de Sangue se levantou dos escombros no outro camarote. Um travesseiro estava empalado em sua cabeça, espalhando penas de ganso pelo uniforme dele.

Corri pelo corredor na direção da escada, olhando para trás a fim de ter certeza de que o capitão me seguia e não ia atrás de Zia. Para minha sorte, ele estava bem na minha cola.

Cheguei ao convés e gritei:

— Setne!

O fantasma não estava em parte alguma. A tripulação de globos estava enlouquecida, zunindo freneticamente, ricocheteando nas paredes, girando em torno das chaminés, descendo e subindo a prancha de embarque sem nenhum motivo aparente. Acho que, sem as orientações de Lâmina Suja de Sangue, eles ficavam perdidos.

O barco precipitava-se no rio da Noite, oscilando muito com a correnteza. Passamos entre duas pedras escarpadas que teriam pulverizado o casco, depois caímos por uma catarata com um baque de quebrar o queixo. Olhei para a cabine de comando e não havia ninguém no leme. Era um milagre ainda não termos batido em nada. Eu precisava controlar o barco.

Corri para a escada.

Quando estava na metade do caminho, Lâmina Suja de Sangue apareceu do nada. Ele passou a cabeça por minha barriga, rasgando minha camisa. Se minha barriga fosse maior... Não, nem quero pensar nisso. Cambaleei para trás, apertando meu umbigo. A pele só estava arranhada, mas ver o sangue em meus dedos me deixou tonto.

Que guerreiro, eu me censurei.

Felizmente Lâmina Suja de Sangue havia enterrado a cabeça de machado na parede. Ele ainda tentava soltá-la, resmungando:

— Novas ordens: *Mate Carter Kane. Leve-o para a Terra dos Demônios. Garanta que seja uma viagem só de ida.*

Terra dos Demônios?

Corri escada acima e entrei na cabine de comando.

Em torno do barco, a correnteza agitava a água espumosa do rio. Um pilar de pedra surgiu do meio da neblina e raspou no barco a boroeste, arrancando parte da amurada. O barco virou de lado e ganhou velocidade. De algum lugar adiante, ouvi o rugido de milhões de toneladas de água despencando no vazio. Estávamos nos aproximando depressa de uma cachoeira.

Procurei a margem desesperadamente à nossa volta. Era difícil enxergar na neblina densa com a luz cinzenta fraca do Duat, mas a uns cem metros da proa pensei ter visto fogueiras acesas e uma linha escura que podia ser uma praia.

A Terra dos Demônios parecia ruim, mas não tanto quanto despencar de uma cachoeira e ser destroçado. Arranquei a corda do sino de alarme e firmei o leme, apontando o barco para a margem.

— Matar Kane!

A bota bem-lustrada do capitão me acertou nas costelas e me jogou pela escotilha. O vidro se estilhaçou, arranhando minhas costas e pernas. Bati em uma chaminé quente e caí com força no convés.

Minha visão ficou turva. O corte na barriga ardia. As pernas pareciam ter sido mastigadas por um tigre e, pela dor intensa no tronco, eu devia ter quebrado algumas costelas com a queda.

No geral, não era minha melhor experiência em lutas.

Olá?, Hórus falou dentro de minha cabeça. *Alguma intenção de pedir ajuda ou você prefere morrer sozinho?*

Sim, respondi furioso. *O sarcasmo é bem útil.*

Para falar a verdade, eu achava que não me restava energia suficiente para invocar meu avatar, mesmo com a ajuda de Hórus. A luta com o Touro Ápis me deixara quase esgotado, e isso foi antes de eu ser perseguido por um demônio-machado e ser chutado através de uma escotilha.

Ouvi os passos pesados de Lâmina Suja de Sangue descendo a escada. Tentei me levantar e quase desmaiei de dor.

Uma arma, eu disse a Hórus. *Preciso de uma arma.*

Tirei do Duat uma pena de avestruz.

— Sério? — gritei.

Hórus não respondeu.

Enquanto isso, os globos de luz voavam de um lado para o outro, em pânico, à medida que o barco avançava depressa na direção da margem. Agora era mais fácil ver a praia: areia negra cheia de ossos e colunas de gás vulcânico saindo de fendas flamejantes. Que ótimo! Exatamente o tipo de lugar onde eu queria atracar.

Larguei a pena de avestruz e estendi a mão no Duat de novo.

Dessa vez peguei um par de armas conhecidas — o gancho e o mangual, símbolos do faraó. O gancho era um cajado vermelho e dourado de pastor com uma ponta curva. O mangual era uma haste com três correntes com cravos de aparência cruel. Eu havia visto muitas armas semelhantes. Cada faraó tinha um conjunto. Mas *essas* eram perturbadoramente parecidas com as originais — as armas do deus sol que eu encontrara na primavera dentro da tumba de Zia.

— O que elas estão fazendo aqui? — perguntei. — Elas deviam estar com Rá.

Hórus continuou em silêncio. Tive a sensação de que ele estava tão surpreso quanto eu.

Lâmina Suja de Sangue saiu de detrás da cabine de comando. Seu uniforme estava rasgado e coberto de penas. O machado tinha algumas lascas novas e a bota esquerda havia entalado no sino de emergência, então o demônio ressoava ao andar. Mas ele ainda estava melhor que eu.

— Chega — o capitão vibrou. — Servi aos Kane por muito tempo!

Perto da proa do barco, ouvi o *crank, crank, crank* da prancha de embarque sendo baixada. Vi Setne percorrendo-a tranquilamente, acima do rio agitado. Ele parou no final da prancha e esperou enquanto o barco se aproximava rapidamente da praia de areia negra. Ele se preparava para pular em direção à segurança. E, abrigado embaixo do braço, Setne levava um rolo grande de papiro — o *Livro de Tot*.

— Setne! — gritei.

Ele se virou e acenou, sorrindo feliz.

— Vai ficar tudo bem, Carter! Eu volto logo!

— *Tas!* — gritei.

Imediatamente as Fitas de Hátor o envolveram, com papiro e tudo, e Setne caiu na água.

Não era minha intenção, mas eu não tinha tempo para me preocupar com isso. Lâmina Suja de Sangue veio para cima de mim, o pé esquerdo fazendo *clump*, BONG!, *clump*, BONG! Rolei para um lado quando a cabeça de machado cortou o piso, mas ele se recuperou mais depressa que eu. Minhas costelas pareciam ter sido mergulhadas em ácido. Meu braço estava fraco demais para erguer o mangual de Rá. Levantei o gancho para me defender, mas eu não tinha ideia de como usá-lo.

Lâmina Suja de Sangue cresceu para cima de mim, vibrando com uma alegria maléfica. Eu sabia que não conseguiria me esquivar de outro ataque. Eu estava prestes a me tornar duas metades de Carter Kane.

— Acabou! — ele gritou.

De repente o capitão foi transformado em uma coluna de fogo. Seu corpo vaporizou-se. A cabeça de machado de metal caiu e cravou-se no chão entre meus pés.

Pisquei, pensando se aquilo era alguma espécie de truque demoníaco, mas Lâmina Suja de Sangue fora definitivamente consumido. Além da cabeça de machado, restavam apenas as botas lustradas, um sino ligeiramente derretido e algumas penas queimadas de ganso flutuando no ar.

A alguns metros de distância, Zia recostava-se na cabine de comando. Sua mão direita estava envolta em chamas.

— Sim — ela murmurou para o machado fumegante. — Acabou.

Zia apagou o fogo, depois veio cambaleando até mim e me abraçou. Eu estava tão aliviado que quase consegui ignorar a dor lancinante nas costelas.

— Você está bem — falei, o que pareceu idiota naquelas circunstâncias, mas ela me recompensou com um sorriso.

— Sim — Zia respondeu. — Tive um momento de pânico. Acordei cercada de energia azul, mas...

Sem querer olhei atrás dela, e meu estômago revirou.

— Segure-se! — gritei.

O *Rainha Egípcia* bateu na margem a toda a velocidade.

Agora entendo toda a importância do uso de cinto de segurança.

Segurar-se não serviu para absolutamente nada. O barco invadiu a terra com tanta força que Zia e eu fomos arremessados como balas de canhão. O casco se abriu atrás de nós com um estrondoso *cabum!* A paisagem voou na direção de meu rosto. Tive meio segundo para ponderar se ia morrer espatifado no chão ou em uma fenda flamejante. Então, acima de mim, Zia segurou meu braço e me puxou para o alto.

Eu a vi de relance, séria e determinada, segurando-me com uma das mãos e agarrando as garras de um abutre gigantesco com a outra. Seu amuleto. Havia meses que eu não pensava nele, mas Zia tinha um amuleto de abutre. Ela conseguira ativá-lo de algum modo, porque ela é simplesmente incrível assim.

Para nosso azar, o abutre não era forte o bastante para sustentar o peso de duas pessoas. Ele poderia apenas retardar nossa queda, então, em vez de nos espatifarmos, Zia e eu rolamos com força pelo solo arenoso negro, esbarrando um no outro até chegarmos bem na beirada de uma fenda flamejante.

Meu peito parecia completamente pisoteado. Cada músculo em meu corpo doía, e eu enxergava tudo duplicado. Mas, para meu espanto, minha mão direita ainda segurava com firmeza o gancho e o mangual do deus sol. Eu sequer havia notado que eles continuavam comigo.

Zia devia estar em melhor estado que eu (claro, eu já havia visto animais atropelados em melhor estado que eu). Ela encontrou forças para me puxar para longe da fissura, na direção da praia.

— Ai — reclamei.

— Fique quieto.

Zia falou uma palavra de comando e o abutre voltou a ser um amuleto. Ela vasculhou a mochila, tirou um pequeno pote de cerâmica e começou a esfregar uma pasta azul nos cortes, nas queimaduras e nos hematomas que cobriam a parte superior de meu corpo. A dor nas costelas diminuiu de imediato. Os ferimentos desapareceram. As mãos de Zia eram macias e quentes. O unguento mágico tinha cheiro de madressilva em flor. Não foi minha pior experiência daquele dia.

Ela pegou mais uma porção do unguento e olhou para o corte longo em minha barriga.

— *Hum...* é melhor você fazer essa parte.

Ela passou a pomada para meus dedos e me deixou aplicá-la. O corte se fechou. Sentei-me devagar e cuidei dos cortes de vidro em minhas pernas. Juro que podia sentir minhas costelas se emendando. Respirei fundo e fiquei aliviado ao perceber que não doíam mais.

— Obrigado — falei. — O que é isso?

— Bálsamo de Nefertem.

— É uma balsa?

A risada dela me fez sentir quase tão bem quanto o bálsamo.

— *Bálsamo curativo*, Carter. É feito de flor de lótus azul, coentro, mandrágora, malaquita moída e alguns outros ingredientes especiais. Muito raro, e este é meu único pote. Então não se machuque mais.

— Sim, senhora.

Fiquei feliz por minha cabeça ter parado de rodar. Minha visão desfocada estava voltando ao normal.

O *Rainha Egípcia* não estava em tão bom estado. Os restos do casco estavam espalhados pela praia: tábuas e partes da amurada, cordas e cacos de vidro, tudo misturado com os ossos que já estavam ali. A cabine de comando implodira. Fogo brotava das janelas quebradas. As chaminés tombadas cuspiam fumaça dourada no rio.

Enquanto observávamos, a popa se desprendeu e afundou, levando junto os globos de luz. Talvez a tripulação mágica estivesse ligada ao barco. Talvez nem fosse viva. Mas ainda assim lamentei quando ela desapareceu sob a superfície lodosa.

— Não vamos voltar naquilo — comentei.

— Não — Zia concordou. — Onde estamos? O que aconteceu com Setne?

Setne. Eu quase havia esquecido o canalha fantasmagórico. Eu não teria me incomodado se ele estivesse no fundo do rio, mas ele tinha o *Livro de Tot*.

Olhei ao longo da praia. Para minha surpresa, vi a uns vinte metros uma múmia cor-de-rosa um pouco surrada, que se retorcia e se debatia nos destroços, aparentemente tentando se libertar.

Apontei o casulo cor-de-rosa.

— Podíamos deixá-lo daquele jeito, mas ele está com o *Livro de Tot*.

Ela abriu um daqueles sorrisos cruéis que me faziam ficar feliz por não tê-la como inimiga.

— Não temos pressa. Ele não vai longe. Que tal um piquenique?

— Gosto da ideia.

Espalhamos nossos suprimentos e tentamos nos arrumar o máximo possível. Bebi um pouco de água mineral e comi barras de proteína — sim, veja só, o Escoteiro.

Comemos, bebemos e vimos nosso fantasma cor-de-rosa embrulhado para presente tentar fugir se arrastando.

— Como chegamos aqui, exatamente? — Zia perguntou. O escaravelho dourado ainda brilhava em seu pescoço. — Eu me lembro do serapeu, do Touro Ápis, da sala com a luz do sol. Depois disso, tudo está embaralhado.

Fiz o máximo para descrever o que havia acontecido: o escudo mágico de escaravelho dela, os poderes subitamente extraordinários de Khepri, a maneira como ela havia fritado o Touro Ápis e quase se incinerado. Expliquei que eu a levara de volta ao barco e que Lâmina Suja de Sangue havia surtado.

Zia fez uma careta.

— Você concedeu a Setne permissão para dar ordens a Lâmina Suja de Sangue?

— É. Talvez não tenha sido minha melhor ideia.

— E ele nos trouxe para cá, para a Terra dos Demônios, a parte mais perigosa do Duat.

Eu tinha ouvido falar na Terra dos Demônios, mas não sabia muito sobre o lugar. No momento, eu não queria descobrir. Já havia escapado da morte tantas vezes naquele dia que só queria ficar ali sentado, descansar e conversar com Zia — e talvez me divertir vendo Setne se contorcer naquele casulo para chegar a algum lugar.

— Você, *hum*, está se sentindo bem? — perguntei a Zia. — Quer dizer, com a história do deus sol...

Ela olhou para a paisagem de areia negra, ossos e fogo. Poucas pessoas ficam bonitas sob a luz de nuvens de gás vulcânico superaquecido. Zia era uma delas.

— Carter, eu queria contar a você, mas não entendia o que estava acontecendo comigo. Fiquei assustada.

— Tudo bem — respondi. — Fui o Olho de Hórus. Entendo.

Zia comprimiu os lábios.

— Mas Rá é diferente. Ele é muito mais antigo, muito mais perigoso de se canalizar. E está preso naquela carcaça velha. Ele não está conseguindo recomeçar o ciclo de renascimento.

— É por isso que ele precisa de você — deduzi. — Rá despertou falando de *zebras*... você. E lhe deu esse escaravelho assim que a viu. Ele quer que você seja sua hospedeira.

Uma fenda cuspiu fogo. O reflexo nos olhos de Zia me lembrou de como ela havia ficado ao se fundir com Khepri: as pupilas preenchidas por chamas alaranjadas.

— Quando fui sepultada naquele... naquele sarcófago — Zia disse —, quase enlouqueci, Carter. Ainda tenho pesadelos. E, quando recorro ao poder de Rá, tenho a mesma sensação de pânico. Ele se sente aprisionado, impotente. Estender minha mente para ele é como... é como tentar salvar alguém que está se afogando. A pessoa se agarra a você e o leva para o fundo também. — Zia balançou a cabeça. — Talvez isso não faça sentido. Mas o poder de Rá tenta escapar por mim, e quase não consigo controlá-lo. Cada vez que apago, fica pior.

— Cada vez? Então isso já aconteceu antes?

Ela explicou o que havia acontecido na Casa do Descanso, quando tentara destruir Terras Ensolaradas com suas bolas de fogo. Apenas um pequeno detalhe que Sadie se esquecera de me contar.

— Rá é muito poderoso — ela disse. — Sou fraca demais para controlá-lo. Nas catacumbas, com o Touro Ápis, eu podia ter matado você.

— Mas não matou — respondi. — Você salvou minha vida... *de novo*. Sei que é difícil, mas você consegue controlar o poder. Rá precisa sair de sua prisão. Toda a ideia de magia com sombras que Sadie quer tentar com Bes... Estou com a impressão de que não vai funcionar com Rá. O deus sol precisa *renascer*. Você entende como é isso. Acho que foi por isso que ele lhe deu Khepri, o sol nascente. — Apontei para o amuleto de escaravelho. — Você é a chave para trazê-lo de volta.

Zia mordeu a barra de proteína.

— Isso parece isopor.

— É — admiti. — Não é tão gostoso quanto *nachos*. Ainda estou lhe devendo aquele jantar na praça de alimentação do shopping.

Ela deu uma risada fraca.

— Queria poder ir agora.

— Normalmente as garotas não ficam tão ansiosas para sair comigo. *Hum*... não que eu já tenha convidado alguma...

Ela se inclinou e me beijou.

Eu havia imaginado esse momento muitas vezes, mas estava tão despreparado que não tive uma reação muito tranquila. Larguei minha barra de proteína e inspirei a fragrância de canela de Zia. Quando ela se afastou, eu ofegava como um peixe. Disse algo como:

— Hum... ah... hum...

— Você é uma boa pessoa, Carter — ela falou. — E é engraçado. E, apesar de ter atravessado uma janela e sido arremessado por uma explosão, você até está bonito. E também tem sido muito paciente comigo. Mas tenho medo. Nunca consegui ficar junto das pessoas de quem eu gostava... meus pais, Iskandar... Se eu for fraca demais para controlar o poder de Rá e acabar machucando você...

— Não — interrompi imediatamente. — Você não vai me machucar, Zia. Rá não a escolheu por você ser fraca. Ele a escolheu porque você é forte. E, *hum*... — Olhei para o gancho e o mangual a meu lado. — Eles meio que apareceram... Acho que estão aqui por algum motivo. Você devia segurá-los.

Tentei entregar as armas, mas Zia fechou meus dedos em torno delas.

— Guarde-os — ela disse. — Você tem razão: eles não surgiram por acaso, mas surgiram em *suas* mãos. Podem ser de Rá, mas Hórus deve ser faraó.

As armas pareceram se aquecer, ou talvez fosse apenas o fato de Zia estar segurando minhas mãos. A ideia de usar o gancho e o mangual me deixava nervoso. Eu havia perdido meu *khopesh* — a espada usada pelos guardas do faraó — e recebido as armas do próprio faraó. E não um faraó qualquer... Eu estava com os instrumentos de Rá, o primeiro rei dos deuses.

Eu, Carter Kane, um garoto de quinze anos que sempre estudara em casa, ainda estava aprendendo a fazer a barba e mal sabia que roupa usar em um baile de colégio, havia sido julgado digno das armas mágicas mais poderosas de todos os tempos.

— Como você pode ter certeza? — perguntei. — Como elas poderiam ser minhas?

Zia sorriu.

— Talvez eu esteja entendendo Rá melhor. Ele precisa do apoio de Hórus. Eu preciso de você.

Tentei pensar em uma resposta e se tinha coragem de pedir mais um beijo. Jamais imaginara que meu primeiro encontro aconteceria em uma margem entulhada de ossos na Terra dos Demônios, mas naquele momento eu não queria estar em nenhum outro lugar.

Então ouvi um baque — o som de uma cabeça batendo em um pedaço grosso de madeira. Setne resmungou uma praga abafada. Ele havia conseguido se arrastar até acertar um pedaço quebrado da quilha. Tonto e desequilibrado, rolou para a água e começou a afundar.

— É melhor irmos pescá-lo — sugeri.

— Sim — Zia concordou. — Não queremos que o *Livro de Tot* seja danificado.

Puxamos Setne para a praia. Zia cuidadosamente desfez apenas as fitas em torno do peito dele, para conseguir tirar o *Livro de Tot* de baixo de seu braço.

— Mmm! — Setne falou.

— Lamento, não me interessa — eu disse. — Estamos com o livro, então agora vamos embora. Não quero levar outra facada nas costas ou continuar ouvindo suas mentiras.

Setne revirou os olhos. Ele balançou a cabeça vigorosamente, resmungando o que provavelmente era uma ótima explicação para justificar ter feito meu servo demônio se virar contra mim.

Zia abriu o papiro e estudou o texto. Depois de algumas linhas, ela começou a franzir o cenho.

— Carter, aqui tem... informações muito perigosas. Estou apenas dando uma olhada por cima, mas vejo descrições dos palácios secretos dos deuses, feitiços para obrigá-los a revelar seu nome verdadeiro, indicações de como reconhecer todos os deuses, independentemente da forma que eles tentem assumir...

Ela olhou para mim, assustada.

— Com esse tipo de conhecimento, Setne poderia ter causado *muito* estrago. A única coisa boa... pelo que posso ver, é que a maioria desses feitiços só pode ser executada por um mago vivo. Um fantasma não conseguirá lançá-los.

— Talvez por isso ele tenha nos mantido vivos durante esse tempo — deduzi. — Precisava de nossa ajuda para pegar o livro. Planejava nos enganar depois para que lançássemos os feitiços que ele quisesse.

Setne resmungou um protesto.

— Podemos encontrar a sombra de Apófis sem ele? — perguntei a Zia.

— Hum, hum — Setne murmurou, mas eu o ignorei.

Zia leu mais algumas linhas.

— Apófis... o *sheut* de Apófis. Sim, aqui está. Ele fica na Terra dos Demônios. Então estamos no lugar certo. Mas este mapa... — Ela me mostrou uma parte do papiro tão cheia de hieróglifos e imagens que eu sequer conseguia identificar que aquilo *era* um mapa. — Não tenho ideia de como ler isto. A Terra dos Demônios é gigantesca. Pelo que li, está em constante modificação, se desfazendo e se reconstruindo. E é cheia de demônios.

— Quem diria. — Tentei engolir o gosto amargo na boca. — Então estaremos tão deslocados aqui quanto os demônios no mundo mortal. Não conseguiremos passar despercebidos em lugar algum, e tudo o que nos encontrar vai querer nos matar.

— Sim — Zia concordou. — E nosso tempo está acabando.

Ela estava certa. Eu não sabia exatamente que horas eram no mundo mortal, mas havíamos entrado no Duat no final da tarde. Àquela hora já devia ter anoitecido. Walt não passaria do pôr do sol. Ele podia inclusive estar morrendo naquele momento, e a coitada de minha irmã... Não. Era doloroso demais pensar nisso.

Mas ao amanhecer do dia seguinte Apófis se ergueria. Os magos rebeldes atacariam o Primeiro Nomo. Não podíamos nos dar ao luxo de ficar vagando por uma terra hostil, enfrentando tudo em nosso caminho até encontrarmos o que procurávamos.

Olhei furioso para Setne.

— Estou supondo que você pode nos levar até a sombra.

Ele assentiu.

Olhei para Zia.

— Se você não gostar de algo que ele fizer ou disser, pode incinerá-lo.

— Com prazer.

Ordenei que as fitas liberassem apenas a boca dele.

— Santo Hórus, parceiro! — Setne reclamou. — Por que me amarrou?

— Bem, vejamos... talvez porque você tentou me *matar*?

— Ah, aquilo? — Setne suspirou. — Escute, parceiro, se vai fazer um escarcéu todas as vezes que eu tentar matar você...

— *Escarcéu?* — Zia perguntou, invocando uma bola de fogo na mão.

— Tudo bem, tudo bem — Setne falou. — Escute, aquele capitão demônio ia trair você de qualquer jeito. Só dei um empurrãozinho. E tive motivo para isso! Precisávamos chegar aqui, na Terra dos Demônios, certo? Seu capitão nunca teria aceitado traçar essa rota, a menos que acreditasse que podia matar você. Esta é a terra dele! Demônios *nunca* trazem mortais aqui, a menos que eles sejam o jantar.

Eu precisava lembrar que Setne era um mestre da mentira. O que quer que ele me dissesse seria conversa para Ápis dormir. Redobrei minha força de vontade contra as palavras dele, mas ainda era difícil não achá-las razoáveis.

— Então você ia deixar Lâmina Suja de Sangue me matar — falei —, mas era por uma boa causa.

— Ah, eu sabia que você ia dar conta dele.

Zia mostrou o papiro.

— E é por isso que você estava fugindo com o *Livro de Tot*?

— Fugindo? Eu ia explorar o caminho! Queria encontrar a sombra para guiá-los até ela! Mas isso não tem importância. Se me soltarem, ainda posso levá-los à sombra de Apófis e consigo fazê-los passar despercebidos.

— Como? — Zia perguntou.

Setne bufou indignado.

— Pratico magia desde que seus ancestrais usavam fralda, boneca. E embora seja verdade que não posso lançar todos os feitiços de mortais que eu gostaria... — Ele lançou um olhar sonhador para o *Livro de Tot*. — *Aprendi* alguns truques que só os fantasmas podem fazer. Se me desamarrarem, eu mostro.

Olhei para Zia. Dava para ver que estávamos pensando o mesmo: ideia terrível, mas não tínhamos uma melhor.

— Não acredito que estamos realmente considerando isso — ela resmungou.

Setne sorriu.

— Ei, vocês estão sendo espertos. Esta é a melhor chance de vocês. Além do mais, eu *quero* que vocês tenham sucesso! Como disse, não quero que Apófis *me* destrua. Não vão se arrepender.

— Eu sei que vou — respondi.

Estalei os dedos e as Fitas de Hátor se soltaram.

O plano genial de Setne? Ele nos transformou em demônios.

Bem, sim... na verdade era só um glamour, então *parecíamos* demônios, mas era a melhor magia de ilusão que eu já tinha visto.

Zia olhou para mim e começou a rir. Eu não conseguia ver meu rosto, mas ela disse que, no lugar da cabeça, agora eu tinha um enorme abridor de garrafa. O que *percebi* foi que minha pele estava roxa e minhas pernas eram peludas e curvas como as de um chimpanzé.

Não critiquei a risada de Zia, mas ela não estava muito melhor. Agora era uma garota-demônio grande e musculosa com pele verde-viva, vestido com estampa de zebra e cabeça de piranha.

— Perfeito — disse Setne. — Vão passar despercebidos.

— E você? — perguntei.

Ele abriu os braços. Ainda usava calça jeans, tênis branco e paletó preto. Os anéis de diamante nos mindinhos e a corrente de *ankhs* de ouro brilhavam à luz do fogo vulcânico. A única diferença era que sua camiseta vermelha agora tinha a inscrição: DÁ-LHE, DEMÔNIOS!

— Não dá para melhorar o que já é perfeito, parceiro. Esta roupa funciona em qualquer lugar. Os demônios não vão nem olhar duas vezes se é que eles têm olhos. Agora, vamos!

Setne se afastou da praia sem esperar para ver se o seguíamos.

De vez em quando, estudava o *Livro de Tot* para se orientar. Ele explicou que seria impossível encontrar a sombra naquela paisagem inconstante sem consultar o livro, que fazia as vezes de bússola, guia turístico e calendário astronômico.

Ele nos prometeu que a viagem seria breve, mas para mim ela parecia bem longa. Qualquer tempo a mais na Terra dos Demônios e não sei se eu teria enlouquecido. A paisagem era como uma ilusão de ótica. Víamos uma enorme cordilheira ao longe, percorríamos quinze metros e descobríamos que as montanhas eram tão pequenas que dava para pular por cima delas. Eu pisava em uma pequena poça e de repente me via afogando em um poço de quinze metros de largura. Templos egípcios imensos desmoronavam e se reorganizavam como se um gigante invisível estivesse brincando com blocos de montar. Penhascos de pedra calcária brotavam do nada, já esculpidos com estátuas monumentais de monstros grotescos. Os rostos rochosos se viravam para nos ver passar.

E havia os demônios. Eu tinha visto vários debaixo da montanha Camelback, onde Set construíra sua pirâmide vermelha, mas ali em seu ambiente natural eles eram ainda maiores e mais horríveis. Alguns pareciam vítimas de tortura, com ferimentos abertos e membros retorcidos. Outros tinham asas de insetos, ou muitos braços, ou tentáculos feitos de escuridão. Quanto às cabeças, quase todos os animais do zoológico ou ferramentas de canivetes suíços estavam bem-representados.

Os demônios vagavam em hordas pela paisagem escura. Alguns construíam fortalezas. Outros as destruíam. Vimos pelo menos uma dúzia de batalhas de amplas proporções. Demônios alados voavam em círculos pelo ar enfumaçado, de vez em quando capturando monstros menores distraídos e levando-os embora.

Mas nenhum nos incomodou.

À medida que avançávamos, sentia cada vez mais a presença do Caos. Um arrepio gelado começou a se formar em minhas entranhas, espalhando-se pelos membros como se meu sangue estivesse virando gelo. Eu havia sentido isso na prisão de Apófis, quando a náusea do Caos quase me matara, mas o lugar agora parecia ainda mais tóxico.

Depois de um tempo, percebi que tudo na Terra dos Demônios era puxado na direção em que andávamos. A paisagem inteira se curvava e desmoronava, como se a trama da matéria estivesse se desfazendo. Eu sabia que a mesma força puxava as moléculas de meu corpo.

Zia e eu devíamos estar mortos. Mas, por pior que fossem o frio e a náusea, eu sentia que eles deviam estar piores. Algo nos protegia, uma camada invisível de calor que mantinha o Caos afastado.

É ela, a voz de Hórus disse, com respeito relutante. *Rá nos sustenta.*

Olhei para Zia. Ela ainda parecia uma garota-demônio verde com cabeça de piranha, mas o ar à sua volta tremulava como vapor em uma rua quente.

Setne não parava de olhar para trás. A cada vez, ele parecia surpreso por ver que ainda estávamos vivos. Mas dava de ombros e seguia em frente.

Os demônios começaram a ficar escassos. A paisagem se tornou ainda mais distorcida. Formações rochosas, dunas, árvores mortas, até colunas de fogo, tudo se inclinava para o horizonte.

Chegamos a um campo repleto de crateras, salpicado pelo que pareciam flores enormes de lótus pretas. Elas brotavam depressa, abriam suas pétalas e explodiam. Só quando chegamos mais perto que percebi serem aglomerações de tentáculos sombrios, como Sadie havia descrito no baile do Liceu. Cada vez que uma explodia, ela cuspia um espírito que fora arrastado do mundo superior. Esses fantasmas, não mais que pálidos fiapos de névoa, tentavam desesperadamente se segurar em algo, mas logo eram dispersados e levados embora na mesma direção em que seguíamos.

Zia franziu o cenho e perguntou para Setne:

— Você não é afetado?

O mago fantasma se virou. Pela primeira vez sua expressão era grave. Ele estava mais pálido, suas roupas e joias sem cor.

— Vamos continuar andando, o.k.? Odeio este lugar.

Fiquei paralisado. Reconheci o penhasco à nossa frente — o mesmo da visão que Apófis me mostrara. Só que agora não havia espírito algum abrigado nele.

— Minha mãe esteve ali — falei.

Zia pareceu entender. Ela segurou minha mão.

— Talvez tenha sido um penhasco diferente. A paisagem está sempre mudando.

De algum jeito eu sabia que era o mesmo lugar. Tinha a sensação de que Apófis o mantivera intacto só para me provocar.

Setne girou os anéis nos mindinhos.

— A sombra da serpente se alimenta de espíritos, parceiro. Nenhum deles dura muito. Se sua mãe esteve aqui...

— Ela era forte — insisti. — Maga, como você. Se você consegue resistir, ela também podia.

Setne hesitou. Depois deu de ombros.

— Claro, parceiro. Agora nós estamos perto. Melhor continuarmos andando.

Logo ouvi um rugido distante. O horizonte brilhava vermelho. Parecíamos andar mais depressa, como se tivéssemos subido em uma esteira rolante.

E então chegamos ao cume de uma colina, e vi nosso destino.

— Aí está — Setne anunciou. — O mar de Caos.

Diante de nós se estendia um oceano de névoa, fogo ou água — era impossível definir. Matéria vermelha-acinzentada se revolvia, fervente e fumegante, revirando-se como meu estômago. O mar se estendia até onde a vista alcançava, e algo me dizia que não tinha fim.

A beirada não parecia uma praia, mas sim uma cachoeira ao contrário. Chão sólido despencava no mar e desaparecia. Um pedregulho do tamanho de uma casa rolou colina abaixo à nossa direita, desceu até a praia e dissolveu-se na arrebentação. Pedaços de solo, árvores, prédios e estátuas não paravam de voar acima de nós e mergulhar no oceano, evaporando ao tocar as ondas. Nem os demônios eram imunes. Alguns alados sobrevoavam a praia, percebiam tarde demais que estavam muito perto e desapareciam aos berros na sopa enevoada e agitada.

Ela também nos puxava. Em vez de andar para a frente, eu agora estava recuando por instinto, só para não sair do lugar. Se chegássemos mais perto, eu temia não conseguir parar.

Só uma imagem me dava esperança. A algumas centenas de metros ao norte, projetando-se para o meio das ondas, havia uma faixa de terra firme que parecia um quebra-mar. Na extremidade erguia-se um obelisco branco como o Monumento a Washington. A torre reluzia. Eu tinha a sensação de que ela era antiga — ainda mais velha que os deuses. Por maior que fosse a beleza do obelisco, não pude deixar de pensar na Agulha de Cleópatra às margens do rio Tâmisa, onde minha mãe havia morrido.

— Não podemos descer até lá embaixo — eu disse.

Setne riu.

— O mar de Caos? É de lá que todos saímos, parceiro. Você nunca ouviu a história de como o Egito se formou?

— Ele se ergueu desse mar — Zia disse, quase em transe. — Maat surgiu do Caos: a primeira terra, criação a partir da destruição.

— Isso — Setne confirmou. — As duas grandes forças do universo. E lá estão elas.

— Aquele obelisco é... a primeira terra? — perguntei.

— Sei lá — Setne respondeu. — Eu não estava lá. Mas com certeza aquele é o *símbolo* do Maat. Todo o restante, esse é o poder de Apófis, sempre consumindo a criação, sempre devorando e destruindo. Diga, qual força é maior?

Engoli em seco.

— Onde está a sombra de Apófis?

Setne riu.

— Ah, está aqui. Mas para vê-la, para pegá-la, você vai ter que lançar o feitiço de lá: da beirada do quebra-mar.

— Não vamos conseguir — Zia falou. — Um passo em falso...

— Claro — Setne concordou, com entusiasmo. — Vai ser divertido!

CARTER

16. Sadie viaja no banco do carona (Pior. Ideia. Do. Mundo.)

Vou lhe dar um conselho: não caminhe em direção ao Caos.

A cada passo eu me sentia como se estivesse sendo tragado por um buraco negro. Árvores, pedregulhos e demônios voavam acima de nós e eram sugados pelo oceano enquanto raios faiscavam na névoa vermelho-acinzentada. Sob nossos pés, pedaços do chão se soltavam e deslizavam para as ondas.

Segurei o gancho e o mangual com uma das mãos e peguei na de Zia com a outra. Setne assobiava e flutuava a nosso lado. Ele tentava parecer tranquilo, mas, pelo jeito como perdia a cor e seus cabelos oleosos apontavam para o oceano como uma cauda de cometa, supus que ele estivesse com dificuldade para resistir.

Perdi o equilíbrio uma vez. Quase caí no mar, mas Zia me puxou de volta. Alguns passos depois, um demônio com cabeça de peixe surgiu do nada e se chocou em mim. Ele agarrou minha perna, tentando desesperadamente não ser sugado. Antes que eu pudesse optar por ajudá-lo, ele se soltou e desapareceu no mar.

O mais horrível dessa jornada? Parte de mim estava tentada a desistir e deixar o Caos me levar. Por que continuar lutando? Por que não acabar com o sofrimento e a preocupação? E daí se Carter Kane se dissolvesse em trilhões de moléculas?

Eu sabia que esses pensamentos não eram realmente meus. A voz de Apófis sussurrava em minha cabeça, me tentando como fizera antes. Eu me concentrei no obelisco branco e reluzente — nosso farol na tempestade de Caos. Não sabia se aquela torre era mesmo a primeira parte da criação ou de que forma esse mito se relacionava com o big bang ou com a criação do mundo por Deus em sete dias ou com qualquer outra crença. Talvez o obelisco fosse apenas uma manifestação de algo maior e que minha mente não conseguia compreender. Qualquer que fosse o caso, eu sabia que o monumento representava o Maat e precisava me concentrar nele. Senão estaria perdido.

Chegamos à base do quebra-mar. O caminho rochoso parecia bem sólido sob meus pés, mas a força do Caos era intensa dos dois lados. À medida que avançávamos devagar, eu me lembrei de fotos antigas de operários construindo arranha-céus, caminhando destemidos por andaimes a quase duzentos metros de altura, sem nenhuma corda de segurança.

Eu me sentia assim agora, só que não estava destemido. O vento me fustigava. O quebra-mar tinha três metros de largura, mas eu ainda achava que fosse perder o equilíbrio e despencar nas ondas. Tentei não olhar para baixo. A substância do Caos se revolvia e batia na rocha. O cheiro era ao mesmo tempo de ozônio, fumaça de caminhão e formol. Só o vapor já era quase suficiente para me fazer desmaiar.

— Só um pouco mais adiante — Setne disse.

A imagem dele tremulava. O disfarce de demônio verde de Zia piscava. Estendi meu braço e vi meu glamour tremendo ao vento, ameaçando se desfazer. Eu não me incomodava se perdesse o visual de chimpanzé roxo abridor de garrafa, mas torcia para que o vento arrancasse apenas a ilusão, não minha pele de verdade.

Finalmente chegamos ao obelisco. Era entalhado com milhares de hieróglifos minúsculos, branco sobre branco, então era quase impossível lê-los. Reconheci nomes de deuses, feitiços para invocar o Maat e algumas Palavras Divinas tão poderosas que quase me cegaram. À nossa volta, o mar de Caos se agitava. Cada vez que o vento soprava, um escudo brilhante em forma de escaravelho cintilava em torno de Zia — a carapaça mágica de Khepri nos abrigando. Supus que era só isso o que impedia nossa morte instantânea.

— E agora? — perguntei.

— Leia o feitiço — Setne disse. — Você vai ver.

Zia me entregou o papiro. Tentei encontrar as linhas certas, mas não conseguia enxergar direito. Os hieróglifos se confundiam. Eu devia ter previsto esse problema. Mesmo quando *não* estava à beira do mar de Caos, eu nunca era bom com feitiços. Desejei que Sadie estivesse ali.

[Sim, Sadie. Eu realmente falei isso. Não precisa ficar tão chocada.]

— E-eu não consigo ler — confessei.

— Deixe-me ajudar. — Zia deslizou o dedo pelo papiro. Quando encontrou os hieróglifos que queria, ela franziu o cenho. — Este é um feitiço simples de invocação. — Ela encarou Setne. — Você disse que a magia era complicada. Disse que precisaríamos de sua ajuda. Como conseguiu mentir enquanto segurava a pena da verdade?

— Eu não menti! — Setne protestou. — A magia *é* complicada para mim. Sou um fantasma! Alguns feitiços, como os de invocação, eu não consigo lançar. E vocês *precisaram* da minha ajuda para encontrar a sombra. Precisavam do *Livro de Tot* para isso e precisavam de mim para interpretá-lo. Caso contrário, ainda estariam naufragados no rio.

Odiei admitir, mas disse:

— Ele tem razão.

— É claro que tenho — Setne respondeu. — Agora que vocês estão aqui, o resto não é tão ruim. Apenas obrigue a sombra a se mostrar, e então eu... hum... vocês vão poder capturá-la.

Zia e eu trocamos um olhar nervoso. Imaginei que ela se sentia como eu. Parado à margem da criação, diante de um interminável mar de Caos, a *última* coisa que eu queria era lançar um feitiço que invocaria parte da alma de Apófis.

Era como disparar um sinalizador: *Ei, sombra grande e malvada! Estamos aqui! Venha nos matar!*

Mas eu não via outra alternativa.

Zia fez as honras. Era uma invocação fácil, do tipo que um mago usaria para invocar um *shabti*, um espanador encantado ou praticamente qualquer criatura simples do Duat.

Quando ela terminou, um tremor se espalhou em todas as direções, como se tivesse jogado uma pedra enorme no mar de Caos. A ondulação alcançou a praia e se estendeu pelas colinas.

— Hum... o que foi aquilo? — perguntei.

— Alarme — Setne disse. — Acho que a sombra acabou de convocar as forças do Caos para protegê-la.

— Maravilha — respondi. — É melhor nos apressarmos, então. Onde está...? Ah...

O *sheut* de Apófis era tão grande que demorei um pouco para entender o que eu estava olhando. O obelisco branco parecia projetar uma sombra no mar, mas, à medida que a sombra escurecia, percebi que não era a silhueta do obelisco. A sombra se retorcia na superfície da água como o corpo de uma serpente gigantesca. Ela cresceu até a cabeça da serpente quase alcançar o horizonte e se agitava pelo mar, projetando a língua e mordendo o nada.

Minhas mãos tremiam. Parecia que eu tinha acabado de engolir um grande copo de água do Caos. A sombra da serpente era tão imensa, radiava tanto poder, que eu não imaginava como poderíamos capturá-la. Onde eu estava com a cabeça?

Eu só não entrei em pânico por um motivo.

A serpente não estava completamente livre. A cauda parecia presa ao obelisco, como se alguém o tivesse cravado ali para impedi-la de fugir.

Por um momento perturbador senti os pensamentos da serpente. Enxerguei pela perspectiva de Apófis. Ele estava preso pelo obelisco branco, contorcendo-se e sentindo dor. Odiava o mundo de mortais e deuses, que o prendia e limitava sua liberdade. Apófis desprezava a criação do mesmo modo que eu desprezaria um prego enferrujado fincado em meu pé, impedindo-me de andar.

Apófis queria apenas apagar a luz ofuscante do obelisco. Ele queria aniquilar a Terra para voltar à escuridão e nadar para sempre na amplitude irrestrita do Caos. Precisei de toda a minha força para não sentir pena da pobre serpente destruidora do mundo e devoradora do sol.

— Bem — falei, com voz rouca. — Encontramos a sombra. E agora, o que fazemos com ela?

Setne riu.

— Ah, eu posso assumir agora. Vocês foram ótimos. *Tas!*

Se eu não estivesse tão distraído, poderia ter antecipado aquilo, mas não percebi nada. Meu glamour de demônio transformou-se de repente em sólidas faixas de atadura, cobrindo minha boca e depois envolvendo meu corpo com velocidade alucinante. Caí completamente embrulhado, exceto pelos olhos. Zia caiu a meu lado, também encasulada. Tentei respirar, mas era como inspirar por um travesseiro.

Setne se debruçou sobre Zia. Com cuidado, pegou o *Livro de Tot* de debaixo das ataduras e o colocou sob o braço. Depois sorriu para mim.

— Ah, Carter, Carter. — Ele balançou a cabeça como se estivesse ligeiramente desapontado. — Gosto de você, parceiro. De verdade. Mas você é crédulo *demais*. Depois daquela história do barco, *ainda assim* me deu permissão para lançar um encantamento de glamour em você? Por favor! Transformar glamour em uma camisa de força é *muuuito* fácil.

— Mmm — grunhi.

— O que foi? — Setne pôs a mão atrás da orelha. — É difícil falar todo amarrado, não é? Escute, não é nada pessoal. Eu não posso lançar o feitiço de invocação eu mesmo senão já teria feito isso há séculos. Precisava de vocês dois! Bem... de um dos dois, pelo menos. Pensei que conseguiria matar você ou sua namorada no caminho, e seria mais fácil cuidar do outro. Nunca pensei que *os dois* sobreviveriam por tanto tempo. Impressionante!

Eu me contorci e quase caí na água. Por alguma razão, Setne me puxou de volta para a segurança.

— Calma, calma — ele disse. — Não adianta se matar, parceiro. Seu plano não está arruinado. Só vou alterá-lo. Vou prender a sombra. Essa parte posso fazer sozinho! Mas, em vez de lançar a execração, vou chantagear Apófis, entendeu? Ele só destruirá o que eu *permitir* que ele destrua. Depois ele recua para o Caos ou sua sombra será destruída e tchauzinho para a grande serpente.

— Mmm! — protestei, mas estava cada vez mais difícil respirar.

— Sim, sim. — Setne suspirou. — Essa é a parte em que você diz: "Setne, você está louco! Nunca vai escapar!" Mas o problema é que eu vou. Venho escapando de situações impossíveis há milhares de anos. Tenho certeza de que a cobra e eu podemos chegar a um acordo. Ah, vou deixá-lo matar Rá e os deuses. Grande coisa. Vou deixá-lo destruir a Casa da Vida. *Definitivamente* vou deixá-lo arrasar o Egito e cada maldita estátua de meu pai, Ramsés. Quero que aquele convencido seja apagado da história! Mas o mundo mortal inteiro? Não se preocupe, parceiro. Vou poupar a maior parte dele. Preciso de um lugar para governar, não é?

Os olhos de Zia brilharam alaranjados. Suas faixas começaram a fumegar, mas a seguravam com firmeza. O fogo se extinguiu, e ela se recurvou nas rochas.

Setne riu.

— Boa tentativa, boneca. Aguentem aí. Se sobreviverem ao grande estrondo, eu volto para buscá-los. Talvez possam ser meus bobos da corte, ou algo do tipo. Vocês me divertem muito! Mas, por enquanto, receio que terminamos aqui. Não vai cair nenhum milagre do céu para salvar vocês.

Um retângulo de escuridão surgiu no ar logo acima da cabeça do fantasma. Sadie caiu dele.

Sobre minha irmã, reconheço: Sadie tem um *timing* perfeito e é rápida no gatilho. Ela caiu em cima do fantasma e o derrubou. E quando nos viu embrulhados como presentes, logo percebeu o que estava acontecendo e se virou para Setne.

— *Tas!* — ela gritou.

— Nããão!

Setne foi envolvido por fitas cor-de-rosa até ficar parecido com um garfo cheio de espaguete.

Sadie levantou-se e se afastou do fantasma. Seus olhos estavam inchados, como se ela tivesse chorado muito. As roupas se encontravam cobertas de barro seco e folhas.

Walt não estava com ela. Meu coração ficou apertado. Quase me senti feliz por estar com a boca coberta, porque eu não saberia o que dizer.

Sadie analisou a cena: o mar de Caos, a sombra da serpente retorcendo-se, o obelisco branco. Dava para ver que ela sentia a atração do Caos. Plantou os pés no chão, inclinando o corpo para trás, como se estivesse na ponta da corda em um cabo de guerra. Eu a conhecia bem o bastante para saber que ela estava se firmando, reprimindo as emoções e engolindo a dor.

— Oi, querido irmão — ela falou com voz trêmula. — Precisa de ajuda?

Sadie conseguiu desfazer o glamour em nós. Pareceu surpresa ao ver que eu segurava o gancho e o mangual de Rá.

— Como diabos...?

Zia explicou rapidamente o que havíamos feito — desde a luta com o hipopótamo gigante até as traições mais recentes de Setne.

— Tudo isso — Sadie comentou, admirada — e ainda teve que arrastar meu irmão com você? Pobrezinha. Mas como conseguimos sequer sobreviver aqui? O poder do Caos... — Ela notou o pingente de escaravelho de Zia. — Ah. Sou burra mesmo. Não é de estranhar que Tawaret tenha olhado de um jeito estranho para você. Você está canalizando o poder de Rá.

— Rá me escolheu — Zia disse. — Eu não queria isso.

Sadie ficou muito quieta... o que não combinava com ela.

— Maninha — falei, com o tom mais delicado possível —, o que aconteceu com Walt?

Os olhos dela estavam tão cheios de dor que eu quis pedir desculpas por ter perguntado. Eu não a via daquele jeito desde que... bem, desde que nossa mãe morreu, quando Sadie era pequena.

— Ele não vem — Sadie respondeu. — Ele... se foi.

— Sadie, sinto muito — falei. — Você está...?

— Estou bem! — ela disparou.

Tradução: *Eu com certeza não estou bem, mas, se você perguntar de novo, vou enfiar cera em sua boca.*

— Temos que nos apressar — ela continuou, tentando controlar a voz. — Sei como capturar a sombra. Me dê a estatueta.

Senti um momento de pânico. Eu ainda *estava* com a estátua que Walt fizera de Apófis? Ter chegado até ali sem ela teria sido uma grande idiotice.

Felizmente ela continuava no fundo de minha bolsa.

Eu a entreguei a Sadie, que encarou o entalhe vermelho cuidadoso da serpente encolhida, os hieróglifos de aprisionamento em torno do nome

Apófis. Imaginei que ela estava pensando em Walt e em toda a dedicação dele à criação da estátua.

Sadie ajoelhou-se na beirada do quebra-mar, onde a base do obelisco encontrava a sombra.

— Sadie — falei.

Ela parou.

— Pois não?

Era como se minha boca estivesse cheia de cola. Eu queria dizer para ela que deixasse aquilo de lado.

Vê-la junto ao obelisco, com aquela sombra imensa se agitando até o horizonte... Eu tive certeza de que algo poderia dar errado. A sombra atacaria. O feitiço daria errado de alguma forma.

Sadie me lembrava muito nossa mãe. Eu não conseguia parar de pensar que estávamos repetindo a história. Nossos pais tinham tentado conter Apófis uma vez, na Agulha de Cleópatra, e nossa mãe morrera. Eu havia passado anos vendo meu pai atormentado pela culpa. Se ficasse observando agora enquanto Sadie se machucava...

Zia segurou minha mão. Os dedos dela tremiam, mas eu me sentia grato por sua presença.

— Vai dar certo — ela garantiu.

Sadie soprou uma mecha de cabelos da frente do rosto.

— Escute sua namorada, Carter. E pare de me distrair.

Sadie soava exasperada, mas não havia raiva em seus olhos. Ela entendia minhas preocupações tão bem quanto sabia meu nome secreto. Sentia tanto medo quanto eu, mas à sua maneira irritante ela tentava me tranquilizar.

— Posso continuar? — ela perguntou.

— Boa sorte — falei.

Sadie assentiu.

Ela encostou a estatueta na sombra e começou a recitar.

Tive medo de que as ondas do Caos dissolvessem a estatueta ou, pior, tragassem Sadie. Mas a sombra da serpente começou a se debater. Lentamente, ela encolheu, retorcendo-se e abrindo e fechando a boca como se estivesse sendo atingida por um bastão elétrico. A estatueta absorveu a escuridão.

Logo a sombra havia desaparecido por completo e a estatueta estava negra como a noite. Sadie recitou um feitiço simples de aprisionamento para a estatueta:

— *Hi-nehm*.

Um chiado longo escapou do mar — quase como um suspiro de alívio —, e o som ecoou pelas montanhas. As ondas revoltas se tingiram de um tom mais claro de vermelho, como se algum sedimento lodoso tivesse sido dragado. A atração do Caos pareceu diminuir muito ligeiramente.

Sadie levantou-se.

— Certo. Estamos prontos.

Olhei para minha irmã. Às vezes ela me provocava dizendo que um dia me alcançaria na idade e seria minha irmã mais velha. Vendo-a agora, com aquele brilho determinado nos olhos e a confiança na voz, eu quase acreditava.

— Isso foi incrível — falei. — Como você soube qual era o feitiço?

Ela me encarou com uma careta. É claro, a resposta era óbvia: Sadie tinha visto Walt lançar o mesmo feitiço na sombra de Bes... antes do que quer que tivesse acontecido com Walt.

— A execração vai ser fácil — ela disse. — Precisamos ficar diante de Apófis, mas, fora isso, é o mesmo feitiço que temos treinado.

Zia cutucou Setne com o pé.

— Mais uma mentira deste verme. O que devemos fazer com ele? Precisamos tirar o *Livro de Tot* de dentro dessas amarras, óbvio, mas depois jogamos o verme no mar?

— MMM! — Setne protestou.

Sadie e eu nos entreolhamos. Chegamos a um acordo tácito de que não podíamos dissolver Setne, por mais horrível que ele fosse. Talvez tivéssemos presenciado muitas cenas terríveis nos últimos dias e não precisávamos ver mais. Ou talvez soubéssemos que era Osíris quem precisava decidir a punição de Setne, já que havíamos prometido levar o fantasma de volta ao Salão do Julgamento.

Provavelmente, ali ao lado do obelisco do Maat, cercados pelo mar de Caos, nós dois percebemos que resistir ao desejo de vingança era o que nos diferenciava de Apófis. Regras eram importantes. Elas impediam que falhássemos.

— Vamos arrastá-lo com a gente — Sadie respondeu. — Ele é um fantasma. Não pode ser *tão* pesado.

Eu o segurei pelos pés, e voltamos pelo quebra-mar. A cabeça de Setne batia nas pedras, mas isso não me preocupava. Precisei de toda a minha concentração para continuar, um pé na frente do outro. Afastar-se do mar de Caos foi ainda mais difícil do que ir na direção dele.

Quando chegamos à praia, eu me sentia exausto. Minhas roupas estavam encharcadas de suor. Atravessamos a areia e finalmente chegamos ao topo da colina.

— Ah... — resmunguei algumas palavras que *com certeza* não eram divinas.

No campo cheio de crateras abaixo de nós, demônios haviam se reunido — centenas deles, todos marchando em nossa direção. Como Setne havia imaginado, a sombra *tinha* enviado um alarme para as forças de Apófis, e o chamado fora atendido. Estávamos encurralados entre o mar de Caos e um exército inimigo.

Àquela altura, eu começava a me perguntar: Por que eu?

Tudo que eu queria era invadir a parte mais perigosa do Duat, roubar a sombra do Lorde primordial do Caos e salvar o mundo. Era pedir demais?

Os demônios estavam a uma distância equivalente a uns dois campos de futebol e se aproximavam depressa. Calculei que havia pelo menos trezentos ou quatrocentos, e não parava de chegar mais. Várias dezenas de monstros alados estavam ainda mais perto, descendo em espiral. Contra esse exército, nós tínhamos dois Kane, Zia e um fantasma embrulhado para presente. Eu não estava gostando desse panorama.

— Sadie, consegue abrir uma passagem para a superfície? — perguntei.

Ela fechou os olhos e se concentrou. Balançou a cabeça.

— Nenhum sinal de Ísis. Acho que ainda estamos muito perto do mar de Caos.

Essa era uma ideia assustadora. Tentei invocar o avatar de Hórus. Nada aconteceu. Acho que eu devia ter imaginado que seria difícil canalizar os poderes do deus ali embaixo, especialmente depois de eu ter lhe pedido uma arma, quando estávamos no barco, e a melhor sugestão dele ter sido uma pena de avestruz.

— Zia? — chamei. — Seus poderes de Khepri ainda funcionam. Pode nos tirar daqui?

Ela segurou o amuleto de escaravelho.

— Acho que não. Toda a energia de Khepri está sendo usada para nos proteger do Caos. Ele não pode fazer mais.

Pensei em correr de volta ao obelisco branco. Talvez pudéssemos usá-lo para abrir um portal. Mas logo abandonei a ideia. Os demônios nos alcançariam antes mesmo de chegarmos lá.

— Não vamos sair desta — anunciei. — Podemos lançar a execração de Apófis agora?

Zia e Sadie responderam juntas:

— Não.

Eu sabia que elas estavam certas. Precisávamos ficar diante de Apófis para o feitiço funcionar. Mas eu não conseguia acreditar que havíamos chegado tão longe para sermos detidos.

— Pelo menos podemos cair lutando.

Tirei o gancho e o mangual de meu cinto.

Sadie e Zia prepararam cajados e varinhas.

Então, do outro lado do campo, uma onda de confusão se espalhou pelas fileiras de demônios. Aos poucos, eles começaram a se virar e correr em direções diferentes. Atrás do exército de demônios, bolas de fogo iluminavam o céu. Colunas de fumaça se erguiam de novas crateras no chão. Parecia estar acontecendo uma batalha do outro lado do campo.

— Contra quem eles estão lutando? — perguntei. — Entre si?

— Não. — Zia apontou com um sorriso. — Vejam.

Era difícil enxergar no ar enevoado, mas uma cunha de combatentes abria caminho lentamente pelas fileiras posteriores de demônios. Estavam em menor número — talvez uns cem —, mas os demônios cederam. Os que não se afastavam eram cortados, pisoteados ou explodidos como fogos de artifício.

— São os deuses! — Sadie disse.

— É impossível — respondi. — Os deuses não marchariam até o Duat para nos salvar!

— Os deuses grandes, não. — Ela sorriu para mim. — Mas os velhos esquecidos da Casa do Descanso, sim! Anúbis *disse* que estava pedindo reforços.

— Anúbis?

Agora eu estava realmente confuso. Quando ela vira Anúbis?

— Ali! — Sadie gritou. — Ah...!

Ela pareceu ter esquecido como falar. Apenas agitou o dedo para nossos novos amigos. As fileiras em combate se abriram por um momento. Um reluzente carro preto entrou à toda na luta. O motorista devia ser louco. Ele atropelou demônios, fazendo o possível para atingi-los. Saltou sobre fendas flamejantes e girou em círculos, acendendo os faróis e buzinando. Então veio em nossa direção, até que os demônios nas fileiras da frente começaram a se dispersar. Só alguns corajosos demônios alados tiveram coragem de persegui-lo.

À medida que o carro se aproximava, notei que era uma limusine Mercedes. Ela subiu a colina sendo perseguida por demônios-morcego e freou cantando pneu e levantando uma nuvem de poeira vermelha. A porta do motorista foi aberta, e um homenzinho peludo de sunga azul saiu.

Nunca fiquei tão feliz por ver alguém tão feio.

Bes, em toda a sua horrível glória verruguenta, subiu no teto do carro. Ele se virou para os demônios-morcego. Arregalou os olhos. A boca ficou absurdamente aberta. Ele ficou arrepiado como um porco-espinho e berrou:

— BU!

Os demônios alados gritaram e se desintegraram.

— Bes!

Sadie correu até ele.

O deus anão sorriu. Ele escorregou para o capô, então estava quase da altura de Sadie quando ela o abraçou.

— Esta é minha garota! — Bes exclamou. — E, Carter, traga esse seu traseiro ridículo aqui!

Ele me abraçou também. Até gostei quando ele esfregou os nós dos dedos em minha cabeça.

— E Zia Rashid! — Bes gritou com entusiasmo. — Você vai ganhar um abraço também...

— Não precisa — Zia falou, dando um passo para trás. — Obrigada.

Bes deu uma gargalhada alta.

— Você tem razão. Agora não é hora de beijos e abraços. Precisamos tirar vocês daqui!

— O-o feitiço de sombra? — Sadie gaguejou. — Funcionou mesmo?

— É claro que funcionou, garota maluca! — Bes deu um tapa no peito cabeludo, e de repente estava usando uniforme de chofer. — Agora, entrem no carro!

Eu me virei para pegar Setne... e meu coração quase parou.

— Ah, santo Hórus...

O mago havia sumido. Olhei em todas as direções, na esperança de que ele tivesse apenas se afastado rastejando. Não havia qualquer sinal dele.

Zia lançou fogo no local onde ele estivera deitado. Aparentemente o fantasma não havia se tornado invisível, porque não ouvimos grito algum.

— Setne estava bem ali! — Zia protestou. — Amarrado com as Fitas de Hátor! Como ele poderia simplesmente desaparecer?

Bes franziu o cenho.

— Setne, é? Odeio aquele safado. Pegaram a sombra da serpente?

— Sim — respondi —, mas Setne está com o *Livro de Tot*.

— Conseguem fazer a execração sem o livro? — Bes perguntou.

Sadie e eu nos olhamos.

— Sim — respondemos ao mesmo tempo.

— Então não podemos nos preocupar com Setne agora — Bes falou. — Não temos muito tempo!

Se você tem que viajar pela Terra dos Demônios, é melhor que seja de limusine. Infelizmente o carro novo de Bes não estava mais limpo que aquele que havíamos deixado no fundo do Mediterrâneo na primavera anterior. Fiquei pensando se ele os encomendava emporcalhados com embalagens usadas de comida chinesa, revistas amassadas e roupa suja.

Sadie foi no banco do carona. Zia e eu nos acomodamos nos bancos de trás. Bes pisou fundo no acelerador e começou a jogar atropela-o-demônio.

— Cinco pontos se você conseguir acertar aquele cara com cabeça de cutelo! — Sadie gritou.

Bum! Cabeça de Cutelo passou voando por cima do capô.

Sadie aplaudiu.

— Dez pontos se acertar aqueles dois monstros-libélula ao mesmo tempo.

Bum, bum! Dois insetos muito grandes atingiram o para-brisa.

Sadie e Bes riam como doidos. Já eu estava ocupado demais gritando:

— Fenda! Cuidado! Gêiser de fogo! Vá para a esquerda!

Pode me chamar de pragmático. Eu queria viver. Agarrei a mão de Zia e tentei me segurar.

À medida que nos aproximávamos do centro da batalha, vi os deuses repelindo os demônios. Parecia que todos os moradores da Comunidade Terras Ensolaradas para Deuses Aposentados haviam desatado sua fúria geriátrica contra as forças da escuridão. Tawaret, a deusa hipopótamo, liderava-os, em seu uniforme de enfermeira e sapatos de salto alto, brandindo uma tocha incandescente em uma das mãos e uma seringa hipodérmica na outra. Ela bateu na cabeça de um demônio, depois aplicou uma injeção no traseiro de outro, fazendo-o desmaiar imediatamente.

Dois idosos usando tangas mancavam de um lado para outro, jogando bolas de fogo no ar e incinerando demônios voadores. Um dos velhinhos gritava sem parar, aparentemente sem nenhum motivo:

— Meu pudim!

Heket, a deusa sapo, pulava pelo campo de batalha, derrubando monstros com a língua. Ela parecia ter um carinho especial pelos demônios com cabeça de inseto. A alguns metros de distância, a senil deusa felina Mekhit esmagava demônios com seu andador, chiando e gritando "Miau!".

— Devemos ajudá-los? — Zia perguntou.

Bes riu.

— Eles não precisam de ajuda. Há séculos não se divertem tanto. Eles têm um propósito de novo! Vão cobrir nossa retirada enquanto levo *vocês* para o rio.

— Mas não temos mais barco! — reclamei.

Bes levantou uma sobrancelha peluda.

— Tem certeza? — Ele reduziu a velocidade do Mercedes e abaixou a janela. — Ei, querida! Tudo bem aqui?

Tawaret se virou e abriu um sorriso imenso de hipopótama.

— Estamos bem, fofinho! Boa sorte!

— Eu volto! — ele prometeu.

Jogou um beijo para ela, e pensei que Tawaret ia desmaiar de felicidade. O Mercedes arrancou.

— Fofinho? — perguntei.

— Ei, garoto — Bes rosnou —, eu critico *seus* relacionamentos?

Não tive coragem de olhar para Zia, mas ela apertou minha mão. Sadie ficou quieta. Talvez estivesse pensando em Walt.

O Mercedes saltou por um último abismo em chamas e freou na praia de ossos.

Apontei para os destroços do *Rainha Egípcia*.

— Viu? Nada de barco.

— Ah, é? — Bes perguntou. — Então o que é aquilo?

Mais acima no rio a escuridão se iluminou.

Zia suspirou de repente.

— Rá — ela disse. — O barco solar se aproxima.

À medida que a luz chegava mais perto, vi que ela estava certa. A vela branca e dourada brilhava. Globos incandescentes se moviam pelo convés de um barco. De pé na proa, Sobek, o deus com cabeça de crocodilo, usava uma longa vara para repelir monstros que surgiam no rio. E sentado em um trono flamejante no meio da balsa solar estava o velho deus Rá.

— Oooláááá! — ele gritou da água. — Temos biscooooooitos!

Sadie beijou o rosto de Bes.

— Você é genial!

— Peraí — o anão resmungou. — Tawaret vai ficar com ciúme. Por acaso chegamos aqui na hora certa. Se tivéssemos perdido o barco solar, teria sido muita falta de sorte.

A ideia me fez estremecer.

Durante milênios Rá havia seguido este ciclo: navegar para o Duat ao pôr do sol, viajar pelo rio da Noite até emergir de volta ao mundo mortal ao amanhecer. Mas era um trajeto em sentido único, e o barco tinha um horário rígido. Quando Rá percorria as várias Casas da Noite, os portões se fechavam até a noite seguinte, de modo que era fácil que viajantes mortais como nós ficassem perdidos. Sadie e eu havíamos passado por isso antes, e não tinha sido legal.

Enquanto o barco solar se aproximava da praia, Bes nos deu um sorriso torto.

— Prontos, garotos? Estou sentindo que a situação no mundo mortal não vai ser agradável.

Aquela foi a primeira notícia do dia que não me surpreendeu.

As luzes brilhantes baixaram a rampa de embarque, e subimos a bordo para o que talvez fosse o último amanhecer da história.

17. A Casa do Brooklyn vai à guerra

LAMENTEI SAIR DA TERRA dos Demônios.

[Sim, Carter, estou falando sério.]

Afinal, minha visita tinha sido um sucesso. Eu havia salvado Zia e meu irmão de Setne, aquele fantasma horrível. Havia capturado a sombra da serpente. Havia testemunhado toda a glória do Ataque da Brigada dos Velhos e, acima de tudo, havia reencontrado Bes. Por que eu não teria boas lembranças do lugar? Talvez até passe as férias lá um dia, alugue um chalé no mar de Caos. Por que não?

A agitação também me distraiu de pensamentos menos agradáveis. Mas, quando chegamos à margem do rio e tive um momento para respirar, comecei a pensar em como eu havia aprendido o feitiço para resgatar a sombra de Bes. Minha alegria transformou-se em desespero.

Walt... ah, Walt. O que ele fizera?

Lembrei-me dele frio e sem vida, aninhado em meus braços em meio às ruínas de adobe. Depois, de repente, ele abrira os olhos e arquejara.

"Veja", ele me dissera.

Na superfície, eu vira o Walt que eu sempre conhecera. Mas no Duat... o deus menino Anúbis cintilava, sua aura cinzenta fantasmagórica sustentando a vida de Walt.

"Ainda sou eu", eles falaram em uníssono. A voz duplicada me deu arrepios.

"Verei você ao amanhecer", eles me prometeram, "no Primeiro Nomo, se... se você tiver certeza de que não me odeia."

Eu odiava ele? Ou devia dizer *eles*? Deuses do Egito, eu não sabia nem como chamá-lo mais! Com certeza não sabia o que sentia ou se queria vê-lo outra vez.

Tentei afastar esses pensamentos. Ainda tínhamos que derrotar Apófis. Mesmo com sua sombra capturada, não havia garantia de que conseguiríamos lançar o feitiço. Eu duvidava que Apófis fosse ficar quieto enquanto tentávamos bani-lo do universo. E era inteiramente possível que a execração demandasse mais magia que Carter e eu tínhamos juntos. Se nos consumíssemos, meu dilema com Walt provavelmente não seria um problema.

No entanto, eu não conseguia deixar de pensar nele/neles — em como os olhos castanhos e afetuosos se fundiram com perfeição e em como o sorriso de Anúbis parecia natural no rosto de Walt.

Argh! Isso *não* estava ajudando.

Embarcamos na balsa solar — Carter, Zia, Bes e eu. Não tenho palavras para descrever o alívio que senti por meu anão favorito nos acompanhar em nossa batalha final. Eu precisava de um deus feio confiável em minha vida naquele momento.

Na proa, nosso velho inimigo Sobek me ofereceu um sorriso falso.

— Então... as criancinhas Kane voltaram.

— Então — retruquei —, o deus crocodilo quer levar um chute nos dentes.

Sobek jogou para trás a escamosa cabeça verde e riu.

— Muito bem dito, menina! Você tem ferro nos ossos.

Acho que era para ser um elogio. Decidi fazer cara de repulsa e virar para o outro lado.

Sobek só respeitava a força. Em nosso primeiro encontro, ele havia afogado Carter no rio Grande e me jogado pela fronteira entre o Texas e o México. Desde então, não ficara muito mais amigável. Pelo que eu ouvira, ele só concordara em se unir a nós porque Hórus e Ísis o haviam ameaçado com extremo dano físico. Isso não era uma garantia muito boa de sua lealdade.

As esferas reluzentes da tripulação flutuavam à minha volta, zumbindo saudações curtas em minha mente: *Sadie. Sadie. Sadie.* Houve um tempo em que elas *também* queriam me matar, mas, como eu havia despertado Rá, seu antigo mestre, elas se tornaram bastante amistosas.

— Ei, olá, meninos — resmunguei. — Muito bom ver vocês. Com licença.

Segui Carter e Zia até o trono flamejante. Rá abriu um sorriso desdentado. Ele ainda era velho e enrugado como sempre, mas havia algo diferente em seus olhos. Antes, seu olhar passava por mim como se eu fizesse parte do cenário. Agora ele de fato focava meu rosto.

Rá estendeu um prato de *macarons* e biscoitos de chocolate, um pouco derretidos por causa do calor no trono.

— Biscoitos? Obaaaa!

— *Hum*, obrigado.

Carter pegou um *macaron*.

Naturalmente, escolhi o chocolate. Eu não comia uma refeição de verdade desde que saímos do tribunal de meu pai.

Rá baixou a bandeja e se levantou cambaleando. Bes tentou ajudar, mas Rá recusou com um gesto. Ele se aproximou de Zia.

— Zia — o deus sol disse com alegria, como se fosse uma canção de ninar. — Zia, Zia, Zia.

Sobressaltada, percebi que essa era a primeira vez que eu o ouvia chamá-la pelo nome certo.

Rá estendeu a mão para tocar o amuleto de escaravelho no pescoço dela. Zia recuou, nervosa. Ela olhou para Carter a fim de se tranquilizar.

— Está tudo bem — Carter garantiu.

Zia respirou fundo. Abriu o fecho da corrente e a colocou na palma da mão do velho. Um brilho suave se expandiu do escaravelho, envolvendo Zia e Rá em uma intensa luz dourada.

— Bom, bom — Rá disse. — Bom...

Eu esperava que o deus velho melhorasse. Em vez disso, ele começou a desmoronar.

Foi uma das imagens mais assustadoras que eu vi em um dia muito assustador. Primeiro as orelhas caíram e se pulverizaram. Depois a pele começou a se transformar em areia.

— O que está acontecendo? — gritei. — Não devíamos fazer algo?

Carter arregalou os olhos, horrorizado. Sua boca se abriu, mas nenhuma palavra saiu.

O rosto sorridente de Rá se dissolveu. Os braços e as pernas se desmancharam como uma escultura ressecada de areia. As partículas dele se espalharam pelo rio da Noite.

— Essa foi rápida — Bes resmungou. Ele não parecia muito chocado. — Em geral, leva mais tempo.

Eu o encarei.

— Você já viu isso *antes*?

Bes me deu um sorriso torto.

— Ei, nos velhos tempos eu trabalhava em turnos na balsa solar. *Todos* nós vimos Rá cumprir seu ciclo. Mas faz muito, muito tempo. Veja.

Ele apontou para Zia.

O escaravelho havia sumido de suas mãos, mas uma luz dourada ainda se radiava em volta de seu corpo como um halo. Ela se virou para mim com um sorriso brilhante. Eu nunca a vira tão à vontade, tão satisfeita.

— Agora eu vejo. — A voz dela era muito mais rica, um coro de tons baixando em oitavas pelo Duat. — Equilíbrio é tudo, não é? Meus pensamentos e os dele. Ou seriam os meus e os dela...?

Ela ria como uma criança aprendendo a andar de bicicleta.

— Renascimento, enfim! Vocês tinham razão, Sadie e Carter! Após tantas eras na escuridão, finalmente renasci pela compaixão de Zia. Eu havia esquecido a sensação de ser jovem e poderoso.

Carter recuou. Eu não podia criticá-lo. A lembrança de Walt e Anúbis se fundindo ainda estava nítida em minha cabeça, então eu tinha uma noção do que Carter estava sentindo; era um bocado assustador ouvir Zia se descrever na terceira pessoa.

Olhei com mais atenção para o Duat. No lugar de Zia havia um homem alto vestindo armadura de couro e bronze. Em alguns aspectos, ele ainda parecia Rá. Continuava careca. O rosto ainda enrugado e marcado pela idade, e ele tinha o mesmo sorriso bondoso (mas com dentes). Agora, porém, sua postura era ereta. Tinha músculos definidos. A pele brilhava como ouro derretido. Ele era o avô mais dourado e sarado do mundo.

Bes ajoelhou-se.

— Meu Lorde Rá.

— Ah, meu pequeno amigo. — Rá despenteou os cabelos do deus anão. — Levante-se! É bom ver você.

Na proa, Sobek ficou em posição de sentido, segurando o longo cajado de ferro como se fosse um fuzil.

— Lorde Rá! Eu sabia que o senhor voltaria.

Rá deu uma risada.

— Sobek, seu réptil velho. Você me devoraria no jantar se achasse que não seria punido. Hórus e Ísis o mantiveram na linha?

Sobek pigarreou.

— É como o senhor diz, meu rei. — Ele deu de ombros. — Não posso evitar minha natureza.

— Não importa — Rá respondeu. — Logo vamos precisar de sua força. Estamos nos aproximando do amanhecer?

— Sim, meu rei.

Sobek apontou para a frente do barco.

Vi luz no fim do túnel — literalmente. À medida que nos aproximávamos do fim do Duat, o rio da Noite se alargava. Os portões da saída estavam a mais ou menos um quilômetro de distância, cercados por estátuas do deus sol. Do outro lado, a luz do dia brilhava. O rio transformou-se em nuvens e desaguou no céu da manhã.

— Muito bom — Rá disse. — Leve-nos para Gizé, Lorde Sobek.

— Sim, meu rei.

O deus crocodilo mergulhou seu cajado de ferro na água, guiando-nos como um gondoleiro.

Carter ainda não havia se mexido. O coitado olhava para o deus sol com uma mistura de fascinação e choque.

— Carter Kane — Rá falou com carinho. — Sei que é difícil para você, mas Zia gosta muito de você. Os sentimentos dela não mudaram.

Eu tossi.

— Ah... posso pedir uma coisa? Por favor, não o beije.

Rá deu risada. Sua imagem tremulou, e vi Zia diante de mim de novo.

— Está tudo bem, Sadie — ela garantiu. — Agora não seria o momento.

Carter virou-se, constrangido.

— *Hum*... Eu vou... ficar ali.

Ele esbarrou no mastro, depois cambaleou até a popa. Zia franziu o cenho, preocupada.

— Sadie, vá cuidar dele, por favor. Logo chegaremos ao mundo mortal. Tenho que me manter alerta.

Pela primeira vez, não discuti. Fui ver meu irmão.

Ele estava sentado ao lado do leme com a cabeça entre os joelhos.

— Tudo bem?

Pergunta idiota, eu sei.

— Ela é um velho — Carter murmurou. — A garota de quem eu gosto é um velho sarado com voz mais grossa que a minha. Eu a beijei na praia, e agora...

Eu me sentei ao lado dele. As esferas brilhantes flutuavam animadas à nossa volta enquanto o barco se aproximava da luz do dia.

— Beijou, é? — falei. — Detalhes, por favor.

Achei que ele talvez se sentisse melhor se eu o fizesse falar. Não sei bem se funcionou, mas pelo menos Carter levantou a cabeça. Ele me contou sobre a jornada com Zia pelo serapeu e a destruição do *Rainha Egípcia*.

Rá... quer dizer, Zia... estava na proa entre Sobek e Bes, tomando muito cuidado para *não* olhar em nossa direção.

— Então você disse a ela que estava tudo bem — resumi. — Você a encorajou a ajudar Rá. E agora está arrependido.

— Você vai me julgar por isso? — Carter perguntou.

— Nós dois já hospedamos deuses — respondi. — Não precisa ser permanente. E ela ainda é Zia. Além do mais, estamos a caminho de uma batalha. Se não sobrevivermos, você vai querer passar suas últimas horas afastando Zia?

Ele estudou minha expressão.

— O que aconteceu com Walt?

Ah... *touché*. Às vezes, parecia que Carter sabia *meu* nome secreto assim como eu sabia o dele.

— Eu... eu não sei exatamente. Ele está vivo, mas só porque...

— Está hospedando Anúbis — Carter terminou.

— Você sabia?

Meu irmão balançou a cabeça.

— Não até ver a cara que você fez. Mas faz sentido. Walter tem um jeito para... o que quer que seja. Aquele toque cinzento de obliteração. Magia de morte.

Não consegui responder. Eu havia ido confortar Carter e lhe dizer que tudo ia ficar bem. E, de alguma forma, ele dera um jeito de virar o jogo.

Carter tocou meu joelho rapidamente.

— Isso pode dar certo, irmã. Anúbis vai manter Walt vivo. Walt pode ter uma vida normal.

— Você chama aquilo de *normal*?

— Anúbis nunca teve um hospedeiro humano. Esta é a chance dele de ter um corpo de verdade, de ser de carne e osso.

Estremeci.

— Carter, a situação não é como a de Zia. *Ela* pode se separar a qualquer momento.

— Então deixe-me ver se entendi — Carter falou. — Os dois caras de quem você gostava, o que estava morrendo e o que estava além de seu alcance por ser um deus, agora são um só, que não está morrendo e que está a seu alcance. E você está reclamando.

— Não me faça parecer ridícula! — gritei. — Não sou ridícula!

Os três deuses olharam para mim. Tudo bem. Certo. Eu *soava* ridícula.

— Veja — Carter disse —, vamos combinar de enlouquecer com essa história mais tarde, sim? Presumindo que ainda estejamos vivos.

Respirei fundo.

— Certo.

Ajudei meu irmão a se levantar. Fomos juntos até os deuses na proa enquanto o barco solar emergia do Duat. O rio da Noite desapareceu atrás de nós, e navegamos pelas nuvens.

A paisagem egípcia se descortinava em vermelho, dourado e verde no amanhecer. A oeste, tempestades de areia se agitavam pelo deserto. A leste, o Nilo seguia seu caminho sinuoso pelo Cairo. Diretamente abaixo de nós, na periferia da cidade, três pirâmides se erguiam nas planícies de Gizé.

Sobek bateu com o cajado na proa do barco. Ele gritava como um arauto:

— Enfim, Rá voltou de fato! Que seu povo se alegre! Que suas multidões de adoradores se reúnam!

Talvez Sobek tenha dito isso como uma formalidade, ou para bajular Rá, ou quem sabe apenas para fazer o velho deus sol se sentir pior. Qualquer que fosse o motivo, ninguém se reuniu abaixo de nós. Definitivamente, ninguém se alegrava.

Eu havia visto aquela paisagem muitas vezes, mas algo estava errado. Incêndios se espalhavam pela cidade. As ruas pareciam estranhamente desertas. Não havia nenhum turista, nenhum humano perto das pirâmides. Eu nunca vira Gizé tão vazia.

— Cadê todo mundo? — perguntei.

Sobek chiou com desgosto.

— Eu devia ter imaginado. Os humanos fracos se esconderam ou fugiram assustados por causa da inquietação no Egito. Apófis planejou bem. O campo de batalha que ele escolheu não será perturbado por mortais.

Estremeci. Eu ouvira falar nos problemas recentes no Egito, além de todos os desastres naturais estranhos, mas não os considerara parte do plano de Apófis.

Se ele havia escolhido esse campo de batalha...

Observei com mais atenção as planícies de Gizé. Olhando dentro do Duat, percebi que o lugar não estava deserto. Contornando a base da Grande Pirâmide havia uma enorme serpente formada por um tornado rodopiante de areia vermelha e escuridão. Seus olhos eram pontos incandescentes de luz. As presas eram relâmpagos. Onde a serpente tocava, o deserto borbulhava, e a própria pirâmide tremia com uma ressonância horrível. Uma das mais antigas estruturas da história da humanidade estava prestes a desmoronar.

Até naquela altitude eu podia sentir a presença de Apófis. Ele irradiava pânico e pavor com tanta intensidade que eu sentia os mortais de todo o

Cairo escondidos em suas casas, com medo de sair. Toda a terra do Egito prendia a respiração.

Enquanto observávamos, Apófis levantou sua imensa cabeça de cobra. Ele atacou o chão do deserto, mordendo a areia e formando uma cratera do tamanho de uma casa. Depois ele se encolheu, como se tivesse sido ferido, e sibilou furioso. A princípio, não consegui ver contra o que ele lutava. Invoquei a visão de ave de rapina de Ísis e identifiquei uma figura pequena e esguia vestindo malha de pele de leopardo, com lâminas brilhando nas mãos, saltando com agilidade e rapidez sobre-humanas, atacando a serpente e se esquivando de suas mordidas. Sozinha, Bastet estava segurando Apófis.

Senti gosto de moedas velhas na boca.

— Ela está sozinha. Onde estão os outros?

— Esperam as ordens do faraó — Rá respondeu. — O Caos os deixou divididos e confusos. Eles não vão marchar para a batalha sem um líder.

— Então os lidere! — exigi.

O deus sol se virou. Sua forma cintilou, e por um momento vi Zia diante de mim. Pensei se ela me incineraria. Eu tinha a impressão de que seria bem fácil para ela agora.

— Vou enfrentar meu antigo inimigo — Zia falou em um tom calmo, ainda na voz de Rá. — Não vou deixar minha gata leal lutar sozinha. Sobek, Bes... ajudem-me.

— Sim, meu rei — Sobek respondeu.

Bes estalou as juntas dos dedos. O uniforme de chofer desapareceu, substituído apenas pela sunga ORGULHO ANÃO.

— Caos... prepare-se para conhecer o Feio.

— Espere — Carter disse. — E nós? Estamos com a sombra da serpente.

O barco descia depressa, preparando-se para pousar ao sul das pirâmides.

— Prioridades, Carter. — Zia apontou para a Grande Esfinge, que ficava a cerca de trezentos metros das pirâmides. — Você e Sadie devem ajudar seu tio.

Entre as patas da Esfinge, uma coluna de fumaça se erguia da entrada de um túnel. Meu coração quase parou. Zia certa vez nos dissera que aquele túnel era lacrado para evitar que arqueólogos descobrissem a entrada do Primeiro Nomo. Evidentemente o túnel fora arrombado.

— O Primeiro Nomo está prestes a cair — Zia falou.

Sua forma mudou de novo, e agora o deus sol estava parado diante de mim. Seria ótimo se ele/ela/eles se decidisse/decidissem.

— Vou segurar Apófis o máximo possível — Rá disse. — Mas, se vocês não ajudarem seu tio e seus amigos imediatamente, não vai sobrar ninguém para ser salvo. A Casa da Vida vai desabar.

Pensei no pobre Amós e em nossos jovens iniciados, cercados por uma turba de magos rebeldes. Não podíamos permitir que fossem massacrados.

— Ela tem razão — falei. — *Hum, ele* tem razão. Seja quem for.

Carter assentiu, relutante.

— Vai precisar disto, Lorde Rá.

Ele ofereceu ao deus sol o gancho e o mangual, mas Rá balançou a cabeça. Ou Zia balançou a cabeça. Deuses do Egito, isso é confuso!

— Quando eu lhe disse que os deuses esperavam seu faraó — Rá explicou —, estava me referindo a você, Carter Kane, o Olho de Hórus. Estou aqui para enfrentar meu velho inimigo, não para tomar o trono. Esse é seu destino. Una a Casa da Vida, organize os deuses em meu nome. Não tema, vou impedir o avanço de Apófis até você chegar.

Carter olhou para o gancho e o mangual em suas mãos. Ele parecia tão aterrorizado quanto ao ver Rá se desmanchar em areia.

Eu não podia criticá-lo. Carter acabara de receber a ordem de assumir o trono da criação e liderar um exército de magos e deuses em uma batalha. Um ano, ou mesmo seis meses antes, a ideia de meu irmão ser incumbido de tal responsabilidade teria me horrorizado também.

Estranhamente, agora eu não me incomodava. Pensar em Carter como o faraó era, na verdade, reconfortante. Tenho certeza de que vou me arrepender do que vou falar, e de que Carter jamais vai me deixar esquecer, mas a realidade é que eu contava com meu irmão desde nossa mudança para a Casa do Brooklyn. Eu passei a depender de sua força. Confiava que ele sempre tomaria as decisões certas, mesmo quando ele não acreditasse em si mesmo. Ao descobrir seu nome secreto, eu vi uma característica muito clara entretecida em sua personalidade: liderança.

— Você está pronto — falei para ele.

— De fato — Rá confirmou.

Carter ergueu os olhos, um pouco atordoado, mas acho que ele percebeu que eu não o estava provocando — não daquela vez.

Bes deu um soco no ombro dele.

— É claro que você está pronto, garoto. Agora, pare de perder tempo e vá salvar seu tio!

Olhando para Bes, tentei não ficar com os olhos cheios d'água. Eu já o havia perdido uma vez.

Quanto a Rá, ele parecia muito confiante, mas ainda estava confinado à forma de Zia Rashid. Ela era uma maga forte, sim, mas era nova nesse negócio de hospedeira. Se vacilasse minimamente ou se exagerasse...

— Boa sorte, então. — Carter engoliu em seco. — Espero...

Ele hesitou. Percebi que o coitado estava tentando se despedir da namorada, talvez pela última vez, e ele não podia nem beijá-la sem beijar o deus sol.

Carter começou a mudar de forma. As roupas, a mochila, até o gancho e o mangual sumiram no meio da plumagem. A forma dele encolheu até ele se tornar um falcão marrom e branco. Depois ele abriu as asas e se jogou da lateral do barco.

— Ah, odeio essa parte — resmunguei.

Invoquei Ísis e a convidei: *Agora. É hora de agirmos como uma só.*

Imediatamente sua magia fluiu para dentro de mim. Foi como se alguém tivesse ligado geradores hidrelétricos suficientes para iluminar uma nação e canalizado toda a energia para mim. Transformei-me em um milhafre e voei.

Pela primeira vez não tive dificuldade para voltar à forma humana. Carter e eu nos encontramos aos pés da Grande Esfinge e estudamos a entrada recém-arrombada do túnel. Os rebeldes não haviam sido muito sutis. Blocos de pedra do tamanho de carros haviam sido reduzidos a entulho. A areia em torno do túnel escurecera e virara vidro. O pessoal de Sarah Jacobi havia usado um feitiço *ha-di* ou várias bananas de dinamite.

— Esse túnel... — comecei. — Ele não acaba logo antes do Salão das Eras?

Carter assentiu, sério. Sacou o gancho e o mangual, que agora brilhavam com fogo branco fantasma. Ele mergulhou na escuridão. Invoquei meu cajado e a varinha e fui atrás dele.

À medida que descíamos, vi os sinais de luta. Explosões haviam chamuscado as paredes e os degraus. Um trecho do teto tinha cedido. Carter conseguiu abrir caminho com a força de Hórus, mas assim que passamos o túnel desmoronou atrás de nós. Não sairíamos por ali.

Abaixo de nós, ouvi os sons de combate — Palavras Divinas sendo proferidas; magias do fogo, da água e da terra se enfrentando. Um leão rugiu. Metal bateu em metal.

Alguns metros adiante encontramos a primeira baixa. Um jovem vestindo uniforme militar cinzento esfarrapado estava recostado em uma parede, segurando a barriga e arfando com dificuldade.

— Leonid! — gritei.

Meu amigo russo estava pálido e ensanguentado. Pus a mão em sua testa. A pele estava fria.

— Lá embaixo — ele ofegou. — Demais. Eu tento...

— Fique aqui — falei, e depois percebi que era bobagem, já que ele mal conseguia se mexer. — Voltaremos com ajuda.

Ele assentiu, corajoso, mas olhei para Carter e soube que pensávamos o mesmo. Leonid talvez não aguentasse tanto tempo. A jaqueta do uniforme estava ensopada de sangue. Ele mantinha a mão no ventre, mas era evidente que havia sido atacado com selvageria — com garras, facas ou alguma magia igualmente horrível.

Lancei um feitiço *Lento* em Leonid, para pelo menos estabilizar sua respiração e estancar o sangramento, mas não ajudaria muito. O coitado arriscara a vida para fugir de São Petersburgo. Havia ido até o Brooklyn para me prevenir do ataque iminente. Agora tentava defender o Primeiro Nomo contra seus antigos mestres, e eles o abateram e passaram por cima dele, deixando-o ali para morrer lentamente.

— Nós *vamos* voltar — prometi de novo.

Carter e eu seguimos em frente.

Chegamos ao fim da escada e fomos imediatamente envolvidos pela batalha. Um *shabti* de leão saltou em mim.

Ísis reagiu mais depressa do que eu teria conseguido. Ela me deu uma palavra para falar:

— *Fah!*

E o hieróglifo para *Liberar* brilhou no ar:

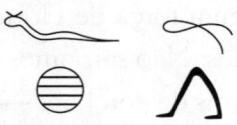

O leão encolheu até virar uma estatueta de cera e bateu inofensivo em meu peito.

À nossa volta, o corredor estava caótico. Nas duas direções nossos iniciados travavam combate com magos inimigos. Bem diante de nós, uma dúzia de rebeldes havia formado uma cunha para bloquear as portas do Salão das Eras, e nossos amigos pareciam tentar passar por eles.

Por um momento isso me pareceu de cabeça para baixo. Não devíamos ser nós os defensores das portas? Então compreendi o que provavelmente tinha acontecido. O ataque ao túnel lacrado surpreendera nossos aliados. Eles haviam corrido para ajudar Amós, mas, quando alcançaram as portas, os inimigos já estavam lá dentro. E agora aquele grupo impedia que nossos reforços se aproximassem de Amós enquanto nosso tio estava dentro do salão, talvez sozinho, enfrentando Sarah Jacobi e sua tropa de elite.

Minha pulsação acelerou. Corri para a batalha, lançando feitiços do cardápio incrivelmente variado de Ísis. Era bom ser uma deusa de novo, devo admitir, mas eu precisava controlar minha energia com cuidado. Se deixasse Ísis muito livre, ela destruiria nossos inimigos em segundos, mas também me esgotaria. Eu precisava controlar sua inclinação para despedaçar os reles mortais.

Arremessei minha varinha como se fosse um bumerangue e atingi um mago grande e barbado que berrava em russo enquanto travava uma luta de espadas com Julian.

O russo desapareceu com um lampejo dourado. No lugar dele, um hamster gritou alarmado e correu para se esconder. Julian sorriu para mim. A lâmina de sua espada fumegava e as barras da calça pegavam fogo, mas, exceto por isso, ele estava bem.

— Já era hora! — ele disse.

Outro mago o atacou, e não tivemos mais tempo para conversar.

Carter seguiu em frente, brandindo o gancho e o mangual como se tivesse treinado com eles a vida toda. Um mago inimigo invocou um rinoceronte — o que achei enorme falta de educação, considerando o espaço confinado em que estávamos. Carter o atacou com o mangual, e cada corrente cravejada se transformou em uma corda de fogo. O rinoceronte desmoronou, cortado em três pedaços, e derreteu em um amontoado de cera.

Nossos outros amigos também não estavam se saindo mal. Felix usava um feitiço de gelo que eu nunca vira antes: ele prendia os inimigos em homens de neve grandes e fofos, que tinham até nariz de cenoura e cachimbo. Seu exército de pinguins perambulava à sua volta, bicando magos inimigos e roubando suas varinhas.

Alyssa lutava contra outra elementalista da terra, uma russa que estava em evidente desvantagem. Ela provavelmente nunca havia enfrentado o poder de Geb antes. Cada vez que a inimiga invocava uma criatura de pedra ou tentava arremessar pedregulhos, seus ataques se dissolviam em detritos. Alyssa estalou os dedos, e o chão se transformou em areia movediça sob os pés de sua oponente. A russa afundou até os ombros, totalmente presa.

Na extremidade norte do corredor, Jaz estava agachada ao lado de Cleo, cuidando do braço dela, que havia sido transformado em um girassol. Mesmo assim, Cleo acabara melhor que seu oponente. Aos pés dela havia um exemplar, do tamanho de um humano, do romance *David Copperfield*, e tive a sensação de que aquilo era um mago inimigo.

[Carter me diz que David Copperfield *é* mágico. Ele acha isso engraçado por algum motivo. Ignore-o. É o que eu faço.]

Até nossos mirins estavam em ação. A jovem Shelby espalhara seus gizes de cera no corredor para o inimigo escorregar. Agora ela brandia a varinha como se fosse uma raquete de tênis, correndo entre as pernas de magos adultos, atacando-os por baixo e gritando:

— Morra, morra, morra!

Crianças não são adoráveis?

Ela acertou um grande guerreiro de metal, certamente um *shabti*, e ele se transformou em um porquinho colorido como um arco-íris. Se estivéssemos vivos no final do dia, eu pressentia que Shelby ia querer ficar com ele.

Alguns moradores do Primeiro Nomo nos ajudavam, mas a quantidade deles era deprimente. Alguns magos trôpegos e velhos e mercadores desesperados arremessavam talismãs e repeliam feitiços.

Aos poucos, mas sem parar, nós nos aproximamos das portas, onde o grupo principal de inimigos parecia se concentrar em um único atacante.

Quando percebi quem era, fiquei tentada a *me* transformar em hamster e fugir gritando.

Walt havia chegado. Ele rasgava a linha inimiga com as próprias mãos — arremessou um mago rebelde pelo corredor com força sobre-humana, tocou outro e o envolveu imediatamente em ataduras. Pegou o cajado de um terceiro e o pulverizou. Finalmente, Walt apontou a mão para os inimigos que restavam, e eles encolheram até o tamanho de bonecos. Vasos canópicos, do tipo usado para conter os órgãos internos de uma múmia, surgiram em volta dos magos miúdos, prendendo-os com tampas em forma de cabeça de animais. Os pobres magos gritavam desesperadamente, batendo nos recipientes de argila e oscilando como uma fileira de pinos de beliche muito infelizes.

Walt se virou para nossos amigos.

— Todos estão bem?

Ele parecia o Walt de sempre: alto e musculoso, o rosto confiante, suaves olhos castanhos e mãos fortes. Mas suas roupas haviam mudado. Ele usava jeans, camiseta do Dead Weather e jaqueta de couro pretas: o traje de Anúbis, ajustado ao porte de Walt. Só precisei olhar dentro do Duat, só um pouco, e vi Anúbis ali em toda a sua habitual e irritante beleza. Os dois — ocupando o mesmo espaço.

— Preparem-se — Walt disse a nossas tropas. — Eles lacraram as portas, mas eu posso...

Naquele momento ele reparou em mim, e sua voz falhou.

— Sadie — ele disse. — Eu...

— Algo sobre abrir as portas? — perguntei.

Walt assentiu em silêncio.

— Amós está lá dentro? — indaguei. — Enfrentando Kwai e Jacobi e sabe-se lá quem mais?

Ele assentiu de novo.

— Então pare de olhar para mim e *abra as portas*, garoto irritante!

Eu falava com os dois. Parecia bastante natural. E era bom poder extravasar minha raiva. Eu lidaria com aqueles dois... aquele... tanto faz... depois. Naquele momento, meu tio precisava de mim.

Walt/Anúbis teve a ousadia de sorrir.

Ele tocou as portas. Cinzas se espalharam pela superfície. O bronze esfarelou.

— Você primeiro — ele me disse, e invadimos o Salão das Eras.

S
A
D
I
E

18. Garoto-morte ao resgate

A BOA NOTÍCIA: Amós não estava completamente sozinho.

A má notícia: seu reforço era o deus do mal.

Quando entramos no Salão das Eras, nossa tentativa de resgate parou de repente. Não esperávamos ver um balé aéreo e letal de relâmpago e facas. Os hieróglifos flutuantes que normalmente preenchiam a sala haviam desaparecido. As cortinas holográficas dos dois lados do salão tremulavam fracas. Algumas haviam se desfeito de vez.

Como eu imaginara, uma equipe de assalto de magos inimigos se trancara ali dentro com Amós, mas parecia que eles estavam arrependidos.

Pairando no ar, no centro do salão, Amós estava envolvido pelo avatar mais estranho que eu já vira. Uma forma vagamente humana rodopiava à sua volta: parte tempestade de areia, parte fogo, bastante parecido com o Apófis gigante que estava na superfície, só que muito mais feliz. O guerreiro vermelho gigante ria enquanto lutava, girando um cajado preto de ferro de dez metros com força descuidada. Suspenso no peito dele, Amós copiava os movimentos do gigante, com o rosto recoberto de suor. Eu não sabia se Amós estava comandando Set ou tentando contê-lo. Os dois, talvez.

Magos inimigos voavam em torno dele. Foi fácil identificar Kwai, com a cabeça careca e as vestes azuis, cruzando o ar como um daqueles monges das artes marciais capazes de desafiar a gravidade. Ele lançava vários raios vermelhos contra o avatar de Set, mas isso não parecia funcionar muito.

Com seus cabelos negros e espetados e as vestes brancas e soltas, Sarah Jacobi parecia a Bruxa Esquizofrênica do Oeste, especialmente porque voava em uma nuvem de tempestade como se aquilo fosse um tapete voador. Ela empunhava duas facas negras parecidas com navalhas de barbeiro e as arremessava em um malabarismo pavoroso contra o avatar de Set, pegando-as quando elas voltavam para suas mãos. Eu já vira facas como aquelas: lâminas *netjeri*, feitas de ferro meteórico. Eram usadas principalmente em cerimônias fúnebres, mas também pareciam funcionar muito bem como armas. A cada golpe elas danificavam um pouco o corpo arenoso do avatar, desgastando-o lentamente. Ao vê-la lançar as facas, senti a raiva crescer dentro de mim. Meu instinto me dizia que Jacobi havia cravado aquelas facas em meu amigo russo Leonid e depois o deixara morrer sozinho.

Os outros rebeldes não se saíam tão bem em seus ataques, mas com certeza eram persistentes. Alguns lançavam rajadas de vento ou água em Set. Outros arremessavam *shabti* de escorpiões gigantes e de grifos. Um sujeito gordo bombardeava Amós com pedaços de queijo. Francamente, não sei se eu teria escolhido um Mestre do Queijo para integrar minha tropa de elite, mas talvez Sarah Jacobi sentisse fome durante suas batalhas.

Set parecia estar se divertindo. O gigante guerreiro vermelho bateu seu cajado de ferro no peito de Kwai e o atirou longe. Chutou outro mago para dentro das cortinas holográficas da Era Romana, e o coitado caiu com as orelhas soltando fumaça, sua mente provavelmente sobrecarregada por imagens de festas de toga.

Set apontou a mão livre para o Mestre do Queijo. O mago gordo foi tragado por uma tempestade de areia e começou a gritar, mas em alguns segundos Set recolheu a mão. A tempestade cessou. O mago caiu no chão como uma boneca de pano, inconsciente mas ainda vivo.

— Ah! — o guerreiro vermelho gritou. — Vamos, Amós, deixe eu me divertir *um pouco*. Eu só queria arrancar a pele daqueles ossos!

O rosto de Amós estava tenso de concentração. Era evidente que ele fazia o possível para controlar o deus, mas Set tinha muitos outros inimigos com quem brincar.

— Preparar! — O deus vermelho disparou um raio em uma esfinge de pedra e a transformou em poeira. Ele riu como um lunático e bateu em Sarah Jacobi com o cajado. — Isso é divertido, maguinhos! Vocês não têm mais nenhum truque?

Não sei quanto tempo ficamos na entrada, assistindo à batalha. Provavelmente não passaram de alguns segundos, mas pareceu uma eternidade.

Finalmente Jaz conteve um soluço.

— Amós... ele está possuído outra vez.

— Não — respondi. — Não, é diferente! Ele está no controle.

Nossos iniciados me encararam, incrédulos. Eu entendia o pânico deles. Lembrava melhor que ninguém como Set quase destruíra a sanidade de meu tio. Era difícil compreender que Amós algum dia se disporia a canalizar o poder do deus vermelho. E no entanto ele fazia o impossível. Ele estava vencendo.

Ainda assim, nem mesmo o Sacerdote-leitor Chefe conseguiria canalizar todo aquele poder por muito tempo.

— Olhem para ele! — implorei. — Precisamos ajudá-lo! Amós não está possuído. Ele está controlando Set!

Walt franziu o cenho.

— Sadie, isso... isso é impossível. Set não pode ser controlado.

Carter levantou o gancho e o mangual.

— É óbvio que *pode*, porque Amós está controlando Set. Agora, vamos à guerra ou não?

Avançamos, mas nossa hesitação tinha sido muito longa. Sarah Jacobi havia notado nossa presença. Ela gritou para seus seguidores:

— Agora!

Sarah podia ser má, mas não era burra. O ataque contra Amós até então era apenas para distraí-lo e enfraquecê-lo. Ao comando dela, o verdadeiro ataque começou. Kwai arremessou um raio no rosto de Amós no mesmo instante em que os outros magos sacaram cordas mágicas e as arremessaram no avatar de Set.

O guerreiro vermelho cambaleou quando as cordas se apertaram, todas ao mesmo tempo, amarrando suas pernas e seus braços. Sarah Jacobi embainhou as facas e exibiu uma corda preta comprida. Navegando em sua nuvem de tempestade acima do avatar, ela laçou habilidosamente a cabeça dele e apertou o nó.

Set rugiu, ultrajado, mas o avatar começou a encolher. Antes que pudéssemos sequer nos aproximar, Amós estava ajoelhado no piso do Salão das Eras, cercado apenas por escudos vermelhos brilhantes, finíssimos. Ele agora estava bem preso por cordas mágicas. Sarah Jacobi se encontrava em pé atrás de Amós, segurando a corda preta como se ele estivesse encoleirado. Ela pressionou uma de suas lâminas *netjeri* contra o pescoço dele.

— Parem! — ela nos ordenou. — Isso acaba *agora*.

Meus amigos hesitaram. Os magos rebeldes se viraram e nos encararam atentamente.

Ísis falou dentro de minha cabeça: *Lamento, mas precisamos deixá-lo morrer. Ele hospeda Set, nosso velho inimigo.*

Ele é meu tio!, respondi.

Ele foi corrompido, Ísis disse. *Já se foi.*

— Não! — gritei.

Nossa conexão vacilou. Não se pode compartilhar a mente de um deus e se desentender com ele. Para ser o Olho é necessário haver perfeita comunhão.

Carter parecia enfrentar um problema semelhante com Hórus. Ele invocou o avatar do deus guerreiro, que se dissipou quase imediatamente e o derrubou no chão.

— Vamos lá, Hórus! — Carter resmungou. — Nós *temos* que ajudar.

A risada de Sarah Jacobi soava como metal raspando areia.

— Viram? — Ela puxou com mais força a corda no pescoço de Amós. — *Esse* é o resultado do caminho dos deuses! Confusão. Caos. *Set* em pessoa no Salão das Eras! Nem mesmo vocês, tolos equivocados, podem negar que isso é errado!

Amós levou as mãos ao pescoço. Ele grunhiu enfurecido, mas foi a voz de Set que falou:

— Tento fazer algo bom e é *assim* que você me agradece? Devia ter me deixado matá-los, Amós!

Dei um passo à frente, tomando cuidado para não fazer movimentos bruscos.

— Jacobi, você não entende. Amós está canalizando o poder de Set, mas ele está no controle. Poderia ter matado você, mas não matou. Set foi tenente de Rá. Devidamente controlado, ele é um aliado útil.

Set bufou.

— Útil, sim! Sobre essa história de "devidamente controlado", não sei. Soltem-me, magos patéticos, para que eu possa esmagá-los!

Olhei para meu tio.

— Set! Você não está ajudando!

A expressão de Amós passou da fúria à preocupação.

— Sadie! — ele disse com a voz normal. — Vá: enfrente Apófis. Vá e me deixe aqui!

— Não — respondi. — Você é o Sacerdote-leitor Chefe. Lutaremos pela Casa da Vida.

Não olhei para trás, mas tinha esperança de que meus amigos concordassem. Caso contrário, minha resistência final seria muito, muito breve.

Jacobi debochou.

— Seu tio é um servo de Set! Você e seu irmão estão sentenciados à morte. Os outros, entreguem suas armas. Como sua nova Sacerdotisa--leitora Chefe, eu lhes concedo anistia. E então enfrentaremos Apófis juntos.

— Você está *mancomunada* com Apófis! — gritei.

O rosto de Jacobi tornou-se completamente frio.

— Traição. — Ela ergueu o cajado. — *Ha-di.*

Levantei minha varinha, mas dessa vez Ísis não me ajudaria. Eu era apenas Sadie Kane, e minha defesa foi muito lenta. A explosão atravessou meus escudos finos e me arremessou para dentro de uma cortina de luz atrás de mim. Imagens da Era dos Deuses estalaram à minha volta — a fundação do mundo, a coroação de Osíris, a batalha entre Set e Hórus —, como se sessenta filmes tivessem sido baixados para dentro de minha cabeça enquanto eu era eletrocutada. A luz se apagou, e caí no chão, atordoada e exaurida.

— Sadie!

Carter correu até mim, mas Kwai o atingiu com um raio vermelho. Meu irmão caiu de joelhos. Não tive forças para gritar.

Jaz correu na direção dele. A pequena Shelby gritou:

— Pare! Pare!

Os outros iniciados pareciam aturdidos, incapazes de se mexer.

— Desistam — Jacobi disse.

Percebi que ela falava com Palavras de Poder, do mesmo jeito que o fantasma Setne fazia. Ela usava magia para imobilizar meus amigos.

— Os Kane só lhes trouxeram problemas. É hora de acabar com isso.

Ela afastou do pescoço de Amós sua lâmina *netjeri*. Rápida como a luz, arremessou-a na minha direção. Enquanto a lâmina voava, minha mente pareceu acelerar. Naquela fração de segundo, entendi que Sarah Jacobi não ia errar. Meu fim seria tão doloroso quanto o do pobre Leonid, que estava morrendo ensanguentado sozinho no túnel externo. Mas eu não podia fazer nada para me defender.

Uma sombra passou diante de mim. Uma mão agarrou a lâmina no ar. O ferro meteórico ficou cinzento e esfarelou.

Jacobi arregalou os olhos. Ela imediatamente sacou a segunda faca.

— Quem é você? — perguntou.

— Walt Stone, sangue dos faraós. E Anúbis, deus dos mortos.

Ele se colocou na minha frente, me protegendo dos inimigos. Talvez eu estivesse enxergando tudo dobrado por ter batido a cabeça, mas vi os dois com a mesma clareza — ambos lindos, poderosos e muito furiosos.

— Temos a mesma opinião — Walt disse. — Especialmente sobre este assunto: *ninguém* toca em Sadie Kane.

Ele estendeu a mão. O chão se abriu aos pés de Sarah Jacobi, e almas de mortos brotaram como raízes: mãos esqueléticas, rostos brilhantes, sombras com presas e *ba* alados com as garras expostas. Eles cercaram Sarah Jacobi, envolvendo-a em ataduras fantasmagóricas, e a arrastaram aos berros para dentro do abismo. O chão se fechou acima dela, sem deixar qualquer sinal de que um dia ela existira.

O nó preto afrouxou no pescoço de Amós, e a voz de Set riu com satisfação.

— Esse é meu garoto!

— Cale a boca, pai! — Anúbis disse.

No Duat, Anúbis tinha a mesma aparência de sempre, com cabelos escuros despenteados e os lindos olhos castanhos, mas eu nunca o vira tão furioso. Percebi que qualquer um que tentasse me ferir sofreria toda a sua ira, e Walt não tentaria contê-lo.

Jaz ajudou Carter a se levantar. A camisa dele estava queimada, mas meu irmão parecia bem. Acho que ser atingido por um raio não tinha sido a pior coisa que acontecera a ele nos últimos tempos.

— Magos! — Carter conseguia apresentar-se altivo e confiante, dirigindo-se tanto a nossos iniciados quanto aos rebeldes. — Estamos perdendo tempo. Apófis está lá em cima, prestes a destruir o mundo. Alguns deuses corajosos estão contendo ele pelo *nosso* bem, pelo bem do Egito e do mundo dos mortais, mas eles não podem fazer isso sozinhos. Jacobi e Kwai os enganaram. Libertem o Sacerdote-leitor Chefe. *Precisamos* trabalhar juntos.

Kwai rosnou. Eletricidade vermelha brotou de seus dedos.

— Nunca. Não nos curvamos para os deuses.

Consegui ficar em pé.

— Escutem meu irmão — falei. — Vocês não confiam nos deuses? Eles já estão nos ajudando. Enquanto isso, Apófis quer que lutemos uns contra os outros. Por que acham que o ataque de vocês foi planejado para hoje de manhã, no mesmo momento em que Apófis se ergue? Kwai e Jacobi manipularam vocês. O inimigo está bem à sua frente!

Então até os magos rebeldes se viraram para encarar Kwai. As cordas restantes se soltaram de Amós.

Kwai fez uma careta.

— É tarde demais. — A voz dele vibrava com poder. Suas vestes passaram do azul ao vermelho-sangue. Seus olhos brilharam, as pupilas se estreitaram como as dos répteis. — Neste momento, meu mestre está destruindo os velhos deuses, demolindo as fundações de seu mundo. Ele engolirá o sol. Todos vocês morrerão.

Amós levantou-se. Areia vermelha rodopiou em torno dele, mas eu não tinha dúvida sobre quem estava no comando agora. A capa de pele de leopardo do Sacerdote-leitor Chefe reluzia em seus ombros. Ele estendeu o cajado, e hieróglifos multicoloridos encheram o ar.

— Casa da Vida — ele disse. — À guerra!

Kwai não desistiu facilmente.

Imagino que seja isso que acontece quando a Serpente do Caos invade seus pensamentos e inunda você com fúria e magia ilimitadas.

Kwai lançou uma cadeia de raios vermelhos pelo salão, derrubando a maioria dos outros magos, inclusive seus próprios seguidores. Ísis provavelmente me protegeu, porque a eletricidade passou por mim sem provocar efeito. Amós não pareceu se incomodar em seu tornado vermelho. Walt cambaleou, mas só por um instante. Até Carter, enfraquecido, conseguiu desviar o raio com seu gancho de faraó.

Os outros não tiveram a mesma sorte. Jaz caiu. E Julian. E Felix e sua tropa de pinguins. Todos os nossos iniciados e os rebeldes contra quem eles haviam lutado caíram inconscientes. E acabou-se nossa ofensiva em massa.

Invoquei o poder de Ísis. Comecei a lançar um feitiço de aprisionamento, mas Kwai ainda tinha seus truques. Ele levantou as mãos e criou sua própria tempestade de areia. Dezenas de redemoinhos percorreram o salão, engrossando e virando criaturas de areia: esfinges, crocodilos, lobos e leões. Eles atacaram em todas as direções, pulando até mesmo em nossos amigos indefesos.

— Sadie! — Amós avisou. — Proteja-os!

Logo mudei de feitiço — apressadamente lancei escudos sobre nossos iniciados inconscientes. Amós explodia monstro atrás de monstro, mas eles continuavam se reconstituindo.

Carter invocou seu avatar. Ele atacou Kwai, mas o mago vermelho o jogou para trás com um novo relâmpago. O coitado de meu irmão bateu em uma coluna de pedra, que caiu em cima dele. Torci para que o avatar absorvesse a maior parte do impacto.

Walt lançou uma dúzia de criaturas mágicas ao mesmo tempo — sua esfinge, seus camelos, o íbis e até Filipe da Macedônia. Eles investiram contra as criaturas de areia, tentando mantê-las longe dos magos caídos.

Então Walt se virou para Kwai.

— Anúbis — Kwai sibilou. — Você devia ter ficado em seu salão fúnebre, deus menino. Não pode me vencer.

Em resposta, Walt abriu as mãos. Em volta dele, o chão rachou e se abriu. Dois chacais enormes saltaram das fendas com as presas à mostra. A forma de Walt tremulou. De repente ele usava armadura egípcia de guerra e girava nas mãos um cajado *was* como se fosse um ventilador letal.

Kwai rugiu. Ele lançou ondas de areia contra os chacais. Arremessou raios e Palavras de Poder em Walt, que as desviou com seu cajado, reduzindo os ataques de Kwai a cinzas.

Os chacais assediaram Kwai pelos dois lados, enterrando os dentes nas pernas dele enquanto Walt se aproximava e balançava o cajado como um taco de golfe. Ele atingiu Kwai com tanta força que acho que o golpe ecoou pelo Duat inteiro. O mago caiu. Suas criaturas de areia desapareceram.

Walt ordenou que os chacais fossem embora. Amós baixou o cajado. Carter levantou-se dos escombros, parecendo meio tonto porém ileso. Nós nos reunimos em torno do mago caído.

Kwai deveria estar morto. Um fio de sangue escorria de sua boca. Os olhos estavam vidrados. Mas, enquanto eu examinava seu rosto, ele respirou de repente e soltou uma risada fraca.

— Idiotas — ele disse. — *Sahei*.

Um hieróglifo vermelho-sangue brilhou em seu peito:

As vestes dele pegaram fogo. Ele se dissolveu em areia diante de nós, e uma onda de frio — o poder do Caos — varreu o Salão das Eras. Colunas tremeram. Pedaços de pedra caíram do teto. Uma chapa do tamanho de um fogão desabou na escada do tablado, quase esmagando o trono do faraó.

— *Desabar* — eu disse, percebendo o significado do hieróglifo. Até Ísis parecia aterrorizada com a invocação. — *Sahei é desabar*.

Amós xingou em egípcio antigo — algo sobre jumentos pisotearem o fantasma de Kwai.

— Ele consumiu sua força vital para lançar essa maldição. O salão já está enfraquecido. Precisamos sair daqui antes que sejamos enterrados vivos.

Olhei para os magos caídos à nossa volta. Alguns de nossos iniciados começavam a se mexer, mas seria impossível levar todos eles para um local seguro a tempo.

— Temos que impedir isso! — insisti. — Há quatro deuses presentes! Não podemos salvar o salão?

Amós franziu o cenho.

— O poder de Set não vai me ajudar agora. Ele só é capaz de destruir, não de restaurar.

Outra coluna tombou. Ela se partiu no chão e quase atingiu um dos rebeldes inconscientes.

Walt — que ficava muito bem naquela armadura, a propósito — balançou a cabeça.

— Isso está além do alcance de Anúbis. Sinto muito.

O piso tremeu. Tínhamos apenas segundos de vida. Depois seríamos só mais um bando de egípcios sepultados.

— Carter? — perguntei.

Ele me olhou impotente. Ainda estava fraco, e percebi que sua magia de guerra não seria muito útil naquela situação.

Suspirei.

— Então sobrou para mim, como sempre. Tudo bem. Vocês três protejam os outros da melhor maneira possível. Se isso não funcionar, saiam depressa.

— Se *o que* não funcionar? — Amós perguntou enquanto mais pedaços do teto caíam ao nosso redor. — Sadie, o que você está planejando?

— Só uma palavra, querido tio.

Levantei meu cajado e invoquei o poder de Ísis.

Ela entendeu imediatamente do que eu precisava. Juntas, tentamos encontrar calma no Caos. Eu me concentrei nos momentos mais tranquilos e ordenados de minha vida — e não eram muitos. Lembrei-me de meu aniversário de seis anos em Los Angeles, com Carter, meu pai e minha mãe: a última lembrança clara que eu tinha de todos nós juntos como uma família. Eu me imaginei ouvindo música em meu quarto na Casa do Brooklyn enquanto Khufu comia Cheerios em minha cômoda. Eu me imaginei sentada na varanda com meus amigos, tomando um café da manhã renovador enquanto Filipe da Macedônia nadava na piscina. Lembrei-me das tardes de domingo na casa de meus avós: Muffin em meu colo, meu avô assistindo ao jogo de rúgbi na tevê e os biscoitos horríveis com chá fraco de minha avó na mesa. Eram bons tempos.

O mais importante: encarei meu próprio caos. Aceitei minhas emoções confusas em relação a pertencer a Londres ou a Nova York, a ser uma maga ou uma estudante. Eu era Sadie Kane, e se sobrevivesse àquele dia eu seria perfeitamente capaz de equilibrar tudo isso. E, sim, eu aceitava Walt e Anúbis... Desisti da raiva e do desânimo. Imaginei os dois comigo, e se isso era estranho, bem, então se encaixava no restante de minha vida. Acolhi a ideia. Walt estava vivo. Anúbis era de carne e osso. Acalmei minha inquietação e abandonei as dúvidas.

— *Maat* — eu disse.

Senti como se tivesse batido nas fundações da Terra com um diapasão. Harmonia profunda ressoou de dentro para fora em todos os níveis do Duat.

O Salão das Eras se aquietou. Colunas se ergueram e se repararam. As rachaduras no teto e no chão se fecharam. Cortinas holográficas de luz voltaram a brilhar dos dois lados do salão e hieróglifos encheram o ar outra vez.

Caí nos braços de Walt. Minha visão estava turva, mas percebi que ele sorria para mim. Anúbis também. Eu conseguia ver os dois, e percebi que não precisava escolher.

— Sadie, você conseguiu — ele disse. — Você é incrível.

— Aham — murmurei. — Boa noite.

Eles me dizem que apaguei só por alguns segundos, mas me pareceram séculos. Quando acordei, os outros magos estavam em pé. Amós sorriu para mim.

— Aí está você, minha menina.

Ele me ajudou a ficar de pé. Carter me abraçou com bastante entusiasmo, quase como se enfim me desse o devido reconhecimento.

— Não acabou — Carter avisou. — Temos que ir à superfície. Está pronta?

Assenti com a cabeça, embora nenhum de nós se sentisse muito bem. Havíamos usado energia demais na luta no Salão das Eras. Mesmo com a ajuda dos deuses, não estávamos em condições de enfrentar Apófis. Mas não tínhamos escolha.

— Carter — Amós falou em um tom formal, indicando o trono vazio. — Você tem sangue dos faraós, Olho de Hórus. Carrega o gancho e o mangual, entregues por Rá. O reinado é seu. Você vai nos liderar, deuses e mortais, contra o inimigo?

Carter ficou ereto. Vi a dúvida e o medo nele, mas talvez fosse só porque eu o conhecia. Eu havia falado seu nome secreto. Por fora, ele parecia confiante, forte, adulto — até majestoso.

[Sim, eu disse isso. Não fique convencido, querido irmão. Você ainda é um grande *nerd*.]

— Eu os liderarei — Carter respondeu. — Mas o trono vai ter que esperar. Neste momento, Rá precisa de nós. Temos que ir à superfície. Pode nos mostrar o caminho mais rápido?

Amós assentiu.

— E vocês?

Os outros magos gritaram sua aprovação — até os ex-rebeldes.

— Não somos muitos — Walt comentou. — Quais são as ordens, Carter?

— Primeiro, precisamos de reforços — ele disse. — É hora de invocarmos os deuses para a guerra.

C
A
R   19. Bem-vindo ao parque de diversões do mal
T
E
R

Sadie diz que eu parecia confiante?
Boa.
Na verdade, a oferta para ser o rei do universo (ou comandante supremo de deuses e magos, ou seja lá o que for) me fazia tremer na base.
Felizmente isso aconteceu quando nos dirigíamos para a guerra, então não tive tempo para pensar muito ou surtar.
Vá em frente, disse Hórus. *Use minha coragem.*
Pela primeira vez na vida eu, de bom grado, o deixei assumir a liderança. Caso contrário, quando chegássemos à superfície e eu finalmente visse como a situação estava ruim, eu teria corrido de volta para dentro gritando como uma criança.
[Sadie diz que isso não é justo. Nossas crianças não estavam gritando. Elas estavam mais ansiosas que eu pela luta.]
Enfim, nosso pequeno grupo de magos emergiu de um túnel secreto no meio da pirâmide de Quéfren e olhou para o fim do mundo abaixo.
Dizer que Apófis era imenso seria como dizer que entrou um pouco de água no *Titanic*. Desde nossa descida ao subterrâneo, a serpente crescera. Agora ela se estendia por quilômetros embaixo do deserto, envolvendo as pirâmides e passando sob a periferia do Cairo, levantando bairros inteiros como se fosse um tapete velho.

Só a cabeça da serpente estava acima da superfície, mas era quase tão alta quanto as pirâmides. Era feita de raios e tempestade de areia, como Sadie descreveu, e ao abrir o capuz de naja ela exibia um hieróglifo incandescente que nenhum mago jamais poderia escrever: *Isfet*, o sinal do Caos:

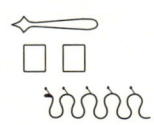

Os quatro deuses que combatiam Apófis pareciam minúsculos perto dele. Sobek estava montado no dorso da serpente, dando várias mordidas com suas mandíbulas poderosas de crocodilo e batendo com seu cajado. Ele acertava os golpes, mas isso não parecia incomodar Apófis.

Bes dançava de um lado para o outro de sunga, brandindo uma clava de madeira e gritando "Bu!" tão alto que a população do Cairo devia estar escondida embaixo da cama de tanto medo. Mas a serpente gigantesca do Caos não parecia assustada.

Nossa amiga felina Bastet também não estava com muita sorte. Ela saltou na cabeça da serpente e a atacou violentamente com suas lâminas, então pulou antes que Apófis pudesse derrubá-la, mas a cobra parecia interessada em apenas um alvo.

Em pé no deserto entre a Grande Pirâmide e a Esfinge, Zia estava cercada por uma intensa luz dourada. Era difícil olhar diretamente para ela, mas Zia arremessava bolas de fogo como um rojão — todas explodiam no corpo da serpente e abalavam sua forma. A serpente retaliava, engolindo pedaços do deserto, mas parecia não conseguir encontrar Zia. A posição dela se deslocava como uma miragem — sempre a vários metros de distância dos ataques de Apófis.

Ainda assim, ela não poderia fazer aquilo para sempre. Olhei dentro do Duat e vi a aura dos quatro deuses enfraquecendo, e Apófis cada vez maior e mais forte.

— O que vamos fazer? — Jaz perguntou, nervosa.

— Esperem meu sinal — respondi.

— Que sinal? — Sadie indagou.

— Ainda não sei. Eu volto.

Fechei os olhos e mandei meu *ba* para o céu. De repente estava na sala do trono dos deuses. Colunas altíssimas de pedra se erguiam acima de mim. Braseiros de fogo mágico se estendiam ao longe, sua luz refletida no piso de mármore polido. No centro da sala, o barco solar de Rá repousava em sua doca seca no tablado. O trono de fogo estava vazio.

Parecia que eu estava sozinho... até gritar:

— Venham a mim — Hórus e eu falamos em uníssono. — Cumpram seu juramento de lealdade.

Rastros de fumaça luminosa penetraram na sala como se fossem cometas em câmera lenta. Luzes ganharam vida e rodopiavam por entre as colunas. À minha volta, os deuses se materializaram.

Uma onda de escorpiões rastejou pelo chão e se fundiu para formar a deusa Serket, que me encarou desconfiada sob sua coroa em forma de escorpião. Babi, o deus babuíno, desceu da coluna mais próxima e exibiu as presas. Nekhbet, a deusa abutre, empoleirou-se na proa do barco solar. Shu, o deus do vento, entrou soprando como um demônio de poeira, e então tomou sua aparência de piloto da Segunda Guerra Mundial, o corpo todo feito de poeira, folhas e pedaços de papel.

Havia dezenas deles: o deus da lua, Khonsu, em seu traje prateado; Nut, a deusa do céu, com a pele azul-escura cravejada de estrelas; Hapi, o hippie, com seu saiote verde de escamas de peixe e o sorriso maluco; e uma mulher de aparência severa vestida com roupas de caça de estampa camuflada, segurando um arco, com o rosto pintado de graxa e duas ridículas folhas de palmeira brotando dos cabelos — Neith, imaginei.

Eu esperava mais rostos amigáveis, mas sabia que Osíris não podia deixar o mundo inferior. Tot ainda estava preso dentro de sua pirâmide. E muitos outros deuses — provavelmente os mais inclinados a me ajudar — também estavam sofrendo ataques das forças do Caos. Tínhamos que conseguir.

Encarei os deuses reunidos e torci para que minhas pernas não estivessem tremendo muito. Eu ainda me sentia como Carter Kane, mas sabia que eles olhavam para mim e viam Hórus, o Vingador.

Brandi o gancho e o mangual.

— Estes são os símbolos do faraó, entregues a mim pelo próprio Rá. Ele me nomeou seu líder. Neste momento, Rá enfrenta Apófis. Devemos entrar na batalha. Sigam-me e cumpram seu dever.

Serket chiou.

— Só seguimos os fortes. Você é forte?

Eu me movi rápido como um raio. Ataquei a deusa com o mangual, transformando-a em um amontoado flamejante de escorpiões assados.

Alguns bichos vivos escaparam dos destroços. Afastaram-se para uma distância segura e começaram a se reconstituir, até a deusa ficar inteira de novo, escondida atrás de um braseiro de chamas azuis.

A deusa abutre Nekhbet grasnou:

— Ele é forte.

— Então venham — eu disse.

Meu *ba* voltou à Terra. Abri os olhos.

Acima da pirâmide de Quéfren formaram-se nuvens de tempestade. Elas se abriram com um trovão, e os deuses se lançaram à batalha — alguns conduzindo bigas de guerra, alguns em aeronaves flutuantes, alguns nas costas de falcões gigantescos. O deus babuíno Babi aterrissou no topo da Grande Pirâmide. Ele bateu no peito e urrou.

Olhei para Sadie.

— Que tal esse sinal?

Corremos pirâmide abaixo para nos unirmos à luta.

Primeira dica sobre enfrentar uma serpente gigante do Caos: não.

Mesmo com a ajuda de um pelotão de deuses e magos, você não tem muita chance de vencer essa batalha. Só me dei conta disso quando nos aproximamos e o mundo pareceu se fragmentar. Percebi que Apófis não estava apenas rastejando para dentro e para fora do deserto, enroscando-se em volta das pirâmides. Ele entrava e saía do Duat, fragmentando a realidade em várias camadas. Tentar encontrá-lo era como correr por um parque de diversões cheio de espelhos, cada um levando para outro parque de diversões com mais espelhos.

Nossos amigos começaram a se dividir. À nossa volta, deuses e magos ficaram separados, alguns mergulhando mais a fundo no Duat que outros.

Lutávamos contra um único inimigo, mas cada um de nós enfrentava apenas um fragmento do poder dele.

Na base da pirâmide, um corpo de serpente cercou Walt. Ele tentou sair à força, atacando a serpente com luz cinzenta que transformava as escamas em cinzas, mas a serpente simplesmente se regenerava e apertava Walt cada vez mais. A algumas centenas de metros, Julian havia invocado um avatar pleno de Hórus, um guerreiro verde gigantesco com cabeça de falcão e um *khopesh* em cada mão. Ele cortou a cauda da serpente — ou pelos menos uma versão dela — enquanto a cauda se agitava e tentava empalá-lo. Em um ponto mais profundo do Duat, a deusa Serket estava quase no mesmo lugar. Ela se transformara em um escorpião preto gigante e confrontava outra imagem da cauda da serpente, enfrentando-a com o ferrão em uma disputa bizarra de esgrima. Até Amós havia sido emboscado. Ele estava virado para o lado errado (ou foi o que me pareceu) e atacava o ar com seu cajado, gritando comandos para o nada.

Eu esperava que estivéssemos enfraquecendo Apófis ao forçá-lo a enfrentar tantos de nós ao mesmo tempo, mas não vi qualquer sinal de redução do poder da serpente.

— Ele está nos dividindo! — Sadie gritou.

Mesmo a meu lado, parecia que ela falava do outro lado de um túnel de vento estrondoso.

— Segure! — Estendi o gancho do faraó. — Temos que ficar juntos!

Ela pegou a outra extremidade do gancho e avançamos.

Quanto mais nos aproximávamos da cabeça da serpente, mais difícil ficava para nos mexermos. Eu sentia como se estivéssemos atravessando camadas de calda translúcida, cada uma mais densa e resistente que a anterior. Olhei em volta e percebi que a maioria de nossos aliados havia recuado. Alguns eu nem conseguia ver por causa da distorção do Caos.

Diante de nós, uma luz intensa tremulava como se estivesse uns quinze metros abaixo da superfície da água.

— Temos que alcançar Rá — falei. — Concentre-se nele!

O que eu estava pensando na verdade era: Preciso salvar Zia. Mas eu tinha bastante certeza de que Sadie sabia disso sem que eu tivesse que admitir.

Ouvi a voz de Zia invocando ondas de fogo contra o inimigo. Ela não devia estar muito longe — talvez uns seis metros de distância no mundo dos mortais? No Duat, pareciam mil quilômetros.

— Quase lá! — falei.

É tarde demais, pequenos, a voz de Apófis vibrou em meus ouvidos. *Rá vai ser meu café da manhã hoje.*

Um anel de serpente do tamanho de um vagão de metrô bateu na areia a nossos pés e quase nos esmagou. As escamas vibravam com a energia do Caos, me dando ânsia de vômito. Sem a proteção de Hórus, eu com certeza teria sido vaporizado só por estar tão próximo. Agitei meu mangual. Três linhas de fogo cortaram a pele da serpente, rasgando-a em fiapos de fumaça cinza e vermelha.

— Tudo bem? — perguntei a Sadie.

Ela estava pálida, mas assentiu. Seguimos adiante.

Alguns dos deuses mais poderosos ainda lutavam à nossa volta. Babi, o babuíno, cavalgava uma versão da cabeça da serpente, socando com seus punhos imensos o ponto entre os olhos dela, mas Apófis parecia apenas um pouco incomodado. A deusa caçadora Neith se escondeu atrás de um amontoado de blocos de pedra e disparava suas flechas em outra cabeça de serpente. Era bem fácil vê-la, por causa das folhas de palmeira no cabelo, e ela gritava algo sobre uma conspiração de Jujubas. Mais adiante, outra boca de cobra cravou as presas em Nekhbet, a deusa abutre, que gritou de dor e explodiu em um monte de penas pretas.

— Estamos ficando sem deuses! — Sadie gritou.

Finalmente chegamos ao meio da tempestade de Caos. Paredes de fumaça vermelha e cinzenta giravam à nossa volta, mas o centro era silencioso como se estivéssemos no olho de um furacão. Acima de nós erguia-se a verdadeira cabeça da serpente — ou pelo menos a manifestação que concentrava a maior parte de seu poder.

Como eu sabia disso? A pele dela parecia mais sólida, e escamas vermelhas e douradas reluziam. A boca era uma caverna cor-de-rosa com presas. Os olhos brilhavam, e seu capuz de naja era tão largo que cobria um quarto do céu.

Diante dele estava Rá, uma aparição reluzente intensa demais para ser observada diretamente. Se eu olhasse de esguelha, porém, conseguia ver Zia no centro da luz. Ela agora usava as roupas de uma princesa egípcia: vestido de seda branco e dourado, colar de ouro e braceletes. Até seu cajado e sua varinha eram dourados. Sua imagem dançava em meio ao vapor quente, fazendo a serpente errar sua localização a cada ataque.

Zia disparava chamas vermelhas para Apófis — cegando-o e queimando parte da pele dele —, mas o ferimento parecia se curar quase instantaneamente. Ele estava cada vez maior e mais forte. Zia não tinha a mesma sorte. Se eu me concentrasse, conseguia sentir sua força vital, seu *ka*, cada vez mais fraco. O brilho luminoso no centro de seu peito ficava menor e mais concentrado, como uma labareda reduzida a uma chama piloto.

Enquanto isso, nossa amiga felina Bastet fazia o possível para distrair seu velho inimigo. Ela não parava de pular nas costas da serpente, miando furiosa e atacando com suas lâminas, mas Apófis simplesmente a derrubava e a lançava de novo na tempestade.

Sadie olhou à nossa volta alarmada.

— Cadê Bes?

O deus anão havia desaparecido. Eu começava a temer o pior quando uma vozinha rabugenta perto do limite da tempestade disse:

— Uma ajudinha, talvez?

Eu não havia prestado muita atenção às ruínas ao nosso redor. As planícies de Gizé estavam cheias de grandes blocos de pedra, trincheiras e fundações de construções antigas descobertas em escavações anteriores. Perto de nós, debaixo de uma pedra calcária do tamanho de um carro, a cabeça do deus anão apareceu.

— Bes! — Sadie gritou enquanto corremos até ele. — Você está bem?

Ele nos encarou irritado.

— Eu pareço bem, garota? Tenho um pedaço de pedra de dez toneladas em cima do peito. O bafo de cobra ali me derrubou e jogou esta coisa em mim. A crueldade contra anões mais gritante da história!

— Você consegue movê-la? — perguntei.

Ele me olhou com uma cara quase tão feia quando a careta do *Bu!*

— Puxa, Carter, não havia pensado nisso. Está tão confortável aqui embaixo. *É claro* que não consigo movê-la, seu idiota! Blocos de pedra não se assustam com facilidade. Dê uma ajudinha ao anão, sim?

— Para trás — eu disse a Sadie.

Invoquei a força de Hórus. Luz azul envolveu minha mão, e dei um golpe de caratê na pedra. Ela se partiu ao meio, caindo dos lados do deus anão.

Teria sido mais impressionante se eu não tivesse ganido como um cachorrinho e segurado meus dedos. Aparentemente eu precisava melhorar meu caratê, porque minha mão parecia estar sendo frita em óleo. Com certeza eu havia quebrado alguns ossos.

— Tudo bem? — Sadie perguntou.

— Sim — menti.

Bes levantou-se.

— Obrigado, garoto. Agora é hora de espancar uma cobra.

Corremos para ajudar Zia, o que acabou não sendo uma boa ideia. Ela olhou para nós — e, só por um momento, se distraiu.

— Carter, graças aos deuses! — Zia falou em um dueto: uma parte era ela, a outra, a voz imponente de Rá, o que era um pouco difícil de aguentar.

Pode me chamar de retrógrado, mas ouvir minha namorada falar como um deus de cinco mil anos não estava em minha lista de dez Características Mais Atraentes. Mesmo assim, fiquei tão feliz ao vê-la que quase nem me incomodei.

Ela arremessou outra bola de fogo para dentro da garganta de Apófis.

— Chegaram bem na hora. Nosso amigo sinuoso está ficando mais for...

— Cuidado! — Sadie gritou.

Dessa vez Apófis não ficou perturbado pelo fogo. Ele atacou imediatamente — e não errou. Sua boca atacou como uma bola de demolição.

Quando Apófis voltou a se levantar, Zia tinha desaparecido. Havia uma cratera na areia, bem onde ela estava, e uma saliência do tamanho de um corpo humano iluminava o interior da goela da cobra ao descer.

Sadie diz que fiquei meio maluco. Para falar a verdade, não me lembro. Só sei que depois eu estava com a voz rouca de tanto gritar e que me afastava cambaleando de Apófis, com minha magia quase exaurida, minha mão quebrada latejando, o gancho e o mangual soltando uma fumaça vermelha e cinzenta — o sangue do Caos.

Três talhos no pescoço de Apófis não se fechavam. Fora isso, ele parecia bem. É difícil dizer se uma cobra tem alguma expressão, mas eu tinha bastante certeza de que ele estava convencido.

— Como previsto! — Apófis falou em voz alta, e a terra tremeu. Rachaduras se expandiram pelo deserto como se ele de repente tivesse se transformado em gelo fino. O céu ficou preto, iluminado apenas por estrelas e raios vermelhos. A temperatura começou a cair. — Você não pode enganar o destino, Carter Kane! Eu engoli Rá. Agora o fim do mundo é iminente!

Sadie ajoelhou-se e soluçou. O desespero me invadiu, era pior que o frio. Senti o poder de Hórus fraquejar e voltei a ser apenas Carter Kane. À nossa volta, em diferentes níveis do Duat, deuses e magos pararam de lutar enquanto o terror se espalhava.

Com agilidade felina, Bastet aterrissou a meu lado, respirando com dificuldade. Seus cabelos estavam tão eriçados que ela parecia um ouriço-do-mar coberto de areia. Sua malha de acrobata tinha sido rasgada. Havia um hematoma horrível do lado esquerdo de sua mandíbula. Suas lâminas fumegavam, corroídas pelo veneno da serpente.

— Não — ela falou com firmeza. — Não, não, não. Qual é nosso plano?

— Plano?

Tentei achar sentido para a pergunta. Zia se fora. Havíamos fracassado. A antiga profecia se concretizara, e eu morreria sabendo que era um otário completo e absoluto. Olhei para Sadie, mas ela parecia igualmente devastada.

— Acorde, garoto!

Bes se aproximou de mim e chutou meu joelho, o que era a maior altura que ele alcançava.

— Ai! — protestei.

— Você é o líder agora — ele rosnou. — Então é *bom* que tenha um plano. Não voltei à vida para ser morto de novo!

Apófis sibilou. O solo continuava se abrindo, abalando as fundações das pirâmides. O ar estava tão frio que minha respiração condensava.

— Tarde demais, pobrezinhos. — Os olhos vermelhos da serpente me encararam. — O Maat está morrendo há séculos. Seu mundo era só uma mancha temporária no mar de Caos. Tudo o que vocês construíram não significou nada. *Eu* sou seu passado e seu futuro! Curve-se diante de mim agora, Carter Kane, e talvez eu poupe você e sua irmã. Vou gostar de ter sobreviventes para testemunharem meu triunfo. Isso não é melhor que morrer?

Meus membros pareciam pesados. Em algum lugar dentro de mim, eu era um menininho assustado que queria viver. Havia perdido meus pais. Fora chamado para lutar em uma guerra grande *demais* para mim. Por que eu deveria continuar se não havia esperança? E se eu pudesse salvar Sadie...

Então olhei para a garganta da serpente. O brilho do deus sol engolido descia sem parar pela goela de Apófis. Zia dera a vida para nos proteger.

"Não tema", ela dissera. "Vou impedir o avanço de Apófis até você chegar."

A raiva clareou meus pensamentos. Apófis estava tentando me abalar da mesma maneira como havia corrompido Vlad Menshikov, Kwai, Sarah Jacobi e até Set, o próprio deus do mal. Apófis era o mestre do desgaste da razão e da ordem, da destruição de tudo que é bom e admirável. Ele era egoísta e queria que eu fosse também.

Lembrei-me do obelisco branco se erguendo do mar de Caos. Aquilo havia resistido por milhares de anos, apesar de tudo. Representava coragem e civilização, fazer a escolha certa em vez da escolha fácil. Se eu fracassasse naquele dia, o obelisco finalmente ruiria. Tudo que os humanos haviam construído desde as primeiras pirâmides do Egito teria sido em vão.

— Sadie — falei —, você está com a sombra?

Ela se levantou, e sua expressão de choque transformou-se em fúria.

— Achei que você nunca fosse pedir.

Ela tirou a estatueta de granito da bolsa, agora preta como a noite por causa da sombra de Apófis.

A serpente recuou, sibilando. Pensei ter visto medo nos olhos dela.

— Não seja idiota — Apófis rosnou. — Esse encantamento ridículo não vai funcionar... não agora, com o meu triunfo! Além disso, vocês estão fracos demais. Jamais sobreviveriam à tentativa.

Como todas as ameaças eficazes, essa tinha uma ponta de verdade. Minhas reservas mágicas estavam quase esgotadas. As de Sadie certamente não estavam muito melhores. Mesmo se os deuses ajudassem, provavelmente seríamos consumidos conjurando uma execração.

— Pronto? — Sadie me perguntou em um tom desafiador.

— Experimentem — Apófis avisou —, e trarei a alma de vocês do Caos muitas vezes, só para poder matá-los lentamente. Farei o mesmo com seu pai e sua mãe. Vocês vão conhecer uma eternidade de sofrimento.

Eu me senti como se tivesse engolido uma das bolas de fogo de Rá. Meus punhos se fecharam no gancho e no mangual, apesar de a mão latejar de dor. O poder de Hórus me inundou de novo, e mais uma vez estávamos de pleno acordo. Eu era seu Olho. Eu *era* o Vingador.

— Errado — falei à serpente. — Você *nunca* deveria ameaçar minha família. Nunca.

Arremessei o gancho e o mangual. Eles arrebentaram o rosto de Apófis e produziram uma coluna de fogo como de uma explosão nuclear.

A serpente uivou de dor, envolta em chamas e fumaça; mas eu suspeitava que só ganhara alguns segundos para nós.

— Sadie — falei —, está pronta?

Ela assentiu e me deu a estatueta. Juntos, nós a seguramos e nos preparamos para o que talvez fosse o último feitiço da nossa vida. Não precisávamos consultar papiros. Havíamos passado meses treinando aquela execração. Nós dois sabíamos as palavras de cor. A única dúvida era se a sombra faria diferença. Quando começássemos, não haveria volta. E, qualquer que fosse o resultado, provavelmente seríamos consumidos.

— Bes e Bastet — chamei —, vocês conseguem manter Apófis longe de nós?

Bastet sorriu e ergueu suas lâminas.

— Proteger meus gatinhos? Você nem precisava ter pedido. — Ela olhou para Bes. — E, caso a gente morra, sinto muito por todas as vezes em que brinquei com seus sentimentos. Você não merecia.

Bes bufou.

— Tudo bem. Finalmente criei juízo e encontrei a garota certa. Além do mais, você é uma gata. Faz parte de sua natureza achar que é o centro do universo.

Ela o encarou inexpressiva.

— Mas eu *sou* o centro do universo.

Bes riu.

— Boa sorte, garotos. É hora de lançar o feio.

— MORTE! — Apófis gritou, emergindo da coluna de fogo com os olhos incandescentes.

Bastet e Bes — os dois melhores amigos e protetores que jamais tivéramos — atacaram a serpente.

Sadie e eu começamos o feitiço.

C
A
R
T
E
R

20. Eu pego uma cadeira

Como eu disse, não sou bom com encantamentos.

Lançar um com eficiência exige concentração constante, pronúncia correta e sincronia perfeita. Caso contrário, você pode acabar destruindo a si mesmo e todo mundo em um raio de três metros, ou se transformar em algum tipo de marsupial.

Tentar lançar um feitiço com outra pessoa... Isso é duas vezes mais difícil.

Claro, Sadie e eu havíamos estudado as palavras, mas não tivemos como de fato *fazer* a execração com antecedência. Com um feitiço assim, só há uma chance.

Quando começamos, eu estava ciente de Bastet e Bes enfrentando a serpente e de nossos outros aliados lutando em diferentes níveis do Duat. A temperatura continuava caindo. Fendas cresciam no chão. Raios vermelhos cortavam o céu como rachaduras em uma abóboda negra.

Era difícil evitar que meus dentes batessem. Concentrei-me na estatueta de pedra de Apófis. Enquanto recitávamos, ela começou a fumegar.

Tentei não pensar na última vez em que ouvira esse encantamento. Michel Desjardins morrera lançando-o, e ele havia enfrentado apenas uma manifestação parcial da serpente, não Apófis na plenitude de seu poder depois de ter devorado Rá.

Concentre-se, Hórus me disse.

Para ele era fácil falar. Com o barulho, o frio e as explosões à nossa volta, isso era quase impossível — como tentar contar de cem a zero enquanto pessoas gritam números aleatórios em seus ouvidos.

Bastet foi jogada por cima de nós e caiu em um bloco de pedra. Bes rugiu de raiva. Ele bateu a clava com tanta força no pescoço da cobra que os olhos de Apófis chacoalharam.

Apófis abocanhou Bes, que agarrou uma presa e ficou pendurado nela desesperadamente quando a serpente levantou a cabeça e sacudiu-a, tentando se livrar do deus anão.

Sadie e eu continuamos recitando. A sombra da serpente fumegava à medida que a estatueta aquecia. Luz dourada e azul girava à nossa volta enquanto Ísis e Hórus faziam o possível para nos proteger. Meus olhos arderam com o suor. Apesar do ar gelado, comecei a me sentir febril.

Quando chegamos à parte mais importante do feitiço — a nomeação do inimigo —, finalmente comecei a sentir a verdadeira natureza da sombra da serpente. Engraçado como isso acontece: às vezes você não entende algo de fato até destruí-lo. O *sheut* era mais que uma simples cópia ou reflexo, mais que um "*back-up*" da alma.

A sombra representava o legado de uma pessoa, o impacto dela no mundo. Algumas quase não projetavam qualquer sombra. Outras lançavam sombras longas e profundas, que persistiam durante séculos. Pensei no que o fantasma Setne dissera: como ele e eu havíamos crescido à sombra de um pai famoso. Então entendi que aquilo não tinha sido apenas falar por falar. Meu pai projetara uma sombra poderosa que ainda afetava a mim e ao mundo inteiro.

Se alguém não projetasse qualquer sombra, não poderia estar vivo. Sua existência tornava-se insignificante. Execrar Apófis ao destruir sua sombra cortaria completamente sua conexão com o mundo mortal. Ele nunca mais seria capaz de se erguer de novo. Finalmente entendi por que ele se empenhara tanto em queimar os papiros de Setne e por que temia esse feitiço.

Chegamos às últimas linhas. Apófis se livrou de Bes, que voou até a lateral da Grande Pirâmide.

A serpente se voltou para nós enquanto dizíamos as palavras finais:

— Nós o exilamos para além do vácuo. Você não é mais.

— NÃO! — Apófis urrou.

A estatueta se incendiou, dissolvendo-se em nossas mãos. A sombra desapareceu em uma nuvem de vapor e uma onda explosiva de escuridão nos derrubou.

O legado da serpente na Terra desmoronou: as guerras, os assassinatos, a confusão e a anarquia que Apófis causara desde a Antiguidade enfim perderam força, deixando de projetar sombras em nosso futuro. Almas de mortos foram expelidas na explosão — milhares de fantasmas que haviam sido aprisionados e esmagados na sombra do Caos. Uma voz sussurrou em minha mente: *Carter*, e solucei aliviado. Não consegui vê-la, mas soube que nossa mãe estava livre. Seu espírito voltava a seu lugar no Duat.

— Mortais ingênuos! — Apófis se retorceu e começou a encolher. — Vocês não apenas me mataram. Vocês exilaram os deuses!

O Duat desmoronou, camada sobre camada, até que as planícies de Gizé fossem realidade de novo. Nossos amigos magos estavam aturdidos à nossa volta. Os deuses, porém, haviam sumido.

A serpente sibilou, suas escamas desaparecendo em fragmentos fumegantes.

— Maat e Caos estão ligados, seus idiotas! Não podem me afastar sem afastar os deuses. Quanto a Rá, ele vai morrer dentro de mim, digerido lentamente...

Apófis foi cortado (literalmente) quando sua cabeça explodiu. Sim, foi tão nojento quanto parece. Pedaços flamejantes de réptil voaram para todo lado. Uma bola de fogo emergiu da goela da serpente. O corpo de Apófis se desfez em areia e gosma fumegante, e Zia Rashid saiu andando do meio dos destroços.

Seu vestido estava em frangalhos. O cajado dourado havia rachado como osso de galinha, mas ela estava viva.

Corri em sua direção. Ela cambaleou e caiu em cima de mim, completamente exausta.

Então outra pessoa se levantou das ruínas fumegantes de Apófis.

Rá tremulava como uma miragem, erguendo-se acima de nós como um velho musculoso de pele dourada, com manto real e a coroa do faraó. Ele deu um passo à frente, e a luz do dia voltou ao céu. A temperatura subiu. As rachaduras no chão se fecharam.

O deus sol sorriu para mim.

— Bom trabalho, Carter e Sadie. Agora, preciso me retirar como os outros deuses, mas devo minha vida a vocês.

— Retirar? — Minha voz parecia diferente. Mais grave, rouca... no entanto também não era a voz de Hórus. O deus da guerra parecia ter desaparecido de minha cabeça. — Quer dizer... para sempre?

Rá deu uma risada.

— Quando se é tão velho quanto eu, aprende-se a tomar cuidado com a expressão "para sempre". Pensei que estivesse me afastando para sempre na primeira vez que abdiquei. Por um tempo, pelo menos, devo recuar para o céu. Meu velho inimigo Apófis não estava errado. Quando o Caos é banido, os deuses da ordem, do Maat, também devem se distanciar. Esse é o equilíbrio do universo.

— Então... o senhor deveria levar isto aqui.

Mais uma vez, ofereci a ele o gancho e o mangual.

Rá balançou a cabeça.

— Guarde-os para mim. Você é o faraó de direito. E cuide de minha favorita... — Ele gesticulou para Zia. — Ela vai se recuperar, mas precisará de apoio.

Uma luz forte brilhou em torno do deus sol. Quando ela se apagou, Rá havia sumido. Mais de vinte magos exaustos se encontravam em torno de uma marca fumegante em forma de serpente no deserto enquanto o sol se erguia acima das pirâmides de Gizé.

Sadie pôs a mão em meu braço.

— Querido irmão?

— Sim?

— Essa foi por pouco.

Ao menos por uma vez não tive que discutir com minha irmã.

O restante do dia foi confuso. Lembro-me de ter levado Zia às salas de cura do Primeiro Nomo. Minha mão quebrada demorou só alguns minutos para ser reparada, mas fiquei com Zia até Jaz me dizer que eu precisava sair. Ela e os outros curadores tinham que cuidar de dezenas de magos feridos — incluindo o garoto russo Leonid que, por incrível que parecesse, se recuperaria — e, embora Jaz me achasse muito fofo, eu estava atrapalhando.

Perambulei pela caverna principal e me surpreendi ao encontrá-la cheia de gente. Os portais espalhados pelo mundo tinham voltado a funcionar. Magos não paravam de chegar para ajudar na limpeza e declarar seu apoio ao Sacerdote-leitor Chefe. Todo mundo gosta de aparecer na festa depois que o trabalho pesado já acabou.

Tentei não me ressentir por isso. Eu sabia que muitos dos outros nomos haviam enfrentado suas próprias batalhas. Apófis fizera o possível para nos dividir e conquistar. Mesmo assim, não pude evitar um amargor. Muitas pessoas olhavam admiradas para o gancho e o mangual de Rá, que ainda pendiam de meu cinto. Algumas me parabenizavam e chamavam de herói. Continuei andando.

Quando passei pela barraca do vendedor de cajados, alguém chamou:

— *Psiu!*

Olhei para o beco mais próximo. O fantasma Setne estava recostado na parede. Fiquei tão assustado que achei que fosse alucinação. Ele não podia estar ali, ainda usando aqueles jeans, paletó e joias horríveis, com o topete de Elvis perfeitamente penteado e o *Livro de Tot* enfiado embaixo do braço.

— Bom trabalho, parceiro — ele disse. — Não foi o que eu teria feito, mas nada mal.

Finalmente reagi.

— *Tas!*

Setne apenas sorriu.

— É, não vamos mais brincar disso. Mas não se preocupe, parceiro. Vejo você por aí.

Ele desapareceu em uma nuvem de fumaça.

Não sei bem quanto tempo fiquei ali até Sadie me encontrar.

— Tudo bem? — ela perguntou.

Contei o que eu havia visto. Ela fez uma careta, mas não pareceu muito surpresa.

— Acho que vamos ter que lidar com aquele idiota mais cedo ou mais tarde, mas por enquanto é melhor você me acompanhar. Amós convocou uma assembleia geral no Salão das Eras. — Ela passou o braço pelo meu. — E tente sorrir, querido irmão. Sei que é difícil. Mas agora você é um exemplo, por mais que eu ache isso horrível.

Fiz o possível, mas era difícil parar de pensar em Setne.

Passamos por vários amigos que ajudavam na restauração. Alyssa e uma tropa de elementalistas da terra reforçavam paredes e tetos, tentando garantir que as cavernas não desabariam em nós.

Julian estava sentado nos degraus da Casa de Vidência, conversando com algumas garotas do nomo escandinavo.

— É, sabem — ele dizia —, Apófis me viu chegando com meu avatar grande de guerra, e então soube que já era.

Sadie revirou os olhos e me puxou adiante.

A pequena Shelby e os outros mirins correram até nós, sorridentes e sem fôlego. Eles haviam pegado alguns amuletos de uma barraca não vigiada, então pareciam ter acabado de voltar de um carnaval egípcio.

— Matei uma cobra! — Shelby nos contou. — Uma cobra grande!

— É mesmo? — perguntei. — Você sozinha?

— Sim! — Shelby garantiu. — Matar, matar, matar!

Ela bateu os pés no chão, e fagulhas se soltaram dos sapatos. Depois ela saiu correndo atrás de seus amiguinhos.

— Aquela menina tem futuro — Sadie comentou. — Parece comigo quando eu era mais nova.

Estremeci. Que imagem perturbadora.

Gongos começaram a soar pelos túneis, convocando todo mundo para comparecer ao Salão das Eras. Quando chegamos lá, o lugar estava completamente lotado de magos — alguns em túnicas, outros em trajes modernos, outros de pijama, como se tivessem se teleportado direto da cama. Do outro lado do tapete, cortinas holográficas de luz tremulavam entre as colunas, exatamente como antes.

Felix correu até nós todo sorridente, seguido por um rebanho de pinguins. (Rebanho? Manada? Bando? Ah, tanto faz.)

— Vejam! — ele anunciou feliz. — Aprendi isso durante a batalha!

Ele falou uma palavra de comando. A princípio pensei que fosse *shish kebab*, mas depois ele explicou que era *"Se-kebeb!"* — *Fazer frio*.

Hieróglifos brancos como gelo apareceram no chão:

O frio se espalhou até uma faixa de seis metros de largura ficar coberta de gelo espesso. Os pinguins o atravessaram, batendo as asas. Um mago sem sorte deu um passo para trás e escorregou tão feio que seu cajado saiu voando.

Felix socou o ar.

— Eba! Encontrei meu caminho. Tenho que seguir o deus do gelo.

Cocei a cabeça.

— Existe um deus do gelo? O Egito é um deserto. Quem é o deus do gelo?

— Não faço ideia!

Felix abriu um sorriso enorme. Escorregou pelo gelo e foi embora, correndo com seus pinguins.

Atravessamos o salão. Magos trocavam relatos, conversavam e reencontravam velhos amigos. Hieróglifos flutuavam, com mais luz e intensidade do que nunca, como uma sopa de letrinhas multicoloridas.

Finalmente a multidão reparou em Sadie e em mim. Um murmúrio percorreu o ambiente. Todos os olhos se voltaram para nós. Os magos se afastaram, abrindo caminho até o trono.

A maioria sorria enquanto passávamos. Alguns murmuravam agradecimentos e felicitações. Até os ex-rebeldes pareciam sinceramente satisfeitos por nos ver. Mas notei alguns olhares furiosos. Não fazia diferença que tivéssemos derrotado Apófis; alguns magos sempre duvidariam de nós. Alguns nunca deixariam de nos odiar. A família Kane ainda precisava tomar cuidado.

Sadie observou ansiosa a multidão. Percebi que ela procurava Walt. Eu havia permanecido tão dedicado a Zia que não pensara no tamanho da preocupação de Sadie. Walt desaparecera depois da batalha, com os outros deuses. Parecia que ele não estava ali agora.

— Tenho certeza de que ele está bem — eu disse.

— Shh.

Sadie sorriu para mim, mas seu olhar dizia: *Se me fizer passar vergonha na frente de toda essa gente, estrangulo você.*

Amós esperava por nós nos degraus do trono. Ele agora usava um terno carmesim que combinava surpreendentemente bem com sua capa de pele de leopardo. Seus cabelos estavam trançados e cravejados de granates, e as lentes dos óculos eram vermelhas. A cor do Caos? Tive a sensação de que ele estava destacando sua ligação com Set — da qual todos os outros magos certamente já haviam ouvido falar.

Pela primeira vez na história, nosso Sacerdote-leitor Chefe tinha linha direta com o deus do mal, da força e do Caos. Isso podia fazer com que as pessoas confiassem menos nele, mas os magos eram como os deuses: respeitam a força. Eu duvidava que Amós teria mais problemas para impor sua autoridade.

Ele sorriu enquanto nos aproximávamos.

— Carter e Sadie, em nome da Casa da Vida, eu lhes agradeço. Vocês restauraram o Maat! Apófis foi execrado e Rá mais uma vez subiu aos céus, mas desta vez em triunfo. Bom trabalho!

O salão explodiu em aplausos e vivas. Dezenas de magos ergueram seus cajados e lançaram pequenos fogos de artifício.

Amós nos abraçou. Depois, deu um passo para o lado e me indicou o trono. Torci para que Hórus me dissesse algumas palavras de incentivo, mas não senti nem sinal de sua presença.

Tentei controlar minha respiração. Aquela cadeira havia ficado vazia por milhares de anos. Como eu podia ter certeza de que ela sustentaria meu peso? Se o trono dos faraós se quebrasse sob o meu traseiro real, isso seria um grande presságio.

Sadie me cutucou.

— Ande logo. Não seja idiota.

Subi os degraus e me acomodei no trono. A cadeira velha rangeu, mas me sustentou.

Olhei para a multidão de magos.

Hórus não estava comigo. Mas, de alguma forma, estava tudo bem. Olhei para as cortinas cintilantes de luz — a Nova Era, brilhando roxa — e tive a sensação de que seria uma era boa, afinal.

Meus músculos começaram a relaxar. Eu sentia como se tivesse saído da sombra do deus da guerra, tal como eu havia saído da sombra de meu pai. Encontrei as palavras:

— Aceito o trono. — Ergui o gancho e o mangual. — Rá me deu autoridade para liderar deuses e magos em tempos de crise, e farei meu melhor. Apófis foi banido, mas o mar de Caos sempre estará lá. Eu o vi com meus próprios olhos. Suas forças sempre tentarão corroer o Maat. Não podemos acreditar que nossos inimigos desapareceram.

A multidão se agitou inquieta.

— Mas, por enquanto — acrescentei —, estamos em paz. Podemos reconstruir e expandir a Casa da Vida. Se a guerra voltar, estarei aqui como o Olho de Hórus e como faraó. Mas como Carter Kane...

Levantei-me e deixei o gancho e o mangual no trono. Desci do tablado.

— Como Carter Kane, sou um garoto que precisa recuperar muitas coisas. Tenho que comandar meu próprio nomo na Casa do Brooklyn. E preciso me formar na escola. Então vou deixar as operações do dia a dia no lugar certo: nas mãos do Sacerdote-leitor Chefe, Amós Kane, secretário do faraó.

Amós curvou-se para mim, o que me pareceu um pouco estranho. A multidão aplaudiu frenética. Eu não tinha certeza se eles me aprovavam ou se estavam apenas aliviados porque não receberiam ordens diárias de um garoto no trono. Qualquer que fosse o motivo, por mim estava tudo bem.

Amós nos abraçou de novo.

— Estou orgulhoso de vocês dois — ele falou. — Vamos conversar em breve, mas agora, venham... — Ele apontou para a lateral do tablado, onde uma porta de escuridão se abrira no ar. — Seus pais gostariam de vê-los.

Sadie me olhou nervosa.

— Oh, oh!

Assenti. Estranho como de repente passei de faraó do universo a garoto preocupado com a possibilidade de ficar de castigo. Por mais que quisesse ver meus pais, eu havia quebrado uma promessa importante com meu pai... ao perder um prisioneiro perigoso.

O Salão do Julgamento se transformara em Salão de Festa. Ammit, o Devorador, corria em torno da balança da justiça, latindo animado com um chapéu de aniversário em sua cabeça de crocodilo. Os demônios-guilhotina estavam apoiados em suas alabardas, segurando taças que pareciam ser de champanhe. Eu não sabia como eles conseguiam beber com aquela cabeça de guilhotina, mas não queria descobrir. Até o deus azul do julgamento, Perturbador, parecia estar de bom humor. Sua peruca de Cleópatra estava de lado na cabeça. O longo papiro se desenrolou até o meio do salão, mas ele ria e conversava com os outros deuses do julgamento resgatados da Casa do Descanso. Abraça-fogo e Pé-quente não paravam de derrubar fagulhas no papiro, mas ou Perturbador não percebeu ou não se importou.

No fundo do salão, meu pai ocupava seu trono, de mãos dadas com nossa mãe fantasmagórica. À esquerda do tablado, espíritos do mundo inferior formavam uma banda de jazz. Tive certeza de que reconheci Miles Davis, John Coltrane e mais alguns favoritos de meu pai. Ser o deus do mundo inferior tem suas vantagens.

Nosso pai nos chamou. Ele não parecia zangado, o que era um bom sinal. Atravessamos a multidão de demônios e deuses do julgamento felizes. Ammit latiu para Sadie e ronronou quando ela afagou-lhe embaixo do queixo.

— Crianças.

Nosso pai abriu os braços.

Era estranho ser chamado de criança. Eu não me sentia mais uma criança. Crianças não eram convocadas para lutar contra serpentes do Caos. Não lideravam exércitos para impedir o fim do mundo.

Sadie e eu abraçamos nosso pai. Não pude abraçar nossa mãe, é claro, já que ela era um fantasma, mas estava feliz de ver que ela estava segura. Com exceção da aura brilhante que a cercava, ela estava exatamente como quando era viva: vestindo jeans e uma camiseta de *ankh*, com os cabelos louros presos para trás com uma bandana. Se eu não olhasse atentamente para ela, quase poderia confundi-la com Sadie.

— Mãe, você sobreviveu — falei. — Como...?

— Graças a vocês dois. — Os olhos de minha mãe cintilaram. — Eu me segurei o máximo possível, mas a sombra era poderosa demais. Fui consumida com muitos outros espíritos. Se vocês não tivessem destruído o *sheut* e nos libertado, eu teria sido... Bem, isso agora não tem importância. Vocês fizeram o impossível. Estamos muito orgulhosos.

— Sim — nosso pai concordou, apertando meu ombro. — Tudo pelo que trabalhamos, tudo que desejamos... vocês realizaram. Superaram minhas maiores expectativas.

Hesitei. Seria possível que ele não soubesse de Setne?

— Pai — comecei —, hum... não nos saímos bem em *tudo*. Perdemos seu prisioneiro. Ainda não entendo como ele escapou. Ele estava amarrado e...

Ele levantou a mão para me interromper.

— Eu já soube. Talvez a gente nunca descubra como exatamente Setne escapou, mas vocês não podem se culpar.

— Não? — Sadie perguntou.

— Setne tem conseguido escapar há eras — nosso pai respondeu. — Ele enganou magos, deuses, mortais e demônios. Quando deixei que vocês o levassem, suspeitei que ele daria um jeito de escapar. Eu só esperava que vocês conseguissem controlá-lo tempo bastante para que ele os ajudasse. E vocês conseguiram.

— Ele nos levou até a sombra — reconheci. — Mas também roubou o *Livro de Tot*.

Sadie mordeu o lábio.

— Material perigoso aquele livro. Setne pode não ser capaz de lançar todos os feitiços pessoalmente, por ser um fantasma, mas ainda pode causar muita confusão.

— Nós o encontraremos de novo — nosso pai garantiu. — Mas agora vamos comemorar a vitória de vocês.

Nossa mãe estendeu a mão transparente e alisou os cabelos de Sadie.

— Podemos conversar um pouco, querida? Gostaria de discutir um assunto com você.

Eu não sabia qual era o assunto, mas Sadie seguiu nossa mãe na direção da banda de jazz. Eu não havia notado antes, mas dois dos músicos fantasmagóricos eram bem familiares e pareciam fora de lugar. Um homem ruivo grande usando roupas de caubói tocava guitarra sorrindo e batendo as botas enquanto alternava solos com Miles Davis. Ao lado dele, uma loura bonita tocava violino, inclinando-se de tempos em tempos para beijar a testa do homem ruivo. JD Grissom e sua esposa, Anne, do Museu de Dallas, finalmente haviam encontrado uma festa que não precisava acabar. Eu nunca ouvira uma steel guitar e um violino em uma banda de jazz, mas de alguma forma eles conseguiam fazer aquilo dar certo. Suponho que Amós tinha razão: tanto música quanto magia precisavam de um pouco de caos dentro da ordem.

Enquanto Sadie e nossa mãe conversavam, minha irmã arregalou os olhos. Sua expressão ficou séria. Depois Sadie sorriu acanhada e corou, o que era muito estranho em se tratando dela.

— Carter — meu pai disse —, você fez bem no Salão das Eras. Será um bom líder. Um líder sábio.

Eu não tinha certeza de como ele sabia de meu discurso, mas um nó se formou em minha garganta. Meu pai não faz elogios à toa. Agora que eu estava com ele de novo, lembrei-me de como minha vida era mais fácil antes, nas viagens com ele. Nosso pai sempre sabia o que fazer. Eu sempre podia contar com sua presença tranquilizadora. Até aquela véspera de Natal em Londres, quando ele desaparecera, eu nunca havia percebido o quanto dependia dele.

— Sei que tem sido difícil — nosso pai continuou —, mas você vai conduzir a família Kane para o futuro. Você de fato saiu de minha sombra.

— Não completamente — respondi. — Eu não gostaria disso. Como pai, você é bem, *hum*, sombrio.

Ele riu.

— Estarei aqui se você precisar. Nunca duvide disso. Mas, como Rá avisou, os deuses terão mais dificuldade para fazer contato com o mundo mortal, agora que Apófis foi execrado. Se o Caos se retira, o Maat deve fazer o mesmo. De qualquer maneira, acho que você não vai *precisar* de muita ajuda. Saiu-se bem contando com sua própria força. Agora é *você* quem projeta a sombra longa. A Casa da Vida se lembrará de você por muitas eras.

Ele me abraçou mais uma vez, e foi fácil esquecer que meu pai era o deus da morte. Ele parecia ser só meu pai — afetuoso, vivo e forte.

Sadie voltou, parecendo um pouco abalada.

— O que foi? — perguntei.

Ela deu uma risadinha sem motivo aparente, depois ficou séria de novo.

— Nada.

Nossa mãe pairava ao lado dela.

— Agora vão embora vocês dois. A Casa do Brooklyn está esperando.

Outra porta de escuridão se abriu ao lado do trono. Sadie e eu passamos por ela. Pela primeira vez não me preocupei com o que nos esperava do outro lado. Eu sabia que estávamos indo para casa.

A vida voltou ao normal com rapidez surpreendente.

Vou deixar Sadie falar sobre os eventos na Casa do Brooklyn e seu próprio drama. Vou pular para a parte interessante.

[Ai! Pensei que tínhamos um acordo: sem beliscão!]

Duas semanas depois da batalha contra Apófis, Zia e eu estávamos sentados na praça de alimentação de um shopping em Bloomington, Minnesota.

Por que lá? Diziam que aquele era o maior shopping dos Estados Unidos, e pensei que devíamos começar com algo grande. Foi uma viagem tranquila pelo Duat. Freak adorou ficar sentado no telhado e comer perus congelados enquanto Zia e eu passeávamos pelo shopping.

[Isso mesmo, Sadie. Para nosso primeiro encontro de verdade, fui buscar Zia com um barco puxado por um grifo maluco. E daí? Como se *seus* encontros não fossem esquisitos...]

Enfim, quando chegamos à praça de alimentação, Zia ficou boquiaberta.

— Deuses do Egito...

As opções de restaurantes eram bastante arrasadoras. Como não conseguimos decidir, pegamos um pouco de tudo: comida chinesa, mexicana (os *nachos*), pizza e sorvete — os quatro grupos alimentares básicos. Ficamos em uma mesa que dava vista para o parque de diversões no centro do shopping.

Havia muitos outros garotos na praça de alimentação. Vários nos olhavam. Bem... não para *mim*. Eles basicamente olhavam para Zia e com certeza se perguntavam o que uma garota como ela fazia com um cara como eu.

Zia havia se recuperado muito bem da batalha. Usava sandálias pretas e vestido simples de linho bege, sem manga — nenhuma maquiagem, nenhuma joia, exceto pelo colar de escaravelho dourado. Parecia muito mais glamorosa e madura que as outras garotas ali.

Seus cabelos pretos longos estavam presos em um rabo de cavalo, com uma mecha solta presa atrás da orelha direita. Ela sempre tivera olhos luminosos cor de âmbar e pele morena cor de café com leite, mas, desde que hospedara Rá, Zia parecia ainda mais radiante. Senti seu calor do outro lado da mesa.

Ela sorriu para mim por cima de sua tigela de comida chinesa.

— Então é isso que o típico adolescente americano faz?

— Bem... mais ou menos — respondi. — Mas acho que jamais conseguiremos ser *típicos*.

— Espero que não.

Eu tinha dificuldade para pensar com clareza quando olhava para Zia. Se ela tivesse me pedido para pular por cima da grade, eu provavelmente teria obedecido.

Ela enrolou o macarrão no garfo.

— Carter, não conversamos muito sobre... você sabe, sobre eu ser o Olho de Rá. Imagino que tenha sido estranho para você.

Viu? Uma conversa típica de adolescentes no shopping.

— Ei, eu entendo — falei. — Não foi estranho.

Ela ergueu uma sobrancelha.

— Tudo bem, foi estranho — admiti. — Mas Rá precisava de sua ajuda. Você foi incrível. Você já, *hum*, conversou com ele desde...?

Zia balançou a cabeça.

— Ele se retirou do mundo, como disse que faria. Duvido que voltarei a ser o Olho de Rá... a menos que enfrentemos outro Dia do Juízo Final.

— Quer dizer, então, com nossa sorte, que vai demorar mais algumas semanas.

Zia riu. Eu adorava aquela risada. Adorava aquela mechinha atrás da orelha dela.

[Sadie diz que estou sendo ridículo. Como se ela tivesse moral para falar algo.]

— Conversei com seu tio Amós — Zia falou. — Ele agora tem muita ajuda no Primeiro Nomo. Achou que passar algum tempo fora seria bom para mim, tentar viver uma vida mais... típica.

Meu coração tropeçou e acertou minhas costelas em cheio.

— Quer dizer, tipo, sair do Egito?

Ela assentiu.

— Sua irmã sugeriu que eu ficasse na Casa do Brooklyn, frequentasse um colégio americano. Ela diz... como foi que ela falou? "Os americanos são estranhos, mas acabam conquistando você."

Zia contornou a mesa e segurou minha mão. Senti os olhares invejosos de uns vinte garotos nas outras mesas da praça de alimentação.

— Você se incomodaria se eu fosse para a Casa do Brooklyn? Posso ajudar com as aulas para os iniciados. Mas se você ficar pouco à vontade...

— Não! — falei muito alto. — Quer dizer, não, não me incomodo. Sim, eu gostaria. Muito. Bastante. Ótimo.

Zia sorriu. A temperatura na praça de alimentação subiu uns cinco graus.

— Então isso é um sim?

— Sim. Quer dizer, a menos que *você* não se sinta à vontade. Não quero causar constrangimentos nem...

— Carter? — Zia falou com delicadeza. — Cale a boca.

Ela se inclinou e me beijou.

Obedeci a ordem, sem necessidade de magia. Calei a boca.

21. Os deuses estão em ordem; meus sentimentos, não

S
A
D
I
E

AH, MINHAS QUATRO PALAVRAS favoritas: "Carter, cale a boca."

Zia realmente mudou muito desde que nos conhecemos. Acho que há esperança para ela, apesar de gostar de meu irmão.

De qualquer forma, Carter teve a sabedoria de deixar para mim o final da história.

Depois da batalha com Apófis, eu me sentia horrível em muitos aspectos. Fisicamente, estava acabada. Magicamente, havia usado até a última gota de energia. Tinha medo de talvez sofrer sequelas permanentes, porque sentia uma queimação atrás do esterno, que podia ser minha reserva esgotada de magia ou uma azia muito forte.

Emocionalmente, não estava muito melhor. Eu havia visto Carter acolher Zia quando ela emergiu da gosma fumegante da serpente, o que era ótimo, mas isso só me lembrara de meu próprio dilema.

Onde estava Walt? (Eu decidira chamá-lo assim, ou ficaria maluca tentando entender sua identidade.) Ele estivera por perto logo depois da batalha. Agora havia desaparecido.

Será que ele partiu com os outros deuses? Eu já estava preocupada com Bes e Bastet. Era estranho eles desaparecerem sem se despedir. E não gostei muito do que Rá falara sobre os deuses deixarem a Terra por um tempo.

"Não podem me afastar sem afastar os deuses", Apófis avisara.

A serpente podia ter mencionado isso *antes* que o execrássemos. Eu havia acabado de aceitar toda aquela história de Walt/Anúbis — ou *praticamente*, pelo menos —, e agora Walt havia desaparecido. Se ele fosse declarado inacessível outra vez, eu ia me enfiar em um sarcófago e nunca mais sairia de lá.

Enquanto Carter estava com Zia na enfermaria, vaguei pelos corredores do Primeiro Nomo, mas não vi sinal de Walt. Tentei contatá-lo pelo amuleto *shen*. Nenhuma resposta. Tentei até pedir um conselho para Ísis, mas a deusa havia silenciado. Eu não estava gostando daquilo.

Então, sim, eu estava bem distraída no Salão das Eras durante o discursinho de aceitação de Carter: *Eu gostaria de agradecer a todas as pessoinhas por me fazerem faraó etc. etc.*

Foi bem legal visitar o mundo inferior e reencontrar meus pais. Pelo menos *eles* não eram inacessíveis. Mas fiquei muito desapontada por não ver Walt lá. Mesmo que ele não pudesse ir para o mundo mortal, ele não devia estar no Salão do Julgamento, assumindo as funções de Anúbis?

Foi aí que minha mãe me puxou para um lado. (Não literalmente, é claro. Como era um fantasma, ela não podia me puxar para lugar nenhum.) Ficamos à esquerda do tablado onde os músicos mortos tocavam melodias cheias de vida. JD Grissom e sua esposa, Anne, sorriram para mim. Eles pareciam contentes, e fiquei feliz por isso, mas ainda era difícil vê-los sem me sentir culpada.

Minha mãe puxou o próprio colar — uma réplica fantasmagórica de meu amuleto *tyet*.

— Sadie... nunca conversamos muito, você e eu.

Um pequeno eufemismo, já que ela morreu quando eu tinha seis anos. Mas entendi o que ela queria dizer. Mesmo depois de nossa reunião na primavera, nós duas nunca conversamos de verdade. Visitá-la no Duat era muito difícil, e fantasmas não têm e-mail, Skype nem celular. Mesmo que tivessem internet decente, adicionar minha mãe morta no Facebook seria bem estranho.

Não falei nada. Só assenti.

— Você ficou forte, Sadie — minha mãe disse. — Precisou ser corajosa por tanto tempo que deve ser difícil baixar a guarda. Você tem medo de perder mais pessoas queridas.

Eu me senti um pouco tonta, como se também estivesse me tornando uma fantasma. Eu tinha ficado transparente como minha mãe? Queria reclamar, protestar e debochar. Não queria ouvir as observações de minha mãe, especialmente quando eram tão precisas.

Ao mesmo tempo, estava tão confusa com relação a Walt, tão preocupada com o que havia acontecido a ele, que queria desmoronar e chorar no ombro de minha mãe. Queria que ela me abraçasse e dissesse que estava tudo bem. Infelizmente não dá para chorar no ombro de um fantasma.

— Eu sei — minha mãe disse em um tom triste, como se lesse meus pensamentos. — Eu não estava presente quando você era pequena. E seu pai... bem, ele teve que deixá-la com seus avós. Eles tentaram lhe dar uma vida normal, mas você é muito *mais* que normal, não é? E agora aqui está, uma jovem mulher... — Ela suspirou. — Perdi tanto tempo de sua vida que não sei se você quer meus conselhos agora. Mas não custa tentar: confie em seus sentimentos. Não posso prometer que você nunca mais vai sofrer, mas prometo que vale a pena correr o risco.

Estudei o rosto dela, inalterado desde o dia em que ela morrera: os cabelos louros finos, os olhos azuis, a curva meio travessa das sobrancelhas. Muitas vezes me disseram que eu era parecida com ela. Agora eu via com clareza. À medida que eu crescia, a semelhança entre nós ficava mais impressionante. Acrescente algumas mechas roxas nos cabelos de minha mãe, e ela daria uma excelente dublê de Sadie.

— Você está falando sobre Walt — finalmente falei. — Esta é uma conversa de mãe e filha sobre garotos?

Ela fez uma careta.

— Sim, bem... acho que sou péssima nisso. Mas eu tinha que tentar. Quando eu era pequena, sua avó não me ajudou muito. Nunca tive a sensação de que eu podia me abrir com ela.

— Imagino. — Tentei me ver conversando sobre garotos com minha avó enquanto meu avô gritava com a televisão e pedia mais chá e biscoitos queimados. — Acho que as mães normalmente aconselham a *não* seguir o coração, não se envolver com o garoto errado, criar uma reputação ruim. Esse tipo de coisa.

— Ah... — Minha mãe assentiu, arrependida. — Bem, não posso fazer isso. Acho que não estou preocupada com a possibilidade de você fazer algo errado, Sadie. O que me *preocupa* é que você talvez tenha medo de confiar em alguém, mesmo que seja o alguém certo. É *seu* coração, claro. Não o meu. Mas eu diria que Walt está mais nervoso que você. Não seja muito dura com ele.

— Dura com *ele*? — Eu quase ri. — Nem sei onde ele está! E ele hospeda um deus que... que...

— De quem você também gosta — ela completou. — E isso é confuso, sim. Mas eles agora são uma pessoa só. Anúbis tem muito em comum com Walt. Nenhum dos dois jamais teve uma vida de verdade pela frente. Agora, juntos, eles têm.

— Quer dizer... — A queimação horrível em meu peito começou a passar, muito ligeiramente. — Quer dizer que *vou* vê-lo de novo? Ele não foi para o exílio qualquer que seja esse absurdo de que os deuses estão falando?

— Você o verá — minha mãe afirmou. — Como são um só habitando o mesmo corpo mortal, eles podem andar pela Terra, como andavam os reis-deuses do Egito Antigo. Walt e Anúbis são jovens bons. Os dois estão nervosos e se sentem bem pouco à vontade no mundo mortal, com medo de como as pessoas os tratarão. E os dois se sentem da mesma forma em relação a você.

Eu devia estar muito vermelha. Carter olhava para mim de cima do tablado, sem dúvida se perguntando o que havia de errado. Eu não me sentia capaz de encará-lo. Ele era um pouco bom demais para interpretar minha expressão.

— É muito *difícil* — reclamei.

Minha mãe riu um pouco.

— Sim, é. Mas se serve de consolo... lidar com *qualquer* homem significa lidar com múltiplas personalidades.

Olhei para meu pai, que oscilava entre Dr. Julius Kane e Osíris, o deus azul-Smurf do mundo inferior.

— Entendi — falei. — Mas onde *está* Anúbis? Quer dizer, Walt! Argh! Lá vou eu de novo.

— Você o verá em breve — minha mãe prometeu. — Eu queria que você estivesse preparada.

Minha mente dizia: *Isto é confuso demais, injusto demais. Não consigo lidar com um relacionamento assim.*

Mas meu coração dizia: *Cale a boca! Sim, eu posso!*

— Obrigada, mãe — falei, com certeza terrivelmente incapaz de parecer calma e controlada. — Esse negócio de os deuses se retirarem. Isso significa que não vamos ver você e o papai com tanta frequência?

— Provavelmente — ela admitiu. — Mas você sabe o que fazer. Continue ensinando o caminho dos deuses. Leve a Casa da Vida de volta à sua antiga glória. Você, Carter e Amós deixarão a magia egípcia mais forte que nunca. E isso é bom... porque seus desafios não acabaram.

— Setne? — perguntei.

— Sim, ele — minha mãe confirmou. — E há outros desafios também. Não perdi completamente o dom da profecia, mesmo depois de morta. Tenho visões turvas de outros deuses e magia rival.

Isso *realmente* não soava bem.

— Como assim? — perguntei. — Que *outros* deuses?

— Não sei, Sadie. Mas o Egito sempre enfrentou desafios externos... magos de outros lugares, até deuses de outros lugares. Mantenha-se alerta.

— Ótimo — murmurei. — Eu preferia falar sobre garotos.

Minha mãe riu.

— Quando voltar para o mundo mortal, haverá mais um portal. Procure-o hoje à noite. Alguns velhos amigos seus gostariam de trocar umas palavras.

Eu tinha a sensação de que sabia a quem ela se referia.

Minha mãe tocou um pingente fantasma em seu pescoço: o símbolo *tyet* de Ísis.

— Se precisar de mim — ela falou —, use seu colar. Ele vai me chamar, da mesma maneira como o colar *shen* chama Walt.

— Teria sido útil se eu soubesse disso antes.

— Nossa conexão não era forte o bastante. Agora... acho que é. — Ela me beijou na testa, embora parecesse apenas uma suave brisa fresca. — Estou orgulhosa de você, Sadie. Você tem a vida toda pela frente. Aproveite o máximo que puder!

Naquela noite na Casa do Brooklyn um portal rodopiante de areia se abriu na varanda, como minha mãe havia prometido.

— Este é para nós — falei, levantando-me da mesa do jantar. — Vamos lá, querido irmão.

Do outro lado do portal, chegamos à praia do Lago de Fogo. Bastet nos aguardava, jogando uma bola de barbante de uma mão para a outra. A malha preta combinava com os cabelos. Os olhos felinos dançavam à luz vermelha das ondas.

— Eles estão esperando vocês. — Ela apontou para a escada que levava à Casa do Descanso. — Vamos conversar quando vocês voltarem.

Eu não precisava perguntar por que ela não ia junto. Ouvi a melancolia em sua voz. Bastet e Tawaret nunca se deram bem por causa de Bes. Era óbvio que Bastet queria dar algum espaço à deusa hipopótama. Mas eu também me perguntava se minha velha amiga começava a perceber que havia deixado um bom homem escapar.

Eu lhe dei um beijo no rosto. Depois Carter e eu subimos a escada.

Dentro da casa, a atmosfera era festiva. Flores decoravam o balcão das enfermeiras. Heket, a deusa sapo, andava de cabeça para baixo pelo teto, pendurando serpentinas, enquanto um grupo de deuses idosos com cabeça de cachorro cantava e rebolava — em um ritmo muito lento, mas ainda assim impressionante. Mekhit, a deusa anciã com cabeça de leoa, dançava abraçada a um deus alto. Ela ronronava alto com a cabeça no ombro dele.

— Carter, olhe — eu disse. — Não é...?

— Onúris! — Tawaret respondeu, aproximando-se com seu uniforme de enfermeira. — Marido de Mekhit! Não é maravilhoso? Tínhamos certeza de que ele havia desaparecido eras atrás, mas, quando Bes chamou os deuses velhos para a guerra, Onúris saiu mancando de um armário de suprimentos. Muitos outros também apareceram. Eles finalmente eram necessários! A guerra deu a eles uma razão para existirem.

A deusa hipopótama nos esmagou em um abraço entusiasmado.

— Ah, meus queridos! Vejam como todos estão felizes! Vocês lhes deram vida nova.

— Não vejo tantos quanto antes — Carter comentou.

— Alguns retornaram aos céus — Tawaret explicou. — Ou foram para seus antigos templos e palácios. E, é claro, seu querido pai, Osíris, levou os deuses do julgamento de volta para sua sala do trono.

Ver os velhos deuses tão felizes me aqueceu o coração, mas eu ainda sentia uma ponta de preocupação.

— Eles vão ficar desse jeito? Quer dizer, não vão se apagar de novo?

Tawaret abriu as mãos rechonchudas.

— Acho que isso depende dos mortais. Se vocês se lembrarem deles e os fizerem se sentir importantes, eles devem ficar bem. Mas, venham, vocês querem ver Bes!

Ele estava sentado em sua cadeira habitual, olhando pela janela para o Lago de Fogo. A cena era tão familiar que tive medo de que ele houvesse perdido seu *ren* de novo.

— Ele está bem? — gritei, correndo até ele. — Qual é o problema?

Bes virou-se assustado.

— Além de ser feio? Nada, garota. Eu só estava pensando... desculpe.

Ele se levantou (tanto quanto é possível para um anão) e nos abraçou.

— Que bom que vocês puderam vir — Bes continuou. — Sabem, Tawaret e eu vamos construir uma casa na beira do lago. Eu me acostumei com essa vista. Ela vai continuar trabalhando na Casa do Descanso. Serei um anão doméstico por um tempo. Quem sabe? Talvez eu precise cuidar de alguns bebês anões hipopótamos!

— Ah, Bes! — Tawaret corou muito e piscou as pestanas de hipopótama.

O deus anão riu.

— É, a vida é boa. Mas, se vocês precisarem de mim, é só gritar. Sempre tive mais sorte no mundo mortal que a maioria dos deuses.

Carter franziu o cenho, preocupado.

— Você acha que vamos precisar muito de você? Quer dizer, é claro que queremos vê-lo! Eu só me pergunto se...

Bes grunhiu.

— Ei, sou um anão feio. Tenho um carro incrível, um guarda-roupa excelente e poderes extraordinários. Por que vocês *não precisariam* de mim?

— Tem razão — Carter concordou.

— Mas, *hum*, não me chame com *muita* frequência — Bes disse. — Afinal, minha fofinha e eu temos alguns milênios de tempo a dois para recuperar.

Ele pegou a mão de Tawaret, e pela primeira vez não achei o nome daquele lugar — Terras Ensolaradas — tão deprimente.

— Obrigada por tudo, Bes — eu disse.

— Está brincando? — ele respondeu. — Vocês recuperaram minha vida, e não me refiro apenas à minha sombra.

Tive a forte impressão de que os dois deuses queriam algum tempo a sós, então nos despedimos e descemos para o lago.

O portal branco de areia ainda rodopiava. Bastet estava ali ao lado, entretida com sua bola de barbante. Ela enroscou o fio nos dedos formando um retângulo como uma cama de gato. (Não, não foi um trocadilho intencional, mas *de fato* pareceu apropriado.)

— Está se divertindo? — perguntei.

— Achei que ia querer ver isto.

Ela ergueu a cama de gato. Uma imagem de vídeo se acendeu na superfície como em uma tela de computador.

Vi o Salão dos Deuses com suas colunas imensas e seu piso lustroso, os braseiros ardendo com cem chamas multicoloridas. No tablado central, o barco solar havia sido substituído por um trono dourado. Hórus estava sentado nele em sua forma humana — um adolescente careca e musculoso usando armadura completa de guerra. Ele tinha um gancho e um mangual no colo, e seus olhos brilhavam — um prateado, outro dourado. À sua direita estava Ísis, sorrindo orgulhosa, suas asas de arco-íris reluzindo. À esquerda estava Set, o deus de pele vermelha do Caos, e seu cajado de ferro. Ele parecia bastante animado, como se planejasse muitas artimanhas para depois. Os outros deuses se ajoelharam quando Hórus se pronunciou. Procurei Anúbis no meio da multidão — com ou sem Walt — mas, de novo, não o vi.

Não consegui ouvir as palavras, mas apostava que o discurso era semelhante ao que Carter havia feito na Casa da Vida.

— Ele está fazendo a mesma coisa que eu fiz — Carter protestou. — Aposto até que ele roubou meu discurso. Aquele gatuno está me imitando!

Bastet riu de um jeito desaprovador.

— Não precisa xingar, Carter. Gatos não são imitadores. Somos todos únicos. Mas, sim, o que você faz como faraó no mundo mortal muitas vezes será duplicado no mundo dos deuses. Hórus e você, afinal, governam as forças do Egito.

— Essa é uma ideia realmente assustadora — eu disse.

Carter me bateu de leve no braço.

— Simplesmente não consigo acreditar que Hórus partiu sem se despedir. É como se ele tivesse me descartado depois que acabou de me usar e então me esquecido.

— Ah, não — Bastet protestou. — Os deuses não fariam isso. Ele simplesmente precisou ir.

Mas eu tinha minhas dúvidas. Os deuses eram criaturas bem egoístas, mesmo os que não eram gatos. Ísis também não havia se despedido nem agradecido.

— Bastet, você vem com a gente, não é? — pedi. — Quer dizer, esse exílio bobo não pode se aplicar a você! Precisamos de nossa instrutora de cochilo na Casa do Brooklyn.

Bastet apertou a bola de barbante e a jogou escada abaixo. Sua expressão era triste para um felino.

— Ah, meus gatinhos. Se eu pudesse, pegaria vocês pela pele do pescoço e os carregaria para sempre. Mas vocês cresceram. Suas garras estão afiadas, a visão ficou aguçada, e os gatos precisam abrir o próprio caminho no mundo. Devo dizer adeus por ora, mas tenho certeza de que voltaremos a nos encontrar.

Eu quis protestar, dizer que não tinha crescido e que nem tinha garras.

[Carter discorda, mas ele não sabe nada.]

Mas parte de mim sabia que Bastet tinha razão. Havíamos sido afortunados por ela ter passado tanto tempo conosco. Agora era hora de sermos gatos... *hum*, humanos adultos.

— Ah, Muffin...

Eu a abracei com força e senti Bastet ronronar.

Ela afagou meus cabelos. Depois coçou as orelhas de Carter, o que foi bem engraçado.

— Agora vão — a deusa gata disse. — Antes que eu comece a chorar. Além do mais... — Ela cravou os olhos na bola de barbante, que havia rolado escada abaixo. Ela se agachou e retesou os ombros. — Preciso caçar.

— Vamos sentir sua falta, Bastet — eu disse, tentando não chorar. — Boa caçada.

— Barbante — ela falou distraída, descendo a escada lentamente. — Presa perigosa, o barbante...

Carter e eu passamos pelo portal. Dessa vez ele nos deixou no terraço da Casa do Brooklyn.

Tivemos mais uma surpresa. Ao lado do ninho de Freak, em pé, Walt esperava por nós. Ele sorriu ao me ver, e minhas pernas ficaram bambas.

— Eu, *hum*, vou entrar — Carter disse.

Walt aproximou-se, e eu tentei lembrar como fazia para respirar.

22. A última valsa (por enquanto)

S
A
D
I
E

ELE ESTAVA OUTRA VEZ de visual novo.

Usava apenas um amuleto — o *shen* igual ao meu. Vestia camiseta justa preta, jeans preto, jaqueta preta de couro e coturnos pretos — uma espécie de mistura entre os estilos de Anúbis e Walt, mas que o fazia parecer alguém inteiramente distinto e novo. Mas os olhos eram bem familiares: afetuosos, castanho-escuros e lindos. Quando ele sorriu, meu coração disparou, como sempre.

— Então — eu disse —, este é outro adeus? Já tive bastante por hoje.

— Na verdade — Walt respondeu —, está mais para um oi. Sou Walt Stone, de Seattle. Eu gostaria de me juntar ao grupo.

Walt estendeu a mão, ainda com um sorriso debochado. Estava repetindo exatamente o que dissera na primeira vez em que nos vimos, quando ele chegou à Casa do Brooklyn na primavera anterior.

Em vez de apertar a mão dele, dei-lhe um soco no peito.

— Ai — Walt reclamou.

Mas eu duvidava que tivesse doído. Ele tinha um peito bem resistente.

— Você acha que pode simplesmente se fundir com um deus e me *surpreender* assim sem mais? — perguntei. — Ah, *a propósito, na verdade tenho duas mentes em um corpo*. Não gosto de ser pega desprevenida.

— Tentei lhe contar — ele respondeu. — Várias vezes. Anúbis também. Mas sempre algo nos interrompia. Em geral era você, falando sem parar.

— Não tem desculpa. — Cruzei os braços e fiz a pior cara feia que consegui. — Minha mãe acha que devo pegar leve, porque tudo isso é novidade para você. Mas ainda estou brava. Já é bem confuso gostar de alguém quando essa pessoa não se transforma em um *deus* de quem eu também gosto.

— Então você gosta de mim.

— Pare de tentar me distrair! Está mesmo me pedindo para ficar aqui?

Walt assentiu. Ele estava muito perto agora. Seu cheiro era gostoso, como velas com aroma de baunilha. Tentei lembrar se esse era o cheiro de Walt ou de Anúbis. Para ser sincera, não consegui.

— Ainda tenho muito a aprender — ele falou. — Não preciso mais seguir com produção de amuletos. Posso fazer magia mais intensa... o caminho de Anúbis. Ninguém jamais fez isso antes.

— Descobrir novas maneiras mágicas de me irritar?

Ele inclinou a cabeça.

— Eu poderia fazer truques incríveis com ataduras. Por exemplo, se alguém falar demais, posso invocar uma mordaça...

— Não se atreva!

Ele segurou minha mão. Encarei-o com uma expressão desafiadora, mas não recolhi a mão.

— Ainda sou Walt — ele disse. — Ainda sou mortal. Anúbis pode ficar neste mundo enquanto eu for o hospedeiro dele. Espero ter uma vida longa e boa. Nenhum de nós jamais pensou que isso fosse possível. Portanto, não vou a lugar algum, a menos que você queira que eu vá embora.

Meus olhos devem ter respondido por mim: *Não, por favor. Nunca.* Mas eu não podia lhe dar o gostinho de me ouvir dizer isso em voz alta, não é? Meninos podem ficar muito metidos.

— Bem — resmunguei —, acho que posso tolerar isso.

— Eu lhe devo uma dança. — Walt pôs a outra mão em minha cintura, uma pose tradicional, muito antiquada, como Anúbis fizera quando dançamos no baile do Liceu. Minha avó teria aprovado. — Posso? — ele perguntou.

— Aqui? — falei. — Shu, seu supervisor, não vai interromper?

— Como eu disse, agora sou mortal. Ele vai nos deixar dançar, embora eu tenha certeza de que está de olho para garantir que a gente se comporte.

— Para garantir que *você* se comporte — provoquei. — Sou uma moça de respeito.

Walt riu. Acho que foi engraçado. *Respeito* não costumava ser a primeira palavra associada a mim.

Bati no peito dele de novo, mas admito que não foi com muita força. Depois pus a mão no ombro dele.

— É bom você lembrar — falei — que meu pai é seu chefe no mundo inferior. É melhor se comportar.

— Sim, senhora — Walt respondeu.

Ele se curvou e me beijou. Toda a minha raiva evaporou.

Começamos a dançar. Não havia música, dançarinos fantasmas, pés flutuando no ar — nenhuma magia. Freak nos observava curioso, com certeza imaginando como essa atividade geraria perus para alimentá-lo. O velho terraço revestido de piche rangia abaixo de nós. Eu ainda me sentia bem cansada de nossa longa batalha e ainda não me arrumara direito. Com certeza estava horrorosa. Queria derreter nos braços de Walt, o que, basicamente, foi o que fiz.

— Então, vai me deixar ficar? — ele perguntou, e senti sua respiração morna em minha cabeça. — Vai me deixar conhecer a vida de um adolescente típico?

— Acho que sim. — Olhei para ele. Não precisei me esforçar para olhar dentro do Duat e ver Anúbis logo abaixo da superfície. Mas realmente não era necessário. Diante de mim havia um garoto novo, e ele era tudo de que eu gostava. — Não que eu seja especialista no assunto, mas tem uma regra na qual eu insisto.

— Sim?

— Se alguém perguntar se você é comprometido — falei —, a resposta é *sim*.

— Acho que posso conviver com isso — ele prometeu.

— Ótimo. Porque você não vai querer me ver brava.

— Tarde demais.

— Cale a boca e dance, Walt.

E dançamos — à melodia dos gritos de um grifo psicótico atrás de nós e com as sirenes e buzinas do Brooklyn soando lá embaixo. Foi bem romântico.

Então é isso.

Voltamos à Casa do Brooklyn. As diversas catástrofes que assolavam o mundo diminuíram — um pouco, pelo menos —, e estamos lidando com a chegada de novos iniciados à medida que o ano letivo prossegue devidamente.

Já deve ter ficado evidente a razão por que este talvez seja nosso último registro. Estaremos tão ocupados treinando, frequentando a escola e vivendo nossa vida que duvido que haja tempo ou motivo para enviarmos mais gravações pedindo ajuda.

Vamos guardar esta fita em uma caixa segura e mandá-la para o cara que tem transcrito nossas aventuras. Carter parece acreditar que o correio dá conta, mas acho que vou entregar a caixa a Khufu para ele levá-la pelo Duat. O que poderia dar errado?

Quanto a nós, não pense que nossa vida vai ser só diversão. Amós não deixaria uma turma de adolescentes à solta e, como não temos mais Bastet, ele enviou alguns magos adultos para a Casa do Brooklyn como professores (entenda-se: supervisores). Mas todos nós sabemos quem está realmente no comando: *eu*. Ah, sim, e talvez Carter, um pouquinho.

Os problemas também ainda não acabaram. Continuo preocupada com Setne, aquele fantasma assassino, que está solto no mundo com sua mente diabólica, sua noção horrível de moda e com o *Livro de Tot*. Também estou tentando entender os comentários de minha mãe sobre magia rival e outros deuses. Não tenho ideia do que isso significa, mas não me parece boa coisa.

Enquanto isso, ainda precisamos cuidar de focos de magia do mal e atividade demoníaca no mundo todo. Recebemos até informes de magia inexplicável em locais tão próximos quanto Long Island. Provavelmente vamos ter que dar uma olhada nisso.

Mas, por enquanto, pretendo aproveitar minha vida, irritar meu irmão o máximo possível e transformar Walt no namorado ideal enquanto mantenho outras garotas longe dele — provavelmente com um lança-chamas. Meu trabalho nunca termina.

Quanto a você, que está ouvindo esta gravação: nunca estaremos ocupados demais para novos iniciados. Se você tem o sangue dos faraós, o que está esperando? Não desperdice sua magia. As portas da Casa do Brooklyn estão abertas.

GLOSSÁRIO

Comandos usados por Carter, Sadie e os outros personagens

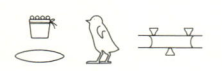

Drowah "Fronteira"

Fah "Liberar"

Ha-di "Quebrar"

Hapi, u-ha ey pwah "Hapi, levante-se e ataque"

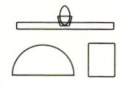

Ha-tep "Ficar em paz"

Ha-wi "Ataque"

Hi-nehm "Juntar"

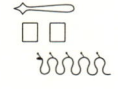

Isfet "Caos"

Maat "Ordem"

Maw "Água"

Med-wah "Falar"

N'dah "Proteger"

Sahei "Desabar"

Se-kebeb "Fazer frio"

Tas "Amarrar"

OUTROS TERMOS EGÍPCIOS

Ankh símbolo hieroglífico para "vida"
Ba uma das cinco partes da alma: a personalidade
Barco solar barco do faraó
Criosfinge criatura com corpo de leão e cabeça de carneiro
Duat reino mágico que coexiste com nosso mundo
Escaravelho besouro
Faraó governante do Egito Antigo
Hieróglifos sistema de escrita do Egito Antigo que usava símbolos ou imagens para denotar objetos, conceitos ou sons
Ib uma das cinco partes da alma: o coração
Isfet símbolo do Caos absoluto
Ka uma das cinco partes da alma: a força vital
Khopesh espada com lâmina em forma de gancho
Maat ordem do universo
Netjeri faca feita de ferro meteórico para a cerimônia da abertura da boca
Per Ankh Casa da Vida
Rekhet curador
Ren uma das cinco partes da alma: o nome secreto; identidade
Sarcófago caixão de pedra, frequentemente decorado com esculturas e inscrições
Sau produtor de amuletos

Shabti estatueta mágica feita de argila ou cera
Shen eterno; eternidade
Sheut uma das cinco partes da alma: a sombra; também pode significar "estátua"
Sistro objeto barulhento de bronze
Tjesu heru serpente com duas cabeças — uma delas na cauda — e pernas de dragão
Tyet símbolo de Ísis
Vaso canópico recipiente usado para armazenar os órgãos de uma múmia
Was poder; cajado

DEUSES E DEUSAS EGÍPCIOS MENCIONADOS EM *A SOMBRA DA SERPENTE*

Anúbis deus dos funerais e da morte
Apófis deus do Caos
Babi deus babuíno
Bastet deusa gata
Bes deus anão
Geb deus da terra
Gengen-Wer deus ganso
Hapi deus do Nilo
Heket deusa sapa
Hórus deus da guerra, filho de Ísis e Osíris
Ísis deusa da magia, esposa de seu irmão Osíris e mãe de Hórus
Khepri deus escaravelho, aspecto de Rá ao amanhecer
Khonsu deus da lua
Mekhit deusa leoa secundária, casada com **Onúris**
Neith deusa caçadora
Nekhbet deusa abutre
Nut deusa do céu
Osíris deus do mundo inferior, marido de Ísis e pai de Hórus
Perturbador deus do julgamento que trabalha para Osíris
Rá deus sol, o deus da ordem; também conhecido como Amon-rá.

Sekhmet deusa leoa
Serket deusa escorpião
Set deus do mal
Shu deus do vento, bisavô de Anúbis
Sobek deus crocodilo
Tawaret deusa hipopótama
Tot deus do conhecimento

www.intrinseca.com.br/blogdasseries
www.ascronicasdoskane.com.br

1ª edição	OUTUBRO DE 2012
reimpressão	OUTUBRO DE 2021
impressão	IMPRENSA DA FÉ
papel de miolo	PÓLEN SOFT 70G/M²
papel de capa	CARTÃO SUPREMO ALTA ALVURA 250G/M²
tipografia	GOUDY OLDSTYLE